Kerstin Westerbeck
Joanna im freien Fall

DIE STORY

Joanna Hochmuth, Tochter des Stararchitekten August Hochmuth, steht auf der 36. Etage des Rohbaus eines Luxusobjektes ihres Vaters. Sie zählt die letzten Schritte ihres mehr als perfekten Lebens – und springt.

Nichts aber scheint schwerer als sterben. Joanna erwacht in einem fremden Bett, in einem fremden Haus, ist plötzlich frisch verheiratet und überhaupt in einem fremden Leben, das sich nur wenige Kilometer östlich von Frankfurt abspielt.

Joannas Todessprung geht durchs Netz. Blogger Leo Berger spürt die Meldung auf, erinnert sich an eine offene Rechnung ... und wittert seine Story. Bei der Recherche stellen sich ihm unerwartet hohe Anforderungen: Leo muss unterscheiden zwischen Wahrheit und Lüge.

DIE AUTORIN

Kerstin Westerbeck, Jahrgang 1968, geboren in Ostwestfalen. Studium der Romanistik, Lateinamerikanistik, Historische Ethnologie, Soziologie und Kulturmanagement in Mainz, Frankfurt am Main und Mexico D.F. Hotelausbildung und Tätigkeit im internationalen Tourismus. Nach Auslandsaufenthalten in Chile, Mexiko und Spanien, arbeitete sie in diversen Jobs, als Übersetzerin für Lateinamerikanachrichten und bildete sich zur ADM-Lektorin weiter. Die Autorin liebt ausgedehnte Reisen, verfügt über familiäre Verbindungen nach Lateinamerika und arbeitet bei einem Zeitschriftenverlag in Frankfurt am Main. Mit ihrer Familie lebt sie im Main-Kinzig-Kreis.

Weitere Titel der Autorin:
»Oxossis Farben«
»Tagebuch der verlorenen Erinnerung«
»Wegkreuz in den Anden«
»Absturz überlebt!«
»Guerilleras«

Mehr unter: www.kerstin-westerbeck.de
Auch als Ebook

Kerstin Westerbeck
Joanna im freien Fall
Roman

Bibliografische Information der Deutschen Nationalbibliothek: Die Deutsche Nationalbibliothek verzeichnet diese Publikation in der Deutschen Nationalbibliografie; detaillierte bibliografische Daten sind im Internet über www.dnb.de abrufbar.

Coverdesign
Motiv »Häuser«
Kerstin Westerbeck

Motiv »fallende Frau«
»Woman Falling Through the Sky«
by Robert Byron/Shotshop

Lektorat
Christiane Saathoff
www.lektorat-saathoff.de

© 2016 Kerstin Westerbeck
(Neuauflage 2019)
Herstellung und Verlag:
BoD – Books on Demand, Norderstedt
ISBN 9783741277276

Und ich schau auf die blaue Welt
Mit den Händen an den Sternen
Mit geschlossenen Augen auf Distanz
Ich bin so weit weg
Um wieder nah zu sein
Jedes Problem wird wie Luft sein

Und nur den Umriss, nur die Hülle lass ich liegen
In Chaos, Schlamm und überfüllten Zügen
Ich will raus, weil nichts hören so entspannt, wieder empfinden
Auf Aussichtstürme steigen und verschwinden …

WEIT WEG
Bosse

Der direkte Link zum Video:

Keine zweihundert Schritte trennen mich vom Ende. Ich stehe auf der 1239sten von insgesamt 1373 Stufen. 36 Stockwerke verteilt auf 132 Meter Höhe. Ein Luxus-Penthouse-Baukomplex im Rohbau. Der Erschaffer ist mein Vater, August Hochmuth. Stararchitekt und Unternehmer aus Frankfurt am Main. Ich vertraue auf die Stabilität seiner Bauprojekte. Er entwirft Lofts für die Upperclass, ausgestattet mit allen erdenklichen Extras. Mit überflüssigem Luxus. Statisch exakt ausgetüftelt. Preislich verschwenderisch kalkuliert. Energiesparend und architektonisch reizvoll umgesetzt. *Eine Bereicherung für die Stadt*, begeistert sich die heimische Presse. Hessens Finanzmetropole ist voll von Menschen, die teuren Wohnraum (scheinbar) dringend nötig haben. Bauunfälle? – Undenkbar. Bis in die oberste Etage ist alles bombensicher.

Es rechnet ja auch niemand damit, dass jemand über die Schutzabsperrung klettern könnte, um sich in die Tiefe zu stürzen. Jemand wie ich. Der Sprung mündet todsicher in ewiger Dunkelheit.

Während ich wie in Trance die Stufen erklimme, tasten sich meine Gedanken entlang nackter Betonwände, Baustützen und Holzbohlen ...

Stufe 1250. Die Aussicht ist grandios. Fernblick bis zum Taunus. Straßenlärm ist quasi nicht vorhanden. Blauer Himmel. Nicht ein Wölkchen trübt die Sicht. Unter dem Panoramafenster breitet sich eine helle Edel-Marmor-Badewanne mit vergoldeten Armaturen aus. Ich aale mich im süßen Erdbeerschaum. Im Hintergrund spielt dezente Musik aus nahezu unsichtbaren Lautsprechern. Glasklarer Sound, als säße der Pianist neben mir im Wasser.

Stufe 1282. Auch von hier: makel- und wolkenlose Fernsicht. Smog müsste man erst erfinden. In 3-D verfolge ich die Nachrichten aus aller Welt, während mir ein Bildschirm das

Leben auf der Straße präsentiert. Rund um die Uhr bin ich über alles informiert.

Stufe 1314. Ich genieße eine Thai-Massage von zwei speziell dafür ausgebildeten Thai-Masseurinnen. Eine dritte Thai bereitet in der abgerundeten XXL-Luxus-Panoramaküche ein spezial-veganes Thai-Mittagessen vor.

Stufe 1346. Ich genieße das Essen in schwindelerregender Höhe. Noch mehr Luxus: ein Fünf-Meter-Esszimmertisch mit Stühlen im coolen Industriedesign, Wildlederbezug. Exklusivblick auf die Frankfurter Skyline. Auf dem Bildschirm vor mir geht eine E-Mail ein. Einer meiner ehemaligen Profs schickt mir eine Einladung. Ein Empfang für alle ehemaligen Studenten der Architektur. Ich als Absolventin mit Auszeichnung und Tochter von August Hochmuth darf eine Eingangsrede halten.

Stufe 1373. Ich liege auf dem Bett. Das runde Fenster über mir mündet auf eine Mega-Luxus-Dachterrasse mit japanischem Dachgarten. Ich schlürfe Champagner, während er, mein Liebhaber, bereits die nächste Flasche köpft. Anschließend schwebt er über mir, dreht sich nackt im runden Panoramafenster, streckt Arme und Beine von sich und sieht dabei aus wie da Vincis vitruvianischer Mensch.

Irgendwann landet er auf meinem Bett, wühlt sich unversehrt und mit einem Champagnerglas in der Hand galant durch violette Seidenbettwäsche.

»Es wird Zeit, Baby«, haucht er in mein Ohr, während er mir sanft die Samtstrapse herunterstreift und sich gierig ans Werk macht ... Aaaaaaaaaarrrrrgggh.

Danach kommt der freie Fall.

Landung auf unbekanntem Terrain. Der Boden unter mir bewegt sich schneller als ein Fließband. Ich rolle auf etwas. Die nähere Umgebung wirkt steril, nüchtern. Farblos, kalkweiß. Ein Krankenhaus? Jemand hat mir etwas zur Beatmung über Mund und Nase gestülpt.

Eine Glastür vor mir öffnet sich. Wir rollen darauf zu. Unscharf erkenne ich Buchstaben, reime mir einen Begriff daraus: »Notaufnahme.« Eine Frau rennt neben mir.

»Schneller!«, faucht sie kurzatmig nach vorne zu jemandem, den ich nur von hinten erkenne. Ich bin kaum in der Lage, meinen Kopf zu bewegen. Dennoch lasse ich es nicht unversucht.

Der Raum, in den wir rollen, riecht nach Desinfektionsmittel, Seife. Künstliches Licht, grelles Licht. Mir wird schwindelig davon. Aber nicht nur davon. Alles zusammen. Es ist die Atmosphäre, der Geruch, der Versuch, meinen Kopf zu bewegen. Ich fühle mich wie seekrank mit Schleudertrauma. Meine Lider flattern wie zittrige Lippen, sträuben sich eisern gegen das grelle Licht.

Der Kampf endet irgendwann abrupt.

Ich liege in einem Bett. Diesmal tut sich nichts um mich herum. Die Wände sind leichenweiß. Bin ich bei Bewusstsein? Nein, mutmaße ich. Es fühlt sich fremd an. Fremd in mir und um mich herum. Als würde ich durch eine vernebelte Wand gehen, geruchs- und geschmacksneutral. Das ist das Befremdliche dabei. Ich habe das Gefühl, meine Sinne versagen.

Schwammig erkenne ich die Umrisse eines Bildschirms. Ein immer wieder aufflackerndes Licht und Geräusche kommen von dort. Tüüüt tüüüt tüüüt ... Es kommt in Intervallen. Das Gesicht der Frau von eben schwebt plötzlich über mir. Eine Fratze. Ihre Stimme klingt dumpf. Ich verstehe nicht, was sie sagt. Wenn sie überhaupt etwas sagt. Das Tüüüt-tüüüt-tüüüt ist lauter.

Das hier ist meine letzte Etappe. Ich weiß es. Der Zug fährt direkt in den Tunnel. Ich liege auf dem Todeswaggon. Ich, eine Leiche. Das, was ich hier sehe, bilde ich mir ein. Es ist eine Art postmortale Wahrnehmung, mehr nicht.

Ich bin gesprungen, weil ich springen wollte. Ich hatte das Leben satt. Dieses perfekte Leben. Dieses zum Kotzen perfekte Leben. Dieses zum Kotzen sterbenslangweilig perfekte Leben.

Das wars. Ich komme nicht zurück. Und ich werde nichts hinterlassen. Weil ich dort, wo ich jetzt hingehe, nichts aus meinem alten Leben brauche.

Tüüüüüüüüüüüüüüüüüüüüüüüüüüüüüüüüüüüüüüüt.
Das Licht geht aus.

Der Morgen kommt zurück.
In nebulösen Sequenzen.
Vielleicht ist es ein ganz normaler Morgen.
Aber was ist schon normal.
Normal kenne ich nicht.
Sagen wir besser: Vermutlich ist es für jeden Lebenden ein ganz normaler Morgen.
Anders für mich. Ich bin tot.

Penetrant dringt etwas durch den Spalt meiner geschlossenen Lider, was sie dazu drängt, sich zu öffnen. Was ist das? Licht. Tageslicht. Sonnenlicht? Tote haben keine Sinne.
»Aaaaannnna!«, schallt es barsch in mein Ohr. Eine Stimme wie ein Presslufthammer. Ich kann nicht anders, als vor Schreck die Lider aufreißen. Himmel, was ist das?! Wo bin ich?!
Meine Wahrnehmung ist träge. Was ich sehe, scheint mir abstrakt. Ein verzerrtes Bild baut sich vor mir auf. Vernebelt erkenne ich Dinge, Möbel …
Ich liege auf einem ganz normalen Bett, in einem augenscheinlich ganz normalen Zimmer. Wenn man es mit wenigen Worten beschreiben müsste, kämen mir so Ausdrücke wie lauschig, bunt, kitschig in den Sinn. Kein cooles Designer-Understatement, wie ich es gewohnt bin.
»Kind, es ist fast acht. Du musst aufstehen!«
Kind? Wer nennt mich hier Kind?!
»Anna?«, klingt es jetzt besorgt.
Anna. Das soll wohl ich sein. Wie komme ich zu diesem Namen, und überhaupt, was ist hier eigentlich los? Ich bin niemand. Ich bin tot!
Eine Hand zieht mir die Bettdecke weg. Was soll das?!!
Endlich rückt *sie* in mein Blickfeld. Sie, die Gestalt zu der Presslufthammerstimme. Eine Frau im fortgeschrittenen Alter. Jetzt, wo sie beinahe neben mir steht, kann ich sie gut erkennen. Ich schätze sie auf Mitte fünfzig.

»Na, erst die Flitterwochen und dann nur noch Party. Die letzte Nacht ist euch offenbar etwas zu gut bekommen. Leere Weinflaschen, wohin man sieht, überall Spuren vom Rausch der Nacht. Eine halbe Küche voll davon. Und der Morgen ist ein Kater auf vier Beinen. Das nenn ich einen ernsthaften Ansatz zum Start ins Eheleben, tsseee!«, stößt sie einen Wortschwall aus und geht zum Fenster.

Was ich hier höre und sehe, klingt nach schwarzer Komödie: Flitterwochen, Alkoholrausch. Sie redet mit irgendeiner anderen Person. Auf keinen Fall redet sie mit mir!

Vorsichtig richte ich meinen Kopf etwas auf. Steht hier noch ein Bett im Raum? –

Nein.

Entsetzt lasse ich den Kopf wieder ins Kissen plumpsen, beobachte sie argwöhnisch aus der Ferne, folge ihr mit meinen Blicken zum Fenster, das mittlerweile weit geöffnet ist. Sie lehnt sich heraus und summt dabei eine unverständliche Melodie, schnippelt an etwas herum. Blumen, Kräuter? Was auch immer.

Mein Blick klebt an ihrer Rückenansicht. Ein breiter Oberkörper, wuchtig mündet er in ein – im Verhältnis – eher schmales Becken, weshalb das Fett sich seitlich einen Weg ins Freie bahnt, raus aus der Jeans, die sie trägt.

Unvorteilhaft, hätte ich in meinem früheren Leben geurteilt. Ein völlig belangloses Detail, denke ich jetzt. Vielmehr frage ich mich, wie ich in dieses Bett gekommen bin. Ich bin doch gerade noch auf dem Todeswaggon ins Jenseits gerauscht.

Das Jenseits, da war ich mir vollkommen sicher, hat keinen Hinterausgang. Einmal drin, nie wieder raus. Das war der Plan. Was ist schiefgelaufen? Ich bin doch gesprungen!

Das Gefühl, das meine Brust zusammenschnürt, kommt schleichend wie eine unheilbare Krankheit. Ein neues Leben? Ein zweites Leben? Ein eingebildetes Leben? Eine übersinnliche Wahrnehmung, Fiktion?

Benommen richte ich mich auf und fühle es gleich. Sie hat recht. Alkohol! Alles schwimmt ein bisschen vor meinen Augen. Ein Indikator für Alkoholreste im Blut, vermutlich aus der vergangenen Nacht. Was auch immer in dieser Nacht geschehen ist, ich wars nicht. Das ist nicht mein Leben. Es ist ein anderes. Ein Irrtum. Ich muss eine Andere sein, eine mir unbekannte Person.

»Also, dann mach mal langsam. Ich bereite das Frühstück vor und du kommst dann einfach runter, wenn du fertig bist«, klingt die Stimme dieser merkwürdigen Frau auf einmal milde zu mir herüber. Sie steht kaum einen Meter von mir entfernt, hat die Hände in die Hüften gestemmt und lächelt. Ein halbes Dutzend Falten umrahmen ihren Mund. Graues, kurzes Haar hängt ihr ins gebräunte Gesicht mit den roten Wangen und einem Paar stahlblauer Augen.

»Hmmnn«, höre ich mich unverständlich irgendetwas murmeln. Es ist ein vorläufiges Zugeständnis. Ich verstehe noch immer nicht, was hier läuft. Aber vielleicht könnte ich es herausfinden. Ich bin zumindest bereit, mir einen Überblick über meine Lage zu verschaffen. Soll sie nur machen, was ihr beliebt und was der Tag von ihr verlangt. Ich bleibe vorerst hier, versuche Zeit zu schinden.

Endlich allein.

Ich hocke auf der Bettkante. Skeptisch sehe ich mich um. Was ist das für ein Bettbezug? Blümchenmuster. Definitiv nicht mein Geschmack. Wenn er auch zum Einrichtungsstil passt. Farblich ist alles aufeinander abgestimmt. Beinahe bieder, spießig.

Und der Blick aus dem Fenster? Träge richte ich mich auf, wage ein paar Schritte. Das Fenster ist noch immer weit geöffnet. Ich spähe ins Freie. Es riecht nach frisch gemähtem Gras. Die Luft ist sauber. Landluft. Ganz anders als in Frankfurt und Umgebung.

Unterhalb von meinem Fenster liegt ein Garten. Wild, mit einem kleinen zugewachsenen Schwimmteich. Dahinter Bäume, Hügel. Irgendwo in der Nähe muss es so etwas wie ein Dorf geben. Ich könnte also flüchten, weg von hier.

Auf den ersten Blick erscheint mir die Gegend fremd. Der Taunus ist es nicht. Sicher bin ich mir aber nicht. Ich habe viel gesehen. New York, Barcelona, Singapur, Kapstadt, Shanghai. Ausgezeichnete Städte mit ausgezeichneten Architekten. Ich bin ... ich war nur achtundzwanzig Jahre jung und schon eine Frau von Welt. Besser gesagt, wäre ich eine Frau von Welt geworden, hätte ich nicht ...

Der Gedanke an das Zurückgelassene erzeugt keine Spur von Reue. Nein, ich bereue meinen Sprung nicht. Nicht ein noch so seichtes Detail aus meinem früheren Leben hätte mich zur Umkehr bewegt.

So weit wären die Dinge klar.

Jetzt aber frage ich mich schon wieder: Was – verflucht! – ist bei meinem Sprung schiefgelaufen?!

Ich sehe an mir herunter. Ich trage ein kurzes Nachthemd. Zumindest das entspricht meinem Geschmack. Einigermaßen. Es ist jeansblau, leicht transparent.

Benommen und ungelenk wie eine Marionette tappe ich vom Fenster weg. Über dem Sekretär hängt ein kleiner Spiegel. Es ist nicht so, dass ich meinen Anblick vermisse. Im Gegenteil, ich mag meinen Anblick nicht sonderlich. Auch wenn der eine oder andere mich schon als attraktiv beschrieben hat. Das Äußere sagt nichts über das Innere aus. Es kann drinnen trotzdem düster und ungemütlich sein. Leer und nüchtern. Mit dauerhaft schlechten Klimaverhältnissen. Da nützt auch die schönste Außenfassade nichts. Das wissen insbesondere Architekten.

Warum mich der Spiegel dennoch anzieht, ist nicht die gerade angesprochene Eitelkeit. Es ist die Neugier. – Neugier? Das wäre durchaus eine neue Eigenschaft an mir, denn in den letzten Jahren ist mir so ziemlich alles egal gewesen.

Meine Hand streicht über die Wand, erreicht den Spiegel, der kaum größer als eine CD-Hülle ist. Weißer Rahmen, verschnörkelt, Kitsch. Ich löse ihn von dem Nagel, an dem er hängt, gehe damit zum Bett zurück. Mit zitternder Hand halte ich ihn mir vors Gesicht. Darin spiegelt sich tatsächlich mein Abbild. Zwei Augen, hellbraun. Dazu leicht markante Brauen. Eine Nase, relativ gerade, an der Spitze etwas abgerundet.

Schmale Lippen, ein Grübchen im Mundwinkel. Halblanges braunes Haar, zerzaust. Der Pony etwas zu lang. Das bin ich.

Ich wühle in den Tiefen meiner Erinnerung: Habe ich schon immer so ausgesehen? War ich nicht blond? ... – vorher? Die Erinnerung an mein Aussehen scheint beim Aufprall gelitten zu haben. Tatsache ist, ich bin gerade erst aufgestanden, ungeschminkt, ein bisschen blass um die Augen.

Ich suche jeden Zentimeter meines Gesichtes akribisch ab. Keine Blessuren, kein blauer Fleck, nicht einmal ein Kratzer, absolut nichts. Hat der Sprung tatsächlich nicht eine Schramme hinterlassen?

Nachdenklich lasse ich den Spiegel sinken.

Ich zucke zusammen, als die Tür ohne Vorwarnung aufgerissen wird. Jemand stürmt in den Raum, ohne mich zur Kenntnis zu nehmen. Er (ein Mann) wühlt in einer Tasche, die neben dem Tisch lehnt. Dabei erfasse ich seine Statur nicht vollständig. Sein Kopf ist in die Tasche am Boden getaucht.

»Hmn«, mache ich diskret auf meine Anwesenheit aufmerksam. Es ist das erste Mal, dass ich meine Stimme einsetzte.

Erschrocken fährt er hoch. »Oh ... äh, Anna«, stammelt er, als er mich auf dem Bett sitzen sieht. Ich habe das Gefühl, ihn bei etwas erwischt zu haben. Etwas, das ihm unangenehm ist. Es ist nur so ein Gefühl. Ich kann mich täuschen.

»Ich habe dich gar nicht gesehen. Ich dachte, du ... Geht es dir besser? Ich meine, besser als gestern. Es ist wieder in Ordnung, –oder?«

Er kommt auf mich zu, sieht mich dabei mit einem Blick an, den ich ganz und gar nicht deuten kann.

Flüchtig drückt er mir einen Kuss auf die Wange. »Ja ... hmn, ist alles wirklich etwas ungünstig gelaufen.«

Wovon redet er, frage ich mich, und spreche meinen Gedanken auch gleich aus: »Was meinst du?« Meine Stimme klingt ungewohnt hell. Ganz eins mit dem Blümchenstil der näheren Umgebung. Spontane Anpassung an die Situation, denke ich. Das ging schnell.

Endlich kann ich auch *ihn* ungestört studieren. Gar nicht mal schlecht, stelle ich fest. Blond ist er. Stahlblaue Augen. *Sie* ist also seine Mutter.

»Na, das mit ...«, er druckst herum.

»Ich erinnere mich gar nicht«, unterbreche ich ihn.

Ungläubig starrt er zu mir, an mir vorbei ... auf den Spiegel in meiner Hand. Und von dort wieder in mein Gesicht. Er muss das Zucken meiner Brauen registriert haben.

»Du meinst ...«, verlegen fährt er sich durch das blonde Haar. »Du meinst, du hast es vergessen. *Das.* Filmriss oder so was in der Art?«

»Aber total.« Wie um meine Aussage zu unterstreichen, berühre ich meinen Kopf. »Da ist nur noch Brei drin. Alles weg.«

Scheinbar erleichtert lässt er sich neben mich auf das Bett sinken. »Das ist gut«, entfährt es ihm. »Ich meine ... das ist natürlich schlimm. Brauchst du eine Aspirin? Oder irgendetwas anderes? Einen Tee? Du kannst ja noch ein bisschen schlafen.«

»Schlafen? Und das Frühstück?«

»Ach ja, das Frühstück. Mama ist schon dabei. Tut mir leid, dass ich nicht dabei sein kann. Es stehen einige Termine an.«

Mit einem – wie ich finde gekünstelt – zärtlichen Blick sieht er mich an, streift mir eine Haarsträhne aus dem Gesicht.

»Heute Abend wird es leider auch später. Aber du brauchst nicht auf mich warten. Mach dir einen schönen Nachmittag. Ella lässt dir ausrichten, es reicht vollkommen, wenn du heute gegen zwölf kommst.«

Etwas zuckt um seine Augen, als er diesen Namen erwähnt, der mir so gar nichts sagt. Wer ist Ella? Und warum spricht er ihren Namen mit beinahe kratziger Stimme aus?

»Ella?«, frage ich in der Hoffnung, auch hier einen entscheidenden Hinweis zu erhalten.

»Ella«, sagt er nur. Halb in Gedanken, als wäre es gar keine Antwort auf meine Frage.

»Ella ... ist wer?«, hake ich vorsichtig nach.

Zu meiner Überraschung reagiert er skeptisch. Vielleicht denkt er, ich wolle ihn auf den Arm nehmen.

»Ella«, sagt er schon wieder. Als wäre dieser Name unglaublich schwer auszusprechen. »Ella, deine Teilhaberin im Hofladen. Geht dein Filmriss schon so weit, dass du dich nicht einmal mehr an Ella erinnerst?«

»Doch«, erwidere ich zusammenhangslos, »da ist was. Ich lag auf diesem Waggon im dunklen Tunnel. Ich dachte, es wäre der Tod. Aber es muss ein Versehen gewesen sein.«

Verwirrt und zugleich etwas ungeduldig mustert er mich von der Seite.

»Das war der Wein. Kein dunkler Tunnel. Nichts weiter als Alkohol.« Er führt seine Hände zusammen, als wolle er beten. Ich spüre Nervosität.

»Also, lassen wir diese Spielchen.« Er klingt auf einmal leicht bitter. »Es ist alles gut. Das passiert, wenn man mal feiert. Es war vielleicht etwas zu ausgelassen. Du solltest wirklich eine Kopfschmerztablette nehmen. Ich sage Mama, dass sie sich darum kümmern soll.«

Er steht auf.

Da ist noch etwas. Etwas, das er noch loswerden will.

»Und du bist ganz sicher, dass du dich an nichts erinnerst?«, fragt er. Seine Stimme klingt jetzt wie ein verstimmtes Klavier: *Ping, klääng, buoong ...*

»Absolute Leere.«

Er zögert noch immer. Die letzte Skepsis ist (noch) nicht ausgeräumt. Vielleicht ist sie auch gerade erst geboren.

»Irgendwie bist du heute anders«, bemerkt er mit einem Unterton, der ebenso *anders* klingt als alles, was ich bis hierhin von ihm gehört habe. Ich möchte ihn gerne beim Namen nennen, aber da ist kein Name, der mir wie selbstverständlich über die Lippen will.

August ist der einzige männliche Name, der mir in den Sinn kommt. August Hochmuth: der Name meines Vaters. Ein Name wie ein Henker mit Lederkrawatte und weißen Samthandschuhen.

Bei diesem Gedanken bin ich wieder allein. Nahezu geräuschlos hat *er* das Zimmer verlassen.

Die zerknüllte Bettdecke mit Blümchenmuster liegt am Boden. Wahrscheinlich habe ich sie, als ich eben den Spiegel von der Wand löste, aus dem Bett gleiten lassen.

Jetzt fällt mir auch auf, dass ich in einem Doppelbett liege. Eine Bettseite wirkt jedoch wie ausgestorben. Hat er die Nacht nicht mit mir verbracht, hat er nicht neben mir gelegen?

Dabei sind wir angeblich frisch verheiratet. Der Geruch seines Eau de Toilette liegt noch in der Luft. Ein kleines Wölkchen umschwirrte meine Nase, als er mir vorhin diesen flüchtigen Kuss auf die Wange drückte. Fruchtig-herb, lecker. Warum hat er mich nicht auf den Mund geküsst? Ich bin seine Frau … Eine zwiespältige Persönlichkeit.

Ich werde nicht schlau aus dieser Begegnung. Und noch weniger schlau werde ich aus der Begegnung mit mir selbst.

Von unten, durch das geöffnete Fenster, höre ich Stimmen. Jemand klappert mit Geschirr.

Also gut, denke ich, wagen wir das Unmögliche.

Mit einem Ruck erhebe ich mich vom Bett, hänge den Spiegel wieder an den Nagel und wende mich dem Kleiderschrank zu. Ich öffne beide Türen gleichzeitig. Mit der Erwartungshaltung, dass mich der nächste Schock ereilt, schließe ich vorsorglich die Augen und zähle bis fünf. Rückwärts. Fünf, vier, drei, zwei, eins, null.

Das Übel hält sich in Grenzen. Auch wenn ich Ähnliches befürchtet hatte: Blümchenkleider, Blusen mit Spitzeneinsatz, Viskose und Polyester lassen grüßen. Baumwollröcke, einfache farbige T-Shirts, gestapelt. Gleich daneben die Jeans. Ich ziehe die oberste vom Stapel, betrachte skeptisch das Etikett. Ein No-Name-Produkt. Vermutlich in Indien oder Bangladesch gefertigt. Das kann ich nicht gutheißen.

Ich wühle ein Set frischer Unterwäsche aus der untersten Schublade und schlüpfe in BH und Slip. Dann die No-Name-Jeans. Sie sitzt, die Größe stimmt. Ich entscheide mich für ein neutrales bordeauxrotes T-Shirt mit Spaghettiträgern und kleinem Spitzeneinsatz.

Schuhe, denke ich dann, ich brauche Schuhe!

Ratlos sehe ich mich im Zimmer um. Nichts deutet auf einen Schuhschrank hin. Unter dem Bett? – Auch nicht.

In der Regel stakse ich auf Pumps durchs Leben. Keine Modelle mit Billigabsätzen. Natürlich nur solche mit formschönem, tragbarem Absatz. Einfarbig, stilvoll, besonders.

Doch nichts dergleichen zu entdecken. Na gut.

Ich kremple die Hosenbeine der Jeans etwas hoch. Draußen ist es lauwarm. Wir haben Frühling. Im Notfall ginge es auch in Schläppchen. In etwa solche wie die, die vor meinem Bett stehen. Ich habe weitaus weniger erwartet. Was ich erwartet habe, ist ein tiefes Nichts. Der freie Fall endete offensichtlich ohne Aufprall. Und (beinahe) ohne Schuhe.

Irgendwie finde ich nach unten. Der Weg ist nicht kompliziert. Ich bin kompliziertere Strecken gewöhnt. Häuser wie Fabrikhallen. Kubisch geformt, mit hohen Decken und bizarrem Farbspiel. Wände, die aus nur einem einzigen Kunstwerk bestehen. Abgerundete Erker. Stellwände von vier Metern Höhe. Raffinierte Dreidimensionalität mit kleinen optischen Täuschungen. Intelligente Spiegel- und Lichtreflexe. Abgefahrene Materialien, Recycelbares, Abfallprodukte. Nachhaltigkeit ist das große Thema.

Hier aber gibt es nichts weiter als rustikale Eiche und Plüsch.

Die Wendeltreppe nach unten fokussiert das Zentrum. Das Zentrum der Terrasse. Nur eine Glastür und wenige Schritte auf hellen Holzlamellen liegen dazwischen.

Ich erkenne *sie* am gedeckten Tisch. Sie, Frau Schwiegermama. Noch nie habe ich mit einer Schwiegermutter am Frühstückstisch gesessen. Vorsichtig nähere ich mich ihr, wage die Andeutung eines Lächelns.

»Anna ... Setz dich, Liebes.« Sie zieht einen Stuhl für mich heran. Ikea-Rattan, Modell Agen. Willig gleite ich hinein. Seit wie vielen Stunden habe ich nichts gegessen?

Ich betrachte meine nähere Umgebung. Auf dem Holztisch flattert eine orange-blau karierte Tischdecke. Es riecht nach Kaffee und frisch aufgebackenen Brötchen, die vor mir in einem Körbchen mit Papierserviette stecken.

»Wo ist ... er?«, sprudelt es spontan aus mir heraus. Ich kenne nicht einmal seinen Namen.

»Chris? Der hatte es scheinbar eilig. Habt ihr gestritten?«, fragt sie, während sie zu einer Edelstahlkanne greift und mir Kaffee einschenkt.

Chris also. Christian? Christof? Oder doch einfach nur Chris?

Ich spüre ihren Blick von der Seite. Vielleicht fällt es ihr jetzt auf; es fällt ihr auf, dass ich nicht *ich* bin.

»Na, aber du scheinst ja vollkommen entspannt«, schlussfolgert sie, als ich nicht antworte. Woraus auch immer sie diese völlig sinnfreien Schlüsse zieht.

Alles nur Fassade, denke ich, während ich mich zurücklehne und Kaffee schlürfe. Dabei kann ich es mir nicht verkneifen den Mund zu verziehen. Der Kaffee schmeckt lausig.

»Was war denn gestern?«, gibt sie es nicht auf.

Wie gerne würde ich mit der ganzen Wahrheit rausrücken: Ich habe mich kopfüber von Augusts neuem Rohbau-Luxus-Penthouse-Baukomplex gestürzt. 132 Meter. Überlebenschancen gleich null. Aus fraglichen Gründen aber bin ich *nicht*, wie geplant, unten angekommen. Vielleicht haben Außerirdische meinen Sturz abgefangen und mich hierher verfrachtet.

Ich sehe in ihre stahlblauen Augen. »Keine Ahnung«, sage ich.

Meine Hand tastet sich blind zu dem Körbchen vor mir. Unter der Papierserviette vermute ich die duftenden Brötchen.

»Filmriss. So was passiert.«

Sie sieht von meiner Hand, die tatsächlich ein warmes Brötchen ergattert und sich damit langsam zurück Richtung Teller bewegt, zu mir. Ein Fragezeichen liegt in ihrem Blick.

»Filmriss ... Was meinst du denn damit?« Sie starrt jetzt auf ihren eigenen Teller. »Oder du willst dich nicht erinnern?«

Es war der letzte Blick auf die Frankfurter Skyline. Der Adler breitet seine Flügel aus. Adieu. In meinem neuen Leben (eigentlich sollte es das erste und letzte gewesen sein), werde ich nichts mehr mit Architektur zu tun haben.

»Glaubst du, er betrügt dich?«

Ich teile das Brötchen in zwei Hälften, beschmiere eine Hälfte mit Butter. Mein Blick folgt innerlich dem abstürzenden Adler …

»Helmut hat mich damals auch betrogen. Aber natürlich nicht gleich nach der Hochzeit. So schlimm war es dann doch nicht. Ach, was sage ich. Wie lange seid ihr jetzt zusammen, sechs Jahre?«

Sie greift zu ihren Zigaretten, legt sie aber gleich wieder weg.

»Ich erwischte die beiden damals beim Knutschen. Es war auf einer Feier in Frankfurt.«

Gerade habe ich den Aufprall des Adlers verpasst. Wo schlug er auf?

»So fing es an. Reni hieß sie. Das wäre doch gar nicht so gewesen, wie es ausgesehen hätte, behauptete er anschließend. Natürlich hat er sie nur wegen ihrer misslungenen Ehe getröstet. Und dabei ganz zufällig seine Hand auf ihr Hinterteil gelegt. So sind die Männer!«

Gerade bemerkt sie, mit welcher unerwarteten Aufmerksamkeit ich ihren Worten folge.

»Ach, Anna. Ich hoffe doch, Chris schlägt nicht nach seinem Vater. Er hat doch meine Gene.« Sie klopft mir auf die Knie. »Überarbeitet ist er. Natürlich. Das wird es sein.« Sie führt ihre Kaffeetasse an die Lippen.

Ich betrachte den vor mir liegenden Garten. Die Fernsicht wird von Kirsch- und Apfelbäumen aufgehalten. Der Rasen ist frisch gemäht. Johannisbeersträucher und Sonnenblumen stehen am Rande der Fläche, einer beinahe exakt runden Rasenfläche.

»In Frankfurt«, wiederhole ich das Letzte, was von ihren Worten bei mir hängengeblieben ist.

»Na ja, wir sind ja sonst eher selten in Frankfurt. Sein Chef hatte uns eingeladen. In so ein Nobelrestaurant. Zum Firmenjubiläum. Ich wollte mir nur kurz die Nase pudern, als ... Sie standen da bei den Toiletten. Reni trug ein sehr enges Kleid.«

Ich kaue auf meinem Brötchen. Dabei höre ich ihr aufmerksam zu. Ich kenne das Gefühl.

»Hast du schon einmal den Namen August Hochmuth gehört?«, frage ich völlig losgelöst aus jedem Zusammenhang.

Sie wirkt etwas verwirrt. »Wie bitte? Was für ein Name? ... Nein.«

»Ich frage das nur, weil du gerade von Frankfurt gesprochen hast. Ich habe einen Artikel über ihn gelesen. Er baut Luxus-Appartements, Lofts. Lustig, oder? Dass jemand glaubt, die Welt brauche vier Meter hohe Wände, Fotovoltaik, Biotope auf Dächern oder Fenster, durch die man dir bis zum Bauchnabel schauen kann.«

Ich kaue weiter auf meinem Brötchen, als wäre nichts gewesen.

Mit angespanntem Rücken sitzt sie mir gegenüber, starrt mich an wie das achtzehnte Weltwunder.

»Wer braucht denn so was. Der Mensch ist übersättigt. Müde und gelangweilt von der Perfektion, die man ihm überall in den Weg stellt, damit er sie bewundert. Klobige Säulen bis in gigantische Höhen, Löcher in Shoppingcentern, Parkanlagen auf Hochhäusern. Ist das normal, dass wir uns so einen Mist ausdenken?«

Ich höre meine Stimme und habe dabei gleichzeitig das Gefühl, sie komme nicht aus meinem Mund.

Sie blickt wieder auf ihren Teller, überlegt. Vermutlich denkt sie, ich hätte ihr gar nicht zugehört. Sie täuscht sich.

»Du glaubst, Chris hat eine andere?«, komme ich unerwartet auf das Thema zurück.

Sie starrt noch immer vor sich hin, die grauen Haare fallen ihr ins Gesicht. Dann aber richtet sie sich etwas auf, presst die Lippen aufeinander und sieht mich an.

»Was war denn das gestern, als Helmut und ich vom Essen kamen? Da war niemand hier. Ihr feiert doch sonst die halbe

Nacht. Es war erst halb eins. Und dann gegen vier ... ich dachte erst, ich hätte geträumt.«

Geträumt ... Nicht eine Sekunde wäre es mir in den Sinn gekommen, dass das im Hochhaus alles nur ein Traum war. Es war doch vollkommen real. Ich habe mir den Loft im eingerichteten Zustand vorgestellt. Die Möbel gesehen. Das Design, den Lichteinfall. Die exakt berechneten Abstände zwischen Wänden, Türen, Elektrik. Nach Feng-Shui vermessen. Und natürlich den nahezu perfekten Menschen dazu, der derartigen Wohnraum für sich beansprucht: ich.

»Ich bin ans Fenster, weil ich diese Geräusche von euch drüben gehört habe. Jemand hat geschrien. Ein schriller Schrei, der mir durch Mark und Bein ging.«

Ihre Augen sehen auf einmal ernst geradeaus in eine Richtung. In meine Richtung. Ihre Hand ist angespannt und steif wie ein Brett.

»Im ersten Moment dachte ich, etwas sehr Schlimmes sei passiert.«

Ich halte ihrem Blick stand, versuche zu ergründen, was es ist, was sie darin versteckt. Dramatik, Angst, Überheblichkeit, Ekel oder auch einfach nur Unwissenheit.

»Na ja, wie gesagt, vielleicht war es tatsächlich nur ein Traum. Wenn etwas Schlimmes passiert wäre, hättet ihr mir davon berichtet, du und Chris.«

Was konnte es Schlimmeres geben, als die Angst, nicht im Rampenlicht zu stehen; als den Horror, nicht mit dem ersten Preis honoriert zu werden; als den Albtraum, nicht die alles schmückende Eingangsrede halten zu dürfen? Dagegen versinken alle anderen Ängste in der Bedeutungslosigkeit.

»Wenn jemand mitten in der Nacht schreit, gibt es sicher einen Grund dafür«, piepst meine Stimme. »Vielleicht hat sich jemand das Leben genommen. Ein Schrei der Erleichterung.«

Schon wieder bemerke ich, ohne sie anzusehen, wie ihr Körper sich verdächtig spannt.

»Anna ... Was ist los mit dir?«

»Was soll sein?«

»Du bis heute Morgen so ...«

»Ja?«

»... anders.«

»Wie bin ich denn sonst? Ich weiß gar nicht, wie ich sonst bin. Und kannst du mir vielleicht sagen, wie ich dich normalerweise anspreche? Es ist mir entfallen. Ich habe einen kompletten Blackout.«

Ich hebe meine Kaffeetasse an und lasse sie auf halber Höhe in der Luft schweben, weil ich in ihre stahlblauen Augen sehe, die mich schon wieder wie ein unerwartetes Weltwunder ansehen. Diesmal aber mischt sich etwas in ihren Blick, was das Thema, also die Existenz von Weltwundern, grundsätzlich anzweifelt.

»Ich ... ich ...«, setzt sie zweimal an, ohne den Beginn eines Satzes zustande zu bringen. Stattdessen fummelt sie unter dem Tisch herum, bekommt ein kleines, mit Blumenmuster besticktes Täschchen in die Finger. Umständlich kramt sie etwas daraus hervor. Einen Lippenstift.

Schon kommt er zum Einsatz. Sekunden später sitzt sie frisch angemalt vor mir. Als könne man ein Gesicht einfach so austauschen. Lippenstift, und fertig!

»Ich bin doch deine Ani. Anneliese nennst du mich nur, wenn du sauer auf mich bist. Aber meistens sind wir gute Freundinnen.« Sie lächelt und dabei sieht ihr Gesicht tatsächlich wie ausgewechselt aus. Gerade noch hat sie müde und irgendwie deprimiert gewirkt. Was so ein Farbstrich ausrichten kann.

»Darum kannst du mir auch alles sagen, was dir auf dem Herzen liegt. Du bist wie meine Tochter, die ich nie hatte. In gewisser Hinsicht gleichen sich ja unsere Männer. Immer streunen sie herum und man weiß nicht, was sie treiben. Wir Frauen halten zusammen.«

Allmählich dämmert es mir, worauf sie hinauswill.

»Und wegen des Blackouts mach dir mal keine Gedanken. Manchmal blendet das Unterbewusstsein Dinge aus, die dich belasten. Darunter leidet auch das Gedächtnis. Das hat mir mein Therapeut erklärt.«

Sie greift nach meiner Hand und hält sie in ihrer. »Das bekommen wir schon wieder hin.«

»Wie war es denn vorher?«, interessiert mich das Thema jetzt doch. »Ich meine, mit uns, mit Chris und mir? Hast du den Eindruck, wir schlafen schon länger nicht mehr miteinander?«

Ich empfinde nicht die geringste Scham, ihr diese Frage zu stellen. Vielleicht ist Ani so etwas wie ein weiteres unbekanntes Ich. Eine Abspaltung meiner beim Sprung zersplitterten Seele, sollte diese reinkarniert sein. Ich kenne sie nicht. Ich kenne auch *mich* nicht.

»Das ... oh.« Sie legt meine Hand wieder zurück, eine Verlegenheitsgeste, und richtet etwas an ihrer Frisur, die prinzipiell eher pflegeleicht wirkt.

»Das ist eure Sache. Ich ... hmn ... mische mich da nicht ein. Aber so ist das. Die Erotik verliert ihren Reiz, sobald der Alltag einen einholt. Das kenne ich nicht anders.«

Sie zündet sich eine Zigarette an.

»Wann haben wir geheiratet?«, nutze ich die Gunst der Stunde und ihren Moment der Entspannung.

»Vor drei Wochen. Ihr wart auf Hochzeitsreise im Schwarzwald. Ein Fünf-Sterne-Hotel mit großem Wellness-Angebot. Wir haben noch zusammen die Angebote im Internet studiert. Du erinnerst dich wirklich nicht?«

»Und meine Arbeit? Wie konnte ich denn drei Wochen Urlaub nehmen?«

Vielleicht denke ich für ländliche Verhältnisse zu pragmatisch. Das steckt einfach in mir.

»Du bist selbstständig. Ella Gerber und du. Ihr kennt euch doch schon ewig. Dieser Hofladen war ihre Idee. Im Prinzip musstest du das nie machen. Chris hätte dich auch jederzeit als Hausfrau akzeptiert.«

»Bist du sicher?« Diese Frage kommt tatsächlich aus tiefstem Herzen. Denn wer diesen Berufsstand (Hausfrau) für sich selbst niemals toleriert hätte – nicht in diesem Leben und auch in keinem anderen – bin ich selbst. Ich, Joanna Hochmuth. Die (eigentlich) tote Tochter von August Hochmuth, wie gesagt.

»Aber natürlich. Warum sollte er von dir erwarten, dass du dich plagst, dich mit Kunden herumärgerst, wenn es einfach nicht notwendig ist. Er verdient mit seiner Kanzlei genug für euch beide. Auch wenn es nur eine kleine Kanzlei ist. Sebastian Schnabel ist zwar nicht unbedingt ein zuverlässiger Teilhaber, aber ... na ja. Die dicken Fälle kassiert der gern für sich. Wie oft habe ich Chris schon gesagt: Pass auf, der zieht dir das Geld aus der Tasche. Aber Chris ... Stattdessen hängt er im Sommer im Schwimmbad rum, geht Tennis spielen oder läuft den Frankfurt-Marathon. Dreimal die Woche Lauftraining. Da hat Basti natürlich leichtes Spiel.«

»Und wo trainiert er?«, wage ich mich langsam an das noch immer ungelöste Rätsel meines Verbleibs, die Lokalisierung. Ich möchte wissen, wie weit ich mich vom Ort des Todessprungs entfernt habe.

»Bad Orb. Kurgebiet, hinter dem Naturerlebnisbad. Manchmal auch im Schlosspark Wächtersbach.«

Ich kenne diese Orte nur vom Namen. Wenn Augusts Bauprojekte außerhalb Frankfurts lagen, war das bestenfalls der Taunus oder Bad Homburg. Die östliche Richtung ist mir nur entfernt bekannt, vielleicht von sehr seltenen Ausflügen in der Kindheit.

Aber gut. So weit eine erste Bilanz. Ich befinde mich also schätzungsweise sechzig Kilometer östlich von Frankfurt entfernt. Offen aber ist nach wie vor die Frage: *Wie ...?* Auf die Antwort, die ich (noch) nicht habe, folgt unbedingt ein *Warum?* Was ist nach meinem Sprung passiert? War ich nicht in der Notaufnahme eines Krankenhauses, kurz bevor der Waggon in den Tunnel raste? Ich erinnere mich vage an das verschwommene Gesicht der Krankenschwester. Sehr vage. August stand nicht an meinem Bett. Niemand stand an meinem Bett. Oder doch?

»Anna.« Kurz denke ich, es ist die Stimme der Krankenschwester. Die Szene ist noch nicht ganz weg.

»Du bleibst heute besser im Bett. Kurier das aus. Morgen wird es dir bestimmt besser gehen und das Gedächtnis ist plötzlich wieder da. Ella schafft das heute auch allein.«

»Ja ... aber ... Stellen Sie die Geräte ab«, höre ich meine Stimme unerwartet aus einem dunklen Winkel meines Bewusstseins treten. Sie verselbstständigt sich und klingt dabei plötzlich anders, tiefer.

Ani weicht erschrocken zurück.

»Geben Sie sich keine Mühe. Ich will das nicht! Nicht eine Sekunde länger. Stellen Sie es ab! Sofort!!!«

Die Tochter eines High Society-Giganten zu sein, ist mitunter ermüdend. Ein Mensch, der immer und überall präsent sein muss, hochgradig mediengeil. Wenn die Kamera nicht auf ihn gerichtet ist, wird er nervös. Spricht man seinen Namen falsch aus, bekommt er Hautausschlag. Er ist ein Opfer seiner selbst. Gesten werden einstudiert und mindestens hundert Mal durch den inneren Spiegel reflektiert. Wie ist die Wortwahl. Wie sehe ich aus. Was macht das Publikum.

Das Imperium Hochmut ist ein eisiges Imperium. Niemand erklimmt die vergletscherten Hügel.

Es sei denn, man ist seine Tochter. Mit dem Namen Hochmuth öffnen sich Türen, Tore. Der Studienplatz an der Elite-Uni ist weit im Voraus reserviert. Die Abschlussnote steht quasi schon fest. Und natürlich die Karriere.

Der einzige Kick bei der Sache könnte folgender sein: Ich verfüge über keinerlei Talent.

So was aber gibt es im Hause Hochmuth nicht. Die Familie produziert seit Generationen ein Talent nach dem anderen. Ich bin keine Ausnahme.

Und doch bin ich sie. In anderer Hinsicht. – Denn seit Generationen bin ich der erste Spross der Familie, der es wagt, den Bruch zu vollziehen. Einen Bruch, der so endgültig wie radikal ist.

Es gibt keinen Erben. Die Familie Hochmuth wird aussterben. Künftig wird niemand mehr in den goldenen Mantel schlüpfen und das eisige Imperium weiterführen, denn ich habe mich für den Freitod entschieden. Ich, Joanna Hochmuth. Ich wäre die letzte Erbin gewesen.

Jetzt aber bin ich Anna Gerlach. Eine Allerweltsfrau in einem Durchschnittsleben mit einem Nullachtfünfzehn-Umfeld und den Problemen der Durchschnittlichkeit.

Bis zu dem Moment, als ich den Freitod wählte, hatte ich mich nie gefragt, ob es mich schlimmer treffen könnte. Ich war mir bis zu diesem Moment nie meiner grenzenlosen Arroganz bewusst gewesen, mit der ich auf meine Mitmenschen herabsah.

Das sollte sich ändern.

Nachdem ich Ani gestern ein halbes Dutzend Mal aufgefordert hatte, die Geräte abzustellen, verfrachtete sie mich ins Bett. Neben meinem Bett hockend, redete sie noch eine Weile mit mir, verriet mir dabei Wissenswertes aus *meinem* Leben.

Mittlerweile muss ich beinahe zwanzig Stunden geschlafen haben. Es ist schon wieder Morgen. Die Sonne lacht durch das geöffnete Fenster.

»Anna?« Eine Stimme hinter der Tür. Jemand klopft.

Ich mag es, wenn Leute diskret sind. Und Ani ist diskret ... na ja. Heute Morgen ist sie zumindest weitaus diskreter als gestern. Sie erinnert mich lediglich an die Uhrzeit und verschwindet gleich wieder.

Ani und ihr Mann Helmut, mein Schwiegervater, wohnen gleich nebenan, wie ich gestern nach meinem halb hysterischen Anfall herausfand. Das, meinen Namen und so einiges andere, was ich für meine neue Rolle als Anna brauche. Somit bin ich heute weitaus besser vorbereitet auf das, was mich erwartet.

Und was erwartet mich?

Meine erste Begegnung mit Ella. Ella Gerber, meine Teilhaberin im Hofladen. Schon vor unserer ersten Begegnung verbinde ich diverse Mythen mit ihrer Person.

Noch nie habe ich große Freundschaften gepflegt. Wie fühlt es sich an, einen Freund oder Freundin zur Seite zu haben?

Ich erinnere mich an die eine oder andere Liaison. Namen sind mir entfallen. Weitestgehend. Ein Kollege wollte mit mir befreundet sein. Er war überzeugt, so die wirkliche Joanna Hochmuth kennenzulernen. Es gibt nur diese eine Joanna Hochmuth, hatte ich ihm versucht begreiflich zu machen. Auf meine Art und Weise, über alles erhaben – wie immer.

Als ich über den Hof schlendere, zu dem der Laden gehört (Ani hatte mir den Weg grob beschrieben), stoße ich gleich an der nächsten Ecke auf das Eingangsschild:

Naturkost Gerber & Gerlach.

Bio-Produkte also. Nachhaltigkeit für die Architektur, Bio aus der Natur. So ist das. Auf dem Land wird nachhaltig gesät, geerntet, extrahiert und sanft verarbeitet.

Ich habe wirklich keinen Plan von Lebensmittelproduktion und es ist mir auch nie in den Sinn gekommen, mich damit zu beschäftigen. Aber ich weiß, dass ich in der Lage bin, mir alles Mögliche anzueignen.

Viel Geld wird der Laden kaum abwerfen. Vielleicht ein kleines Taschengeld für mich, eine ohne das ganz sicher verkümmernde Hausfrau.

Ella ist Biologin und hat angeblich ihre ganzen Ersparnisse in den Laden gesteckt. Das nenne ich Idealismus.

Aber es ist mir egal. Dieser Laden ist mir egal, Anna ist mir egal. Ella erst recht. Ella ist eine Kollegin, Teilhaberin, mehr nicht.

Das heißt – doch ... da ist noch etwas, was ich vielleicht erwähnen sollte, weil Ani es mir gestern zuflüsterte: Ella steht auf Chris.

Und das ist nicht alles, denn in dem Moment, als ich sie das erste Mal sehe (sie steht gerade hinter dem Ladentisch), denke ich: Ich kenne sie von irgendwoher.

Die Tür hat sich bereits hinter mir geschlossen.

»Du bist aber spät dran«, bemerkt sie mit leicht bissigem Unterton, ohne aufzusehen.

»Hallo, Ella. Oder soll ich Frau Gerber sagen?«

Jetzt sieht sie doch auf. »Na, du bist ja schräg drauf heute.«

Sie zieht nur einen Mundwinkel hoch. Ein schiefes Lächeln. Man könnte es auch gequält nennen.

»Frau Gerber. Wir sollten mal wieder ein bisschen Förmlichkeit einführen, keine schlechte Idee.« Sie lacht und ihr Lachen wirkt doch unerwartet natürlich, wie ich erstaunt feststelle.

»Hast du deinen Rausch ausgeschlafen?«

»Rausch?«

»Chris hatte gestern so was angedeutet. Du hättest einen Blackout gehabt.«

»Ach das …«

Sie mustert mich mit einem flüchtigen Blick. Dann dreht sie sich herum, kramt ein paar Einmachgläschen aus einer Schublade, schraubt sie auf und stellt sie auf den Tisch vor sich. Der Tisch ist vielmehr eine leicht erhöhte Kommode mit einer vorstehenden Holzplatte.

Ich rücke unbemerkt vor, neben sie, begutachte sie neugierig von der Seite.

Ella ist in etwa so groß und wohl auch so alt wie ich. Blond mit einer – für Männer – einladenden Oberweite. Ansonsten ist sie eher schmal. Bis auf das Becken. Eine Frau mit den Rundungen an den richtigen Stellen, denke ich. Oder wie für eine Schwangerschaft gemacht. Fraglich, warum mir dieser Gedanke kommt.

Vor ihr auf dem Kommodentisch steht eine Schüssel mit einer grünlichen Paste. Es sieht aus wie Pesto, riecht wie Pesto. Vermutlich ist es Pesto.

»Willst du hier Wurzeln schlagen?«, raunt sie mir zu, während sie mit einem Löffel in die Schüssel taucht und das erste Gläschen mit der grünen Paste füllt.

»Ich? Nein.«

»Na dann.«

Ich gehe davon aus, dass dieses *Na dann* eine Aufforderung ist. Eine Aufforderung wozu?

»Ja …?« Ich hoffe auf eine konkrete Anweisung, denn ich habe keine Ahnung, was hier von mir erwartet wird.

»Willst du nicht loslegen? Deine Pflanzen schauen schon ganz traurig drein.«

Sie deutet aus dem Fenster, ich erkenne ein Gewächshaus.

»Gestern mussten sie mit mir vorliebnehmen. Das hat ihnen nicht sonderlich gepasst, wo sie doch an dich und dein grünes Däumchen gewöhnt sind.«

Ich, die Öko-Frau? – Architektur und Natur. Zwei natürliche Feinde. Dort, wo das eine anfängt, hört das andere auf. Häuser wachsen nicht wie Bäume aus dem Boden. Sie werden auf Zement gesetzt und ins Erdreich gestampft. Das ist ganz klar widernatürlich, woran auch das ganze Gefasel von Fotovoltaik und Windkraft nichts ändert. Architekten sind keine Götter. Botaniker sind es sicher auch nicht. Botaniker ... oder eben Botanikerinnen.

Mein missmutiger Blick landet schon wieder bei Ella. Gerade beschriftet sie Etiketten.

Was für eine Zeitverschwendung, denke ich und eise mich los, um nicht tatsächlich Wurzeln in dem naturbelassenen Boden zu schlagen. Unbemerkt bewege ich mich von Ella weg, schlendere etwas durch den Verkaufsraum, entdecke meine nähere Umgebung.

Eine Wandseite besteht nur aus Regalbrettern, welche die vermeintliche Natur für sich eingenommen hat. Man könnte natürlich auch sagen: eine Wandseite voll mit Dingen, die der Mensch der Natur geraubt hat. Gläser gefüllt mit getrockneten Blättern, Hülsenfrüchten, Pilzen, Kräutern und anderem Grünzeug. Daneben Gewürze, Essigmischungen, Essenzen, Soßen, eingelegte Birnen, Orangen, Kiwis, Datteln im Speckmantel, mariniertes Gemüse, kandiertes Obst.

Poster an der Wand klären über sanfte Zubereitungsmöglichkeiten und Nährstoffgehalte auf.

Man stelle sich nur eine Sekunde vor, die Natur betriebe dasselbe Spielchen mit uns. Menschenaugen und Gedärme in Gläsern. Menschliche Haut und Haare zum Trocknen aufgehängt.

Das Problem ist, wir sind daran gewöhnt, das letzte Wort zu haben. Wir leben in dem selbstverständlichen Glauben daran, dass unsere Perspektive die einzig wahre ist.

Ich wende den Blick ab und drehe mich in die andere Richtung. Langsam schlendere ich weiter. Der Verkaufsraum ist nicht sonderlich groß. Die eigentlichen Werkräume befinden sich dahinter. Eine größere Küche. Modern und mit allem ausgestattet, was man als Ökobäuerin so braucht. Von Innenarchitektur sprechen wir erst gar nicht, denn da setze ich andere Maßstäbe an.

Mit dem skeptischen Blick der Architektin kann ich es dennoch nicht lassen, ein heimliches Urteil zu fällen. Architekten sind auch Innenarchitekten. Farben erzeugen Stimmungen, bestimmte Materialen fördern das Wohlbefinden.

Ellas Küchenwände sind lavendelblau, die Möbel in Weiß gehalten mit Stahlelementen. Der Boden ist aus dunkelgrauem Granit. In gewisser Weise muss ich Ella Geschmack zugestehen, wenn es auch an innenarchitektonischer Kompetenz mangelt.

Besonders reizvoll ist der Farbkontrast, der sich durch das benachbarte satte Grün im Gewächshaus einstellt. Durch eine Fensterwand mit Glastür gelangt man direkt dorthin.

Die Glastür steht offen und bevor ich mich versehe, stehe ich auch schon inmitten der Ökowelt.

Zugegeben, der Anblick von gezüchtetem Grün ist mir nicht ganz fremd. Man darf Beton auf riesige Naturschutzgebiete gießen. Einsame Ameisen- und Regenwurmexistenzen sind dabei völlig wurscht. Stattdessen, quasi als Entschädigung, holt man sich einen Baum in die Küche. Das wirkt auf Außenstehende dann so, als wäre man ein Öko-Freak: *Mensch, wo hast du denn diesen tollen Baum her? Ich wusste gar nicht, dass du dich für die Umwelt einsetzt … Hihi!* Wie ich dieses künstliche Gekicher hasse – und ich hasse oberflächliches So-Tun-als-ob, allein deshalb, weil es mir so vertraut ist.

»Dich hat es echt erwischt.«

Ella steht plötzlich neben mir. Ich habe sie gar nicht bemerkt. Sie trägt jetzt Gartenhandschuhe.

»Der Blackout. Ich dachte, Chris hätte übertrieben, aber … Was war denn auf der Party?«

»Party? Ich hab keine Ahnung.«

»Ihr habt doch irgendwas eingeworfen?«

»Du warst doch auch dabei«, behaupte ich aus einem inneren Impuls heraus. Obwohl ich tatsächlich keine Ahnung habe, wovon ich spreche.

Zu meiner Überraschung zuckt Ella zusammen, als hätte sie sich gestochen.

»Nee … Ich war woanders«, sagt sie leise, sie sieht mich nicht an.

Ich erinnere mich plötzlich an Chris, als er Ellas Namen aussprach. Er ist mir bisher kein zweites Mal begegnet. Und das obwohl wir doch verheiratet sind.

»Es ging mir nicht *so* ... vorgestern.«

»Ach so. Na das ist natürlich ein völlig einleuchtender Grund.«

»Höre ich da Ironie?«

»Nö. Aber kann es sein, dass du meinen Mann vögelst?«, antworte ich gänzlich ungeniert.

Mit offenem Mund starrt sie mich an. Verärgert wirkt sie jedoch nicht. Eher verblüfft.

»Bist du nicht ganz dicht!«, findet sie irgendwie ihre Stimme wieder. »Eure Eheprobleme musst du jetzt nicht mir in die Schuhe schieben. Vielleicht hättest du dir das mit der Hochzeit besser noch mal überlegt.«

»Was denn für Eheprobleme?«

Zugegeben, dieses neue Leben entwickelt gerade einen gewissen Reiz.

»Jetzt sag nicht, es wäre alles nur leeres Gerede gewesen. Dein Gejammer in den letzten Wochen. Er hätte dich in der Hochzeitsnacht nicht einmal angerührt.«

»So was vertraue ich dir an?«

Sie stemmt die Fäuste in ihre weiblichen Hüften. Ihr Blick durchbohrt mich wie der ausgestreckte Zeigefinger das Sahnehäubchen.

»So, mich führst du nicht aufs Eis. Der Blackout scheint mir eine Art Rechtfertigung. Hätte ich es mir doch denken können ...« Eine Hand löst sich von ihrer Hüfte. Sie überlegt.

»Rechtfertigung ...« Sie überlegt noch immer, wagt es nicht, das auszusprechen, was sie denkt. Es könnte ja sein, dass ich mich tatsächlich nicht erinnere. Ella hält mich wohl für clever, vielleicht auch nur jetzt gerade, sonst aber ... – Und sie liegt richtig.

Ich habe mein Studium mit Auszeichnung bestanden. Dabei kann ich nicht einmal behaupten, Architektur wäre meine Leidenschaft, wäre es jemals gewesen. Leidenschaft geht mir völlig ab. Ich besitze die seltene Fähigkeit, Dinge, die ich anfasse in etwas zu verwandeln, was vom Rest der Menschheit bewundert wird. Was ich selbst dabei denke oder fühle, ist völlig unerheblich. Niemand beschäftigt sich mit meinem Innenleben. Man neidet mir lediglich das, was ich erschaffe. Der Mensch giert nach Materiellem.

»Warum sagst du nicht geradeheraus, was du denkst?!«

»Das habe ich doch gerade!«

»Anna, du weißt selbst, dass das absurd ist«, behauptet sie jetzt. Es ist wie ein Schuldeingeständnis. *Ja, ich vögele deinen Mann,* hat sie in Wahrheit gesagt. Sie hat es nur anders formuliert.

»Wie lange schon?«, bohre ich ungeniert weiter. »Schon vor der Hochzeit? Warum hat er mich dann geheiratet? Was hat er denn von mir? Ich habe ja nicht einmal große Ahnung von diesem Ökoding.«

»Du weißt doch nicht, was du sagst. Besser du redest mit Chris. Wenn du ihm etwas unterstellst, solltest du das vielleicht erst einmal ihm gegenüber zur Sprache bringen.«

Da ist was dran. Es gibt nur ein Problem …

»Ich sehe ihn kaum. Morgens verschwindet er schon vor dem Frühstück. Abends ist es nicht anders …«

Ich kann natürlich nur von der letzten Nacht sprechen. Aber mein Instinkt sagt mir, dass es – sollte es mich schon vorher, in dieser oder einer anderen Version, gegeben haben – nicht viel anders war.

»Er arbeitet eben viel. Er arbeitet für euch. *Das hier* würde doch nicht reichen … wenn ihr einmal eine Familie gründen wollt.«

Ihre Stimme ist wieder etwas leiser geworden. Abwartend mustert sie mich von der Seite.

»Familie?« Dieses Wort muss ich mir tatsächlich dreimal auf der Zunge zergehen lassen, um es zu erfassen.

Familie verheißt für mich nichts Gutes. Ein Vater, der keine Zeit und kein wirkliches Interesse an Kindern hat – es sei denn, man betrachtet das Ganze hinsichtlich des Erbes. Eine Mutter, die es nicht gibt. Irgendwer hat mich irgendwann vor achtundzwanzig Jahren auf die Welt gebracht. Über die näheren Umstände ist nichts bekannt. Ich weiß nicht einmal, ob der Geburtsort, der in meinem Pass steht – gestanden hat –, tatsächlich der Ort ist, an dem es geschah, oder ob mein Vater nicht auf dem Amt diktiert hat: *Schreiben Sie einfach Johannesburg, Shanghai oder Frankfurt. Es ist ja nur eine Formalie ... Ich war an diesem Tag leider verhindert.* Er sagt das augenzwinkernd, als könne der Beamte ihn verstehen.

Vielleicht wurde ich im Krankenhaus vertauscht. Wünschenswert wäre es. Aber jede Erkenntnis hinsichtlich dessen käme jetzt zu spät.

Möglich ist auch, dass mein Vater eigentlich zeugungsunfähig ist. Wie oft habe ich mich mit dieser Vorstellung getröstet. Dann aber überhäufte man mich mit Auszeichnungen für Skizzen und Modellentwürfe. Ich habe Tage, Wochen getüftelt und etwas vollbracht, was mich unmissverständlich mit *ihm* in Verbindung brachte. *Das ist genial. Wunderbar. Sie hat das Talent vom Vater geerbt!*

Ich hätte mich sträuben oder mir eine andere Aufgabe suchen können. Habe ich aber nicht.

»Familie also«, nehme ich den Faden wieder auf. »Ein Mann, der sich nicht um seine Nächsten schert, sollte auch keine Familie gründen.«

Verwundert nehme ich meine Worte zur Kenntnis. Was war das?

Auch Ella quittiert meine Bemerkung mit fragendem Blick.

»Anna ...« Sie muss noch einmal Luft holen. Vielleicht fragt sie sich gerade, wer diese Anna ist, die wie Anna aussieht, sich aber nicht wie Anna verhält.

Es gibt eine seltsame Verbindung zwischen unseren beiden Schicksalen. Die Verbindung mündet in folgende Frage: Was stimmt hier nicht? Ella tappt ganz ähnlich im Dunkeln wie ich.

»Anna, ich verstehe dich heute nicht. Du bist ... anders. Und –«

»Und was?«

»Du hast auch recht. Ja, du hast recht. Aber es wundert mich, solche Worte von dir zu hören. Ich kenne sonst eher die verblendete Anna, eine Anna, die zwar impulsiv ist, aber irrational. Die oft völlig unverhältnismäßig alles rauslässt, das Herz auf der Zunge trägt. Solche kritischen Worte, wie die gerade eben, bin ich von dir nicht gewöhnt.«

»Bist du nicht meine Freundin?«

Sie wirkt beinahe verlegen, streift sich einen der beiden Gartenhandschuhe ab.

»Doch«, gibt sie sich kleinlaut zu erkennen.

»Gut, dann hättest du mir das vielleicht vorher schon einmal sagen können.«

»Vielleicht.«

»Weißt du denn, was auf dieser Party vorgestern los war?«, wage ich mich jetzt, wo ich sie so weit habe, vor. »Da war doch irgendwas.«

Anders als erwartet, dreht sie sich weg.

»Nein, keine Ahnung.« Sie streift sich den Handschuh, den sie gerade abgelegt hat, wieder über.

»Ich lag auf diesem Wagen. Ich war mir sicher ...«, ziehe ich jetzt etwas ähnlich Absurdes durch wie gestern bei Chris und Ani. Ich habe nichts zu verlieren. »Es ist ein Todeswagen. Besser gesagt, ein Todeswaggon. Er fuhr in einen Tunnel. Ich konnte mich nicht bewegen. Da war nichts mehr und um mich herum wurde es nur immer dunkler. Ich habe den Tod gesehen.«

In Ellas Augen steht der Schauder, den sie gerade bei meinen Worten empfunden hat. Sie rührt sich nicht von der Stelle.

»Anna, das ist ... krank«, sagt sie dann.

»Was ist krank?«

Ich bemerke, wie eine ihrer beiden behandschuhten Hände zittert.

»Was du da redest.«

Sie rührt sich noch immer nicht vom Fleck.

»Glaubst du? Kannst du dir vorstellen, dass man einen Sprung aus 132 Metern Höhe überleben kann? Dass man völlig ohne eine Schramme unten ankommt? Zumindest denkst du das im Zustand des Wiedererwachens. Und dann bist du plötzlich in einem anderen Leben. Ein völlig anderer Mensch. Du denkst, du wärst die, die du vorher warst, denn die Gedanken kreisen noch im alten Dasein. Tatsächlich aber suggeriert dir alles, dein komplettes Umfeld, dass du ein völlig anderer Mensch bist. Kannst du dir das vorstellen?«

Es ist offensichtlich, dass ich nicht alle beisammen habe. So jedenfalls müsste sie meine Worte deuten. Ella aber ist fast bleich im Gesicht. Ihre Hände versteckt sie vor mir. Sie will sicher wieder einen ähnlichen Einwand erheben wie gerade eben, aber sie schafft es nicht.

Etwas sagt mir, dass sie anders denkt, als sie es vorgibt.

Und das ist nicht alles. Ich habe das sichere Gefühl, eine konkrete Vorstellung davon zu besitzen, wie Ella tickt. Ich kenne sie.

Was wollen Sie heute lesen?
Welches Ereignis aus den Medien weckt Ihre Neugier, erregt Ihr Gemüt und beschäftigt Sie nachhaltig? Es sind die kleinen Dinge inmitten des grauen Alltags, das Besondere im Alltäglichen. Ich filtere *die* Nachricht für Sie heraus, die Sie mitreißt, begeistert, schockiert, amüsiert, rührt …
Mein Name ist Leo Berger. Und mein Blog heißt
Leos bunter Nachrichtensalat.

Klicken Sie mal vorbei!

Leo Berger ist eine Identität im Netz. Eine von vielen. Außerhalb der digitalen Welt ist er ein Mann Mitte dreißig, Single. Ein echter Netzwelt-Junkie.

Der PC läuft bereits vor dem ersten kalten Wasserstrahl. Vor dem Streifen Zahnpasta auf der Bürste. Weit bevor die Hose auf den runden Hüften sitzt oder ein frisches und schon wieder zerknülltes T-Shirt (weil er natürlich nicht zum Wäschesortieren kommt oder es nicht für überlebenswichtig hält) seinen Oberkörper verhüllt.

Beim ersten Schluck Kaffee vibriert das Smartphone und eine Sintflut von Posts und Kurznachrichten ergießt sich nahezu zeitgleich aus dem World Wide Web.

Die Bilanz nach fast zehn Jahren Homeoffice: 4981 Freunde weltweit in sozialen Netzwerken, 1336 Follower auf Twitter, weitere 2118 Abonnenten seiner Blogbeiträge und Newsletter.

Leos Tag besteht aus durchschnittlich vierzehn Stunden Bildschirmarbeit. Die Essenpausen eingerechnet, weil er vor dem Bildschirm isst.

Das Weltgeschehen ist fest in seiner Hand. Kaum eine Nachricht rauscht blind durchs Netz, ohne von ihm aufgespürt zu werden.

So weit die Fakten.

Zu seiner Lebenssituation: Leo Berger bewohnt eine Drei-Zimmer-Wohnung im Frankfurter Nordend. Nur wenige Gehminuten von der Friedberger Warte entfernt. In die City zieht es ihn selten. Oft verlässt er die Wohnung fast gar nicht. Einkäufe erledigt er im Netz.

Vor dieser Zeit arbeitete Leo als Online-Redakteur beim Frankfurter Rundblick. Ein geregeltes Einkommen mit geregeltem Tagesablauf. Leo war gertenschlank, sportlich, mit einer Handvoll Freunden und einer festen Beziehung.

Dann kam die Wirtschaftskrise. Job und Freundin waren weg. Leo stand auf der Straße. Arbeitslosigkeit und Hartz IV rauschten vorbei. Schnell aber fand er eine Nische als Freelancer. Aus dem Hobby wurde Arbeit. Aus Arbeit Berufung. Aus Berufung Wahn.

Leo Berger wiegt mittlerweile 92 Kilo – und das bei einer Größe von einem Meter neunundsiebzig. Wenn man seinen Hausarzt zu diesem Thema befragen würde, läge dessen Stirn in Falten, der Stift in seiner Hand würde nervös auf der Tischplatte flattern. *Herr Berger, es ist fünf vor zwölf. Ohne Diät und Bewegung geht da nichts mehr! Noch drei Jahre, maximal. Dann kommt der erste Herzinfarkt. Und wer ist dann zur Stelle, wenn Sie schnell ins Krankenhaus müssen?*

Richtig, keiner.

Die traurige Wahrheit ist wie ein Pop-up-Fenster, das man immer wieder schließen kann, wenn es lästig wird.

Leo lebt am Limit, mit dem gewissen Risiko. Er nennt es Berufsrisiko. In der Tat könnte man es als solches bezeichnen.

Regentropfen trippeln gegen das gekippte Fenster. Die vergangenen 24 Stunden hat er fast völlig ohne größere Frischluftzufuhr verbracht. Die letzten Sauerstoffreserven sind aufgebraucht.

Leo zündet sich die erste Zigarette des noch jungen Morgens an. Der Kaffee ist abgestanden. Eine tote Fliege treibt an der Oberfläche. Der Kaffeelöffel hat einen kreisrunden Fleck auf Leos Notizblock hinterlassen. Das eigentliche Leben spielt sich für Leo auf dem Bildschirm ab, Nachrichten rauschen herein. Er scrollt sich durch die Auswahl. Vieles überfliegt er, hangelt sich anhand hervorspringender Stichwörter oder Hyperlinks durch den Text. In einem weiteren Fenster lässt er sich von Kurzfilmchen, die er ungeduldig vorspult, berieseln.

Informationen auf das Wesentliche reduziert. Die gewohnten Themen: Brennende Flüchtlingsheime, IS-Miliz massakriert Zivilisten, Putin im Freizeitlook. Großrazzia im Düsseldorfer Maghreb-Viertel. Trauerfeier für David Bowie. Eintracht Frankfurt sucht finanzielles Polster.

Die Schlagzeilen sind schnell durchgezappt. Dazwischen Stimmen aus sozialen Netzwerken, Kurzkommentare, Hetze, wenig Konstruktives.

Plötzlich bleibt Leo bei folgender Nachricht hängen:

Tochter des Stararchitekten August Hochmuth stürzt sich in den Tod.

August Hochmuth, denkt Leo. *Der* August Hochmuth, Frankfurter Stararchitekt. Vor knapp elf Jahren sind sie sich einmal begegnet. Ein Interview zur Eröffnung eines Frankfurter Shoppingcenters. Nach dem Interview hatte Hochmuth ihm auf die Schulter geklopft und anschließend wegen zehn Euro fürs Taxi angepumpt. Vielleicht sollte es ein dummer Scherz sein. Der leider nicht lustig war. Er, der millionenschwere Architekt lieh sich Geld von einem Journalisten. Natürlich hatte Leo das Geld nie wiedergesehen. Was waren schon zehn Euro …! Lächerlich wäre er sich vorgekommen, einem Millionär wegen eines so nichtigen Betrags hinterherzulaufen.

Trotzdem war ihm das Ganze nie aus dem Kopf gegangen. Hatte er Leo demütigen wollen, ihm zeigen, was für eine kleine Nummer er war, neben *ihm*, dem *großen* August? Trieb ihn der Hass auf die Presse und Leo kam ihm als Sündenbock gerade wie gerufen?

Immer wieder liest er sich den Artikel durch. Joanna Hochmuth, aha! August Hochmuth hatte also eine Tochter. Achtundzwanzig Jahre jung war sie, als sie starb, steht in dem Artikel. Mit keinem Wort hatte Hochmuth damals eine Tochter erwähnt. Noch dazu eine derart talentierte. Preise und Auszeichnungen hat sie bekommen, liest er. Möglich, dass ihr prominenter Vater damit in Verbindung steht. Möglich aber auch, dass sie ihrem Vater Konkurrenz machte. Letzteres wäre natürlich ein gefundener Aufhänger. Quelle für die Planung einer genüsslichen Revanche. Ein ausgetüftelter Denkzettel. – Die Zehn-Euro-Geschichte hatte Leo noch nicht ganz verschmerzt.

Natürlich ist das Geld nicht der Punkt. Hier geht es um mehr. Es geht um Fragen der Ehre und des Respekts, die ein jeder in seinem Beruf verdient.

Vor rund zehn Jahren verlor Leo mit dem Job zugleich den Status als Journalist. Die Begegnung mit Hochmuth musste also symbolisch für ihn gewesen sein. Der Anfang vom Ende. Ein Fingerzeig in diese Richtung.

Gedankenverloren schlürft er seinen abgestandenen Kaffee. Gruselig schmeckt der, aber das ist gerade ganz egal. Seine Gedanken kreisen um das zuletzt Gelesene. Ein Plan reift in seinem Kopf heran. Der Samen ruhte bereits seit Langem in der Erde, zeigt nun erste kleine Triebe. Er könnte seine Kontakte als Blogger spielen lassen.

Doch zuerst die klassische Variante. Recherche als das A und O.

Leo reibt sich die Hände. Joanna Hochmuth ist *die* gefundene undichte Stelle. Das Leck im Boden des Hochmuth-Reichs. Mit diebischer Freude sieht er den Kahn bereits auf Grund laufen.

Eine Liste mit den zu recherchierenden Anlaufpunkten ist schnell erstellt. An erster Stelle stehen Uni, Bibliotheken und Hochschulprojekte, an denen Joanna Hochmuth beteiligt war. Die dazugehörigen Professoren, Kollegen und Kommilitonen. Danach Freunde, Bekannte und nähere Angehörige. Fitnesscenter, Friseur, Lieblingsbars, ihr Supermarkt des Vertrauens. Erst an letzter Stelle würde er bei August Hochmuth aufschlagen.

Die Eingabe ihres Namens in eine Suchmaschine spuckt sofort einige Seiten Ergebnisse aus. Allen voran die Berichte zum Todessprung. Leo überfliegt das eine oder andere. Dann stößt er auf die Lebensdaten der jungen Hochschulabsolventin. Studiert hat Joanna Hochmuth an der TU Darmstadt, die Prüfung zum Master of Science Architektur (M. Sc.) mit Auszeichnung bestanden. Dazu kam ein internationaler Titel. An der Uni arbeitete sie als Dozentin. Vor ihrem Studium absolvierte sie diverse Praktika im In- und Ausland, begleitete und bereicherte mit ihren Ideen unzählige Projekte. Eine vielversprechende Zukunft lag vor ihr. Warum springt so jemand in den Tod?

Die Probleme müssen im Privaten liegen. Hatte Joanna einen Freund, Neider im Bekanntenkreis, stand sie unter Leistungsdruck? Was ist mit ihrer Mutter? Und natürlich mit August Hochmuth. Wie war das Verhältnis zu seiner Tochter?

Leo fertigt einen Fragenkatalog an. Erst einmal nur für sich, um nichts zu vergessen.

Sein erster Kontakt ist das Sekretariat der Hochschule.

»Berger«, meldet er sich, »ich möchte gerne mit Joanna Hochmuth sprechen.« Er versucht es mit der ahnungslosen Nummer.

»Worum geht es?« Die Stimme am anderen Ende der Leitung klingt jung.

»Ihre Nachfrage wegen einer Ausstellung. Frau Hochmuth hat einen Ausstellungskatalog angefordert.«

»Frau Hochmuth ist ...« Die junge Frau, vermutlich eine studentische Hilfskraft, zögert.

»Die Unterlagen brauchen Sie wohl nicht mehr zu schicken«, flüstert sie, »Frau Hochmuth ist verstorben. Das kam ganz plötzlich.« Sie kennt Joanna also. Leo wittert seine Chance.

»Oh, das ich ja schrecklich. Mein herzliches Beileid.«

»Es stand doch in der Zeitung.«

»Dann bin ich wohl nicht auf dem neuesten Stand. Vielleicht kann ich die Unterlagen ganz unbürokratisch an ihren Lebensgefährten schicken? Ich weiß leider nicht, für wen sie das angefordert hat. Unter Umständen nicht für sich selbst. Aber gut ... Sie haben wohl gerade andere Sorgen.«

»Das ist kein Problem. Ich kannte sie nicht gut. Ich bin noch nicht lange hier. Aber einen Freund hatte sie nicht, soweit ich weiß. Und ob ihr Vater ... das weiß ich leider nicht. Vielleicht können Sie ihm eine kurze Nachricht an seine Büroadresse schreiben.«

»Ihr Vater das ist doch der ... *der* Hochmuth. August Hochmuth, dieser Architekt, der ...?«

»Der das Stargate-Center entworfen hat. Genau der.«

»Mannomann, das ist ja ein Ding. Dann stand sie in seinem Schatten, was? Wenn Kinder in die Fußstapfen der Eltern treten … Und dann sterben sie noch vor ihnen. Das ist wirklich tragisch. Die Familie wird sicher völlig geschockt sein. Woran ist sie denn gestorben?«

Leo quasselt wie ein Wasserfall. Bloß keine Chance auslassen. Man hat nicht alle Tage eine naive Studentin in der Leitung.

»Selbstmord. Sie hat sich von einem Rohbauhochhaus gestürzt, ein Projekt ihres Vaters. In drei Wochen sollte es fertiggestellt werden.«

»Auch das noch. Na dann liegen die Pläne jetzt auf Eis. Mein Gott, bei Ihnen wird die Hölle los sein. Das wirbelt ja die gesamte Branche auf.«

»Kann man wohl sagen.«

»Und bei der Trauerfeier hat die Presse sicher ein Blitzgewitter veranstaltet. Bei so was rennen die einem doch die Tür ein. Dabei will man nur in Ruhe trauern. Prominente haben doch auch ein Recht auf Privatleben.«

»Sie sagen es. Beerdigung und Trauerfeier sind aber erst heute Nachmittag im Geburtsort ihres Vaters. Die Beisetzung findet nur im engsten Familienkreis statt.«

»Dann gehen Sie mit den Uni-Kollegen nicht dorthin?«

»Nein.«

Leo ist mit sich zufrieden. Das sind mehr Informationen, als er erwartet hat.

»Also … dann werde ich August Hochmuth in ein paar Tagen anschreiben. Soll er die Trauerfeierlichkeiten erst einmal überstehen. Die Ausstellung ist ohnehin erst im September.«

Leo wirft einen Blick auf die Zeitung, die aufgeschlagen vor ihm liegt. »Eduard Munch, Der Schrei. Das Bild kennen Sie sicher.«

»Hmn, ja. Aber … ich muss dann jetzt. Eine Veranstaltung hier im Haus. War nett, mit Ihnen zu plaudern. Ich wünsche Ihnen einen schönen Tag.«

»Ebenso.«

Leo schlägt mit der flachen Hand auf die Tischplatte. Das läuft ja wie geschmiert. Den Geburtsort von August Hochmuth herauszufinden, wäre ein Kinderspiel.

Das Elternhaus von August Hochmuth steht in Bergen-Enkheim. Der Friedhof ist mit öffentlichen Verkehrsmitteln nicht so gut zu erreichen, daher nimmt Leo das Auto.

Gegen fünfzehn Uhr parkt er seinen Fiat Panda im Neuen Weg, mit einigen Metern Abstand zum Friedhofseingang. Im Schatten gedrungener Laubbäume fällt das alte, schmutzig-orange eckige Fahrzeug fast nicht auf.

Leo hat seine Kamera mitgebracht. Aus der Entfernung beobachtet er durch den Rückspiegel die Menschen, die einzeln oder in kleinen Grüppchen dort eintreffen. Man trägt schwarz. Schwarze Eleganz. Ein Hauch von Luxus umweht den Tod. Dunkle Sonnenbrillen, Bundfaltenhosen mit Blazer, schwarze Röcke, Lackschuhe und Netzstrümpfe zu schwarzen Handtäschchen.

August Hochmuth erscheint als einer der Letzten. Ein dunkelblauer BMW hält unmittelbar vor der Eingangstür, spuckt ihn und seine Begleitung in einigen hundert Metern Abstand von Leos Panda aus. Der Architekt kommt tatsächlich in weiblicher Begleitung.

Leo reckt den Hals, damit ihm nichts entgeht. Auf den ersten Blick und gemessen an ihren Bewegungen dürfte die Frau noch jung sein. Man erkennt sie nur von hinten. Sie trägt einen knielangen schwarzen Rock mit Stiefeln und Trenchcoat.

Leo zoomt die beiden heran und drückt ein paarmal auf den Auslöser seiner Kamera. Inwieweit die Qualität ausreichte, würde er später feststellen, wenn er die Fotos auf den PC lüde. Der schwarze Seidenanzug des Architekten schimmert wie ein teures Designerstück. Seine grauen Haare hat er zurückgekegelt und im Nacken berühren sie einen schwarzgemusterten Schal. Man kann sich gut vorstellen, wie viel Zeit dieser Mann vor dem Spiegel verbringt. Eitelkeit ist keine erstrebenswerte Tugend. So denkt zumindest Leo und sieht an sich herunter. Mit Absicht hat er lässige Kleidung gewählt.

So kann man ihn leichter mit dem Friedhofsgärtner verwechseln.

Der Blick schweift wieder in die andere Richtung. Hochmuth wird nachgesagt, ein Perfektionist zu sein, ein absoluter Meister auf seinem Fachgebiet. Wie viele Luxusbauten er der Stadt Frankfurt schon beschert hat ... Der Stararchitekt Hochmuth entwirft mit unerschöpflicher Energie.

Leo biegt den Rückspiegel etwas nach rechts, um noch einmal einen Blick auf die Frau zu werfen. Wer sie wohl ist? Eine frisch erworbene Geliebte? Eine langjährige Beziehung? Oder hat er sie über einen Begleitservice erworben?

Wenn es um Hochmuths Liebesleben geht, hält sich die Presse zurück, auch wenn er allgemein als Lebemann beschrieben wird. Wie weit diese Definition geht und wie er zum weiblichen Geschlecht steht, darüber gibt es nur Vermutungen. Gerne lässt er sich mit schönen Frauen ablichten. Manche böse Zungen behaupten, Hochmuth sei homosexuell. Andere hingegen, er wechsle seine Partnerinnen in schöner Regelmäßigkeit. Die Wahrheit liegt wohl irgendwo dazwischen.

Leo lässt die Kamera sinken, nachdem er noch ein halbes Dutzend Mal auf den Auslöser gedrückt hat.

Die Trauergruppe hat sich auf einer Höhe zu einem Knoten angestaut. Man kommuniziert mit Gesten. Schulterklopfen, angedeutete Umarmungen, Küsschen rechts und links. Alles dezent, sparsam. Dabei ist er immer im Zentrum: der Häuptling, August Hochmuth.

Die junge Frau steht irgendwo am Rande. Manchmal sieht sie sich suchend um. Sie kennt die Menschen nicht, ist nicht in die familiären Beziehungen eingebunden. Diese Prognose wagt Leo.

Langsam löst sich der Knoten wieder auf, wird zu einem Band, das sich stoisch auf die kleine Kapelle zubewegt.

Als der Letzte hinter den Kirchenmauern verschwunden ist, öffnet Leo die Fahrertür. Vorsichtig setzt er erst einen Fuß auf die Straße. Dann den anderen. Er verschließt die Fahrertür des Panda hinter sich und setzt sich in Bewegung. Langsam schlendernd wagt er sich Richtung Friedhofseingang. Unterwegs kramt er ein Päckchen Zigaretten aus der Jackentasche, fummelt eine Zigarette heraus und zündet sie sich an.

Raucher auf Friedhöfen sind entweder Mafiabosse oder Kommissare. Leo ist keins von beidem. Seine Anwesenheit findet keine Rechtfertigung. Nicht einmal durch eine Zigarette.

Eine Weile verharrt er vor der Pforte, raucht, bis nur noch ein Stummel übrig ist. Diesen wirft er auf den Boden, drückt ihn mit dem Schuh aus.

Die Friedhofspforte knarrt, als er den Knauf heruntertdrückt.

Eben noch schwebte die tödliche Stille wie ein Schleier über den Grabsteinen, verbreitete den Stolz des Hochmuth-Clans. Jetzt hingegen wirken die Gräber wie einfache Salatbeete.

Leo hockt sich an die Seite, auf einen halb verwitterten Grabstein.

Wenn die Menschen aus der Kapelle kämen, würde er schnell nach unten sehen, etwa so, als bete er. Dann fiele er nicht weiter auf.

Das besagte Grab liegt auf der anderen Seite. Er würde etwas Abstand halten.

Knapp eine halbe Stunde vergeht, bis die Tür der Kapelle sich endlich wieder öffnet und die erste Person ins Freie tritt. Es ist Hochmuths Freundin.

Erstmalig erkennt er sie in voller Gestalt. Sie ist nicht ganz so jung, wie er auf den ersten Blick angenommen hat. Vielleicht Mitte dreißig. Ihre Sonnenbrille hat sie eingesteckt, kramt sie aber, während sie noch an der Tür verweilt, wieder aus ihrer Handtasche. Zügig verschwindet ihr Gesicht hinter großen dunklen Gläsern. Sollte er irgendwann ein Phantombild von ihr anfertigen lassen müssen, hätte er schlechte Karten.

Als Nächstes folgt ein ganzer Schwall von Menschen durch die Tür. Sie drängeln als ob sie es gar nicht abwarten können, wieder an die Luft zu kommen. Jemand trägt die Urne. Der Geistliche ist irgendwo zwischen den Menschen verschwunden, er fällt nicht auf. Die nackte Gottlosigkeit begleite die Selbstmörderin ins Grab.

Eitelkeit ist eine Sünde, denkt Leo. Selbstmord ebenso.

Am Grab herrscht Gruselstimmung. Leo kann erneut spüren, wie die Hochmuthsche Kälte zu ihm herüberschwappt.

Die Menschen treten jetzt einzeln ans Grab, werfen Blumen in die Tiefe. Manche Augen sind, sofern sie nicht hinter dunklen Brillengläsern versteckt werden, rot gerändert.

Eingehend studiert Leo jeden Einzelnen, kleine Gesten, Blicke.

Eine Frau fällt ihm auf, die ihre Mittrauernden besonders scharf unter die Lupe nimmt. Ihr Blick gleitet immer wieder von einem zum anderen. Sie ist etwa in Hochmuths Alter, vielleicht wenige Jahre jünger, einfach gekleidet, fast unscheinbar. Die ganze Zeit über hat sie ihre Hände gefaltet.

Joannas Mutter, kommt es Leo in den Sinn. Es wäre eine Erklärung dafür, warum sie penibel darauf achtet, dem Häuptling nicht zu nahe zu treten. Der übliche Groll zwischen Verflossenen.

Leo würde gerne seine Kamera zücken, aber er wagt es nicht. Die Frau hat ihn offenbar bemerkt. Einmal gleitet ihr Blick kurz in seine Richtung. Sie schenkt ihm jedoch keine weitere Aufmerksamkeit. Leo ist der Friedhofsgärtner.

Krampfhaft starrt er auf das vor ihm liegende Grab. Ein Familiengrab. Die letzten Blumen wurden vor einigen Jahren, vielleicht sogar Jahrzehnten, gepflanzt. So ist es unter den Lebenden. Die Toten haben keinen dauerhaften Platz in ihrer Mitte. Leo muss an seine eigene Mutter denken. Vor gerade mal zwei Jahren ist sie gestorben. Krebs. Kaum eine Krankheit ist so rücksichtslos, so hartnäckig dabei, der Angst vor dem Tod ein Gesicht zu geben.

Als Leo erneut aufsieht, hat die Gruppe bereits begonnen, sich langsam aufzulösen. Er versucht sich ein paar Gesichter einzuprägen. Sowohl junge Menschen sind unter den Trauernden als auch ältere. Auffallende Details und Accessoires fallen ihm ins Auge. Moderne Brillen, Tücher, Taschen, Leder oder Schuhe. Schwarz ist die Farbe. Schwarz wie der Tod.

Die Frau hat ihre Hände noch immer gefaltet. Dabei wirkt sie wie eine altmodische Vase unter lauter Designerstücken.

Leo blickt erneut auf das Familiengrab vor ihm. Eine Taktik, um nicht den falschen Eindruck zu erwecken. Niemand soll ihn beachten oder seiner Gegenwart irgendeine Bedeutung beimessen.

Er kann natürlich nicht ahnen, dass genau das bereits geschehen ist.

Als das letzte Familienmitglied durch die Friedhofspforte getreten ist, spürt er, wie sich ihm jemand von hinten nähert.

»Sie brauchen mir nichts vorzuspielen«, hört er ihre Stimme. Es ist die Stimme der Frau, denkt er und dreht sich herum. Sogleich findet er seine Vermutung bestätigt. Sie ist es.

Aus der Nähe betrachtet, wirkt sie doch jünger als erwartet. Grob geschätzt fünfzehn Jahre jünger als Hochmuth, der irgendwo in den Sechzigern ist.

»Ich kenne diese Tricks.« Ihre Augenbrauen ziehen sich krampfartig zusammen, worin sich ihre körperliche Verspannung ausdrückt. Die ganze Frau besteht aus einer einzigen Verspannung. Das ist es, was sie auf den ersten Blick hatte älter wirken lassen.

»Ihr Presseleute seid doch alle gleich. Von welcher Zeitung sind Sie?« Ihre Stimme klingt weniger schneidend, als man es angesichts der Umstände vermuten könnte.

»Von keiner Zeitung. Ich bin Blogger«, entscheidet er sich instinktiv für die Wahrheit.

»Das ist ja noch schöner. Aber richtig, die Presse hat keine Mittel. Für knackige Storys holen sie sich jetzt Freie, die aus der eigenen Tasche wirtschaften. Hab ich nicht recht?«

»So ist es«, stimmt er der Einfachheit halber zu. Sie will es scheinbar so hören.

»Sehen Sie. Aber Sie können sich tatsächlich etwas verdienen, wenn Sie wollen.«

»So?«

Leos Neugier ist geweckt.

»Ich habe eine Story für Sie, die Sie interessieren wird.«

»Story ... aha. Was für eine Story?«

»Es geht um August Hochmuth. Seinetwegen sind Sie doch hier? Nicht wegen Joanna.«

Statt einer Antwort zuckt Leo mit den Schultern.

»Ach, was frage ich.« Sie macht eine abwinkende Geste. »Warten Sie, ich schreibe Ihnen meine Telefonnummer auf.«

Umständlich reißt sie einen Fetzen Papier von einem Block ab, den sie aus ihrer Handtasche gepfriemelt hat. Mit krakeliger Handschrift notiert sie ihren Namen und die Telefonnummer darauf.

»Rufen Sie mich in den nächsten Tagen an. Dann erzähle ich Ihnen die ganze Geschichte. Sie können sich glücklich schätzen. So einen Glückstreffer landen Sie nicht jeden Tag.« Sie zwinkert ihm verschwörerisch zu. »Die Geschichte hat es in sich. Glauben Sie mir.«

Sie überlegt kurz, tippt dabei mit dem Zeigefinger gegen ihr Kinn. Dann schreibt sie noch etwas auf den Zettel, einen weiteren Namen.

»Vorher aber sprechen Sie mit ihm …« Sie deutet auf den Namen. »Er arbeitet bei einem Fachverlag hier in Frankfurt. Immobilienwirtschaft. Nennen Sie ihm meinen Namen, dann wird er wissen, worum es geht.«

Ihr Gesichtsausdruck hat etwas Zweideutiges. Leo kann nicht einschätzen, worum es ihr geht. Er wittert dennoch eine Chance.

»Das ist Ihr großer Tag heute.« Wieder zwinkert sie ihm zu. Ihre Mimik bleibt dabei starr. »Eins aber müssen Sie mir versprechen.«

»Was?«

Sie legt ihren ausgestreckten Zeigefinger auf die Lippen. »Schwören Sie, dass Sie vorerst niemandem von unserem Gespräch erzählen. Ich vertraue auf Ihre absolute Verschwiegenheit.«

Leo kratzt sich verlegen an der Stirn. Dann hebt er die Hand und schwört mit theatralischer Geste: »Mein Ehrenwort.«

Ich sitze auf einer Parkbank und warte. Ich habe eine Verabredung. Mit Chris, meinem Mann. Arrangiert von Ani, seiner Mutter. Leider sitze ich schon seit geraumer Zeit umsonst hier, denn niemand kommt ... kein Chris.

Meine Füße mit Annas grobem Schuhwerk daran stehen halb in der Pfütze unter der Parkbank.

Ich blicke geradeaus auf ein schönes Waldstück. Davor gibt es einen Kinderspielplatz mit Holzspielgeräten. Kletterturm und Rutsche, Schaukeln. Ohne Kinder. Der Park ist verlassen, als hätten alle Spaziergänger mit Kindern bei meinem Anblick fluchtartig das Weite gesucht.

Hinter mir liegt ein Schloss, das ehemalige Wächtersbacher Wasserschloss. Alt und baufällig wirkt es. Auf einer Seite steht ein Baugerüst. Gerade haben die Restaurierungsarbeiten begonnen. Man wagt sich an das äußerst kostspielige Vorhaben, das Schloss zu renovieren. Mein Vater ist dabei nicht involviert. Glücklicherweise. Ihn interessieren nur Projekte mit Perspektiven. Und Wächtersbach liegt in der Peripherie seines Interesses. Weit ab vom Schuss, rund sechzig Kilometer östlich von Frankfurt, wie ich bereits herausfinden konnte. Etwas weniger als fünfzehn Kilometer von dem Ort entfernt, an dem ich als Anna Gerlach wohne. Zwischen dem Spessart, Kinzigtal und Vogelsberg, bei Bad Orb.

Heute Morgen gegen halb sieben ist Chris bereits zu einem Termin nach Wächtersbach aufgebrochen. Erneut habe ich ihn nicht zu Gesicht bekommen.

Ani kam auf die glorreiche Idee, dass wir uns um die Mittagszeit zum Essen treffen könnten. Ich glaube, sie hat Chris diese Verabredung regelrecht aufgedrängt, denn so wie es für mich aussieht, hat er nicht allzu große Lust, seine Mittagspause mit mir zu verbringen. Mit mir, seiner Frau. Den Grund dafür kenne ich nicht. Und es ist mir ehrlich gesagt auch ziemlich schnuppe. – Weil Chris mir schnuppe ist. Ich kenne ihn nicht. Genauso wenig kenne ich die Situation, in der ich mich – mit ihm – befinde. Sollte er mich tatsächlich betrügen, ist das natürlich nicht okay, aber auch das wäre mir schnuppe.

Gelangweilt starre ich stur geradeaus in die Natur. Als Joanna Hochmuth hätte ich niemals einen Tag nur mit Herumsitzen verbracht. Noch dazu mit Herumsitzen, weil jemand mich versetzt hat. Ein Mann, der es nicht schafft, sich an einen vorgegebenen Zeitrahmen zu halten, hat keinen Termin mehr mit mir. Ganz egal, welche Ausrede er mir dafür vorlegt. Es gibt einfach keine Rechtfertigung dafür, jemanden warten zu lassen.

Trotzdem warte ich. Warum? ...

Keine Ahnung. Weil ich jetzt Anna Gerlach bin. Und weil ich gerade nichts anderes zu tun habe als zu warten. Wie absurd das auch klingen mag.

»Anna ...«, höre ich eine Stimme hinter mir. Jemand keucht und ist ziemlich außer Atem. Ich reagiere nicht gleich.

»Anna!«

Ich drehe mich ein Stück zur Seite. Es ist tatsächlich Chris, der im Eilschritt auf mich zugestürzt kommt.

»Mein Gott, tut mir das leid. Hast du lange gewartet?« Demonstrativ sieht er auf seine Uhr.

»Nö.«

»Der Mayer hat so viel geredet, ohne Punkt und Komma. Ich kam gar nicht dazwischen.«

Jetzt steht er vor mir, drückt mir einen flüchtigen Kuss auf die Wange. »Entschuldige, Schatz.«

»Nicht der Rede wert.«

»Hast du Hunger? Wollen wir etwas essen gehen?«

»So war der Plan, oder nicht?«, frage ich spitz.

»Klar, natürlich.« Prüfend sieht er mich an. »Ist alles in Ordnung mit dir?«

»Alles bestens. Bei dir auch?«

Wieder forscht sein Blick, als hätte ich gerade ein völlig neues, nie zuvor gehörtes Fremdwort verwendet. Dabei habe ich etwas ganz Einfaches gesagt.

»Ha, ha ...«, lacht er verlegen. »Na, dann ists ja gut. Pizza?«

»Klar, Pizza!«

»Gut.« Er stampft bereits los, wartet dann aber auf mich, die natürlich nicht so schnell hinterher kommt.

In einer Pizzeria nahe der Wächtersbacher Altstadt sitzen wir uns schweigend gegenüber. Die Bedienung hat gerade die Bestellung notiert. Einmal Pizza mit Oliven und Schafskäse, einmal mit Schinken und Champignons. Chris trinkt ein kühles Bier, ich ein Glas Weißwein.

»Und, was macht dein Blackout?«, fragt er nach einer Weile.

Ich sehe in seine blauen Augen, starre ein bisschen hypnotisiert durch ihn hindurch. »... Was?«

»Der Waggon im dunklen Tunnel.« Er lacht.

»Ach der ... ja, der ist weitergezogen.«

»Dann erinnerst du dich wieder?« Er nippt an seinem Bier, vermeidet es dabei, mich anzusehen.

»Nein, das ist weg. Das heißt ... da ist was.«

»Was?«

»Eine sehr schwache Erinnerung. Es sind vielmehr so Erinnerungsfetzen. Das Gesamtbild ist verschwommen.«

»Verschwommen, so so.« Er bewegt den Pappdeckel mit den Fingern unter seinem Bierglas hin und her.

Mein Blick bleibt an der Bewegung und dem Bierdeckel hängen. Ich erinnere mich daran, irgendwann einmal Dächer mit solchen Pappdeckeln gebaut zu haben. Ich habe sie aufeinander gestapelt. Immer zwei zu einem Dach. Aufeinander, nebeneinander. Solange bis daraus ein hohes Gebäude entstand. Irgendwann ist das Gebäude dann immer in sich zusammengefallen.

»Gibt es etwas, was du mir sagen willst?«, höre ich mich fragen. Ich spreche, ohne vorher darüber nachgedacht zu haben. Aus dem Bauch heraus.

»Was meinst du?«

Ich höre Argwohn.

»Nichts Bestimmtes. Ich dachte nur. In Zusammenhang mit dieser Nacht, die in meinem dunklen Tunnel.«

Chris' blaue Augen sind vollständig auf mich gerichtet. Mit einer Hand hält er das Bierglas fest. Die andere liegt auf dem Tisch.

Nervös fährt er sich plötzlich mit der Hand, die gerade noch das Bierglas gehalten hat, durch das blonde Haar. Die linke rutscht dabei unter den Tisch. Als er sich zurücklehnt, ist auch die rechte Hand unter dem Tisch verschwunden.

»Ich dachte, du hättest da was ... Na ja, vielleicht haben wir alle etwas viel gefeiert in letzter Zeit.«

»Nur gefeiert?«

Ein leichter Ruck geht durch seinen Körper. Ein kaum spürbarer Stromschlag. »Nur gefeiert.«

Ich glaube ihm nicht. Er sagt nicht ganz die Wahrheit, wittert mein Instinkt.

Eigentlich könnte es mir ja egal sein. Aber es ärgert mich. Ich ärgere mich im Namen Annas, die hier ganz offensichtlich betrogen wird.

»Ella ist es, stimmts?«

»Ella ist *was*?«

»Du hast etwas mit ihr.«

»Anna, was soll das? Ich dachte, wir wollten uns einen schönen Mittag machen, zusammen essen. Aber jetzt kommst du schon wieder mit so was.«

»Ich kenne so Typen wie dich«, kommt eine Stimme aus meinem Inneren. »Männer, die sich eine Frau als Mitbringsel nehmen. Für einen bestimmten Anlass. Wie eine Krawatte. Einmal angelegt, ist sie chic. Beim zweiten Mal ist sie schon aus der Mode. Da stiert *Mann* nach einem neuen Modell. Weißt du, wie Architekten das machen, wenn sie einen Gebäudeentwurf im Kopf haben? In Gedanken richten sie alles bereits ein, noch bevor die Außenfassade steht. Da stimmt jedes Detail. Die Frau posiert in der Mitte. Mal lässig, mal elegant, mal ganz Vamp. Je nachdem, wie das Interieur gestaltet werden soll, schlüpft sie immer in eine neue Rolle, mit einem Glas Champagner in der Hand. Prost, Meister, danke dass ich heute deinen Gedankenkatalog zieren darf!«

Ich setze das Weinglas an die Lippen, leere es in einem Zug.

Chris ist wie versteinert. Ungläubig verfolgt er meine Bewegungen. *Was war denn das?*, fragt sein Blick.

»Stell dir vor, du hast so jemanden als Vater. Jemanden, der seine Umwelt hinsichtlich Ästhetik visualisiert. Nur die Ästhetik. Du, als seine Tochter, bist wie ein edler Anzug, mit dem man Eindruck schinden kann. Er hat sein Leben von A bis Z im Griff, denkt er. Weil er sich jeden Tag neu erfindet. Aber so ist es nicht, nichts hat er im Griff. Denn nichts ist ihm wirklich heilig.«

Meine Hand, die gerade das Weinglas abgestellt hat, zittert. Ich kann kaum glauben, was mir hier eben über die Lippen gleitet. Wäre ich noch Joanna Hochmuth, nie hätte ich es gewagt, ein Wort gegen meinen Vater zu erheben. Mein Protest war immer still, schweigend.

Chris starrt mich noch immer an. Er versucht dabei gelassen zu wirken. Seine Verwirrung steht ihm jedoch klar und deutlich ins Gesicht geschrieben.

»Anna, was ...?«, startet er den Versuch, eine Frage zu formulieren.

Etwas ist mit mir. Ich spüre es. Und es sind *nicht* meine Worte. Nicht nur.

»Anna, was ist los?« Seine Stimme klingt auf einmal anders, beinahe mitfühlend.

Vorsichtig taste ich über mein Gesicht. Meine Finger sind feucht. Was ist das? ... Tränen.

Es passiert etwas, was ich tatsächlich nicht für möglich gehalten hätte. Chris ergreift plötzlich meine Hand. Er nimmt sie in seine. Das Gefühl, das diese Berührung erzeugt, überfällt mich und lullt mich für einen Moment lang völlig ein.

Dann entziehe ich ihm meine Hand wieder vorsichtig.

»Geht es dir gut?«, fragt er besorgt. »Gibt es vielleicht etwas, worüber du mit mir reden willst? Etwas, das dich bedrückt?«

Ich empfinde seine Reaktion als aufrichtig. Auch ihn, Chris, einen Menschen, den ich auf den ersten Blick für oberflächlich gehalten habe, weil er seine Frau – mich – betrügt. Und ich bin mir bewusst, dass meine Worte diese Veränderung herbeigeführt haben.

Die Kühle im Inneren ist wie ein Eiswürfel in der Hand. Ohne Eis muss er langsam schmelzen.

»Vergiss es. Alles, was ich gerade gesagt habe. Ist nur Blödsinn. Ella ist eine coole Frau. Wir werden uns sicher gut verstehen. Äh … ich meine, wir verstehen uns natürlich super.«

Was ich rede, ergibt vermutlich keinen Sinn.

Chris antwortet nicht. Er schenkt mir noch etwas von dem Wein nach.

Eine Frau mit rosigen Wangen serviert uns die Pizza.

»Was war das eben mit diesem Architekten?«, fragt er nach einer Weile, als sie wieder gegangen ist. »Hast du irgendwas erlebt, wovon ich nichts weiß?«

»Was solltest du denn nicht wissen. Du kennst mich doch in- und auswendig«, behaupte ich.

Chris hat seine Pizza noch nicht angerührt. »Ist das Ironie?«, fragt er irritiert. »So kenne ich dich gar nicht.«

»Man glaubt immer, den anderen zu kennen. Und plötzlich …«

»Plötzlich?«, wiederholt er.

»Plötzlich passiert etwas, womit niemand gerechnet hat.«

»Zum Beispiel?«

»Wenn ich mir morgen das Leben nehmen sollte, würdest du dich dann nicht fragen, ob du mich wirklich gekannt hast?«

»Anna, du machst mir Angst. Was ist das für eine Frage? Wenn du vorhast, dir das Leben zu nehmen, dann lass uns darüber reden! Bitte. Es gibt nämlich kein Problem, das so schwerwiegend sein könnte, dass man sich deshalb das Leben nehmen müsste.«

Ich sehe ihn nachdenklich an. Dann schiebe ich mir ein Stück Pizza in den Mund. Tatsächlich liebe ich Pizza. Pizza mit Schinken und Champignons! Von meinem Vater habe ich das nicht.

»Das ist tatsächlich ein gutes Argument«, räume ich ein.

»Findest du?«

»Ja, ist wirklich gut.« Die Unterhaltung mit Chris lockert mich auf. Sie lenkt mich von mir selbst ab und den bedrückenden Fragen um das Rätsel meiner Identität.

»Redest du immer noch von meiner Antwort oder von der Pizza?«

Er flirtet mit mir.

»Beides.« Es gelingt mir, zu lächeln. Ich lächele Chris an. Gerade hat er es bemerkt und lächelt zurück.

Wieder nimmt er meine Hand, hält sie kurz. Dann legt er sie behutsam wieder ab, um zu essen.

»Weißt du was, irgendwie habe ich gerade das Gefühl eine neugeborene Anna an meiner Seite zu haben. Woran liegt das?«

»Daran, dass du dir Zeit nimmst«, kommt meine Antwort völlig automatisch und ich ahne, dass, hätte mich jemand anderes das jemals gefragt, meine Antwort dieselbe gewesen wäre.

»Vielleicht sollten wir das öfter machen.«

»Was?«

»Uns Zeit nehmen«, sagt er.

Mein Blick huscht an ihm vorbei, gedankenverloren beobachte ich unsere Bedienung, wie sie sich mit einem Paar am Nebentisch unterhält.

»Gibt es etwas, was du an dieser alten Anna nicht mochtest?«, frage ich wie beiläufig. Es ist ein erster Schritt, mein neues Leben zu erkunden. Annas Leben, von dem ich so gut wie gar nichts weiß.

»Ach nein!«, tut er meine Frage gleich ab.

Er spielt wieder mit dem Bierdeckel. Dann sieht er ebenfalls zu dem Paar am Nebentisch.

»Na ja, manchmal bist du vielleicht ein bisschen zu … zu …« Er sucht nach Worten. »… zu passiv. Ich meine das nicht böse«, entschuldigt er sich sofort, wie jemand, der es gewohnt ist, dass man ihm über den Mund fährt. Skeptisch beobachtet er mich aus dem Augenwinkel. Er wartet auf meine Reaktion. Besser gesagt, er fürchtet meine Reaktion.

»Passiv. Du meinst, ich könnte mehr machen?« Ich erinnere mich daran, dass ich den Vormittag nutzlos in Ellas Gewächshaus verbracht und danach noch nutzloser auf einer Parkbank auf Chris gewartet habe.

»Nein.« Er bemüht sich um eine Erklärung: »Ich meine, dass du die Dinge manchmal zu negativ siehst, dich an Kleinigkeiten aufreibst.«

»Zum Beispiel?«

»Das vor drei Tagen mit Basti. Musste das sein?«

»Was genau?«

»Warum musstest du ihm diese Szene machen? Ihn am Telefon derart anzufahren, er würde mir ständig die besten Fälle wegnehmen, das war überflüssig. Basti und ich haben unsere Absprachen, das weißt du, und es wäre besser, wenn ...« Wieder ist er hin- und hergerissen. Seine Worte sind im Prinzip klar und deutlich, er möchte mich nur nicht verletzen. »Es wäre besser, wenn du dich aus diesen Dingen raushältst.«

Allmählich dämmert es mir, wer und wie Anna sein könnte. Zumindest erschließt sich mir eine vage Vorstellung. Ich bin bisher kaum davon ausgegangen, dass sich Anna Gerlach von mir, Joanna Hochmuth, grundsätzlich charakterlich unterscheidet, obwohl wir nicht ein und dieselbe Person sind, was eigentlich einleuchtet. Unsere Schicksale sind auf sonderbare Art und Weise miteinander verbunden.

Ich frage mich, was mit Anna Gerlach passiert ist. Ist sie vielleicht gestorben ... an meiner Stelle gestorben? Wenn ja, an was ist sie gestorben? Hat es mit dieser Party zu tun, zu der Chris sich nicht äußern will? Ist er indirekt an ihrem Tod beteiligt?, kommt mir plötzlich ein völlig absurder Gedanke.

Gerade erst hatte ich Chris etwas Positives abgewonnen. Ich habe ihn als sensibel aber auch selbstbewusst erlebt.

Gleichzeitig ist da diese Unsicherheit in Bezug auf Anna. Sein Verhältnis zu ihr, was ich bisher nur oberflächlich durchleuchtet habe, scheint gespalten. Warum hat er sie (mich) dann geheiratet?

»Warum hast du mich geheiratet?«, stelle ich ihm unvermittelt die Frage, die mir gerade durch den Kopf geht.

»Was ist das für eine Frage?«

»Hast du mich aus Liebe geheiratet?«

Verlegen kratzt er sich am Kopf. »Wir kennen uns schon so lange, Anna. Natürlich haben wir uns geliebt.«

»Du meinst, wir haben uns irgendwann einmal geliebt. Und jetzt nicht mehr?«

Er weiß nicht, was er sagen soll. »Im Alltag verändern sich die Dinge. Man kann nicht überall ständig einer Meinung sein. Das sind die normalen Paarprobleme. Wir sind doch nicht anders als andere auch.«

»Aber wir reden nicht darüber«, behaupte ich einfach. Mal sehen, was er dazu sagt.

»Doch, wir reden. Wir reden vielleicht zu viel. Du redest. Mir ist es manchmal zu viel. Ich bin nicht perfekt. Das weiß ich«, gibt er sich zu erkennen.

Wie gerne hätte ich genau diesen Satz einmal ausgesprochen. Aber es wäre mein Aus gewesen, mein sicherer Tod. Danach hätte ich nicht mehr aus 132 Metern Höhe springen zu brauchen.

»Gut, lassen wir das«, beende ich das Thema etwas zu abrupt, wie ein Sprinter, der mitten im Lauf eine Vollbremsung hinlegt.

Chris antwortet nicht. Er sieht mich nur mit diesem Blick an, als wäre für ihn das Thema noch nicht abgeschlossen, als würde er auf irgendetwas warten. Leider habe ich nicht die leiseste Ahnung, auf was.

Am Abend gehe ich hinüber in Chris' Arbeitszimmer. Ich betrete den angenehm temperierten Raum, das Fenster steht offen. Der kühle Abendwind spielt mit der Gardine. Es war ein relativ warmer Tag heute, auch wenn er am Morgen mit Regen begonnen hat. Ich genieße das laue Lüftchen und den Blick auf die Terrasse.

Chris bewahrt seinen Laptop in der Schublade seines Schreibtisches auf. Er benutzt ihn sehr selten, weiß ich von Ani. Meistens surft er im Büro oder nutzt sein Mobiltelefon.

Ich ziehe die Schublade auf, krame das Gerät hervor, klappe es auf und drücke auf die Powertaste.

Das Erste, was ich sehe, ist ein Bild von ihm und mir ... Anna. Es muss schon ein paar Jahre her sein, denn er trägt die Haare anders, etwas länger. Ich begegne seinem Blick, den ich erst am Mittag erwidert habe, während unseres Gesprächs. Für einen kurzen Augenblick ertappe ich mich dabei, wie sich etwas wie Sehnsucht in mir rührt.

Mit Gewalt reiße ich mich von seinem Anblick los.

In der Schublade finde ich auch eine Maus. Ich schließe sie an und starte anschließend den Browser. Die Suchmaschine erscheint automatisch.

Soll ich? ...

Zögern. Was würde ich finden? Und wie würde ich auf das Gefundene reagieren?

Etwas drängt mich. Ich will es wissen.

Ich tippe den – meinen – Namen ein: Joanna Hochmuth.

Ein Klick auf den Pfeil hinter dem Suchfeld und schon spuckt das Netz mir eine schier unendliche Liste aus.

Ich gehe gleich auf den ersten Link:

Tochter des Stararchitekten August Hochmuth stürzt sich in den Tod.

In den Tod. Das würde bedeuten: Man hat meine Leiche gefunden. Hat man? An der entscheidenden Stelle finde ich folgende Formulierung:

... Zeugen berichten davon, wie ein Körper durch die Luft schwebte. Auf einer der obersten Stufen des Rohbaus fand man ihr Schaltuch, das sie beim Aufstieg wohl verloren hatte. Die Bergung der Leichenteile konnte, nach dem Sprung aus dieser unglaublichen Höhe, noch nicht vollständig abgeschlossen werden. Joanna Hochmuth war gerade einmal 28 Jahre jung. Das Leben lag noch vor ihr ...

Mehr will ich gar nicht wissen. Die Fakten zu meiner Person und auch zu August erspare ich mir. Mich interessiert die Leiche. Meine Leiche. Warum konnte die Bergung noch nicht abgeschlossen werden?

Ich war in einem Krankenhaus, erinnere ich mich. In der Notaufnahme. Und danach? Was war danach? Das EKG hatte meinen Herzstillstand gemeldet. Danach wurde es dunkel. Ich bin gestorben.

Was hat mich wieder zum Leben erweckt?

Anna! Ich hätte sterben sollen, stattdessen ist sie gestorben. Und ich lebe jetzt in ihrem Körper …?

Nein. Das ist Blödsinn!

Dennoch, die ganzen Meldungen über Joanna Hochmuth interessieren mich plötzlich nicht mehr. Ich will wissen, was mit Anna passiert ist, und tippe jetzt ihren Namen in die Suchmaschine ein: Anna Gerlach.

Ich finde nichts und gleichzeitig viel zu viel. Genau genommen finde ich ein halbes Dutzend Anna Gerlachs. Allein bei Facebook finde ich sie gefühlte fünfhundert Mal. Anna Gerlach ist ein Allerweltsname.

Ich krame in Chris' Regal herum, suche in den Schubladen. Vielleicht finde ich so etwas wie ein Adressbuch. Irgendwo muss ihre E-Mail-Adresse notiert sein.

Dann kommt mir noch eine andere Idee: der Laden! Annas und Ellas Hofladen. Ich tippe den Namen in die Suchmaske und klicke auf Enter. Tatsächlich finde ich eine Homepage. Beide E-Mail-Adressen sind hinterlegt. Sowohl Ellas als auch Annas – meine. Es gibt sogar einen Facebook-Link.

Ich klicke auf das blaue Symbol mit dem weißen f und lande unmittelbar auf der Seite. Eine Fanpage des Ladens.

Von Anna finde ich kaum Posts. Sie scheint nicht viel im Internet unterwegs zu sein. Ella dagegen schon. Fast alle Posts stammen von ihr. Eine Küchenkräuter-Aktion, ein Vortrag zum Thema gesunde Ernährung, eine Gewächshaus-Malveranstaltung für Kinder. Ella ist mehr als rührig. Auch was den Austausch in sozialen Netzwerken betrifft. Sie hat einige Blogs abonniert. Darunter ein Biomagazin, einen Kulturkalender und einen Nachrichtenblog aus Frankfurt. Ich sehe mir den Nachrichtenblog an. Er nennt sich »Leos bunter Nachrichtensalat.« Leo Berger heißt der Autor. Ein ehemaliger Redakteur des Frankfurter Rundblicks.

Aus reiner Neugier lese ich ein wenig hinein. Ich habe wirklich keine Ahnung, ich hätte nie vermutet, was für eine Verbindung es zwischen uns geben könnte, wäre gar nicht auf die Idee gekommen ... Dann aber trifft mich fast der Schlag!

Die erste und allerneueste Meldung, auf die ich stoße, ist folgende:

Joanna Hochmuth lebt!

Starr vor Schreck halte ich mir die Hände vor den Mund.
Wie kann es sein, dass er weiß ... Nein. Hat Ella?
Nur langsam beruhige ich mich wieder. Ich bin wie hypnotisiert von der Meldung und lese sie noch ein paarmal.

Dann durchforste ich Ellas Posts und Kommentare zu anderen Themen, finde dort aber keinen Hinweis auf eine Verbindung.

Mein Herz schlägt bis zum Hals. Erst als ich mich wieder einigermaßen gefangen habe, komme ich auf die Idee, auf den Link mit dem Hinweis »mehr« zu klicken. Was kann es *mehr* zu diesem Thema geben?

Einer Ohnmacht nahe, erwarte ich das, was sich dort tut.

Es tut sich tatsächlich nicht viel. Der Text, vielmehr die Überschrift zu dem Text, ist gerade erst verfasst worden. Der Autor kündigt dem Leser an, dass er hier bald einen interessanten Beitrag finden werde. *Neue Ansichten zum Todessprung der Joanna H.* nennt er das neue Kapitel. Worum es dabei geht? Darauf darf der Leser mit Spannung warten.

Weiß er mehr über den Verbleib meiner Leiche ... meines *Ich?*, frage ich mich. Hat er meinen Sprung beobachtet? Worüber will er berichten?

Verwirrt und innerlich aufgewühlt, fahre ich den Computer herunter, verstaue alles wieder in der Schublade und verschließe sie. Dann tapse ich wie eine Schlafwandlerin zum geöffneten Fenster.

Eine Weile lasse ich den Nachtwind mit meinem offenen Haar spielen. Strähnen flattern mir ins Gesicht. Ich begreife nicht, was hier passiert, was ich in diesem Leben soll und weshalb Anna Gerlach verschwunden ist.

Soll ich dieses Spiel weiter mitspielen?

Was für eine Wahl habe ich. Mein Selbstmordversuch ist bereits einmal missglückt. Womöglich stürze ich Menschen ins Unglück, wenn ich es noch ein weiteres Mal versuche. Ich denke an Ani, Ella … Chris. Ani liebt mich offenbar wie ihr eigenes Kind. Chris liebt mich auf andere Weise, wenn er auch nicht mit mir schläft. Irgendwie kann er nicht ohne mich.

Und Ella? Ella habe ich noch nicht vollständig durchschaut, auch wenn sie etwas an sich hat, was mir vertraut erscheint. Hintergeht sie mich tatsächlich mit Chris? Dann wären wir Konkurrentinnen.

So richtig will ich mich mit diesem Gedanken aber nicht anfreunden. Ich mag Ella. Irgendwie mag ich sie.

Ich fange an, mein neues Leben anzunehmen, wenn auch nur zögerlich. Fast fühle ich mich wohl. Auch wenn das vielleicht (noch) etwas hochgegriffen ist.

Mit diesen letzten Gedanken gehe ich ins Bad, putze mir die Zähne und halte mein Gesicht unter den kalten Wasserstrahl.

Annas Parfum fällt mir ins Auge. Es steht unmittelbar neben Chris' Eau de Toilette. *Fleur Blanche Savage* lese ich. Ich schraube den Verschluss ab und neige meinen Kopf vor, um daran zu riechen. Ein intensiver Geruch nach Rose, Nelken und Vanille steigt aus der Flasche. Es ist *ihr* Geruch. Ich könnte ihn tragen … Aber ich wage es nicht. Es ist Annas Duft.

Gedankenverloren schraube ich die Flasche wieder zu. Anschließend tappe ich zurück ins Schlafzimmer, Richtung Bett. Ich kuschele mich in die flauschige Blütenbettwäsche, die nach Anis Weichspüler riecht.

Alles hier ist spießig. Extrem spießig. Ich gehöre nicht wirklich in dieses Leben. Meine Gedanken verhaken sich an dieser Stelle. Leerlauf.

Ich drehe mich noch ein paarmal im Bett herum, starre an die Decke und verfolge die Schatten der Nacht. Irgendwann bin ich eingeschlafen.

Ich habe mich damit arrangiert, keine Designerschuhe mehr zu tragen. Ehrlich gesagt, wären die hier auch äußerst unpraktisch. Am Morgen hat es wieder geregnet und der Feldweg, der von unserem Haus wegführt, ist völlig vermatscht. Also trage ich sie erneut: Annas rustikale Boots. Sie passen wie angegossen, als hätte ich auch in meinem früheren Leben nie andere Schuhe getragen. Es muss daran liegen, dass Anna und ich dieselbe Größe haben.

Es gibt also Gemeinsamkeiten zwischen Anna und Joanna. Natürlich passen mir Annas Klamotten, weil ich aussehe wie Anna. Ich stecke in Annas Haut. Was ihren Geschmack betrifft, sind wir nicht eins. Aber ich würde auch nicht auf die Idee kommen, in meinen neuen eigenen vier Wänden irgendetwas zu verändern. Ich weiß, dass mein neues Leben diese Dinge nicht von mir verlangt, auch wenn es mir gelegentlich in den Fingern juckt. Ich bin immer ein kreativer Mensch gewesen.

Eine Art Ersatz finde ich in meiner neuen Tätigkeit als Biobäuerin Anna. Vielleicht finde ich sogar Inspiration. Schon nach ein paar Tagen fange ich damit an, mit Pflanzenbestäubung und der Zucht von Samen zu experimentieren. Ella beobachtet mich halb belustigt.

»Was machst du denn da?«

»Das ist eine neue Zucht.«

»Aha, und was soll daraus werden?«

»So was wie eine tropische Pflanze, die nicht bei minus zehn Grad eingeht.«

»Interessant. Na, da bin ich gespannt. Und was macht das Basilikum? Ich brauche noch einen Eimer voll für das neue Pesto.«

»Kommt gleich.«

Ich tausche Annas Boots gegen ein paar grasgrüne Gummistiefel und verschwinde mit dem Eimer in der Hand in einer Ecke des Gewächshauses. Annas Kräuterbeet.

Ich liebe den Geruch, der meine Nase umweht, sobald ich eine bestimmte Höhe des Gewächshauses erreiche. Salbei,

Petersilie, Dill, Schnittlauch, Basilikum. Der Geruch erinnert mich an meine Kindheit. Es muss unsagbar lange her sein. Irgendwann einmal habe ich eine Mutter gehabt. Sie hatte einen Kräutergarten, erinnere ich mich jetzt plötzlich. Ich weiß nicht, warum diese Dinge gänzlich meinen Gedanken entschwunden sind, warum ich nie wieder daran gedacht habe.

Mit jedem Tag, den ich hier verbringe, den ich den Kräutern etwas näher rücke, habe ich das Gefühl, dass die Bilder tief unten in meiner Erinnerung lebendiger werden. Und dass irgendwann etwas zum Vorschein tritt, was ich vollständig vergessen hatte. Etwas, das mich vielleicht zurück zu der Joanna führt, die ich einmal war. Vielleicht ganz am Anfang. Darum liebe ich Annas Kräuterbeet.

»In letzter Zeit hast du hier richtige Leidenschaft entfaltet. Dabei hast du letztens noch gestöhnt, dass die Kräuter so schnell wachsen.«

Ella steht plötzlich vor mir, beobachtet mich dabei, wie ich Basilikum schneide und in den Eimer lege.

»Ist das schlimm?«

»Nein. Mal abgesehen davon, dass die Erbsen, Kürbisse und Sonnenblumen sich vielleicht ein bisschen benachteiligt fühlen könnten.«

»Die kommen schon noch an die Reihe.«

Sie lehnt sich gegen eine der Verstrebungen des Gewächshauses, hat eine Hand in die Tasche ihrer Latzhose gesteckt. Offenbar ist sie in Plauderlaune.

»Du warst gestern mit Chris in Wächtersbach?«

Ich entnehme dem Klang ihrer Stimme, dass sie darüber nicht ganz so erfreut ist. Fast hört es sich an, als wolle sie mir sagen: *Finger weg von Chris!* Dabei bin ich doch mit ihm verheiratet.

»So, hat er das erzählt?«

»Habt ihr euch mal ausgesprochen?«

»Kann man wohl sagen«, betone ich vielleicht etwas übertrieben.

Ihre Hand rutscht aus der Hosentasche, findet aber gleich wieder hinein.

»Du gibst unserer Beziehung wohl keine große Zukunft?«, stelle ich eine sehr waghalsige These auf. »Wegen dem, was ich kürzlich gesagt habe? Über dich und Chris?«

»Oh doch ... Klar habt ihr eine Zukunft!« Sie druckst herum. »Na ja, in letzter Zeit lief es nicht so rund. Und wegen deiner *Anschuldigung* mach dir keine Gedanken. Chris und ich sind Freunde. Das weißt du doch.«

Ich spüre, dass sie noch etwas sagen will.

»Du bist anders in letzter Zeit«, bemerkt sie.

»Das hast du schon einmal gesagt.«

»Ja. Ich meine ... Was ist passiert?«

Das müsstest du doch wissen, denke ich, spreche es aber nicht aus. Ich werde schon noch dahinterkommen, was in der Nacht meines Sprungs passiert ist.

»Was ist denn anders an mir?«

»Alles«, sagt sie spontan. »Was war das denn letztens mit diesem Todessprung? Wie kommst du auf so was?«

»Du hast davon in diesem Blog gelesen, stimmts?«

Ihr Blick ist fragend. »Was meinst du?«

»Du hast diesen Blog abonniert, Leos Nachrichtendingsda.«

»Leos bunter Nachrichtensalat, ja.«

»Na, du hast das doch sicher gelesen mit dieser Architektin, die sich das Leben genommen hat. Sie ist aus 132 Metern Höhe gesprungen.«

»Joanna Hochmuth«, ergänzt sie.

»Ja«, stelle ich verwundert fest, »du kennst sie?«

»Flüchtig.«

»Was heißt das, *flüchtig*?«, will ich jetzt aufrichtig interessiert wissen.

»Das ist lange her. Wir waren Kinder.«

»Kinder?« Verzweifelt grabe ich in den Tiefen meiner Erinnerung nach einem Bild von einem Mädchen mit dem Namen Ella. Aber da ist nichts.

Da ist nur dieses Gefühl, sie zu kennen, was ich aber nicht begründen kann. Ich erinnere mich an ihre Reaktion, als ich damals bei unserer Unterhaltung meinen Sprung erwähnte. Sie wurde bleich, dann wandte sie sich wortlos ab. Das Thema war beendet und ich habe mich auch nicht weiter gefragt, was sie zum Schweigen brachte. Ich war nur mit mir selbst beschäftigt.

»Anna«, ihre Stimme klingt ungewohnt bittend, »bitte sei mir nicht böse, aber ich möchte nicht darüber sprechen.«

Ihre Antwort ist wie ein Schlag ins Gesicht. Es ist, als hätte sie mir gerade meine Existenz verweigert. Sie will nicht über mich sprechen. Was verbindet sie mit mir, das so schlimm ist, dass sie mich aus ihrem Gedächtnis verbannt hat?

»Was ziehst du denn morgen Abend an?«, wechselt sie abrupt das Thema.

»Morgen Abend?«

»Zu Helmuts sechzigstem Geburtstag. Die Geburtstagsfeier, schon vergessen?«, hilft sie meinem nicht vorhandenen Wissen auf die Sprünge. Ich habe natürlich absolut keine Ahnung, dass Helmut Geburtstag hat. Ich kenne nicht einmal sein Alter. Mit den Gedanken bin ich gerade auf einem völlig anderen Planeten unterwegs.

»Helmuts Geburtstag«, wiederhole ich daher monoton.

»Ich habe mir ein cooles Kleid in Frankfurt gekauft. Willst du es sehen?« Ihre Stimme ist wie ausgewechselt. Als hätte es das vorherige Gespräch nie gegeben.

Kurz empfinde ich so etwas wie Bewunderung für Ella. Ich bewundere sie dafür, dass sie völlig sie selbst ist.

»Okay«, willige ich ein.«

Eine Stunde später begleite ich sie in ihre Wohnung. Ella wohnt nur zwei Kilometer von hier entfernt. In der Nähe von Mernes im Spessart.

Sie bewohnt das untere Stockwerk eines sehr malerischen Fachwerkhauses. Es liegt an der Hauptverbindungsstraße eines winzigen Ortes. Ein Bach plätschert an der Ecke.

Eingebettet ist der Ort in die traumhafte Landschaft des Naturparks Hessischer Spessart.

Man erkennt nicht gleich, dass der hintere Teil des Hauses komplett modern ausgebaut wurde. Durch eine Pforte gelangen wir in den Innenhof und stoßen dort auf den Eingang zu ihrer Wohnung. Auf einer Seite des Hofes hat Ella sich unter Bäumen eine gemütliche Sitzecke eingerichtet.

Drinnen ist alles hell und freundlich. Die Wohnung besteht fast nur aus einem Raum, aber der wirkt riesig. Drei sehr großzügig geschnittene Fenster reichen vom Boden bis zur Decke und vermitteln eine ganz ähnliche Atmosphäre wie ein Wintergarten. Der Blick geht auf den Hof, durch den wir gerade hierher gelangt sind.

Die Einrichtung ist eine Mischung aus modern und rustikal. Nicht zu viel Interieur, alles wohl dosiert und sehr geschmackvoll eingerichtet – ich halte mich mittlerweile mit meinem Urteil als Architektin zurück, zumindest versuche ich das. Wie schon im Hofladen muss ich Ella zugestehen, dass ihr Stil mich durchaus anregt.

Über eine schmale Seitentreppe folge ich ihr ins obere Stockwerk, auf eine Art Galerie. Unter dem Spitzdachboden liegt ihr Schlafreich. Hier ist die Einrichtung eher sparsam. Es gibt nur ein Bett, bestehend aus einer Matratze auf zusammengeschraubten weißlasierten Paletten. Einen Hocker als Ablage für Bücher neben einer Stehlampe mit Standspiegel, einem Kuhfellteppich und einer sehr schönen petrolfarbenen Samtgardine.

Das Kleid liegt bereits auf ihrem Bett (ihren begehbaren Kleiderschrank hat sie unten).

»Warte, ich führe es dir vor«, sagt sie mit einem Ton der Vertrautheit in ihrer Stimme, als würden wir uns schon seit ewigen Zeiten kennen. Ich muss mich daran erinnern, dass sie Anna meint – und nicht mich.

Ella streift ihre Latzhose ab. Es macht mich etwas verlegen, sie dabei zu beobachten, wie sie sich vor mir entkleidet. Auch Bluse und BH wandern auf das Bett. Ich kann nicht umhin, ihre schönen vollen Brüste zu bewundern. Mir vorzustellen, wie Chris diese in seine Hände nimmt, versetzt mir allerdings einen Stich. Ob sie hier mit ihm …?

Ach was, denke ich, und verwerfe den Gedanken möglichst schnell.

Das Kleid sitzt tatsächlich wie angegossen, betont ihre Taille und lässt ihre Beine noch länger wirken. Nicht zu vergessen das Dekolleté.

»Wie gefällt dir die Farbe?«

Das Kleid ist dunkelviolett, schulterfrei, körperbetont und mit einem langen Seitenschlitz.

»Sehr schön«, gestehe ich aufrichtig bewundernd.

»Glaubst du nicht, dass es vielleicht etwas aufdringlich ist für die Feier?«

»Auf keinen Fall«, behaupte ich. Wäre ich jetzt Anna, hätte ich vielleicht etwas anderes gesagt. Ella aber hat *mich* gefragt. Mich, Joanna Hochmuth. Ich gehe davon aus, dass sie Anna Gerlach diese Frage vielleicht gar nicht gestellt hätte.

»Die Farbe steht dir ausgezeichnet. Du solltest das unbedingt anziehen«, setze ich daher noch eins oben drauf.

Natürlich denke ich auch an Chris. Etwas aber gibt mir das sichere Gefühl, dass es keine Rolle spielt, was Ella auf dieser Feier trägt. Es würde mein Verhältnis zu Chris nicht ändern. Es ist nur eine Äußerlichkeit.

»Wie sieht es mit dir aus?«, fragt sie völlig unerwartet. »Was wirst du anziehen?«

In Gedanken reise ich durch Anna Gerlachs Kleiderschrank – und werde mir augenblicklich der Tatsache bewusst, dass ich neben Ella nur blass aussehen kann.

»Keine Ahnung.«

»Ich leihe dir ein Kleid, wenn du magst«, schlägt sie vor.

Als Anna Gerlach hätte ich diesen Vorschlag vermutlich abgelehnt. Als Joanna Hochmuth aber …

»Gern.« Allein die Not, die mir aus Annas Kleiderschrank erwächst, zwingt mich zu dieser Antwort.

»Dann lass uns zusammen etwas raussuchen.«

Ich folge ihr in die untere Etage. Der begehbare Kleiderschrank liegt in einem Erker. Dezentes Licht beleuchtet den Innenraum des Schranks, ein Ikea-Modell.

Die Farben von Ellas Bekleidung sind eher dezent, nicht so grell und blumig wie bei Anna. Hier fühle ich mich deutlich wohler.

»Schau einfach, was dir gefällt.«

Nach kurzem Stöbern ziehe ich ein schwarzes Kleid heraus. Seit eh und je liebe ich schwarz. Es gibt kaum eine andere Farbe, die ich zu einem festlichen Anlass tragen würde (abgesehen von Ellas violettem Kleid).

»Das hier.«

Ella hat mir einen Moment lang den Rücken zugedreht. Als sie mich mit dem Kleid in der Hand erblickt, fragt sie verwundert: »Bist du sicher? Ich hätte darauf gewettet, dass du das Rote nimmst.«

Ich kann mir vorstellen, welches Kleid sie meint. Es ist eins der wenigen Kleider, das farblich eher schrill wirkt.

»Zeig einmal.« Sie nimmt mir das Kleid aus der Hand. »Da hast du eins meiner Lieblingskleider erwischt. Chris wird sich wundern. Probier es oben in meinem Schlafzimmer an.«

Ich nehme das Kleid an mich und steige damit wieder die Treppe zu Ellas Schlafzimmer hinauf.

Während ich mich ausziehe, beobachte ich mein Spiegelbild. Bin das noch ich?, frage ich mich. Wie viel Joanna Hochmuth ist noch an mir, abgesehen von der Art, wie ich denke, meinem Geschmack und meinen Vorstellungen?

Jeans und T-Shirt landen auf Ellas Bett. Mein BH, der nicht ganz so gut gefüllt ist wie der von Ella, bleibt an. Skeptisch betrachte ich meinen Körper. Er ist eher schmal, fast dürr. Meine braunen langen Haare habe ich zu einem Pferdeschwanz gebunden, nicht weil ich es schöner finde, sondern weil mich Haare im Gesicht stören.

Ich halte mir Ellas Kleid zunächst nur an. Der erste Eindruck: Das leicht schimmernde Schwarz passt hervorragend zu meinen grünen Augen. Das Kleid ist kurz und nicht schulterfrei wie das von Ella. Es hat etwas breitere Träger, Empirestil mit einem unterhalb der Brust fließend fallenden Rockteil.

Ich schlüpfe hinein und positioniere mich wieder vor dem Spiegel. Wie gesagt, gehörte Eitelkeit nie zu meinen wahren

Eigenschaften. Eher im Gegenteil, ich habe sie immer vermieden, weil ich nicht dem Vorbild meines Vaters nacheifern wollte.

Bei dieser Gelegenheit aber muss ich feststellen: Es steckt doch ein bisschen August Hochmuth in mir. Vielleicht mehr, als mir lieb ist.

»Anna!«, staunt Ella hinter mir. »Klasse! Steht dir eindeutig viel besser als diese grellen Farben, die du sonst immer trägst und für die du eigentlich etwas zu blass bist. Das sieht toll aus. Etwas dezentes Make-up und es ist perfekt!«

Wir bewundern uns noch eine Weile gegenseitig in unseren Kleidern. Dann geht es zurück zur Arbeit.

Am Abend treffe ich tatsächlich auf Chris. Er sitzt mit Ani auf unserer Terrasse. Sie diskutieren über irgendein Thema, doch leider bekomme ich nicht mit, worum es geht. Als ich dazustoße, endet die Unterhaltung schlagartig.

»Hallo!«, begrüße ich die beiden.

»Anna, mein Kind, wo hast du gesteckt?«, fragt mich Ani. Ihre Stimme klingt vorwurfsvoll. »Wir hatten doch eine Verabredung.«

»Eine Verabredung?«

»Wir wollten nach Frankfurt fahren, wegen eines Abendkleides.«

»Was für ein Abendkleid?«

»Ein Kleid für Helmuts Geburtstag. Hast du es vergessen? Reicht dein Gedächtnisverlust so weit zurück? Wir hatten das vorletzte Woche ausgemacht.« – Nur zur Erinnerung: Vorletzte Woche lebte ich noch das Leben von Joanna Hochmuth, aber das kann sie ja nicht wissen.

»Oh, das habe ich tatsächlich vergessen. Und … « Ich zögere. Soll ich ihr erzählen, dass Ella mir ein Kleid geliehen hat? Der Überraschungseffekt (für Chris) wäre dahin.

Als hätte er ein unbewusstes Zeichen verstanden, bemerkt er: »Tauscht ihr euch nur über Kleider aus. Ich gehe noch eine Runde laufen.« Er richtet sich bereits auf. »Bis dann.«

Als Chris weg ist, hole ich Ellas Kleid.

»Wie findest du es? Es ist von Ella.«

»Tatsächlich?«, fragt sie zunächst überrascht. »Du hast dir tatsächlich ein Kleid von *Ella* geliehen?!« Sie betont ihren Namen etwas merkwürdig.

»Ja.« Warum auch nicht?, nagt eine Unsicherheit in mir.

Ich halte mir das Kleid an, um es ihr zu präsentieren.

Ihr Blick geht ein paarmal hin und her. Von mir zu dem Kleid und wieder zurück. Es erschließt sich mir nicht, was sie denkt.

Schließlich kommt ihr Urteil, eher sparsam: »Hübsch«, bemerkt sie. Mehr nicht.

Enttäuscht verstaue ich das Kleid wieder in der Tüte, die Ella mir zum Schutz mitgegeben hat.

»Möchtest du ein Glas Wein?«, wechselt Ani abrupt das Thema.

»Warum nicht.«

Sie geht in die Küche, holt ein Weinglas für mich. Als sie wieder auf die Terrasse kommt, sitze ich bereits.

Sie stellt mir das Weinglas hin und schenkt sofort ein.

»Seit wann tauschst du Klamotten mit Ella?«, fragt sie nach einer Weile. »Das hast du doch noch nie getan.«

»Sie hat es mir angeboten. Da konnte ich doch nicht Nein sagen.«

»Ella hat es *dir* angeboten?« Irgendwie scheint ihr die Vorstellung vollkommen absurd.

»Ist das so ungewöhnlich?«

»Ja! Ich meine … na ja. Was den Geschmack betrifft, liegt ihr ja nicht unbedingt auf einer Wellenlänge. Mal abgesehen von …«

Mal abgesehen von Chris, wollte sie wohl sagen, bricht den Satz aber ab.

Ich kenne Ani noch nicht lange, aber dass Ella ihr in gewisser Weise ein Dorn im Auge ist, habe ich schon mitbekommen. Ich kenne den Grund dafür nicht, kann ihn nur vermuten.

»Findest du das wirklich passend, Anna?«

»Was meinst du?«

»Willst du wirklich in einem Kleid von Ella ... Ich meine, hast du das nötig?«

Ich bin etwas perplex. Bisher hatte ich Ani immer voll und ganz auf meiner Seite und sie war mit allem, was ich gesagt und getan habe, einverstanden. Auch wenn es ihr anfänglich merkwürdig vorgekommen sein muss.

Jetzt lerne ich eine andere Seite von ihr kennen. Eine schwiegermütterliche Seite, würde ich das mal nennen. Das Thema ist neu für mich.

»Das Kleid ist sehr schön. Wenn sie es mir nicht geliehen hätte, hätte ich sie vermutlich gefragt, wo sie es gekauft hat.«

»Ja, und weißt du, *wo* Ella ihre Klamotten kauft? Sie kauft sie gebraucht, Second Hand!«

Was ist so schlimm daran, denke ich. Wiederverwertung ist gut. Das machen wir in der Architektur auch so. Das übergeordnete Thema ist Nachhaltigkeit. Darunter fällt auch Wiederverwertung. Es ist gleichzusetzen mit Energie sparen.

»Und?«, frage ich daher.

»Anna, ich bitte dich! Außerdem ...«, sie wirft einen Blick auf den schwarzen Stoff, der aus der Tüte quillt, »... das ist doch gar nicht dein Geschmack!«

»Geschmäcker können sich ändern.«

Ani greift nach ihrem Weinglas und führt es wortlos an die Lippen. Dabei zieht sie einen Schmollmund, die Sache scheint offenbar erledigt. Ich beobachte sie von der Seite. Ihre Mimik verändert sich schon wieder. In Gedanken ist sie bereits auf der Suche nach einem neuen Thema, einem friedenstiftenden Thema.

So ist Ani. Es ist eine Seite, die ich an ihr mag. Auch wenn ich gerade beschlossen habe, dass ich nicht alles mit ihr teilen muss.

Eine Stunde später stehe ich unter der Dusche. Chris kommt vom Joggen. Ich höre, wie die Tür geht.

Als er ins Bad kommt, habe ich bereits ein Handtuch um meinen Körper gewickelt. Ich möchte nicht, dass er mich nackt sieht.

Stattdessen passiert das, worauf ich keinerlei Einfluss habe: *Er* zieht sich vor mir aus. Es ist ein völlig normaler Vorgang, denn er geht davon aus, Anna stünde neben ihm. Die Anna, die er schon seit ewigen Zeiten kennt und die ihn schon mindestens hunderttausend Mal nackt gesehen hat.

Er kann nicht wissen, dass ich nicht Anna bin, sondern Joanna – und dass ich ihn noch *nie* nackt gesehen habe!

Die Laufhose landet auf dem Boden, das T-Shirt, die Boxershorts ... und schon steht er tatsächlich da, wie Gott ihn schuf. Göttlich! Ich spüre, wie ich rot anlaufe. Ich darf mir nichts anmerken lassen. Auf keinen Fall soll er merken, dass ich auf seine Nacktheit reagiere.

Während er sich nach seiner Wäsche bückt, um sie vom Boden aufzuheben, betrachte ich sein Hinterteil im Spiegel. Wow!

Klar gab es Männer in meiner Vergangenheit. Aber keinen von ihnen habe ich mir wirklich ausgesucht. In der Regel haben sie sich mich (oder eher August) ausgesucht. Nur einmal war es anders herum.

Und jetzt stehe ich hier mit Chris in einem simplen Badezimmer. Er ist nicht hier, weil ich Joanna Hochmuth bin, die Tochter von August Hochmuth; er ist hier, weil er denkt, dass ich Anna bin, seine Frau.

Leider hat er bereits aufgehört, sie leidenschaftlich zu lieben. Die Liebe ist in ein anderes Stadium übergetreten, von dem ich absolut keine Ahnung habe, weil ich es nie durchleben durfte.

»Was machst du?«, frage ich aus meiner Verwirrung heraus.

Er richtet sich vor mir auf.

»Duschen, was sonst.«

»Ach so.«

Er öffnet bereits die Glastür zur Dusche und schlüpft hindurch.

Ich kann nicht anders. Mein Blick haftet an ihm, als hätte ich noch nie zuvor einen nackten Mann gesehen.

Dabei habe ich schon etliche nackte Männer gesehen. Allen voran meinen Vater. Er hat eine Art Dauerkörperkult betrieben. In unserem Haus konnte es gar nicht genug Spiegel geben, in denen er sich regelmäßig von allen Seiten betrachtete – und das vorzugsweise unbekleidet. Manchmal befummelte er sich sogar dabei.

Ich kann nicht behaupten, dass ich mich damit wohl gefühlt habe. Sagen wir besser, ich habe es ignoriert. So gut es eben ging.

Chris steht jetzt unter der Dusche. Das auf ihn niederrieselnde Wasser lässt seine hellblonden Haare am Kopf kleben und läuft von dort auf seine wohlgeformten Schultern und Arme.

Ich bewundere seinen Körper. Alles sitzt an der richtigen Stelle. Nicht zu viel und nicht zu wenig. Vor allem, und das ist das Beste, er ist sich dessen gar nicht bewusst.

Wie kommt Anna an ein derartiges Prachtexemplar? Und das ganz ohne modischen Geschmack. Einen Moment lang verspüre ich das dringende Bedürfnis, mich zu ihm unter die Dusche stellen - und über ihn herzufallen. Aber ich reiße mich zusammen.

»Ich gehe dann mal«, kündige ich ihm, vielleicht etwas zu laut, mein Austreten aus dem Bad an.

Natürlich hört er mich nicht. Ich ziehe die Tür hinter mir zu.

Im Schlafzimmer verstaue ich Ellas Kleid in einer Ecke des Kleiderschranks.

Anschließend schlüpfe ich in das jeansblaue Nachthemdchen. Einen Moment lang überlege ich. Ob er mich anfassen würde, wenn ich mich nackt ins Bett legte.

Aber der Plan scheint mir zu riskant, denn er könnte sich überrumpelt fühlen.

Ich werde es mir für einen anderen Zeitpunkt aufheben und denke an die morgige Party.

Leo steht vor dem Gebäude des Frankfurter Fachverlags. Der Verlag ist ein Familienunternehmen, ein Stück Frankfurter Verlagsgeschichte, fest in der Stadt verwurzelt.

Der Name des Redakteurs, mit dem Leo einen Termin hat, ist Richard Kessler. Es ist der Name, den die Frau ihm auf dem Enkheimer Friedhof auf einem Zettel notiert hatte (neben ihrem eigenen Namen).

Kessler schreibt für den Fachteil einer Immobilienzeitschrift. Das Neueste aus der Welt der Immobilien. Immobilienrecht und -aktien gehören ebenso zum Ressort wie Berichte über besondere Immobilien.

Sprich, ein August Hochmuth gehört bedingt in diese Sparte. Genaugenommen gehört er in die Sparte Kunst & Architektur. Aufgrund seiner Bekanntheit aber kommt man auch in der Baubranche nicht an Hochmuth vorbei. Für viele seiner Bauprojekte stellt er das Bauunternehmen selbst – er mischt auf vielen Gebieten mit. Und das genau ist der Punkt.

Leo hat seinen schmutzig-orange-farbenen Panda bereits auf dem Parkplatz hinter dem Gebäude geparkt. Bei der Einfahrt auf das Grundstück hat man ihm anstandslos die Pforte geöffnet, nachdem er sein Anliegen der Gegensprechanlage anvertraut hat. Jetzt steht er vor einer offenen Glastür, die jemand vor ihm mit einer Personalkarte geöffnet hat.

Etwas unschlüssig bleibt er in dem Raum stehen, der eigentlich gar nicht nach Empfangshalle aussieht. Eher wie der Lieferanteneingang. Kisten mit Zeitschriften stapeln sich am Boden.

»Suchen Sie etwas?«, fragt ihn ein Mann mit serbokroatischem Akzent und richtet dabei seine Brille.

»Ich möchte zu Richard Kessler. Ich habe einen Termin.«

»So, interessant ... interessant. Da haben Sie den falschen Eingang erwischt«, stellt er lachend fest. »Hier ist die Poststelle. Aber kein Problem, das kriegen wir hin«, verspricht er. »Gehen Sie hier wieder raus und dann einmal um das Gebäude herum, bis Sie auf die Mainzer Landstraße stoßen. Dort finden Sie den Haupteingang.«

»Bestens«, bedankt sich Leo und folgt umgehend dem Hinweis. Natürlich hat er den Eingang bereits beim Reinfahren entdeckt. Aber gut, ein bisschen Bewegung kann nicht schaden; schon gar nicht, wenn man – wie Leo – deutlich übergewichtig ist.

Kurz darauf steht er vor dem Haupteingang mit der Drehtür, über die er ins Innere des Verlagshauses gelangt.

Der Empfangsraum ist eher eine Empfangshalle. Zu seiner Linken gibt es einen Fahrstuhl. Hinter dem Empfang führt eine breite Treppe in das nächste Stockwerk.

»Sie möchten zu wem?« Ein grauhaariger schlanker Mann, ebenfalls mit Brille, fragt Leo freundlich nach seinem Anliegen.

»Richard Kessler. Ressort Immobilien.«

»Sie haben einen Termin?«

»Ja.«

Er studiert irgendetwas vor sich auf dem Bildschirm. »Ah, hier habe ich Sie gefunden. Leo Berger, richtig? Und Ihr Presseausweis?«

Er legt ihm seinen Presseausweis hin.

»Einen kleinen Moment bitte, Herr Berger. Sie dürfen gerne dort drüben Platz nehmen. Herr Kessler wird Sie gleich abholen.« Der Mann greift bereits zum Telefon.

Leo nimmt wie vorgeschlagen auf einer Bank Platz.

Ein paar Minuten vergehen und er taucht seine Nase in ein paar Zeitschriften, die auf einem Zeitschriftenständer unmittelbar neben ihm ausgelegt sind. Gastronomisches, Mode, Recht, Marketing, Marktforschung. Das Verlagsprogramm des Frankfurter Verlagshauses ist breit gefächert.

»Herr Berger?«, hört er eine Stimme über sich, nachdem er schon eine Weile in die Frankfurter Fachwelt abgetaucht ist.

Leo erhebt sich reflexartig, streckt dem Mann die Hand entgegen.

»Kessler.«

Die Stimme gehört zu einem Mann in den späten Vierzigern, also etwas älter als Leo. Schmal, grauhaarig. Die schwarze Brille gibt ihm einen intellektuellen Touch.
»Schön, dass es geklappt hat, Herr Kessler.«
Der Mann vermittelt auf den ersten Blick einen eher zurückhaltenden Eindruck. Wie jemand, der nicht viele Worte macht. Und wenn, dann schreibt er sie lieber. »Folgen Sie mir, Herr Berger.«
Über besagte breite Treppe gelangen sie in den ersten Stock zu weiteren Fahrstühlen. Vier an der Zahl.
»Nach Ihnen«, bedeutet Kessler Leo, in den ersten sich öffnenden Fahrstuhl einzusteigen. Kessler drückt eine Taste. Der Fahrstuhl setzt sich in Bewegung.
»Sie sind ein ehemaliger Redakteur vom Rundblick, richtig?«
»Richtig.«
»Und jetzt schreiben Sie frei?«
»Unter anderem. Ich bin Blogger.«
»Interessant.«
Die Fahrstuhltür öffnet sich. Leo tritt als Erster heraus. Kessler folgt ihm, überholt ihn irgendwann.
»Ich habe gerade ein neues Büro bezogen. Der Verlag hat vor Kurzem erst dieses Ressort dazugekauft. Wir sind sozusagen noch nicht lange unter einem Dach vereint.«
Er öffnet eine Bürotür und wartet, bis Leo den Raum betreten hat. Dann schließt er die Tür hinter ihm.
»Setzen Sie sich.« Er deutet auf einen freien Stuhl neben seinem Schreibtisch.
»Der Besprechungsraum ist leider belegt. Aber vielleicht ist es ohnehin besser, wenn wir uns hier unterhalten. Hier sind wir ungestört. Möchten Sie einen Kaffee?«
»Nein danke.«
Der Redakteur setzt sich hinter seinen Schreibtisch, kramt etwas hervor, eine Zeitschrift.
»Hierin finden Sie den Artikel, von dem ich Ihnen am Telefon erzählte. Es geht darin um … August Hochmuth.« Den Namen spricht er etwas leiser aus.

»Außer Ihrem Artikel, was haben Sie für Informationen über Hochmuth?«

Kessler lehnt sich zurück und faltet dabei die Hände.

»Der Ruf eines hoch angesehenen Architekten steht auf dem Spiel. Mit dieser China-Geschichte fing es an. August Hochmuth wollte sich auf dem chinesischen Markt einkaufen, hat Immobilienanteile in Millionenhöhe erworben. Als die Kurse an der Börse plötzlich abstürzten, hat er alles schnell wieder verkauft. Mit Verlusten. Dann kam dieses Angebot. Er sollte die Pläne für den Bau eines Shoppingcenters in Shanghai entwerfen. Mit diesem Thema hatte er sich bereits hier einen Namen gemacht, die Investoren waren sehr an seiner Architektur interessiert. Da er aber seit dem Aktienkauf vorsichtig mit dem Thema China umging, sich andererseits aber ein neues Prestigeobjekt nicht durch die Lappen gehen lassen wollte, gab er seiner Tochter den Entwurf in die Hand. Sie sollte sich damit sozusagen als Architektin beweisen.«

Kessler rückt wieder etwas an den Schreibtisch heran, lehnt sich vor.

»Joanna Hochmuth ist dafür bekannt, dass sie ihre Sache gründlich macht. Vielfach gründlicher als ihr Vater. Deshalb hat er ihr das Projekt auch anvertraut. Die Sache aber lief nicht ganz so rund wie erwartet ... Joanna verbrachte den Großteil ihrer Zeit in Shanghai. Sie fertigte die Entwürfe an, besprach sich mit einheimischen Architekten. Das war ein 24-Stunden-Job und irgendwann ist auch eine Joanna Hochmuth müde. Dann ... Den Chinesen ging plötzlich das Geld aus, was sie nicht gleich mitbekam. Teures Material wurde auf Pump erworben. Die gesamte Planung geriet plötzlich ins Wanken. Nach außen aber blieb man am Ball und Joanna plante weiter. Das Projekt wäre besiegelt gewesen und der Konzern Hochmuth komplett den Bach runtergegangen, hätte nicht diese eine Unterschrift von Joanna noch gefehlt. Sie hatte also umsichtig gehandelt und sich noch ein Hintertürchen offengelassen, obwohl Hochmuth sie von Anfang an gedrängt hatte, alles dingfest zu machen. Dann fing der Streit an. Als rauskam, dass der Investor pleite war, wollte Hochmuth sich sofort zurückziehen. Joanna dagegen suchte einen Weg, das Projekt fortzuführen. Sie schlug eine abgespeckte Variante des ursprünglichen Entwurfs vor und die Beteiligung eines weiteren Investors. Wegen der fehlenden Unterschrift bestand diese Möglichkeit. Und tatsächlich, es gelang ihr, neue Gespräche ins Rollen zu bringen. August Hochmuth allerdings stellte sich komplett quer. Er wollte alles abblasen. Die abgespeckte Version war ihm zu ›mickrig‹. Es ging ihm um den Namen Hochmuth, den er in Gefahr sah. Nach außen hin leitete er ja das Projekt. Als Joanna andere Wege ging als die ursprünglich besprochenen, hätte er beinahe einen Rechtsstreit vom Zaun gebrochen. Am Ende aber lief die Sache glatt. Unter viel Lob wurde das Shoppingcenter in Shanghai eröffnet. Die Lorbeeren aber heimste August Hochmuth ein. Joanna wurde nur nebenbei erwähnt. Sie finden den Bericht zu dieser Geschichte in meinem Beitrag. Joanna Hochmuth wird dabei mit keinem Sterbenswörtchen erwähnt. August Hochmuth wollte das so. In meinen Augen war das eine Riesenschweinerei. Aber so laufen die Dinge. Angesichts des jüngsten Ereignisses, Joannas Todessprung, könnte das Thema vielleicht auf Interesse stoßen. Aber gehen Sie es vorsichtig an. Und ... die Informationen haben Sie nicht von mir.«

Leo überlegt. Das sind Neuigkeiten, die den Selbstmord der jungen Architektin in ein völlig neues Licht rücken.

»Hochmuth hätte also nicht davor zurückgeschreckt, seine eigene Tochter zu verklagen?«

»Er war nah dran.«

»Der Ruf geht über alles.«

»Über die Familie.«

»Wie sind Sie an diese Informationen gekommen?«

»Ich hatte ein Interview mit ihm. Da mir nach unserem Gespräch noch ein paar Einzelheiten fehlten, rief ich in seiner Firma an und bat um die fehlenden Unterlagen, die man mir kurz darauf schickte. In den Unterlagen bin ich erstmalig auf Joannas Namen gestoßen und dass sie sämtliche Verträge unterzeichnet hatte. Die Sekretärin bestätigte mir das am Telefon. Kurz darauf rief mich Hochmuth höchstpersönlich an, um die Sache mit seiner Tochter zu erklären und möglichst unter den Tisch zu kehren. Er hatte wohl spitzbekommen, dass mir durch eine Unachtsamkeit Informationen in die Hände gelangt waren, die nicht für mich bestimmt waren. Er gab mir den Rat, Joanna nicht in meinem Artikel zu erwähnen. Das wäre nicht gut für die Firma. Von da an kam mir die Sache spanisch vor und mit wachsender Neugier habe ich quer recherchiert.«

»So sind Sie also auf brisante Details gestoßen. Interessant.«

»Hochmuth hatte bereits diesen zweifelhaften Ruf in der Branche. Ich wollte wissen, was da dran war. Ob er wirklich über Leichen geht – inklusive seiner Tochter.«

»Das war ganz offensichtlich der Fall. Wissen Sie denn mehr über sein Privatleben? Frauen?«

»Da sickert nichts durch. Gar nichts. Er hat immer attraktive Frauen an seiner Seite. Als Begleitung. Sein Privatleben aber ist eher mysteriös.«

»Vielleicht gibt es da auch gar nichts zu entdecken. Zum Beispiel könnte er schlichtweg keins haben. Was ist mit Joanna? Haben Sie für das Interview auch mit ihr gesprochen?«

»Sie war nicht verfügbar. Ich habe es ein paarmal versucht. Keine Chance.«

»Ob er da auch seine Hände im Spiel hatte?«

»Es ist anzunehmen.«

»Das süße Leben im goldenen Käfig.«

Kessler hebt die Hände. »Richtig. Aber ich weiß von nichts ... Der Vogel ist auf jeden Fall abgestürzt. Und das mit voller Wucht und Absicht.«

»Hmn.« In Leos Kopf arbeitet es. »Wissen Sie etwas über die Mutter? Ich meine Joannas Mutter? Es muss doch eine Frau geben, die sie zur Welt gebracht hat.«

Der Redakteur zuckt mit den Schultern.

»Und diese Frau ...«, er kramt nach dem Zettel, »diese Frau, die ich auf der Beerdigung traf. Hanna Luers heißt sie, soweit ich das hier entziffern kann. Wer ist sie? Sie steht doch in Verbindung mit Ihnen.«

»Nicht direkt. Ich weiß nicht viel mehr über sie als Sie auch. Sie hat mich auf die Spur zu dieser Verklagenummer gebracht.«

»Woher wusste sie das?«

Wieder zieht Kessler ein ahnungsloses Gesicht. »Das müssen Sie sie schon selbst fragen. Ich habe die Informationen nur unter der Prämisse höchster Verschwiegenheit erhalten.«

»Gut, also ...« In Leos Kopf arbeitet es noch immer. Unaufhörlich. Die Geschichte lässt ihn nicht los. »Darf ich die Zeitschrift mitnehmen?«

»Bitte.«

»Wenn Ihnen noch irgendetwas einfallen sollte ...«

»Ich melde mich bei Ihnen.«

»Und ich darf Sie anrufen, wenn mir noch eine Frage einfällt?«

»Machen Sie das. Ich gebe Ihnen meine Karte.«

Kessler kramt in einer Schublade, zieht eine Visitenkarte heraus und legt sie Leo hin.

»Danke, dass Sie sich die Zeit genommen haben.«

Nach dem Gespräch mit dem Redakteur fährt Leo in die Stadt.

Er geht ins Starbucks an der Hauptwache. An der Selbstbedienungstheke stattet er sich mit einem Cappuccino und einem Chocolate-Chip-Cookie aus. Eigentlich eine Überdosis Zucker. Leo sollte besser abspecken und überschüssige Kalorien vermeiden. Gerade aber ist ihm danach. Nervennahrung. Einer Diät würde er sich ab morgen unterziehen ... gleich morgen! Das ist beschlossene Sache. Derart legitimiert er seine kulinarischen Entgleisungen.

In der zweiten Etage des überwiegend von jungen Leuten bevölkerten Selbstbedienungs-Cafés findet er noch einen freien Tisch.

Leo kramt Laptop und Ohrstöpsel heraus, fährt den Laptop hoch und pfriemelt sich die Kopfhörerstöpsel ins Ohr. Er liebt es, beim Schreiben Musik zu hören. Tori Amos. Ihre Stimme ist wie ein sanftes Klavierkonzert, sie entspannt.

Während er mit dem Löffel im Cappuccino rührt, klimpert er mit der anderen Hand auf der Tastatur.

Schnell ist Leo mitten drin. Die Worte rauschen nur so aus der Tastatur. Er schreibt alles auf, was von dem Gespräch hängengeblieben ist, fertigt eine grobe Skizze an.

Als er fertig ist, schiebt er den Laptop beiseite und widmet sich ganz dem Artikel.

So I got me some horses …, säuselt Tori ihm ins Ohr, als jemand auf seinen Arm tippt.

»Leo?«, hört er es dumpf aus dem fernen, unwirklichen Hintergrund.

Sein Blick fährt hoch. »Oh … äh.«

»Was machst du denn hier?«, hallt es noch immer dumpf aus der Weite des Cafés.

Leo zieht sich die Ohrstöpsel aus dem Ohr. »Lucy … Was für eine Überraschung«, nuschelt er seiner Ex-Freundin halb verlegen, halb genervt entgegen. Das hat gerade noch gefehlt. Dass sie ihn *so* sieht.

»Sag jetzt nicht, du schreibst wieder?« Sie blinzelt auf die halb aufgeschlagene Zeitschrift. »Fachliteratur?«

Er sieht von ihr auf die Zeitschrift. »Ach das … Nee, das ist eine Art Freizeitlektüre, stammt nicht von mir.« Er legt die Zeitschrift beiseite.

»Gut siehst du aus«, stellt er aufrichtig fest.

»Du hast etwas zugenommen.«

»Ja … hmn … das. Fällt ins Auge, was?«

»Ach wo, halb so schlimm. Wir werden alle älter.«

»Wenns nur das wäre …«

Jetzt kann Lucy natürlich nicht umhin, einen Blick auf sein verspätetes Frühstück zu werfen.

»Ja, ja … Ich weiß«, kommt er jedem bissigen Kommentar zuvor, »das sieht nicht nach Diät aus.«

Sie lacht. »Das tut es tatsächlich nicht. Darf ich mich zu dir setzen?«

So ganz recht ist es ihm nicht. Aber gut. Er rückt ein Stück zur Seite, damit sie neben ihm Platz findet.

»Und, was läuft so?«, fragt er belanglos. »Hast du deinen Job noch?«

Lucy und er hatten sich damals beim Rundblick kennengelernt. Sie arbeitete im Ressort Kultur, war für den Veranstaltungskalender zuständig.

»Kürzertreten müssen wir alle. Die Branche kämpft. Aber ja, ich bin noch an Bord. Und du? Womit hältst du dich über Wasser?«

»Ich mache mein eigenes Ding, bin Blogger.«

»Blogger? Wow, klingt gut. Kann man davon leben?«

»Na ja …« Leo macht eine abwinkende, flüchtige Handgeste. »Reden wir nicht drüber.«

Sie lacht schon wieder. Immer noch hat sie diesen schelmischen Blick, wenn sie lacht. Damals hat sie ihn damit bezirzt.

»Bist du in einer Beziehung?«, fragt sie vorsichtig.

»Sehe ich so aus?«

»Wie sieht jemand aus, der eine Beziehung hat? Gibt es da bestimmte Erkennungsmerkmale?«

»Schlanker. Weniger übernächtigt. Mit positiver Lebenseinstellung. Siehst du davon irgendwas an mir?«

»Deinen Humor hast du dir erhalten.«

»Tja …« Leo schiebt ihr den Teller mit dem Cookie hin. »Möchtest du?«

Sie bricht sich ein Stück ab. »Danke. Jetzt hast du dir eine Joggingrunde gespart.«

»Doch so viel.«

Er betrachtet Lucy von der Seite. Ein wenig hat auch sie zugelegt, wenngleich nicht viel. Es steht ihr. Die Wangen sind rosig und das dunkelrote krause Haar hat sie in einem dicken Knäuel am Hinterkopf befestigt. Ihre Brüste sind offenbar proportional zu ihrem Gewicht gewachsen, was natürlich nicht negativ auffällt. Vor allem deshalb, weil ihr Ausschnitt aus Leos Perspektive gut einsehbar ist. Zur Abwehr unzüchtiger Blicke trägt sie allerdings ein luftiges Tuch.

»Und was macht deine Beziehung? Wie hieß er noch …?«

»Paul. Das ist vorbei.«

»Ach.«

»Na ja, das war von Anfang an nicht so.«

Was *nicht so* bedeutet, kann Leo sich gerade nicht vorstellen, versucht es auch erst gar nicht.

»Na, das wird schon wieder«, wirft er ein, um einfach irgendetwas zu sagen. Auch wenn es sicher nicht die intelligenteste Bemerkung ist.

»Ne, das wird nicht. Er hat mich betrogen.«

»Ha! …« Leo hätte beinahe etwas von seinem Cappuccino verschüttet. Die Tasse wackelt in seiner Hand. »So sind sie. Die Männer.« Dieser Satz wird ihm ebenfalls schwerlich Zugang zum Kreis der Weisen verschaffen. Diesen Anspruch aber hat Lucy auch nicht. Gott sei Dank gehört sie zu den unkomplizierten Frauen.

»Dann bist du solo?«, fasst er die logische Konsequenz ihrer Worte zusammen.

»Du hast es auf den Punkt gebracht.«

»Mach dir nichts draus. Besser so als ein Arschloch an deiner Seite.«

»Du sagst es.«

Lucy wirft erneut einen Blick auf die Zeitschrift, die Leo mittlerweile zugeklappt und beiseite geschoben hat.

»In der Freizeit bildest du dich zum Thema Immobilien? Ist das dein neues Fachgebiet?«

Er folgt ihrem Blick.

»Das … nein. Und ja. Ich recherchiere da etwas.«

Sie greift nach der Zeitschrift, blättert darin.

»Aha. Und was?«

Neugier ist eine Art Berufskrankheit. Lucy leidet darunter nicht weniger als er.

»Also …«, gibt er zögerlich nach, »hast du von dieser Architektin gehört, die sich das Leben genommen hat? Joanna Hochmuth.«

»Die Tochter von August Hochmuth. Klar habe ich von ihr gehört. Ich arbeite bei der Zeitung, schon vergessen?«

»Habt ihr dazu recherchiert?«

»Nein, das war eine Standardmeldung. Beim letzten Frankfurt-Marathon hat das Team Hochmuth unsere T-Shirts getragen. Sponsorship nennt man das.«

»Da schreibt ihr natürlich nichts, was ihm schaden könnte.«

»Na ja, in Unkosten hat er sich jetzt nicht für uns gestürzt. Das war ein hundertprozentiger Win-win für Hochmuth.«

»Sicher. Und jetzt willst du mir sagen, ihr seid da völlig neutral?«

»Aber ja doch.« Sie zwinkert. »Was hat es denn damit auf sich? Hat er irgendwas ausgefressen, ein Projekt verhunzt? Hat er seine Tochter schlecht behandelt? Sie soll ja eine recht gute Architektin gewesen sein«, stellt Lucy fest.

»Diplomatisch noch dazu«, ergänzt Leo. »Es geht um dieses Shanghai-Projekt.« Leo beißt sich auf die Zunge und greift schnell zu seiner Cappuccinotasse, nippt daran. Vielleicht sollte er besser aufpassen, was er hier freizügig ausplaudert.

»Ich habe davon gehört.«

Er setzt die Tasse wieder ab. »So … Was hast du gehört?«

»Na, wir haben ja auch über die Eröffnung des Shoppingcenters berichtet. Im Nachhinein sind da so Gerüchte aufgetaucht«, verrät sie.

»Gerüchte? Joanna hat das Projekt geleitet.«

»Ja. So was.« Mehr sagt sie nicht dazu.

»Genau. Der alte Hochmuth hätte seine Tochter fast verklagt, weil sie das Projekt retten wollte. Klingt nicht nach behüteter Kindheit.«

»Hmn … Du suchst eine schmutzige Geschichte.«

»Na ja, das wäre kein besonderes Thema. Schmutziges gibts bei Hochmuth genug. *Das* hat mich eben interessiert.«

»Klar. Leo, mach mir nichts vor. Du kennst ihn persönlich.«

Natürlich kann er sich vor Lucy nicht verstecken. Sie kennt ihn.

»Ich erinnere mich an dieses Interview und wie du dich über ihn aufgeregt hast. Glaubst du da irgendeine Rechnung offen zu haben?«

»Nein, nein. Das Interview … Das ist doch schon Jahre her.«

»Hatte er dich nicht angepumpt und sich anschließend über dich lustig gemacht?«

»Das weißt du noch?« Leo rutscht nervös auf seinem Stuhl hin und her.

»Du hast dich darüber ziemlich aufgeregt, ihn als einen arroganten Schnösel beschimpft. Das weiß ich noch. Jetzt willst du ihm eins auswischen.«

»Na, so ein kleiner Beitrag in den sozialen Netzwerken … Das kommt gut.«

»Pass nur auf, dass du dich da nicht verbrennst. Der kämpft mit harten Bandagen. Kontakte hat der mehr als du.«

»Glaubst du, er könnte mir einen Killer auf den Hals schicken?« Leo grinst. »Ich bin doch ein ganz kleiner Fisch für ihn. Das hat er mich bereits spüren lassen. Die Frage ist doch, was seine Tochter für ihn war. Das wird die Leute interessieren.«

»An Menschen wie Hochmuth kommst du nicht ran. Da wäre ich mit jeder Behauptung vorsichtig«, gibt sie zu bedenken.

»Hast du Lust, mir bei dem Blog zu helfen?«, kommt ihm eine spontane Idee. Er könnte von Lucys Wissen profitieren. Und …

Sie bricht sich noch ein Stück von Leos Cookie ab, steckt es sich in den Mund.

»Was habe ich davon, außer zusätzlicher Arbeit?«

»Wir könnten uns mal wieder einen netten Abend machen, was Leckeres kochen. Natürlich was Gesundes. Für die Figur – und als Freunde versteht sich.«

Lucy sieht ihn schräg von der Seite an. »Hmn … Vorher aber gehen wir eine Runde laufen, in den Huthpark«, bestimmt sie, »sonst wird das nichts mit dem Abspecken.«

Leo zieht ein mürrisches Gesicht.

»Vom Nordend bis in den Huthpark … laufen? Das ist aber ein ganz schönes Stück!«

»Wir fahren mit dem Rad hin, laufen eine Runde und radeln dann wieder zurück.«

»Mein Rad ist ziemlich eingestaubt.«

»Ooch … macht nichts. Das kriegen wir schnell wieder fit.«
»Also gut«, gibt er sich geschlagen. »Gegen sechs?«
»Ich komme zu dir und bringe was fürs Essen mit.«

Leo verbringt den Nachmittag mit dem Artikel und seinen Notizen aus dem Gespräch mit Kessler. Er recherchiert die Eckdaten zur Biografie von Joanna Hochmuth: Wo ist sie zur Schule gegangen, was war ihr Studienschwerpunkt, wo ihre Auslandsaufenthalte.

Gegen fünf hat er das Gefühl, der Verstorbenen ein wenig näher gerückt zu sein.

Er nimmt sich auch noch einmal das Interview vor, das er damals mit August Hochmuth geführt hatte, sucht nach Details, die sein Wissen über Joanna Hochmuth ergänzen könnten.

Als es auf 18 Uhr zugeht, fährt Leo den Computer herunter. Beladen mit Putzeimer und -lappen steigt er in den Keller hinab. In einer verstaubten, dunklen Ecke, hinter Kisten und anderem Geröll, buddelt er sein altes Fahrrad aus. Der Rost hat erste Zeichen hinterlassen. Ganz zu schweigen von der feinen Staubschicht. Leo macht sich mit etwas Wasser und Lappen ans Werk, versucht einen zumindest oberflächlich befriedigenden Zustand herzustellen. Als er mit dem Ergebnis einigermaßen einverstanden ist, schleppt er das Fahrrad die paar Stufen bis zum Hauseingang hinauf, lehnt es bei den Briefkästen an die Wand.

Fast pünktlich, um kurz nach sechs, steht Lucy in der Tür. Sie trägt über die Knie gehende Radlerhosen und ein weites Shirt. Das Wetter ist angenehm lau, dazu geht eine leichte Brise. Es sind beinahe zwanzig Grad. Ideal für einen sportlichen Abend.

Als er Lucy in ihren Radlerhosen in der Tür stehen sieht und feststellt, dass sie trotz etwas Speck um die Hüften eine gute Figur macht, spornt ihn das an.

»Willst du etwa so zum Laufen gehen?«, fragt sie nicht ganz unbegründet und deutet skeptisch auf seine Jeans.

»Oh … äh, du meinst, etwas legerer?« In Gedanken geht er seinen Kleiderschrank durch. Irgendwo müsste es eine Sporthose geben. Eine alte, ausgeleierte Sporthose. Die sollte es gerade noch tun. »Turnschuhe und Sporthose?«

»Zumindest eine bequemere Hose als eine Jeans.«

Wie gut, dass Lucy in solchen Dingen eher unkompliziert ist. Sie hat keine expliziten Vorstellungen, wenn es um sein Äußeres geht.

Keine zehn Minuten später ist das Problem gelöst. Leos schwarze Sporthose kneift zwar etwas, aber das T-Shirt, das er darüber trägt, verdeckt gekonnt seine Problemzonen.

Kurz darauf radeln sie durch die Frankfurter Innenstadt. Die frische Luft tut tatsächlich gut. Vom Nordend schlagen sie den Weg in Richtung Bornheim ein.

Auf der Bergerstraße herrscht reges Leben. Die Cafés sind gut besucht. Auch wenn es zum späteren Abend hin schnell frischer wird, zieht es die Leute nach draußen.

Es ist Ende April. In einem Monat würde die Freibadsaison beginnen. Der Zeitpunkt ist somit ideal für das unvorhergesehene Frühjahrs-Abspeckprogramm. Zu Leos Überraschung ist seine Kondition auch noch ausreichend.

Von der Bergerstraße radeln sie weiter Richtung Seckbach. Sie passieren die U-Bahnhaltestelle Seckbacher Landstraße und das Katharinen-Krankenhaus. Dann nehmen sie den Fahrradweg oberhalb der Autobahn. Der Weg geht an Kleingärten vorbei und mündet irgendwann in den Huthpark.

Der Park ist, begünstigt durch die Stadtrandlage, tagsüber eher ruhig. Am Abend verwandelt er sich in ein kleines Jogger-Paradies, denn die weitläufige Anlage mit großer Wiese und altem Baumbestand lädt zum Laufen ein. Wenn man den Ausgang Richtung Auerweg nimmt, kann man sogar weiter bis zum Lohrberg laufen. Von Park zu Park.

Leo und Lucy schlagen ein gemäßigtes Tempo an. Spaziergänger kreuzen ihren Weg. Andere (geübtere) Jogger ziehen an ihnen vorbei. Wie gut, dass nichts sie treibt und auch Lucys sportlicher Ehrgeiz ein gesundes Maß hat.

Leo kommt bereits nach wenigen Kilometern ins Schwitzen. Lucy dagegen hält ihr Tempo. Sie laufen auf derselben Höhe, sodass Leo ihr gelegentlich einen Seitenblick zuwerfen kann. Atemlos beobachtet er ihre Körperbewegungen. Allen voran das Auf und Ab ihrer neuen Brüste.

»Kannst du noch?«, japst sie.

»Klar«, behauptet er, obwohl seine Gesichtsfarbe etwas anderes sagt.

»Ich hab Gemüse und Kopfsalat mitgebracht. Wir könnten uns nachher einen leckeren Salat machen.«

Sie meint es also tatsächlich ernst mit der Diät.

»Super!«, kommentiert er. Ein kühles Bier wäre jetzt die verlockendere Alternative. Dazu ein wunderbar durchgebratenes Steak mit Ofenkartoffeln und Speckbohnen ...

»Bis wohin müssen wir denn noch?«

»An der Unfallklinik laufen wir zurück zu den Rädern.«

»Klingt gut.«

Etwa eine dreiviertel Stunde später stehen sie wieder vor dem Mehrfamilienhaus, in dem Leos Zwei-Zimmer-Appartement liegt. Sie sind völlig erschöpft und nassgeschwitzt vom Radeln.

»Ich darf doch bei dir duschen?«, fragt Lucy. »Ich habe Wechselklamotten dabei.«

»Klar.«

Leo erfrischt sich kurz unter dem kalten Wasserstrahl aus dem Küchenwaschbecken. Anschließend verkrümelt er sich ins Wohn- und Arbeitszimmer, hockt sich vor den Computer, während Lucy ins Bad verschwindet. Er wirft einen schnellen Blick auf seine E-Mails.

Das angekündigte Blogthema zeigt erste Reaktionen. Kommentare und Fragen sind bereits eingegangen. Man wartet gespannt auf den Beitrag zum Todessprung der Joanna Hochmuth.

Zu seiner Überraschung findet er auch zwei E-Mails von Absendern, die angeben, Joanna Hochmuth gekannt zu haben. Das klingt interessant. Er würde sie später in Ruhe lesen.

Leo stellt ein wenig Ordnung in seiner Wohnung her. Er räumt das schmutzige Geschirr vom Morgen weg, lüftet in der Küche.

Auf dem Weg zurück ins Wohn- und Arbeitszimmer, geht die Badezimmertür.

»Das Bad ist frei.« Lucy hat sich ein Badetuch um den Körper gewickelt.

»Ist gut«, antwortet er nur kurz, während sie an ihm vorbei ins Wohnzimmer huscht. Sein Schreibtisch steht nur wenige Meter von der Couch entfernt. Im Vorbeigehen wirft sie einen kurzen Blick auf seinen Arbeitsplatz. Dann stellt sie ihre Tasche neben Leos Sofa und lässt das Handtuch auf den Boden fallen.

Huch, was ist das?! Verlegen dreht er sich weg. Dabei waren sie einmal ein Paar. Warum also sollte er sie nicht nackt sehen? Was spricht dagegen? (Eigentlich) nichts.

Nichtsdestotrotz, oder gerade deshalb, kann es Leos nicht lassen, einen Blick auf ihre nackten Brüste zu werfen. Verflucht, wie lange schon hat er keine Frau mehr angefasst. Nicht einmal mit einer Affäre kann er aufwarten. In seinem Liebesleben herrscht gruselige Finsternis. Seit Monaten lebt er in unfreiwilliger Abstinenz.

Leo kratzt sich am Kopf, derweil sich Lucy ein T-Shirt über den Kopf streift.

»Ich schaue mal nach dem Salat«, entscheidet sie, als sie fertig angezogen vor ihm steht.

»Ach ja ... Super.«

Leo lässt den Computer laufen und verschwindet jetzt im Bad. Er zieht die Tür fest hinter sich zu. So fest, als befürchte er, Lucy könne ungefragt hereinplatzen. Vielleicht hat sie Hunger. Und das nicht nur auf Essen. Es wäre ihm unangenehm. Er fühlt sich nicht wohl in seiner Haut.

Während er seine Sportsachen auszieht, betrachtet er seinen darunter zum Vorschein kommenden bleichen Körper. Sie würde ihn ganz sicher nicht attraktiv finden. Nicht mit diesem Vorbau und dem Zuviel an Armen und Oberschenkeln. Ganz klar: Das musste weg!

Schnell stellt er das Wasser an und steigt in die Dusche. Während es lauwarm auf ihn herunterrieselt, erinnert er sich an die gemeinsame Zeit mit Lucy. In der Anfangszeit waren sie derart versessen aufeinander gewesen. Einmal hatten sie es sogar im Verlag (im Kopierraum) getrieben. Es war nach acht gewesen. Lediglich ein Redakteur, zwei Zimmer weiter, hatte noch dagehockt und war zum heimlichen Lauscher ihrer spontanen Durchtriebenheit geworden.

Leo stellt das Wasser ab, greift nach einem Handtuch und reibt sich damit trocken. Er trägt etwas After Shave auf, wickelt sich das Handtuch um die Hüften und schleicht anschließend ins Schlafzimmer, um aus dem Wäschekorb ein frisches T-Shirt herauszufischen.

Derweil hört er Lucy zwischen Küche und Esszimmer hin und her trippeln.

Als er in der Tür erscheint, ist der Tisch bereits gedeckt und eine Schüssel mit Salat steht in seiner Mitte.

Es ist ja nicht so, dass er sich nicht freut, wenn man ihm Dinge abnimmt oder ihn mit etwas überrascht – auch wenn er Überraschungen grundsätzlich hasst. In gewisser Weise dringt sie gerade in seinen Ein-Mann-Haushalt ein, wirbelt Staub auf (von dem es zweifellos Unmengen gibt) und bringt Unordnung in seine mehr oder weniger geordneten Verhältnisse. Leo ist unschlüssig, ob ihm das schmeckt. Einen Moment lang ist er gar versucht, sie vor die Tür setzen.

Dann aber ...

Lucy zieht eine Flasche Rotwein und einen Flaschenöffner aus ihrer Tasche. »Besorgst du uns Gläser?«, fragt sie.

Ergeben dackelt er in die Küche, nimmt zwei Rotweingläser aus dem Regal.

Lucy hat die Rotweinflasche bereits geöffnet, als er zurückkommt.

»Ich dachte schon, du würdest mich vollkommen auf dem Trockenen sitzen lassen«, versucht er es mit einem Scherz.

Sie hat es sich mittlerweile auf der Couch bequem gemacht. Der Couchtisch ist zum Esstisch mutiert. Natürlich hat sie ein Händchen für so was.

Leo kann nicht anders, als sich geschlagen geben. Auch fühlt er sich von der Sporttour zu schlapp, um sich aufzuregen.

Träge lässt er sich neben Lucy auf die Couch fallen. Sein hungriger Blick streift dabei die Salatschüssel. Das bisschen Grünzeug würde bestenfalls den Gaumen befeuchten. Von Sättigen konnte kaum die Rede sein. Aber er will ihr nicht den Spaß verderben.

»Dann wollen wir mal kosten, was du da Traumhaftes gezaubert hast.«

Lucy schneidet frisches Baguette auf. Ein paar Stücke Feta hat sie auf einem Extrateller angerichtet. Hungrig fällt Leo über das bescheidene Angebot her.

Eine Weile essen sie still. Jeder für sich. Allmählich kommt das Gespräch ins Rollen. Zunächst sind es banale Dinge. Dies und das aus dem Alltag, gemeinsame Bekannte. Sie lachen, lästern, schweigen. Der Abend rinnt dahin. Leos Blick streift immer wieder flüchtig seinen Arbeitsplatz. Der Computer läuft noch.

Ein Vorteil der Selbstständigkeit ist es, dass man sich seine Zeit frei einteilen kann. Nichts drängt ihn dazu, die Dinge gleich zu erledigen. Notfalls kann er eine Nachtschicht einlegen. In der Nacht tummeln sich ohnehin die meisten Blogger-Kollegen im Netz.

»Ich habe mir ein Konzept überlegt«, steuert er vage in die gewünschte Richtung.

Lucy schiebt ihren Teller, von dem sie gerade das letzte Salatblatt aufgegabelt und in den Mund geschoben hat, beiseite.

»Was für ein Konzept?«

»Zu diesem neuen Blog-Thema.«

»Joanna Hochmuth«, folgt sie seinem Gedankensprung.

»Genau.«

»Und wie sieht dieses Konzept aus?«

»Ich habe mir überlegt, den Blog aus Joannas Perspektive zu schreiben. In einer Ich-Perspektive. Ich als der Autor schlüpfe in ihre Haut. Das wäre sozusagen ein Experiment.

Social Media machts möglich. Menschen können im Netz mehrere Identitäten annehmen oder werden frei erfunden, kopiert. Identitäten werden geklaut. Genauso wie Daten. Wer weiß schon, wer *wer* ist. Joanna Hochmuth reloaded – sozusagen. Natürlich geht es dabei um ihren Tod und die Frage, warum sie sich das Leben genommen hat. Das wird durchaus eine seriöse Geschichte. Ich werde keine Schande über eine Tote bringen«, rechtfertigt er sich, als er Lucys fragendem Blick begegnet. »Ich gebe Joanna eine neue Identität im virtuellen Leben. Auf diese Weise darf sie selbst darüber reflektieren, was in ihrem physischen Leben schiefgelaufen ist. Weshalb der frühe Tod? Recherche gehört natürlich dazu.«

»Klingt interessant. Und brisant. Wofür brauchst du dabei mich?«, fragt sich Lucy.

»Na, ganz einfach: Du bist eine Frau. Es könnte sein, dass ich das eine oder andere Mal deinen Rat brauche. Bei diesen Frauendingen ...«

»Aha ... soso.« Sie grinst. »Na, dann lass mal hören, was du schon über sie weißt.«

Leo erzählt von seinem Gespräch mit Richard Kessler vom Frankfurter Fachverlag. Lucy hört interessiert zu.

»Wenn man das alles zusammenrechnet, gibts da eigentlich kein Motiv für einen Selbstmord«, stellt sie fest. »Wie es aussieht, stand sie erst am Anfang. Sie hat sich nichts von ihrem Vater sagen lassen und hätte ihren eigenen Weg gehen können. Ohne ihn.«

»Richtig. So gesehen kommt eigentlich nur ein Grund für ihren Selbstmord infrage, sollte dieser überhaupt mit ihrem Job zu tun haben: Sie wollte das alles nicht«, überlegt Leo. »Vielleicht wollte sie nie Architektin werden. Und noch viel weniger in die Fußstapfen ihres Vaters treten. In Shanghai hat sie gemerkt, wie sich das anfühlt, in seinem Schatten. Sie wollte ausbrechen.«

»Vielleicht hatte sie einen Freund und wünschte sich Familie und Kinder. Sie wollte nicht enden wie ihr Vater. Vielleicht war sie unfruchtbar«, mutmaßt Lucy.

»Na, sie war noch keine vierunddreißig wie du. Mit Kindern hatte sie ja noch Zeit.«

»Danke, dass du mich an meine Torschlusspanik erinnerst«, giftet Lucy.

»Torschlusspanik? Dafür gibt es keinen Grund. Du bist eine attraktive Frau.«

Lucy stemmt eine Faust in die Hüfte. »Was soll das heißen? Glaubst du, Familienplanung hätte was mit dem Aussehen zu tun?«

Das ging in die Hose. Dabei hatte er ihr ein Kompliment machen wollen.

»Ich denke, sie wollte so oder so aussteigen«, nimmt er den Faden schnell wieder auf, bevor Lucy auf die Idee kommt, sich auf das Kinderthema einzuschießen.

»Also, wie siehts aus mit dem Freund? Hatte sie einen?«

Interessante Frage. Leider kann Leo dazu nicht viel sagen. »Dazu habe ich noch nichts. Sie stand weniger in der Öffentlichkeit als ihr Vater. Selbst an der Uni, wo sie als Dozentin arbeitete, wusste man nicht viel über ihr Privatleben.«

»Und ihre Mutter?«, stellt Lucy die Frage, mit der sich Leo auch schon eine Weile beschäftigt.

»Ja, die vermeintliche, mysteriöse Mutter ...« Er erzählt Lucy von seiner Begegnung auf dem Friedhof. Seine Begegnung mit Hanna Luers.

»Könnte sie nicht Joannas Mutter sein?«, fragt Lucy, nachdem sie alles gehört hat. »Ruf sie doch an und frag sie ganz direkt. Sie will offenbar, dass du über Joanna und ihren Vater berichtest. Vermutlich teilt ihr da eine Aversion: eure Abneigung gegen August Hochmuth.«

»Ich rufe sie an, sobald das erste Kapitel geschrieben ist.«

»Dann lass uns jetzt gleich damit anfangen«, fordert Lucy ihn auf.

Sie verlegen ihren Standort an den PC. Lucy räumt den Tisch ab, während Leo bereits seine Aufzeichnungen online abruft.

Kurz darauf starren beide auf den Bildschirm. Leo schreibt. Lucy fügt hinzu, korrigiert oder kommt mit ein paar eigenen Ideen.

Am Ende entsteht ein einigermaßen stimmiges Ganzes.

Es ist nach elf, als Leo wieder allein am Schreibtisch sitzt. Lucy ist gerade gegangen.

Man könnte sich wieder zum Joggen treffen, hat sie noch gesagt und Leo einen Kuss auf die Wange gedrückt. Nur knapp hatte sie seine Lippen verfehlt. Ein merkwürdiges Gefühl war daraufhin durch Leos Bauch gezogen.

Er verdrängt den Gedanken an Lucy und klickt sich in seinen E-Mail-Account. Er hat die beiden E-Mails aus dem Blog noch nicht gelesen. Nur die Betreffzeile. Daraus geht hervor, dass die beiden Absender mit Joanna bekannt gewesen waren. Leos Neugier ist jedoch nicht mehr dieselbe wie vor ein paar Stunden. Sein Kopf raucht noch von dem, was Lucy und er zusammen ausgegoren haben.

Was, wenn die beiden Nachrichten das gerade erst Erschaffene mit neuen Fakten zunichtemachen würden? Was, wenn man ihm ins Gewissen redete oder ihm sein Vorhaben madig machen wollte?

Derartige Zweifel sind Leo vertraut. Tagtäglich muss er sich damit auseinandersetzen. Journalisten schreiben nicht immer das, was allseits begeisterten Beifall erntet. Vielfach kollidiert man mit persönlichen Befindlichkeiten und Interessen. Menschen fühlen sich verletzt oder missverstanden. Sie fordern eine Gegendarstellung oder dass man das Geschriebene wieder zurücknimmt. Oft schon hat er sich so um Kopf und Kragen geschrieben und in einsame Sackgassen manövriert. Er wurde schon angefeindet, sogar bedroht. Worte können schlimmer sein als Taten, sie können Menschen zerstören. Leo weiß das nur zu gut. Er weiß um die Risiken, auf die er sich einlässt. Und er weiß um die Macht, die ihm das Schreiben verleiht.

Mit diesem Wissen – aber dennoch ahnungslos – klickt er auf die erste Nachricht, wartet, bis sie sich vor ihm aufgebaut hat, und liest:

Sehr geehrter Herr Berger,

ich gratuliere Ihnen zu Ihrem geplanten Blogbeitrag über Joanna Hochmuth. Ich denke, sie verdient Ihre Aufmerksamkeit und dass man sich mit ihr beschäftigt. Joanna und ich waren über zehn Monate ein Paar. Wenn ich daher in irgendeiner Form zu Ihrem Thema beitragen kann oder Sie meine Meinung interessiert, melden Sie sich bitte bei mir.

Mit besten Grüßen,
Bernard Lecleur

Leo kann es sich nicht verkneifen, den Namen in eine Suchmaschine einzutippen.

Wie erwartet gibt es eine Handvoll Ergebnisse.

Bernard Lecleur ist Architekt, mit einem kleinen Architekturbüro in Hochheim am Main. Ein weiteres in Wiesbaden. Natürlich in Sachen Prominenz nicht vergleichbar mit einem August Hochmuth. Seine Homepage wirkt vergleichsweise bescheiden, er entwirft kleine Einkaufsmärkte und Krankenhäuser. Ein Mann mit einem sympathischen Lächeln. Rein äußerlich wirkt er fast verwegen. Französisch klingen sein Name und die Abstammung. Laut Vita steht Lecleur kurz vor seinem vierzigsten Geburtstag. Zu seiner Familiensituation findet Leo nichts im Netz. Auch ist er in keinem sozialen Netzwerk unterwegs. Wollte man eine Vermutung aufstellen, wäre diese zweifelsohne: Bernard Lecleur ist ein verheirateter Mann.

Leo notiert sich seine Daten, E-Mail-Adresse und Telefonnummer. Er würde ihn gleich morgen anrufen, denn natürlich interessiert es ihn brennend, was der Mann zu sagen hat.

Die zweite E-Mail zeigt keinen vollständigen Namen. Der Absender, besser gesagt die Absenderin, nennt sich ganz einfach: *Anna.Irgendwer.*

Leo öffnet auch diese Nachricht und liest mit wachsender Verwunderung:

Lieber Leo,

du solltest dir gut überlegen, was du in deinem Blog schreibst, denn ich lese mit! Ich, Joanna Hochmuth höchstpersönlich.
Jetzt fragst du dich, ob es ein Leben nach dem Tod gibt. Oder ob eine Joanna Hochmuth in einem anderen Körper weiterleben kann.
Genau diese Fragen stelle ich mir auch, seitdem ich weiß, dass es mich eigentlich nicht mehr geben sollte. Noch bin ich mir nicht sicher, wie die Antwort auf diese Fragen lauten wird. Darum werde ich mit Spannung deinen Blog verfolgen und dir, solltest du Fragen zu meiner Person haben, gerne mit Informationen unter die Arme greifen.

Es grüßt dich,
(Jo-)Anna

Verwirrt fährt Leo sich durchs Haar.
Was in aller Welt soll denn *das*?!
So manches ist ihm schon untergekommen. Menschen, die behaupten, Zeuge eines Mordes geworden zu sein oder mit einem angesagten Schauspieler eine heimlich Affäre zu führen. Menschen, die vorgeben, etwas Großartiges erfunden zu haben und einer Revolution für die Menschheit dicht auf den Fersen zu sein.
Das aber ist …
Leo grübelt.

Ja, was ist *das*?! Und vor allem: *Wer* ist das? Warum und weshalb erlaubt sie sich diesen ziemlich un-komischen Scherz. Angesichts der Umstände, ist es geschmacklos.

Wer auch immer diese Anna ist und was sie bezweckt, Leo würde sich natürlich nicht täuschen lassen, sollte sie irgendwas Schräges abziehen wollen. *Anna Irgendwer* ist vermutlich gelangweilt, weil sich in ihrem Leben zu wenig abspielt. Allein dieser Name: *Irgendwer!* Wenn sie denkt, sie könne Leo hochnehmen …

… Sie würde schon sehen, was sie davon hat.

Leicht verärgert fährt er seinen PC herunter.

Erschöpft lehnt er sich anschließend zurück. Für den heutigen Tag war es genug an Aufregung.

Ich stehe in Ellas Kleid vor dem Spiegel in Anis Badezimmer. In einer halben Stunde beginnt die Party. Alle sind in heller Aufregung.

Am Morgen habe ich es tatsächlich gewagt, mich vor Chris anzuziehen. Ich habe seine Blicke gespürt, – auch wenn er mich vielleicht ganz normal angesehen hat. Er kennt meinen Körper.

Ich trage einen dezenten Lippenstift und etwas Rouge auf. Die Haare habe ich hochgesteckt. Nur ein paar Ponyfransen hängen heraus. Unterbewusst treibt mich ein Wunsch: Ich möchte ihm gefallen.

Ich will nicht sagen, dass ich mich in einer Art Konkurrenzsituation mit Ella befinde. Nein ... denn da ist dieses undefinierbare Gefühl, sie zu kennen, wie gesagt. Es lässt mich nicht ganz kalt, denn es birgt auch ein gewisses Risiko.

Als Ani und ich im Auto vorfahren, ist bereits der halbe Parkplatz mit Autos gefüllt.

Chris wird von der Kanzlei aus zur Party kommen.

Helmut, das Geburtstagskind, ist bereits am Ort des Geschehens, um persönlich die Gäste in Empfang zu nehmen.

Ella müsste auch schon dort sein.

Ani und ich stehen vor dem Eingang, der aufwendig mit Papierdeko und künstlichen Blumen geschmückt ist. Überall taucht die Zahl Sechzig auf.

Helmut und Ani haben keine Kosten gescheut und zu seinem sechzigsten Geburtstag eine umgebaute Scheune inmitten der schönen Landschaft des Naturparks Spessart gebucht. Es riecht nach Maiglöckchen und anderen Frühlingsblumen.

Drinnen wird Champagner verteilt. Einige Gäste haben sich bereits eingefunden.

Helmut trägt einen sehr eleganten rauchblauen Anzug. Ausgefallen für seine Verhältnisse – in der Regel bevorzugt er es leger, Jeans und Polo-Shirts.

Helmut ist für seine sechzig Jahre noch sehr jung geblieben. Ein forscher, aufgeweckter Charakter. Eher selten bin ich ihm bisher über den Weg gelaufen. Zwei kurze Begegnungen, mehr nicht. Bei diesen zwei Begegnungen habe ich nur wenige Worte mit ihm gewechselt. Helmut ist, soweit vermittelt es den Eindruck, nicht sonderlich an meiner Person interessiert. Er teilt den Narren nicht, den seine Frau Ani an mir gefressen hat. Wie ich aber im Verlauf des Abends noch feststellen würde, hat er einen Narren an einer anderen Person gefressen. Ella. Diese Entdeckung aber sollte noch etwas auf sich warten lassen. Zunächst lenkt mich mein Instinkt in eine andere Richtung …

Ani begrüßt gerade ein paar Bekannte, als ich folgende Szene beobachte: Chris und Ella. Chris hat seinen Arm um ihre nackten Schultern gelegt und flüstert ihr etwas ins Ohr.

Ein mächtiger Kloß verschließt mir den Hals. Mein Herz rast. Würde ich mich für das Erleben dieser Szene noch einmal vom Hochhaus meines Vaters stürzen?, frage ich mich. Würde ich mir wegen eines Mannes das Leben nehmen?

Nein. Eindeutig nein. Ich würde kämpfen.

Und genau das mache ich. Entschlossen gehe ich auf die beiden zu.

»Hallo!«, strahle ich ihnen entgegen. Chris' Blick streift mich kurz und landet gleich wieder nervös bei Ella. Diese aber strahlt sofort zurück. Und ihr Strahlen ist wie immer aufrichtig.

»Anna! Wow, das Kleid steht dir klasse!«, wiederholt sie das, was sie bereits gestern bei der Anprobe gesagt hat.

Jetzt erst sieht Chris mich an. »Ja, wirklich schön siehst du aus«, bemerkt auch er. Als ich neben ihnen stehe, drückt er mir einen flüchtigen Kuss auf die Wange. So wie er das immer macht. Ein Kuss wie ein kurzer Rempler: *Oh, sorry, das war keine Absicht*. Es versetzt mir einen kleinen Stich. Warum nur nimmt er mich nicht wahr?

»Möchtest du etwas trinken?«, fragt er höflich. Ella hält bereits ein Champagnerglas in der Hand.

»Ja, warum nicht.«

Ich sehe ihm nach, wie er sich durch die Menschenmenge quetscht, um sich für mich auf die Suche nach einem Glas Champagner zu machen.

Ella ist derweil näher an mich herangerückt.

»Hast du mitbekommen, dass Helmut schon mit einem halben Dutzend Frauen geflirtet hat? Erst die Blonde dort drüben. Dann die Dunkelhaarige ... Er ist übermütig.«

»Helmut?«, frage ich ungläubig.

Sie nickt bestätigend mit dem Kopf und nippt dabei an ihrem Champagner.

»Na, der Apfel fällt nicht weit vom Stamm«, bemerke ich leise.

Sie hat es tatsächlich gehört. »Du meinst doch nicht Chris?«, fragt sie. »Anna, du tust ihm wirklich unrecht. Er ist nicht so. Das solltest du wissen. In diesem Punkt sind Vater und Sohn sich gar nicht ähnlich. Aber jeder hat auch seine Gründe«, meint sie zu wissen.

Was ich eben gesehen habe, hat einen anderen Eindruck vermittelt, denke ich, spreche es aber nicht aus.

»Du meinst, er würde mich nie betrügen?«

Sie zupft an ihrem Oberteil, antwortet nicht gleich. »Ich sage nicht *nie*. Das kann man nie wissen. Es kommt auf die Umstände an.«

»Umstände?«, wiederhole ich.

»Ja, du weißt, was ich meine.«

»Ich weiß nicht, was du meinst.«

Ella möchte keinen Streit mit mir. Ich spüre, das Thema ist ihr unangenehm.

»Oft haben so kleine Ausrutscher gar nichts zu bedeuten. Schau dir Helmut an. Ich wette mit dir, er hat sie schon einmal betrogen. Und – hat es ihrer Beziehung geschadet?«

»Das meinst du doch nicht ernst, was du da gerade sagst?!«, frage ich halb entrüstet.

Für einen Moment sieht sie mich todernst an.

Dann lacht sie. »Nein. Nein ... natürlich nicht. Du hast recht. Das meine ich nicht ernst.«

»Komm, lass uns tanzen!«, lenkt sie vom Thema ab und zieht mich mit sich.

Kurz halte ich Ausschau nach Chris; da Ella seine Anwesenheit jedoch relativ gleichgültig zu sein scheint, folge ich ihr willig.

Der Raum füllt sich mehr und mehr mit Menschen. Eine Live-Band spielt sich gerade warm, als wir die Tanzfläche betreten.

Im Hintergrund wird Essen in Edelstahl-Warmhaltebehältern herangetragen. Das Klappern von Tellern und Besteck – für das Buffet – wird von der Musik übertönt. Junge Kellner und Kellnerinnen stehen für den Ausschank der Getränke und Speisen in Startposition.

Ich beobachte Ella, wie sie geschmeidig beginnt sich zur Musik zu bewegen. Sie trägt das dunkelviolette Kleid, das sie mir am Tag zuvor vorgeführt hat. Jetzt sitzt es noch verführerischer an ihr als bei der Anprobe. Ihre blonden Haare hat sie kunstvoll am Hinterkopf gedreht und hochgesteckt. Die langen Beine schimmern immer wieder durch den langen Schlitz hindurch, ziehen Blicke an – während sie tanzt. Auch ich bewege mich zur Musik.

Chris steht irgendwo am Rand, hält in jeder Hand ein Champagnerglas. Kurz sieht er sich suchend um. Dann fängt er eine Unterhaltung mit einem jungen Paar an.

Die Leute hier sind mir fremd. Einzig Ella und Ani empfinde ich als vertraut. Chris möchte ich gerne zu den vertrauten Menschen zählen, werde jedoch das Gefühl nicht los, dass er sich mir immer wieder entzieht. Vielleicht braucht es Zeit.

Ella nimmt meine Hand, wir drehen uns zu Gitarrenklängen. Sie lacht und ich lasse mich von ihrer guten Laune anstecken.

Als das Lied endet, drängt alles zu den Tischen.

Die Feier beginnt formal: Ani und Freunde der Familie halten Reden. Aufgelockert wird das Ganze durch Anekdoten, lustige Fotos und kleine Filmchen.

Kurz darauf ist das Buffet eröffnet.

Der Abend startet mit guter Stimmung. Ani macht mich mit ein paar Leuten bekannt, verwickelt mich immer wieder in Gespräche.

Gelegentlich halte ich, über ihre Schulter hinweg, Ausschau nach Chris. Einmal entdecke ich ihn erneut mit Ella. Ich verfolge, wie er sie zur Tanzfläche führt. Dann sind die beiden aus meinem Blickfeld verschwunden.

Erstaunlicherweise bin ich darüber jetzt weniger beunruhigt. Ich genieße den Abend, beobachte die tanzenden Paare und lächele für mich selbst. Ich bin mit mir und dem Rest der Welt zufrieden. Es ist ein völlig neues Gefühl. Diese Form der Gelassenheit war mir bisher fremd. Als Joanna stand ich dauerhaft unter Strom.

Irgendwann lande ich wieder auf der Tanzfläche, bewege mich ganz automatisch im Takt der Musik. Ich vergesse alles um mich herum, schließe meine Augen und tanze. Ich tanze, bin wie in Trance.

Als ich für einen kurzen Moment die Augen öffne, erkenne ich Chris, der sich von einer Ecke des Saals in eine andere vorarbeitet. In welche, bekomme ich nicht mit, weil ich meine Augenlider schon wieder geschlossen halte.

Ich tanze und habe das Gefühl, völlig mit dem Rhythmus der Musik im Einklang zu sein. Meine Füße trippeln, gleiten wie von selbst über das Parkett. Das Kleid flattert um meine Hüften. Ein paar Tänzer in meiner Nähe klatschen. Ich genieße es, lache und tanze einfach weiter. Joanna ist nicht mehr im freien Fall – sie schwebt...

So könnte es immer sein. Nichts hält oder drängt mich. Niemand erwartet, dass ich eine gute Figur abgebe oder mich strikt mit den Personen beschäftige, denen ich beruflich verpflichtet bin. Ich bin frei. Ich bin Anna – Anna irgendwo, irgendwer...

Ich bemerke gar nicht, wie jemand meine Hand nimmt. Ein Mann. Fast hatte ich ihn vergessen. Es ist tatsächlich Chris, der seine rechte auf meine linke Hand legt. Die noch Freie landet vorsichtig auf meiner Hüfte. Wäre ich nicht schon leicht beschwipst, würde ich vermutlich durch das Unerwartete aus dem Takt geraten. So aber bringt mich rein gar nichts aus dem Rhythmus. Auch nicht Chris' Hand – oder sein Arm, der sich mir jetzt um die Taille legt.

Wir gleiten über die Tanzfläche, als gäbe es nichts anderes als diesen Tanz. Ich genieße es, Chris so nah zu sein, sein Parfüm zu riechen, von dem bei jeder Drehung ein kleiner Hauch zu mir herüberweht. Sein Atem dicht an meinem Ohr. Er führt mich sicher über die Tanzfläche. Das Lied wird mal leiser und dann wieder lauter. Chris hält mich und ich wünsche mir, ewig so mit ihm zu tanzen, ewig eins mit der Musik zu sein.

Leider aber findet alles zu einem Ende. Irgendwann. Auch dieses Lied und der Tanz mit Chris.

Seine Hand löst sich von meiner. Ich lasse es geschehen, dass er wieder von mir abrückt. Wie ich bemerke, hat er jemanden im Visier. Es ist jedoch nicht Ella. Chris beobachtet seinen Vater.

»Alles okay?«, frage ich.

Er dreht sich wieder zu mir. Helmut tanzt mit einer blonden Frau, wie ich im Augenwinkel erkenne.

»Chris?«, hake ich vorsichtig nach.

»Was?«, fragt er, als spräche ich aus einem Traum zu ihm.

»Alles okay mit dir?«

Endlich dreht er sich vollständig zu mir. Sein Blick wirkt beinahe glasig. Er sieht mich an wie jemanden, den man soeben in der Menge entdeckt und gerade gewagt hat anzusprechen.

»Anna ...«, stammelt er. »Was war denn ... Sag mal, was war das? Ich hatte gerade das Gefühl, das erste Mal mit dir zu tanzen.«

Verwirrt schweift sein Blick umher, landet kurz wieder bei seinem Vater. Mit der Hand fährt er sich über die Stirn. »Ich glaube, ich habe furchtbar viel getrunken.«

»Das haben wir alle.«

»Ach ... darum tanzt du so ... so gelassen.«

Er gibt sich Mühe, mich nicht zu auffällig anzusehen. »Das Kleid ist ... es steht dir wirklich sehr gut. Sehr sehr gut.«

»Danke. Wollen wir vielleicht kurz nach draußen gehen, frische Luft tanken?«, schlage ich vor.

»Ja. Gute Idee.«

Vor der Tür treffen wir auf Ella. Sie unterhält sich mit Kai, einem Freund von Chris und Basti, Chris' Teilhaber in der Kanzlei.

Ich habe Basti erst einmal getroffen. Vielmehr konnte ich ihn nur kurz grüßen, als er Chris vor dem Haus absetzte. Meine erste und einzige Begegnung mit Sebastian Schnabel. Kai habe ich erst hier kennengelernt.

Ella lacht und präsentiert ihre nackten Schultern. Fast sieht es aus, als würden sie mit Kai und Basti flirten.

Ich beobachte Chris. Wie reagiert er auf die Szene?

Chris begrüßt die beiden Männer. Dann stellt er sich dazu, mischt bei der Unterhaltung mit.

Ich frage mich, was genau hier gespielt wird. Was das zwischen Ella und Chris ist. Warum versucht sie ihn eifersüchtig zu machen? Oder bilde ich mir das nur ein ...

Eine Weile stehe ich dabei. Dann wird mir kalt und ich gehe wieder nach drinnen.

Der Abend vergeht. Einige Gäste sind bereits gegangen. Die Tanzfläche ist jedoch noch gut gefüllt. Ich sehe Ani mit einer Freundin tanzen, Helmut ist von der Bildfläche verschwunden.

Ich besorge mir ein Dessert, Vanillecreme mit Schokomandeln, stelle mich irgendwo an den Rand, nicht weit von der Tür entfernt, die zum hinteren Ausgang führt.

Immer wieder kommen Menschen herein oder verschwinden nach draußen. Von meinem Standort aus habe ich alles im Blick.

Ich löffele eifrig mein Dessert – im Stehen, stelle anschließend den leeren Teller irgendwo ab.

Es muss bereits weit nach Mitternacht sein, als Ani plötzlich im Trenchcoat neben mir steht.

»Ich breche auf, Liebes. Soll ich dich mitnehmen oder fährst du mit Chris?«, fragt sie.

»Ich fahre mit Chris.«

»Ist gut.« Sie umarmt mich und haucht mir einen Kuss auf die Wange.

Als sie verschwunden ist, geht neben mir erneut die Tür. Nur wenige Menschen tummeln sich noch auf dem Hof vor der Scheune. Ich vermute, dass auch Ella und Chris dort draußen sind, denn ich entdecke sie nicht auf der Tanzfläche.

Ich lehne mich an einen Holzpfeiler. Wieder geht die Tür. Für einen Moment erkenne ich Ella. Neben ihr steht ein Mann. Noch bevor ich mehr von ihm erkennen kann, ist die Tür schon wieder geschlossen. Ich warte also darauf, dass sie sich erneut öffnet.

Es vergeht eine Weile, bis das passiert. Menschen drängen sich bis zur Tür, bleiben davor stehen.

Ich starre wie gebannt in besagte Richtung, warte, spekuliere …

Bis sich tatsächlich etwas tut – sie sich öffnet.

Ein Pärchen nähert sich ihr, Ina und Daniel. Irgendwann im Laufe des Abends habe ich ihre Namen erfahren. Ina erwartet ein Kind. Daniel umsorgt seine schwangere Freundin.

Weil Daniel Ina die Tür eine ganze Weile aufhält, erkenne ich jetzt mehr. Ich habe genügend Zeit das Geschehen im Hintergrund zu beobachten: Ella steht im Profil zu mir. Der Mann, der seine Hände auf ihre nackten Schultern gelegt hat, fällt mir jetzt direkt in den Blick. Sein Gesicht dreht er kurz in meine Richtung, starrt jedoch an mir vorbei ins Leere und ist sofort wieder bei Ella. Er redet mit ihr.

Es ist nicht Chris, nein. Es ist tatsächlich Helmut. Helmut, Anis Mann, Chris' Vater.

Verwundert stelle ich fest, dass die beiden sehr vertraut miteinander scheinen.

Helmut hat den Moment abgewartet, bis Ani die Party verlassen würde. Und offenbar hat auch Ella darauf gewartet.

Sie sind ein Paar, schießt es mir durch den Kopf.

Was aber ist dann mit Chris? Weiß er davon?

Ich beschließe, nach Chris zu suchen.

Der Großteil des Buffets ist mittlerweile abgeräumt. Auch ein paar der jungen Bedienungen sind bereits gegangen. Hier und da hocken noch kleine Grüppchen. Man trinkt Espresso, Bier, redet oder raucht eine Zigarette vor der Tür. Das Lebhafte ist verflogen. Müde Gesichter, halbleere Gläser, Weinflaschen und zäh sich dahinschleppende Unterhaltungen. Auf der Tanzfläche bewegen sich noch drei Gestalten, nicht mehr ganz im Takt der langsamen Musik. Zwei Frauen und ein Mann mit glühenden Wangen.

Auch hier finde ich keinen Chris.

Spontan entscheide ich, Richtung Parkplatz zu gehen.

Draußen empfängt mich der kühle Nachtwind. Der Parkplatz hat sich merklich geleert.

Ich entdecke Chris in der Nähe des Haupteingangs. Er redet mit Basti. Nein, es sieht vielmehr so aus, als würden sie streiten.

Basti zieht an einer Zigarette und hört Chris zu, der auf ihn einredet. Es muss um irgendetwas Geschäftliches gehen, vermute ich und scheue mich daher, ungefragt dazuzustoßen. Chris hat mich noch nie in Geschäftliches eingeweiht. Und seine Bemerkung bei unserem Essen in Wächtersbach ist mir noch im Gedächtnis.

In dieser Situation ist es eventuell ein Nachteil, dass ich nicht Anna bin. Anna Gerlach wäre bei diesem Thema vermutlich weniger zurückhaltend, als ich es bin. So zumindest hatte Chris sie – *mich* – dargestellt. Ich respektiere es, wenn Menschen bestimmte Grenzen eingehalten wissen möchten. Anders sieht es aus, wenn es sich um einen Job dreht. Dann versuche ich mich der Sache bestmöglich anzunehmen. Aufgeben ist nicht meins, das Ziel steht bei mir immer im Fokus. Dabei verlange ich aber auch Fairness, der Zweck heiligt nicht die Mittel.

Anders im Privaten: Die persönliche Ebene ist meine Schwachstelle. Daher weiß ich auch nicht wirklich, *wer* Joanna Hochmuth eigentlich ist.

Bastis laute Stimme bringt mich zurück in die Gegenwart. Chris zieht ein angespanntes, nachdenkliches Gesicht. Bastis Körperhaltung dagegen drückt Aggressivität aus. Was ist dort los?, frage ich mich.

Ich warte eine Weile ab, bis sich der Konflikt etwas gelegt hat und das Gespräch wieder in ruhigerer Stimmlage läuft.

Zugegeben fasziniert es mich auch, die beiden Männer dabei zu beobachten, wie sie diskutieren. Ich kenne Diskussionen, die einseitig geführt werden. August ist wie eine Wand, durch die man nicht hindurch kommt. Und sollte es einmal doch gelingen, einen Sieg über seine Meinung zu erringen, ist dieser nicht von langer Dauer.

Dabei halte ich konstruktive Diskussionen für elementar. Bei meinen Auslandsaufenthalten habe ich festgestellt, wie wichtig es ist, sich mit den Meinungen anderer auseinanderzusetzen. Jede Meinung hat einen Hintergrund. Neben Erfahrungen und persönlichen Ansprüchen gründen Meinungen oft auf Ängsten, unterdrückten Gefühlen, Werten oder Tabus in der Gesellschaft. Wenn Beruf und kulturelle Vorstellungen kollidieren zum Beispiel. Im Umgang damit braucht es Feingefühl. Besonders heikel wird es, wenn es um Themen wie Toleranz, Stolz oder Schamgefühl geht. In diesen Punkten sind Menschen besonders sensibel.

Ich weiß nicht, worum es bei der Diskussion zwischen Basti und Chris geht, aber allein die Tatsache, dass sie grundverschiedene Typen sind, scheint mir ein idealer Nährboden für Konflikte. Auf den ersten Blick ist Basti der typische Anwalt. Hochkorrekt, gute Umgangsformen. Ich konnte ihn hier bereits eine Weile beobachten. Erstmalig. Basti hat den schnöden Charme seines glatten Auftretens einstudiert. Das gehört zu seinem Job. Er möchte gern zu den oberen Zehntausend gehören. Sonntags beim Golf, einen Porsche in der Garage. Gut möglich, dass hinter der sauberen Fassade ein komplett anderer Mensch steckt.

Chris dagegen könnte auch Tennistrainer, Handwerker oder Tierpfleger sein. Damit will ich nicht sagen, dass er der weniger fähige Anwalt ist. Im Gegenteil. Vermutlich macht er sogar einen sehr guten Job. Darüber hinaus ist Chris ein Allrounder. Er kennt nicht nur Paragrafen. Er kann auch ein Fahrrad flicken, einen gebrochenen Amselflügel richten oder mit gekonnter Rückhand den Ball über den Tennisplatz schmettern.

Das Talent dafür hat er von Helmut, denn Ani hat definitiv zwei linke Hände. Dafür trägt sie das Herz am rechten Fleck.

Ohne es selbst zu realisieren, habe ich mich den beiden Diskutierenden ein ganzes Stück genähert.

»Was die Villa betrifft, bist du auf dem Holzweg. Das ist nicht ...«, schnappe ich gerade noch einen Teil des Gesprächs auf, als Basti sich unterbricht, weil er mich bemerkt hat.

Chris folgt Bastis Blick. Dieser sieht mich an, als wäre ich ein Gespenst oder als hätte ich ihn bei etwas auf frischer Tat ertappt.

»Oh, hallo Anna ... äh, du willst Chris abholen, was?«

Chris ist weniger von meinem Erscheinen überrascht.

Basti findet augenblicklich zu seiner gewohnten Körperhaltung zurück. Der seriöse Anwalt. Es ist eine Art Markenzeichen. Auch das gegelte Haar sitzt noch. Und das um diese Uhrzeit.

»Anna, komm her.« Ungewohnt zärtlich zieht mich Chris zu sich, legt den Arm um mich.

»Es war ein schöner Abend«, bemerkt er.

Basti beobachtet uns auffallend aufmerksam, ohne dabei die Miene zu verziehen.

Ani hält nicht sonderlich viel von Basti, erinnere ich mich. Im Ansatz teile ich ihre Skepsis ... Spontan. Auch wenn ich noch nicht weiß, womit sie gegründet ist.

Kurz darauf sitze ich neben Chris auf dem Beifahrersitz. Wir sind auf dem Heimweg.

Chris ist in sich gekehrt. Seine Gedanken teilt er mir nicht mit. Ich spüre es trotzdem; etwas beschäftigt ihn.

Viele Themen kommen dafür infrage. Die Unterhaltung mit Basti. Helmut und sein Verhältnis mit Ella. Ella grundsätzlich.

Ich sehe aus dem Fenster in die Nacht. Die Schatten der Bäume und Häuser, die Umrisse der Natur rasen an uns vorbei. Ein zarter Streifen Licht wie ein Sternennebel liegt über den Bäumen.

Ich erinnere mich plötzlich an Waldspaziergänge, die ich als Kind unternommen haben muss. Bilder tauchen aus meinem Unterbewusstsein auf ... Ich hatte ein Paar gelbe Gummistiefel, die ich sehr liebte. Ich liebte es, im Matsch herumzuspringen. Ich erinnere mich nicht, ob August dabei war, wenn ich im Wald unterwegs war. Hat mein Vater mich jemals an der Hand gehalten? Eine kleine Kinderhand in der Hand meines Vaters, der kaum etwas anderes anfasst als das Material, mit dem er arbeitet.

Das Licht der Straßenbeleuchtung erhellt in regelmäßigen Abständen das Gesicht an meiner Seite. Es spiegelt sich in der Fensterscheibe. Chris beobachtet mich.

Vielleicht fragt er sich, wer die Frau neben ihm ist.

Es wäre eine berechtigte Frage. Ich selbst stelle mir diese Frage auch. Wie viel Joanna Hochmuth ist noch in mir – und wie viel Anna Gerlach habe ich bereits angenommen?

Ich bemerke, dass die Erinnerungen an die ersten Momente, unmittelbar nach meinem Sprung, allmählich verschwimmen, unscharf werden, als würde eine Landschaft im Nebel versinken. Die Landschaft ist in diesem Fall mein früheres Leben.

Gelegentlich suche ich nach den Gefühlen, die mich bewogen haben, *es* zu tun – zu springen. Aber da ist kaum noch etwas. Ich erinnere mich nur vage an das Vakuum in meinem Kopf und die Bilder, die ich beim Aufstieg in die 36. Etage in meinen Gedanken erzeugt habe.

Vielleicht bin ich nie Joanna Hochmuth gewesen. Das ist die These, die ich ab und zu aufstelle; immer dann, wenn ich merke, wie ich mehr und mehr in meine neue Rolle schlüpfe. In die der Anna Gerlach.

Chris parkt den Wagen, einen Kombi, vor dem Haus. Vorher lässt er mich herausspringen.

Ich stehe bereits im Hausflur, als er hinter mir durch die Tür schlüpft.

Im Schlafzimmer streife ich Schuhe und Kleid ab, lege beides auf den Stuhl neben dem Fenster. Das Fenster ist gekippt.

Ich öffne es vollständig, lehne mich etwas heraus, um die Nachtluft einzuatmen. Der Wind zerzaust mein Haar.

Ich höre nicht, wie Chris das Zimmer betritt. Ich bin es fast nicht gewohnt, ihn vor dem zu Bett gehen anzutreffen. Als ich mich herumdrehe, begegne ich unerwartet seinem Blick, der erneut auf mir ruht, mich studiert wie ein unbekanntes Objekt.

Schnell wendet er sich ab, als hätte ich ihn bei irgendetwas erwischt.

Wortlos tappe ich ins Bad, lasse kaltes Wasser über mein Gesicht laufen und putze mir die Zähne.

Ich bemerke nicht, wie Chris das Bad betritt. Er steht plötzlich neben mir. Eine Weile betrachtet er mein Gesicht im Spiegel. Er rätselt. Das Rätsel kreist um die Frage: Warum ist Anna Gerlach plötzlich eine andere?

Natürlich sind das nicht wirklich seine Gedanken, die ich ja in Wirklichkeit gar nicht kenne. Ich stelle lediglich Vermutungen an. Vielleicht liege ich völlig falsch und er beschäftigt sich keine Sekunde mit meiner Person.

Sein Blick sagt jedoch etwas anderes.

Mein Verdacht bestätigt sich, als ich neben Chris im Bett liege und spüre, wie seine Hand nach mir tastet. Erst berührt sie zärtlich meinen Arm. Von dort schlüpft sie vorsichtig unter mein Nachthemd, streichelt meine nackte Haut. Ich spüre seinen Atem. Er sucht meine körperliche Nähe und schmiegt sich dabei von hinten an mich.

Ich lasse es geschehen.

Eine Weile bin ich noch wach und spüre der Berührung nach. Irgendwann schlafe ich in seinen Armen ein.

Es ist ein völlig neues Gefühl, das mich dabei überkommt. Was ist das?, frage ich mich, Glück?

Die Party hat Spuren hinterlassen. Der neue Tag, der Tag *danach* ist irgendwie anders. Ich habe tiefe Einblicke in die Zusammenhänge gewonnen, bin ein Stück mehr mit dem neuen Leben verwachsen.

Als ich nach dem gewohnten Frühstück mit Ani in den Laden komme, sehe ich Ella mit neuen Augen.

»Wie bist du eigentlich nach Hause gekommen?«, frage ich. Sie zupft gerade frisches Basilikum.

»Helmut hat mich gefahren.«

Sie spricht es ganz direkt aus.

»Helmut?«, wiederhole ich. »Er war noch da?«

»Helmut ist immer der Letzte. Es war auch sein Geburtstag. Er feiert gern.«

Na, das wird wohl nicht alles sein, füge ich stumm hinzu.

Vor Kurzem hätte ich meine Gedanken noch ausgesprochen, weil ich mich diesem Leben nicht zugehörig fühlte. Es war irgendwie unwirklich. Jetzt aber haben die Dinge sich verändert und ich halte mich zurück.

»Danke für das Kleid.« Ich habe es wieder in die Folie gepackt und mitgebracht.

»Gern.« Sie nimmt es mir ab, lächelt und geht damit ins Bad.

»Weißt du, was da mit Basti läuft?«, frage ich, als sie wiederkommt.

»Was meinst du?«

»Chris und er hatten so eine merkwürdige Diskussion. Es sah fast aus wie ein Streit.«

»Merkwürdig, soso.« Sie hält in ihrer Arbeit kurz inne, wischt sich mit dem Handrücken über die Wange. »Basti hat irgendein krummes Ding laufen. Chris ist dahintergekommen. Aber du weißt ja, wie Männer sind. Basti behauptet steif und fest, alles wäre ganz legal. Seriös. Kai hat davon auf der Party erzählt …«

»Und Chris hat dazu eine andere Meinung?«

Sie zuckt mit den Schultern, als ginge sie das nichts an. »Er trifft sich mit so ein paar Typen. Börsen-Junkies, Jungunternehmer. Sie spekulieren, wollen das große Geld machen. Dafür haben sie eine Villa angemietet. In Wächtersbach. Villa mit Pool. Ab und zu holen sie sich auch ein Mädchen dazu. Angeblich ... Das sind die Gerüchte. Du weißt ja, Basti ist Single. Aber laut ihm ist alles sauber und ganz harmlos. Ob's so ist ... keine Ahnung. Das musst du Chris fragen. Ich nehme an, deswegen hatten sie Stress.«

»Für mich klingt das nicht unbedingt sauber.«

Ella reagiert nicht. Sie hackt Kräuter auf einem Holzbrettchen.

»Außerdem redet Chris nicht mit mir, wenn es um Geschäftliches geht«, versuche ich noch etwas aus ihr herauszubekommen.

»So ist Chris. Aber von mir weißt du das nicht.« Offensichtlich möchte sie das Thema beenden.

Sie sieht mich nicht an, während sie Kräuter hackt. Aber da ist noch etwas. Ich spüre es.

Ich gehe in die Küche, stelle den Kaffeeautomaten an und nehme gedankenverloren eine Tasse aus dem Regal. Ich greife zur Kaffeedose und gebe einen Löffel Kaffeepulver in den Automaten. Als die Maschine warm ist, platziere ich die Tasse an entsprechender Stelle und drücke die Start-Taste.

Während der Kaffee in die Tasse läuft, werfe ich einen Blick hinüber zum Gewächshaus.

Immer ist es dasselbe, denke ich. Menschen wollen ständig mehr, als sie haben. Sie geben sich nicht mit dem Einfachen zufrieden. Und dann wundern sie sich, wenn sie in die Katastrophe schlittern. Dabei ist dieses »Mehr« kein Gewinn im eigentlichen, wertvollen Sinne. Denn auf »mehr« folgt fast immer »Leere«. Und von dort ist es nur noch ein kleiner Schritt bis zum Fall.

Ich höre wie draußen die Tür geht. Kundschaft? Laufkundschaft haben wir eher selten. Oft geben die Leute ihre Bestellungen telefonisch oder über das Internet auf.

Ich höre Ellas Stimme. Sie spricht mit einer Frau.

Mein Blick wandert wieder ins Gewächshaus. Der Anblick von Pflanzen und Grün entspannt mich. Ich habe sofort das Gefühl, an einem friedlichen Ort zu sein. Es ist beinahe wie auf einer einsamen Insel.

Die Stimmen aus dem Verkaufsraum werden lauter. Wortfetzen schallen zu mir herüber. »Flittchen!«, schmettert die unbekannte Stimme.

Ich bin plötzlich hellwach und lausche konzentriert dem, was nebenan vor sich geht.

Ella antwortet etwas, das ich nicht vollständig verstehe. Ich höre aber, dass sie sachlich bleibt.

Die andere hat sich nicht im Griff. »Da hast du deinen beschissenen Ökofraß!«, faucht sie. Ich höre einen Knall.

Kurz darauf geht die Tür.

Als ich in den Verkaufsraum komme, lehnt Ella an der Kommode. Sie ist allein. Auf dem Boden liegt ein zerbrochenes Einmachglas. Daneben schwimmen vier Birnenhälften.

»Was ist los?«, frage ich irritiert.

Wortlos kniet sie sich hin, macht sich daran, die Glassplitter aufzusammeln.

»Pass auf, du schneidest dich«, komme ich ihr zu Hilfe.

»Das geht schon.«

Zusammen beseitigen wir die Birnen- und Glasreste.

»Wer war denn das?«

»Ach ... unwichtig. Irgend so eine Ex von Basti.«

»Basti?«, frage ich ungläubig. Sollte Ella auch etwas mit Basti gehabt haben?

»Hmn.« Sie antwortet nicht.

»Hattet ihr was?«, wage ich mich vor.

»Nein, aber das denkt sie.«

»Wie kommt sie denn darauf?!«

»Sie ist paranoid, krankhaft eifersüchtig.«

»Verrückt, du hast doch nichts mit Basti zu schaffen ...«

Wieder antwortet sie nicht.

Langsam richtet sie sich auf, räumt ein paar leere Gläser beiseite, greift zu ihrem Schneidebrett und macht sich wieder an ihre Arbeit. Als wäre nichts gewesen. Sie will offensichtlich nicht reden.

Mir bleibt nichts anderes übrig, als das zu akzeptieren.

Ich durchstöbere die Bestellungen. Ein paar wenige Partyservice-Aufträge. Das meiste hat Ella schon erledigt.

»Kann ich dir hier noch etwas helfen?«, frage ich, weil ich mich etwas nutzlos fühle. Die Pflanzen habe ich erst gestern geschnitten.

»Du könntest im Internet nachschauen, ob noch etwas eingegangen ist.«

Internet ist ein gutes Stichwort. Ich gehe zu unserer Büroecke. Ein Schreibtisch in einem Erker, unmittelbar vor der Küche. Dort steht unser technisches Equipment, der PC. Ich schalte ihn ein und sehe zu, wie er langsam hochfährt. Man kann nicht sagen, dass er unbedingt schnell dabei ist. Gezwungenermaßen muss ich mich in Geduld üben.

Endlich erscheint die wohlbekannte Ansicht des Desktops, ein Foto von einem Kornfeld. Goldgelbe Ähren mit viel blauem Himmel.

Als Erstes sichte ich unseren E-Mail-Account. Keine weiteren Aufträge oder Anfragen.

Aus reiner Neugier zappe ich mich auf die Facebook-Seite. Was macht Leo Berger?, frage ich mich – und stoße auch gleich auf die Antwort. Ein Link führt direkt zu: *Leo Bergers bunter Nachrichtensalat*. Dort gibt es jetzt tatsächlich den angekündigten Beitrag. Er nennt sich:

Joanna im freien Fall
Kapitel I

Ich klicke auf den Link zum ersten Kapitel – und lese ein paar Fakten zu meinem Todessprung und Interessantes aus meiner Biografie. Leo Berger hat recherchiert.

Danach stoße ich auf den eigentlichen Beitrag:

Shanghai Surprise: Aus dem Leben einer Ameise

Wenn ich Joanna Hochmuth wäre (was ich zweifellos nicht bin, aber gehen wir einmal davon aus, ich wäre sie und würde in ihre Identität schlüpfen, nur für diese Zeilen); was wäre meine erste Frage an mich selbst? Etwa: Joanna, warum hast du das getan? Was war so schrecklich an deinem Leben?
Ein Sprung aus 132 Metern Höhe ist nicht gerade ein Klacks. Ein mehr als spektakulärer Abgang ist das. Es gehört schon eine gehörige Portion Wahnsinn dazu, auf ein Hochhaus zu steigen, um sich anschließend herunterzustürzen, denn: einmal im freien Fall, gibt es definitiv kein Zurück. Es bleibt nur noch der Boden, der dich (in diesem Fall) nicht hält. Im Gegenteil, wie ein Reißwolf tut er sich unter dir auf. Dort unten wird es dich zerfleischen.
Warum muss es überhaupt ein Hochhaus sein? Noch dazu ein Hochhaus vom großen Meister der Architektur, August Hochmuth, meinem Vater? Das ist die Frage, über die bislang noch nicht hinreichend gerätselt wurde. Inszenierung? Wollte ich meinem Vater schaden? Sein architektonisches Werk symbolisch mit meinem Freitod besudeln und somit seine Kunst verstümmeln? Ich habe ihm mein Leben zu Füßen geworfen, es weggeworfen.
So gesehen ist die Frage nach dem »Warum« fast eine rhetorische Frage. Ja, ich wollte, dass August Hochmuth auf das schaut, was er erschaffen hat – und dass es ihm dabei kalt den Rücken herunterläuft.

Shanghai Surprise. *China war meine Feuerprobe. China ist im Aufwind. Alles kommt und treibt nach China. Land der Mitte. Land der Kontraste: Postmoderne unter dem Sonnenschirm der Sozialistischen Marktwirtschaft. Ein Wettlauf in Richtung: größer, schneller, besser. Menschenrechte mit Füßen getreten.*

Ich mittendrin. Joanna Hochmuth. Die Mission: eine Shopping-Mall. Im Namen von August Hochmuth erobert deutsche Architektur den chinesischen Markt. Die Chinesen arbeiten wie Ameisen. Ich bin eine von ihnen. Über mir steht der große August.
Die Ameise aber soll nur so lange arbeiten, wie das Geld fließt. Deutsches Sicherheitsdenken, mit doppeltem Boden, Pragmatik.
Der Geldfluss stagniert. Aber die Ameise arbeitet weiter, fleißig sucht sie nach Möglichkeiten, neue Quellen anzuzapfen. Doch der große Ameisenkönig sagt NEIN. Kraftvoll schmettert er seine Absage bis nach China, denn er fürchtet um den Verlust seines Ansehens. Aber die Ameise geht ihren Weg, so wie es ursprünglich vorgesehen war, die kluge (uneinsichtige) Ameise.
Wie jedes Werk, das von Ameisen erschaffen wird, findet auch dieses seine Vollendung. Und plötzlich ist der Ameisenkönig wieder da, will die Lorbeeren ernten. Denn was ist schon eine kleine Ameise.
Folglich muss die Ameise wachsen. Über sich hinaus. So hoch aber wie der Ameisenkönig wird sie nie wachsen. Also steigt sie auf den Podest, auf dem sein Name steht. Sie steigt bis ganz nach oben, in die oberste Etage – und ...
Sie springt.

Ich lese weiter, dort, wo nichts mehr steht ...

Sie ist plötzlich wieder da – und reicht dabei weiter als das goldgelbe Kornfeld. Ich sehe keinen Horizont.

Leo Berger hat es tatsächlich auf den Punkt gebracht.

Ich bin wieder Joanna Hochmuth. Nur für diese Sekunden, Minuten, in denen ich das Gelesene verarbeite.

Joanna Hochmuth, die Ameise. Merkwürdig, dass ich mich nicht so gesehen habe, wie Leo mich sieht. Tochter aus gutem Hause, mit allem ausgestattet, was das Leben angenehm macht. Und noch ein bisschen mehr als das.

Eins aber fehlt: Anerkennung. Macht mich das zu einer Ameise? Zu einer Arbeiterin unter vielen anderen? Ich bin *die* Joanna, die ihren Tod auf spektakuläre Weise in Szene gesetzt hat. Doch nicht einmal das hat mir Aufmerksamkeit gebracht.

Leo Bergers Worte verfolgen mich den Rest des Tages.

Erst am Abend, als meine Gedanken allmählich von der Müdigkeit abgelöst werden, setze ich mich noch einmal an Chris' Laptop, schreibe eine E-Mail an Leo Berger. Es ist bereits meine zweite.

Ella hat ein Verhältnis mit meinem Schwiegervater.
Das ist das eine.
Das andere ist Chris. Ihn plagen (berechtigte) Verdachtsmomente gegenüber seinem Kompagnon Sebastian Schnabel.
Das Verbindungsglied in der Mitte, die Antwort auf alle ungelösten Fragen, bin ich – und das rätselhafte Verschwinden der Anna Gerlach.
Darüber aber und über die damit verbundenen Umstände weiß ich (noch) nichts.
Das sollte sich bald ändern.

Der Tag beginnt wie jeder andere. Und doch kann ich es bereits am frühen Morgen riechen. Es riecht nach Veränderung. Wir sind auf dem Sprung in eine Übergangsphase. Vom Frühling in den Sommer.

Schon um acht in der Frühe sind es rund sechs Grad mehr als in den vergangenen Tagen. Der Mai bringt uns eine geballte Ladung Wärme.

Das Gewächshaus hat sein Dach gegen den freien Himmel getauscht. Frost ist erst einmal nicht mehr zu erwarten. Meine Samenexperimente zeigen erste keimende Ergebnisse. Ich verbringe fast den gesamten Tag im Freien, während Ella mit ein paar Schulkindern im Schlepptau im Laden wirbelt. Sie bereiten Biosäfte zu und staksen in Gummistiefeln über das Gelände. Ella als einzige Erwachsene unter lauter unruhigen, neugierigen Quälgeistern. Sie wirkt wie die Lehrerin inmitten der lebhaften Horde. Es steht ihr.

Um die Mittagszeit legen die Temperaturen noch einmal zu. Die Dreißig-Grad-Marke wird geknackt.

Ich sitze zum Mittagessen in Anis Garten. Helmut hat Lammkoteletts auf den Grill gelegt. Außer nach Lammfleisch und Provencekräutern riecht es nach Hyazinthen und Rosen, die im Garten blühen. Dazu Anis Tomatensalat. Die ersten Brummer haben beschlossen, uns auf die Nerven zu gehen, und kreisen wie schwarze, stachelige Wattebäusche über der Schüssel.

Ani und ich hocken im Schatten unter dem Sonnenschirm, trinken Holunderwein, während Helmut die Koteletts wendet und im Schatten der Bäume ein kühles Bier genießt.

»Hat dir Chris schon davon erzählt?«, fällt Ani unerwartet mit dem Thema über mich her.

»Wovon?«

»Die Steuerfahndung war heute in der Kanzlei.«

»Warum das?«

Sie zieht die Schultern hoch, gibt sich ahnungslos, was sie natürlich wie immer nicht ist. »Ich habs doch immer schon gesagt. Sebastian Schnabel ist nicht zu trauen.«

»Warum?«

»Gelder hat er veruntreut, an der Börse spekuliert.«

»Haben sie denn was gefunden?«

»Noch nicht.«

»Na dann.«

»Aber sie werden etwas finden, warte es nur ab. Chris ist in der Angelegenheit viel zu gutgläubig. Kannst du nicht auf ihn einwirken? Er muss prüfen, in was Basti ihn da reinzieht. Er sollte sich abgrenzen. Oder, noch besser, Basti vor die Tür setzen.«

»Ist das nicht übertrieben? Und wie soll ich auf Chris einwirken? Das ist seine Angelegenheit. In geschäftliche Dinge weiht er mich nicht ein. Das ist eine Tabuzone.«

»Dann solltest du darauf bestehen. Das machst du doch sonst auch.«

Ich spüre, dass sie mit Anna Gerlach redet, nicht mit mir. Sie setzt voraus, dass ich mich in sämtlichen Papier- und Geschäftskram meines Ehepartners einmische. Ungefragt. Anna hätte es getan. Das Problem ist: Ich bin anders. Ich bin nicht gut darin, jemandem auf den Wecker zu gehen, penetrant zu sein, bis ich meinen Willen durchgesetzt habe. Ich bin allerhöchstens diplomatisch. Vielleicht auch listig.

Während Ani schon wieder ein neues Thema anschneidet, verbleibe ich gedanklich noch beim alten. Ich könnte es anders angehen, kommt mir ein Gedanke. Ich könnte nachforschen. Im Laden bin ich ohnehin nicht ausgelastet.

»Weißt du, ob Basti eine Freundin hat?«, frage ich möglichst belanglos.

»Basti, eine Beziehung?!«

»Hat er?«

Sie zuckt mit den Schultern. »Nicht dass ich wüsste. Laut Chris pflegt er noch immer ausgiebig sein wildes Singleleben. Du weißt, wie er tickt. Partys, Frauen, schnelles Geld, schnelle Autos ...«

Das schöne Klischee. Mir schwebt die Szene vom Vortag gedanklich vor Augen: Ellas Streit mit dieser unbekannten Frau.

»Könnte er etwas mit Ella gehabt haben?«, frage ich vorsichtig.

Ani zieht ein Gesicht, das schwer interpretierbar ist. Abgesehen von Helmuts heimlicher Affäre sind sich die beiden ganz offensichtlich nicht grün.

»Ich denke nicht, dass er ihr Typ ist. Und wie schon gesagt, meine ich, dass sie eher zu Chris tendiert.« Ani sieht mich nicht an, als sie ihren Gedanken ausspricht. Sie greift zur Salatschüssel und lädt sich eine große Portion Tomatensalat auf den Teller.

Meine Gedanken wandern zurück zur Party. Die Szene zwischen Ella und Helmut ...

Plötzlich steht mein Schwiegervater mit zwei Tellern vor uns. »Sie sind etwas mehr als medium und werden euch auf der Zunge zergehen.« Er deutet auf die Koteletts. »Lasst es euch schmecken.« Noch bevor ich einen Einwand erheben kann, steht einer der beiden Teller unmittelbar vor meiner Nase. Den anderen serviert er Ani.

Ich beobachte ihn dabei, wie er vorsichtig die Grillhandschuhe abstreift. Anschließend auch die Schürze mit der Aufschrift »Grill-Meister«. Er legt beides auf den Stuhl neben seiner Frau.

»Ich muss noch einmal kurz weg«, teilt er ihr zögerlich mit. Auf Anis Gesicht erscheint augenblicklich ein verhärteter Ausdruck. Anspannung liegt in der Luft.

»Ich habe später diesen Termin. Du weißt … Dafür brauche ich meine Unterlagen. Dummerweise habe ich sie im Büro liegenlassen.«

Natürlich begreife ich, was hier gespielt wird. Später würde er behaupten, die Unterlagen hätten doch nicht im Büro gelegen. Später, nachdem er bei Ella …

Aus dem Augenwinkel beobachte ich Ani. Ahnt sie etwas? Weiß sie wirklich nicht, was hier läuft?

Ihr Blick gibt es zumindest vor. Vielleicht ist es gespielte Unwissenheit.

»Dann bist du gleich wieder da?«, fragt sie tonlos. »Das Essen wird kalt.«

»Ich habe keinen großen Hunger. Esst ihr ruhig ohne mich.«

Anis Oberkörper ist angespannt. Sie trägt ein sehr schönes türkisfarbenes Sommerkleid, das ihre Bräune wunderbar zur Geltung bringt. Auch ihre stellenweise füllige Figur wird dadurch harmonisch in Form gebracht. Helmut aber ist gegen sämtliche Reize, die von seiner Frau ausgehen, resistent.

Der Mensch sucht immer nach dem Besonderen, dem Kick. In gewohnter Umgebung wird er nachlässig. Die sexuelle Anziehung lässt nach. Der eine wird des anderen überdrüssig.

Das Zusammenspiel von Mann und Frau – in dieser Konstellation, einer stabilen Partnerschaft, ist es mir neu. Vielleicht haben Chris und Anna sich bereits in einer ganz ähnlichen Phase befunden. Zu viel Routine im Alltag. Der Anfang vom Ende.

Genau in diesem Moment bin ich in Annas Leben eingebrochen …

»Ich fahre auf dem Rückweg bei der Post vorbei«, teilt Helmut seiner Frau mit. »Es kann etwas dauern. Warte nicht auf mich. Genießt den Nachmittag unter euch Frauen.« Helmut drückt Ani einen flüchtigen Kuss auf die Stirn und ist kurz darauf verschwunden.

Jeder Protest käme jetzt zu spät. Und auch wenn sie protestieren würde, Helmut fände einen Weg. Er träfe sich heimlich weiter mit Ella. Soll sie deshalb die Scheidung einreichen? Soll sie alleine in ihrem großen Haus hocken und darüber verbittern, dass ihr Mann sich eine Jüngere genommen hat?

Ich empfinde Mitgefühl mit Ani und ihrer Situation. Insgeheim wünsche ich ihr, Ella möge Helmut recht bald den Laufpass geben. Aber wäre das tatsächlich die Lösung des Problems? Wer einmal betrogen hat, der tut es wieder.

Ich möchte keine voreiligen Schlüsse ziehen. Es ist in manchen Fällen nicht ganz einfach, zwischenmenschliche Mechanismen vollständig zu durchschauen. Was Ella betrifft, halte ich sie jedoch für entschieden zu intelligent für eine banale Affäre.

Aber das ist meine Sicht der Dinge.

Als ich gegen zwei Richtung Laden schlendere, steht Helmuts Landrover tatsächlich noch auf dem Hof.

Ich betrete zunächst den Verkaufsraum. Eine Notiz von der Post liegt auf der Kommode, gleich neben Ellas Autoschlüssel. Etwas wurde für sie abgegeben. Der Name des Nachbarn, der die Post entgegengenommen hat, ist dort notiert. Ich mache mich gleich auf den Weg. Die Adresse liegt nur zwei Häuser weiter.

Manchmal wachsen Katastrophen urplötzlich aus dem Nichts. Ein Wirbel, in dem sich viele kleine Faktoren, lauter winzige Zufälle verfangen und zu einem bedrohlichen Ganzen anschwellen. Unerwartet bricht der Tornado aus der Mitte des Wirbels heraus.

Ich trete gerade aus der Tür des Nachbarhauses, betrachte neugierig das Paket, das mir ausgehändigt wurde. Es ist ein kleines Paket, nicht sonderlich schwer. Vielleicht beinhaltet es DVDs oder Bücher. Irgendetwas Belangloses.

Als ich zur anderen Straßenseite sehe, entdecke ich *das*, was bereits nicht mehr aufzuhalten ist und unweigerlich in besagter Katastrophe enden wird. Ich habe einen Moment lang nicht aufgepasst.

Anis Polo steht unmittelbar neben Helmuts Landrover.

Von hier aus, aus genau diesem Blickwinkel, sehe ich aber nicht nur Ani, die gerade hektischen Schrittes auf die Eingangstür des Ladens zueilt. Ich sehe außerdem, durch die transparente Scheibe des Gewächshauses hindurch, zwei Personen, die sich dort im hinteren Teil auf Ellas Holzbank heftig küssen, anfassen und … Ella hat kaum noch etwas an. Sie sitzt auf Helmuts Schoß.

Ich möchte einen warnenden Schrei loslassen oder Ani an der Tür abfangen. Doch es ist bereits zu spät. Die Tür hat sich hinter ihr geschlossen. Jetzt ist sie drinnen. Und die Katastrophe nimmt ihren Lauf.

Leo wartet ...

Seit geschlagenen zehn Minuten wartet er auf Bernard Lecleur. Offenbar gehört dieser nicht zur pünktlichsten Sorte Mensch. Männer, die ihre Frauen betrügen, denkt Leo –, aber was soll man davon auch halten. Ungeduldig sieht er auf seine Armbanduhr. Es ist ja nicht so, dass er den ganzen Vormittag Zeit hätte.

Sie haben sich in einem Caféhaus in der Nähe des Römer verabredet. Leo konnte gleich einen Tisch ergattern. Fensterplatz. Das Caféhaus erfreut sich großer Beliebtheit und ist dementsprechend gerammelt voll. Die Akustik ist jedoch ein Problem. Für gepflegte Unterhaltung sollte man sich auf keinen Fall in der Nähe des Eingangs niederlassen. Immer wieder stehen Leute in der Tür, sehen sich suchend nach einem Sitzplatz um. Zwei Kellnerinnen versuchen der Lage Herr zu werden, flitzen im Slalom um die Herumstehenden und die Tische, jonglieren mit Getränken und garnierten Speisetellern durch den weitläufigen Raum.

Glücklicherweise sitzt Leo im hinteren Teil des Cafés. Er hat sich einen Schafskäsesalat bestellt. Seit dem Joggingabend mit Lucy ist er auf den Geschmack gekommen.

Lucy ist seit jenem Abend von der Bildfläche verschwunden. Hat sich nicht mehr gemeldet. Was hat das zu bedeuten, ist es ein Zeichen? *Leo Berger, du bist nicht der Held, den ich suche.* Nein, ein Held ist er nicht. Aber darüber hinaus ...

Frauen sind hoch anspruchsvolle, komplizierte Wesen. Die Antennen, mit denen sie ihre nähere Umgebung abtasten, reagieren manchmal auf Dinge, von denen er im Leben nicht annehmen würde, dass sie irgendeine Rolle spielen könnten.

Als er sich zurücklehnt, um den Eingang besser im Visier zu haben, bemerkt er den Mann, der gerade auf ihn zusteuert. Ein Riese von geschätzten ein Meter neunzig Körpergröße. Lässiger Gang. Dazu längeres, das eine Ohr vollständig bedeckendes dunkelblondes Haar, mit einzelnen grauen Strähnen. Das Gesicht ist eher schmal, kantig. Er trägt Jeans und ein helles Leinenjackett. Darunter ein offenes cremeweißes Hemd mit einem hell-gemusterten Tuch. Bernard Lecleur?

»Herr Berger?«, spricht er Leo an. Dieser erhebt sich, um den Ankommenden mit Händedruck zu begrüßen.

»Herr Lecleur.«

»Ich hoffe, Sie mussten nicht zu lange auf mich warten. Kurzfristig ist mir noch was dazwischen gekommen. Sie wissen, wie das ist.«

Leo weiß nicht, wie das ist. Als selbstständiger Blogger hat er nicht häufig Termine. Und wenn, versucht er diese auch einzuhalten. Pünktlichkeit ist eine reine Geste des Respekts dem anderen gegenüber.

»Ja, ja ... das passiert immer im letzten Augenblick«, tut er die Sache gezwungenermaßen großzügig ab und zieht ihm den Stuhl neben sich zurecht. Lecleur lässt sich darauf nieder. Dabei schrumpft er auf ein erfreuliches Maß in Augenhöhe. Trotz seiner Größe wirkt er nicht tölpelig oder grobmotorisch, stellt Leo überrascht fest. Allerdings bringt er auch keinen übersteigerten Elan zum Ausdruck.

»Haben Sie schon etwas bestellt?«

»Griechischen Salat mit Schafskäse.«

»Oh, klingt gut. Da schließe ich mich spontan an.«

Kurz darauf notiert eine studentische Bedienung seinen Wunsch.

»Haben Sie gut hergefunden?«, erkundigt sich Leo höflich, als die Bedienung wieder im Gewühl verschwunden ist.

»Bestens. Ich bin öfter in Frankfurt. Beruflich. Daher kenne ich mich aus.«

Lecleurs Hände liegen auf dem Tisch und natürlich springt Leo gleich der Ehering ins Auge.

»Sie leben mit *Ihrer Familie* in Wiesbaden?«, fragt er gedehnt.

»Seit eh und je«, bestätigt er. »Ich bin in Wiesbaden geboren.«

»Und *Ihre Frau* ist auch aus der Branche?«

Lecleur streift Leo mit einem kurzen, prüfenden Seitenblick. Jetzt dämmert es ihm, in welche Richtung die Fragestellung zielt.

»Meine Frau weiß von der Geschichte mit Joanna«, kommt er ihm daher zuvor. »Es hatte auch keine Auswirkung auf unsere Beziehung.«

»Nicht?«

Natürlich nicht, urteilt Leo für sich, du hast nicht einmal den Mumm, zu deinen Schandtaten zu stehen. So wie du aussiehst.

»Nein. Wir haben darüber gesprochen und damit war die Sache geklärt.«

Wenn das so einfach wäre. Er muss daran denken, wie Lucy kurz nach ihrer Trennung mit einem Neuen ankam.

»Ich habe Joanna auf einer Konferenz kennengelernt. Nachhaltigkeit im Baustil. Ökologisches Design. Die Konferenz fand in Paris statt.«

»Die Stadt der Liebe«, kann sich Leo einen bissigen Kommentar nicht verkneifen.

Lecleur geht darüber hinweg. Liebe ist nicht das Thema.

»Die Konferenz ging drei Tage. Drei Tage, die wir intensiv miteinander erlebt haben.«

Die Intensität dieses *Erlebens* hat Leo bildhaft vor Augen.

»Und danach …? – Sie wollte mehr.«

Zu der Frage gibt Lecleur sich bedeckt. »Es geschah in gegenseitigem Einvernehmen.«

»Gegenseitiges Einvernehmen in welcher Beziehung? Gelegentliche Treffs?«

»Na ja, Wiesbaden und Frankfurt liegen nicht weit auseinander. Da war schon mehr drin. Sie verstehen, was ich meine.«

Schon wieder soll Leo verstehen, was er meint. Was denkt der Typ?! Hält er sich für unwiderstehlich, nur weil er Häuser baut?

»Sie hatten eine Beziehung. Reduziert auf das Körperliche.«

»In der Art.«

»Und nach zehn Monaten war es vorbei, weil Ihre Frau dahinterkam.«

»Nein. Sie hat Schluss gemacht. Joanna.«

Eine weise Entscheidung, befindet Leo und ärgert sich gleichzeitig darüber, dass er Lecleur alles aus der Nase ziehen muss.

»Joanna wollte Freiraum für sich«, beginnt dann doch noch etwas wie ein Redefluss. »Sie wollte unabhängig sein, so hat sie das ausgedrückt. Sie fühlte sich beruflich von ihrem Vater unter Druck gesetzt. Immer wieder hatte er neue Projekte mit ihr im Sinn. Ich dachte, Joanna liebt dieses Leben auf der Überholspur. Sie war Kosmopolitin, Dozentin an der Uni. Eine Architektin mit vielversprechender Zukunft. Sie wollte das – habe ich gedacht, wie gesagt. Bis ...«

»Bis?«

Lecleur zupft nervös an den Ärmeln seines Jacketts. »Sie hat Medikamente genommen. Ich fand Beruhigungsmittel und Antidepressiva in ihrer Kosmetiktasche, bei einem gemeinsamen Wochenendtrip nach London.«

»Haben Sie sie dazu befragt?«

»Nein, sie sollte nicht denken, dass ich in ihren Sachen schnüffle, auch wenn ihre Tasche offen herumstand«, rechtfertigt er sich.

Er knibbelt an seinem Fingernagel. »Sie hat nie den Eindruck erweckt, als hätte sie eine solche Neigung. Ganz im Gegenteil. Man hatte immer das Gefühl, sie wäre über alles erhaben. Sie war wie *er*. Ihr Vater. Dabei natürlich eine Frau. Das war es, was sie so anziehend machte. Sie war eine beeindruckende Persönlichkeit.«

»Wie ihr Vater?«

»Ja.«

»Und dann haben Sie entdeckt, dass sie doch anders war. Nicht ganz so erhaben, labil ...«

»Ja.« Lecleur wirkt auf einmal verlegen, was Leo nicht entgeht. Er lässt sein Gegenüber nicht aus den Augen, mustert Lecleur, als wäre er ein Beweisstück.

Die Bedienung kommt mit Getränken und zwei riesigen Salattellern.

Leo ist einen Moment lang abgelenkt. Dann aber ist seine Aufmerksamkeit gleich wieder auf den Architekten gerichtet, der, nachdem die Bedienung verschwunden ist, bewegungslos verharrt. Er rührt seinen Salat nicht an.

Vielleicht war es doch *mehr*, überlegt Leo. »Diese Nachricht von Joannas Selbstmord hat Sie sehr getroffen.«

Lecleur antwortet nicht. Er starrt auf seinen Salat.

»Wie haben Sie es erfahren? Aus der Zeitung?«

»In der Branche sprechen sich diese Dinge herum. August Hochmuth ist als Architekt außerordentlich geschätzt und anerkannt. Menschlich gesehen, ist das ein anderes Thema.«

»Das bringt die Prominenz vermutlich mit sich. Neid.«

»Natürlich sind das auch Vorurteile. Menschen, die in der Öffentlichkeit stehen, können sich ein gewisses Diven-Verhalten erlauben. Das ist sogar sehr willkommen. So sichert man sich die Unterstützung der Presse. Hochmuth weiß, wie er von sich reden macht.«

»Und Joanna wusste es auch?«

Lecleur überlegt. »Sagen wir, sie hat es vermutlich gewusst. Sie hätte das auch durchziehen können. So wie er. Aber sie wollte es nicht. Sie wollte anders sein als er ... Manchmal hat sie so ... so ...«, er sucht nach Worten, »so kühl und gleichgültig gewirkt. Sie hat jedes Projekt knallhart durchgezogen, egal auf welch wackligem finanziellem Boden es auch stand. Joanna wusste, dass es immer einen Weg gibt, die Sache durchzuziehen, und sie hat ihn immer gefunden. August ist manchmal Amok gelaufen. Dabei frage ich mich, ob ihr das Projekt an sich nicht egal war. Vielleicht wollte sie ihm eins auswischen, ihrem Vater. Sie wollte ihm zeigen, dass er nicht über sie bestimmen kann. Es war eine Art Machtkampf.«

Leo sticht mit der Gabel in ein Stück Tomate mit Schafskäse, taucht es in die Salatsoße. Während er kaut, lässt er sich Lecleurs Worte durch den Kopf gehen.

»Das ist interessant, was Sie da sagen. Man könnte also fast vermuten, dass ihr Sprung im Zeichen ihres Protests stand, ihrer Rebellion gegen den Vater. Oder sagen wir besser: Er stand im Zeichen ihrer Überlegenheit. Glauben Sie, sie fühlte sich über das Leben erhaben, weil ihr alles gleichgültig oder eben nicht wichtig genug war? Was waren denn ihre Werte?«

»Es erweckt diesen Eindruck … Werte? Vielleicht wusste sie das selbst nicht.« Zögerlich greift Lecleur jetzt auch zu Messer und Gabel, stochert etwas orientierungslos in seinem Salat.

»Ich glaube, sie war ein ganz anderer Mensch, als wir alle gedacht haben. Im angetrunkenen Zustand sagte sie einmal, sie fühle sich unvollständig. Als ob ein Teil von ihr fehle.«

»Ihre Mutter …«, mutmaßt Leo nachdenklich. »Sie hat vermutlich ihre Mutter vermisst.«

Lecleur zuckt mit den Schultern.

Der Mann hat nicht sonderlich viel verstanden, so Leos Eindruck. Er hat sich mit Joanna wie mit einer Trophäe geschmückt.

»Hätten Sie Ihre Ehe für Joanna aufgegeben?«

»Jemanden wie Joanna Hochmuth kann man nicht besitzen. Das hatte nichts mit meiner Frau zu tun … Vielleicht hätte sie sich sogar ein anderes Leben gewünscht. Eine Ehe mit Kindern, wer weiß. Aber das hätte sie nicht gekonnt. Sie war die Tochter von August Hochmuth und damit war sie verpflichtet. Ihr Weg war vorgezeichnet.«

»Sie deuten es an. Sie glauben also, der einzige Weg da raus war ihr Todessprung?«

»Ja.«

»Was haben Sie Ihrer Frau über Ihre Beziehung zu Joanna Hochmuth gesagt?«

»Nicht viel. Es war ja schon vorbei.«

»Aber das war es nicht wirklich.«

Er antwortet nicht, was Leo als stille Zustimmung interpretiert.

»Ich nehme an, Sie kennen ihren Vater persönlich. Wusste er von dem Verhältnis?«

»Diese Dinge haben ihn nicht interessiert. Das war Joannas Sache. Alles, was sie privat machte, hat ihn nicht interessiert.«

»Glauben Sie, Joanna hat das getroffen?«

»Er ist ihr Vater. Jedes Kind erwartet doch, dass die Eltern eine bestimmte persönliche Ebene einnehmen, dass sie sich für das Leben ihres Kindes interessieren.«

»Das hat er nicht getan?«

»August Hochmuth lebt seine Existenz als Architekt. Als Stararchitekt.«

Leo erinnert sich an die Begegnung mit Hochmuth. Seine präzisen Antworten auf seine Fragen. Er war nicht einen Millimeter ins Private abgedriftet. Joanna war zu keinem Moment Gegenstand dieser Befragung, vermutlich aber damals schon in seine Projekte involviert gewesen. Natürlich sprechen diese Eindrücke und Aussagen gegen Hochmuth. Es gibt jedoch auch noch eine andere Möglichkeit ...

»Kann es nicht sein, dass er sie schützen wollte?«, spricht Leo seinen Gedanken aus.

»Möglich ist alles.« Lecleur bringt allem Anschein nach nicht viel Sympathie für den Stararchitekten auf. Andererseits bewundert er ihn. Seine Haltung ist gespalten.

Leo überdenkt die Fakten: Die Anpump-Nummer geht ihm durch den Kopf. Hochmuth spielt mit der Presse, wirft ihr das vor die Füße, was sie haben will. Abschottungsstrategie, Taktik? Oder steckte ein Machtkampf dahinter?

»Und wenn er Joanna nicht gehalten hätte. Wenn er sie hätte gehen lassen? Sie hätte es nur zu versuchen brauchen.«

»Sie meinen, Joanna war abhängig von ihrem Vater?«, fragt Lecleur. »Oh, nein. Sie war sehr selbstbewusst. August Hochmuth dagegen kann man schwer durchschauen.«

Das kann Leo bestätigen. »Und Joanna? Ist sie ähnlich undurchsichtig? Widersprüchlich?«

»Widersprüchlich. Ja, das trifft es.«

»Sie sind ihr nicht wirklich nahegekommen.«

»Wie meinen Sie das?«, fragt er irritiert.

»Nicht nah genug, um diese Dinge wirklich zu durchschauen. Vielleicht hat Ihre gemeinsame Zeit nicht ausgereicht.«

Er fummelt wieder an seinem Jackettärmel. »Möglich. Sie war oft sehr weit weg.«

Leo begreift, worum es geht. Das Gespräch mit Lecleur hat ihn tatsächlich weitergebracht. Einerseits.

Andererseits ...

In seinem Kopf reift eine Idee für seinen nächsten Blogbeitrag heran. Später am Abend würde er zunächst die Kommentare zu seinem ersten Beitrag durchgehen, Leserfragen beantworten, Likes kommentieren. Es gibt einiges zu tun.

»Haben Sie ein Foto von Joanna?«, treibt ihn die Neugier zu einer letzten Frage. Alle Bilder, die er im Netz gesehen hat, sind mehr oder weniger gestellte Aufnahmen, hergerichtet vom Fotografen. Er braucht etwas Authentisches. Etwas mitten aus dem Leben. Ungeschminkt.

»Joanna ließ sich nie gern fotografieren. Dabei war sie sehr fotogen. Aber … warten Sie.« Lecleur zieht seine Geldbörse aus der Seitentasche und wühlt kurz darin. Eine zusammengefaltete Aufnahme kommt zum Vorschein, die er Leo über den Tisch reicht. »Ich habe sie heimlich fotografiert.«

Leo faltet das Bild auf. Eine junge Frau sitzt mit angezogenen Knien auf einem Sofa und sieht nachdenklich in den Raum, nicht in Richtung der Kamera. In einer Hand hält sie ein Weinglas. Die andere Hand liegt auf dem Sofa. Der Ausdruck auf ihrem Gesicht ist nur von der Seite zu erkennen. Sie wirkt angespannt, nachdenklich. Die blonden Haare hat sie am Hinterkopf festgesteckt.

»Wenn Sie möchten, können Sie sich eine Kopie ziehen. Sie haben eine Kamera?«

»Oh ja.« Leo kramt sein Smartphone heraus und fotografiert die Aufnahme ab.

Wortlos geht man jetzt zum Essen über. Lecleur erkundigt sich noch nach Leos Blog und ob er eine Freundin hat. Leo verneint. An Lucy möchte er gerade nicht denken.

Später, nach dem Treffen mit Lecleur, geht Leo in die Stadt. Er verbringt den Nachmittag mit Einkäufen und Herumtrödeln. Auch am frühen Abend verspürt er noch wenig Lust, nach Hause zu gehen. Die eigenen vier Wände kommen ihm auf einmal eng und ungemütlich vor.

Er geht in einen Sportladen an der Hauptwache, sieht sich Fahrradzubehör und Radsportklamotten an. Ein junger Verkäufer ist schnell an seiner Seite, überhäuft ihn mit fachmännischem Wissen. Atmungsaktiv und thermoregulierend sollte das Material sein. Synthetik ist zu bevorzugen, erfährt Leo, noch bevor er danach gefragt hätte. Leo lässt sich ein, hört geduldig zu, hält sich Radlerhosen an. Vielleicht ein Fehler … denn augenblicklich klemmt er fest in den Fängen des überambitionierten Experten.

Als er gut eine halbe Stunde später wieder auf der Straße steht, hält er zwei riesige Tüten mit dem Logo des Sportladens in der Hand. Darin befinden sich: Radlerhosen, ein neuer Fahrradhelm, Laufschuhe und eine Sportjacke. Ein kleines Vermögen hat er dafür hingeblättert. Aber es streichelt seine Seele. Leo sieht sich beschwingt auf dem Sattel durchs Frankfurter Nordend radeln. Bornheim und dann weiter über den grünen Gürtel bis zu den Feldern hinaus. Leo, der Lässige. Leo, die Sportskanone. Nie wieder würde Lucy sich mit ihm blamieren.

Gut gelaunt schlendert er über die Bergerstraße Richtung Alt-Bornheim. In einer Apfelweinkneipe kehrt er ein.

»Äppler?«, fragt ihn der rotblonde tätowierte Mann hinter der Theke.

»Aber klar!« Der Abend ist noch jung.

Ein Äppler kommt selten allein. Und zwei sind nicht genug. Von Äppler allerdings kommt man auch irgendwann ins Lallen. Leo hat das Maß nicht im Blick. Er denkt an seine Sportausrüstung und dass der Weg zu einer neuen Figur quasi nur noch einen Katzensprung entfernt liegt.

Irgendwann sitzen zwei Frauen im fortgeschrittenen Alter rechts und links an seiner Seite.

»Und … wer bist du?«, fragt die Dunkelhaarige, recht faltige Frau zu seiner Rechten.

»Leo. Und du?«

»Rosa.«

»So wie Rosarot …«, kichert er.

Dann dreht er sich zu der anderen Frau zu seiner Linken. Sie ist wasserstoffblond mit grellrosa Lippen und einer etwas zu betonten Oberweite.

»Und wer bist du?«, fragt er sie.

»Thea.«

»Rosa und Thea«, fasst er zusammen. »Ach ist das scheeee.« Als sein Blick wieder auf sein x-tes Glas Äppler fällt, hat er bei der Vierteldrehung nach vorn das Gefühl, das Gleichgewicht zu verlieren. Rosa kommt ihm zu Hilfe und stützt ihn seitlich ab.

»Hoppla!«

Theas Lachen klingt wie ein rostiger Auspuff. Röchelnd, heiser.

Leo fasst sich instinktiv ans Ohr. »Nicht so laut … bitte.«

»Du bist hacke«, bringt es Thea auf den Punkt.

»Ach wo«, meint Rosa, »der tut doch nur so.«

»Aber er kann sich kaum noch auf den Beinen halten. Komm, wir bringen ihn nach Hause.«

»Wo wohnst du denn, Süßer?«, fragt Rosa.

»Nicht weit von hier, Nordend.«

Wieder lacht Thea überschallend. »Wie willst'n das noch bis dahin schaffen? Kannste mir das mal verraten.«

»Ich laufe«, behauptet Theo.

»Laufen … bis ins Nordend?! Alter, du peilst es nicht. So hacke, wie du bist, schaffst du nicht einmal mehr die eine Stufe zum Klo.«

Thea richtet sich beherzt auf und entscheidet: »Auf! Wir rufen ihm jetzt ein Taxi.«

»Ich habe mein ganzes Geld ausgegeben«, jammert Leo.

»Na, fürs Taxi wirds schon noch reichen, sonst kannste auf unserm Sofa schlafen.«

Leos Kopf droht auf die Theke zu kippen. Thea kann den Fall gerade noch abfangen und hält jetzt sein Gesicht in ihren Händen mit den wurstigen Fingern und den grellpink lackierten Nägeln. Aus dieser Position heraus kann Leo gar nicht anders, als auf ihr üppiges Dekolleté starren.

»Sind die echt?«, lallt er, wie aus einem anderen Bewusstseinszustand.

»Meine Möpse? Klar sind die echt! Was denkste denn. Willste mal ran?«

Leo versucht den Kopf zu schütteln, es gelingt ihm aber nicht, weil Thea ihn fest im Griff hat. Ihr Gesicht verformt sich zu einer Fratze, die schon wieder in einen hysterischen Lachkrampf verfallen will. Glücklicherweise kommt Rosa ihm zu Hilfe.

»Lass den Kleinen mal. In seinem Zustand kriegt der eh keinen mehr hoch.«

Da ist was dran.

Thea lässt von ihm ab. Mit einem Seufzer gleitet Leos Kopf wieder auf die Theke.

Keine zehn Minuten später findet er sich in einem Taxi mit den beiden Frauen wieder. Thea reißt Witze und reibt sich dabei an seiner Schulter, während Rosa gelangweilt aus dem Fenster sieht.

Das nächtliche Frankfurt rauscht an ihnen vorbei. Hochhäuser, Lichter. Wenn man nicht wüsste, dass Frankfurt eigentlich ein Dorf ist, könnte man tatsächlich denken, in einer Weltstadt unterwegs zu sein.

Theos Welt aber schrumpft an diesem Abend. Sie liegt nicht dort draußen, in den Straßen. Sie ist hier drinnen. Und im Taxi ist es furchtbar eng und stickig. Die Tüten mit dem Sporthauslogo vorne drauf klemmen zu seinen Füßen. Der Taxifahrer, ein dunkelhäutiger Mann mit Turban, lächelt in den Rückspiegel. Rosa und Thea neben ihm dünsten den Geruch von süßem, billigem Parfüm aus. Leo ist übel. Aber er reißt sich zusammen.

Das Taxi biegt in eine dunkle Seitenstraße. Bahnhofsviertel, wie Leo vage an den Gebäuden erkennt. Vor einem Hotel hält es plötzlich an.

»'ne Kreditkarte haste doch, oder?«, fragt Thea und wühlt auch schon in seiner Brusttasche.

»Na, was haben wir denn da«, jubelt sie, nachdem sie fündig geworden ist und Leos Geldbörse in der Hand hält. Rosa klatscht zaghaft Beifall, während Thea bereits eifrig in den Fächern stöbert. Kurz darauf hält sie auch schon seine Kreditkarte in der Hand.

»Dafür bieten wir dir ein reifes Programm, Süßer, wirst schon sehen«, flüstert sie ihm zu und reicht dem Taxifahrer über dessen Schulter hinweg die Kreditkarte.

Wie die beiden es vollbringen, mit Leo einzuchecken und ihn auf das Zimmer zu verfrachten, ist ihm im Nachhinein schleierhaft.

Es gelingt ihnen. Irgendwie.

Leo liegt bereits auf dem Bett und streckt alle viere von sich. Ein Kingsize-Bett mit rosaroten Plüschkissen in Herzchenform. Über dem Bett spiegelt sich Leos aufgedunsenes Gesicht. Irgendwo ist auch der Rest seines Körpers, weiter unten.

So also fühlt sich der freie Fall an. Ein Totalaussetzer.

Thea und Rosa sind irgendwo im Raum. Leo hört ihre Stimmen. Nur sieht er nichts. Alles ist schwarz. Er hat die Augenlider geschlossen.

Dann folgt ein plötzlicher hysterischer Aufschrei. Ruckartig reißt er die Augenlider wieder auf.

Er erkennt Rosa und Thea, die sich gerade über seine Einkaufstüten hermachen. Sie lachen und kreischen vor Vergnügen.

»Probier das mal!«, sagt die eine zur anderen.

»Oh, das ist très chic! Gerade das richtige für meine Strapse.«

Ihr Gackern ist dreimal lauter als das von Hühnern – und noch hundertmal unangenehmer.

Rosa schlüpft in Leos neue Sportschuhe, während Thea seine Trainingsjacke ausprobiert.

»Schau mal, Schatzi, wie gefällt dir diese Farbe? Macht sie mich zu blass?«

»Aber nein, das steht dir perfekt. Nur, du solltest lieber deinen BH drunter ausziehen. Dieser Reißverschluss ist doch ein herrliches Spielzeug … Und rauf, und runter …«

Wieder Gackern. Leo dröhnt bereits der Kopf.

»Mit diesen Schuhen melde ich mich zur nächsten Olympiade an. Was meinst du, kann ich so laufen – oder doch besser ganz ohne?«

»Pur, was denn sonst. Nur die Schuhe … Aber du hast dich nicht rasiert, haha! Das wird eine geile Olympiade!«

Schemenhaft bekommt Leo noch mit, wie die Frauen sich nach und nach entkleiden und dabei weiter ihre Witze reißen.

Leos neue Sportklamotten fliegen wild durchs Zimmer.

Während seine Augenlider immer schwerer werden, verhallen die Stimmen im Alkoholdunst, der ihn wie ein sanfter Nebel einlullt. Sein Körper entspannt sich und sein Kopf kippt irgendwann zur Seite.

Der Tag danach hämmert wie ein Specht in seinem Kopf. Leo möchte gerne zurückhämmern, doch seine Faust geht ins Leere. Sie landet auf einem Kissen in einem einsamen Bett. Einem Hotelbett – oder was auch immer.

Benommen betrachtet er das zerbeulte Gesicht über sich im Spiegel an der Decke. *Sein* Gesicht.

Da war doch was … letzte Nacht. Was genau war da?

Vorsichtig richtet Leo sich auf, spürt erneut das Hämmern. Verflucht, wie es dröhnt.

Sitzend kann er seine Situation besser überblicken. Das Zimmer sieht aus, als hätte eine Bombe eingeschlagen. Zwei leere Champagnerflaschen, Gläser. Seine neuen Sportklamotten liegen auf dem Boden verteilt zwischen rosa Plüschherzchenkissen und Korkenziehern.

Keine Spur von den Frauen.

Frauen. Das war es.

Rosa und Thea, erinnert er sich vage an ihre Namen. Sie haben ihn in dieses Hotel geschleppt. Und was sonst? Skeptisch sieht Leo an sich herunter. Er trägt noch Boxershorts und T-Shirt. Das ist gut. Folglich hatte der Abend keine weitreichenden Konsequenzen und Leo muss sich nicht mit dem Vorwurf konfrontieren, zu einem leichten Opfer geworden zu sein. Auch wenn er das fraglos ist (sie haben ihn ausgenommen).

Hier ist er nur das einzige Überbleibsel einer fragwürdigen Nacht.

Träge rafft er sich auf. Seine nackten Füße landen auf warmem Parkettboden. Fußbodenheizung. Sicher ist es nicht einmal eine billige Absteige. Verwirrt fährt er sich durchs Haar, vergräbt sein Gesicht in den Handflächen.

Wie konnte das passieren?! Dabei hatte der frühe Abend so gut begonnen.

Steif wie ein alter Mann richtet Leo sich auf, erhebt sich vom Bett. Seine Jeans und das Sweatshirt fischt er vom Boden, zieht sich im Gehen an.

Benommen tappt er ins Bad. Der Spiegel über dem Waschbecken bildet sein Gesicht erneut ab. Diesmal platt wie ein zerdrückter Ball. Leo hat Schwierigkeiten mit Nähe und Distanz. Er möchte seine Augenringe gerne ganz aus der Nähe betrachten und stößt beim Versuch – versehentlich – mit der Stirn gegen die Scheibe. »Aaau!«

Im Regal unter dem Spiegel findet er eine Wegwerfzahnbürste und eine kleine Tube Zahnpasta. Spontangäste ist man hier gewohnt. Wie könnte es auch anders sein. In einem Stundenhotel landet man nicht mit einem Voucher vom Reisebüro.

Nachdem er einigermaßen durch das morgendliche Pflichtprogramm gekommen ist, halbwegs bei Kräften, wenn auch noch immer taumelnd, landet er wieder im Schlafzimmer. Er sammelt die Sportkleidung vom Boden auf, verstaut alles in den Tüten, die er in einer Zimmerecke aufgabelt. Suchend sieht er sich dann nach dem Rest seiner paar Habseligkeiten um: Jacke, Schuhe, Geldbörse. Es ist (fast) alles noch da.

Bis auf die Geldbörse. Sie will partout nicht auftauchen.

»Verdammter Mist«, flucht er leise vor sich hin und geht noch einmal jeden Winkel des Zimmers ab.

Erfolglos. Keine Geldbörse. Rosa und Thea haben ganze Arbeit geleistet, und das ganz ohne große Anstrengung. Eine Beute wie Leo kommt ihnen vermutlich nicht jeden Tag in die Finger. So was wünscht man sich siebenmal die Woche.

Leo ärgert sich über sich selbst und seine Blauäugigkeit. Aber es nützt nichts. Außerdem wünscht er sich gerade nichts so dringlich, wie von hier wegzukommen. Bloß weg!

Wie ein Blinder stolpert er über den Hotelflur und dann über die Treppenstufen, die ebenfalls mit rosarotem Plüsch bezogen sind, abwärts. Vielleicht sind die Stufen auch rot. Aber in diesem Moment sieht er nichts anderes als rosarot.

Die Rezeption ist nicht besetzt. Was für ein Glück. Ein günstiger Moment, um diesen unseligen Ort zügig hinter sich zu lassen und umgehend das Weite zu suchen.

Auf der Straße ringt er zunächst nach Luft.

Leo fühlt sich wie ein Hochleistungssportler. Dabei ist das, was er gerade vollbracht hat, alles andere als eine Glanzleistung.

Zudem sieht er einiges Unangenehme auf sich zukommen: Kredit- und EC-Karte muss er sperren lassen. Eine Anzeige bei der Polizei erstatten. Krankenkassenkarte und sonstiges Plastikzeug aus seiner Geldbörse neu beantragen. Das klingt nicht verlockend.

Verärgert (und verkatert) schlendert er weiter über die Kaiserstraße, vorbei an Erotikshops, Bars und Schnellrestaurants. Er geht Richtung Innenstadt, auf die Zeil und dann weiter Richtung Nordend.

Erst gegen Nachmittag findet er sich in den eigenen vier Wänden wieder.

Vollkommen ermattet von den unerfreulichen Anstrengungen, fällt er auf seine Couch, zieht sich resignierend die ausgeleierte Wolldecke bis zum Kinn.

Das Telefon klingelt. Genervt richtet Leo sich auf, tastet nach dem Mobilteil des Telefons.

»Leo, wo hast du denn gesteckt?«, hört er Lucys Stimme am anderen Ende der Leitung.

»Ich habe den ganzen Abend versucht, dich zu erreichen.«

»Oh, dann habe ich das Telefon wohl nicht gehört. Ich lag in der Badewanne«, lügt er.

»Aber doch nicht den ganzen Abend.«

»Na ja, zwischendrin war ich mal was essen.«

Will sie ihn jetzt kontrollieren, oder was?! Er muss sich doch nicht rechtfertigen.

»Was gibts denn so Dringendes?«

»Es ist wegen dieser Hochmuth-Geschichte. Ich habe da noch etwas herausgefunden.«

»So?«

Bei dieser Gelegenheit fällt Leo auch sein Gespräch mit Lecleur wieder ein und dass er seinen zweiten Blogbeitrag längst hätte verfassen sollen.

»Was hast du denn herausgefunden?«

»Das wird dich umhauen …«, verkündet sie geheimnisvoll. »Diese Joanna Hochmuth ist gar nicht das Opfer, zu dem du sie mit deiner Story machen willst. Da gibt es eine sehr interessante Sache.«

»Ach ja?« Leo ist mit einem Schlag hellwach und völlig eins mit dem Rest seines Körpers, der augenblicklich eine geballte Energiereserve freigibt. Lucy hat ihm eine Tür geöffnet, die Nacht ist vorbei, er kann ganz einfach zu seiner Story zurückkehren.

»Soll ich vorbeikommen?«

»Ja!«

»Wann?«

Leos Blick schweift flüchtig durch die Wohnung. Ordnung sieht anders aus. »Gegen sechs.«

»Ist gut.«

Er schafft es, in kürzester Zeit die Wohnung wieder in einen respektablen Zustand zu versetzen. In der Küche ist das Geschirr gespült. Die Wolldecke liegt ordentlich zusammengefaltet auf dem Sofa. Ebenso ordentlich die Kissen. Zeitschriften sammeln sich auf einem exakten Stapel.

Es ist erst vier, als Leo den PC hochfährt, sich einen Kaffee kocht und anschließend seine E-Mails durchgeht.

Neben einigen Kommentaren zu seinem Beitrag findet er eine neue Nachricht von *Anna.Irgendwer*. Beim letzten Mal hatte er ihren Kommentar gepflegt ignoriert. Jetzt aber interessiert es ihn doch, was sie erneut zu sagen hat.

Er klickt auf die Überschrift *Shanghai-Ameise in der Krise* und liest:

> *Hallo Leo,*
> *interessanter Beitrag. Weißt du eigentlich, dass dieser Film, »Shanghai Surprise«, damals floppte? Sean Penn und Madonna haben mitgespielt. Aber das hat dem Film nicht viel genützt.*
> *Interessant ist aber, was du über mich – ehemals Joanna, jetzt Anna – schreibst. Ja, ich weiß, es ist schwer vorstellbar, Nachrichten von einem Geist zu*

bekommen, denn etwas Derartiges muss ich wohl sein, wenn ich behaupte, Joanna Hochmuth stecke in mir.
Im Fall dieser Shanghai-Geschichte hast du die Dinge gut auf den Punkt gebracht. Reizend, deine Ameise. Aber nach langen Überlegungen würde ich doch wagen zu behaupten, dass ich keine Ameise bin. Eine Ameise ist eine Arbeiterin. Sie funktioniert besonders gut in großer Zahl, in der Gemeinschaft. Ich bin eine Einzelkämpferin. Shanghai war ein Projekt für eine Einzelkämpferin. Ich bin sicher, mein Vater wäre es anders angegangen, aber ich wollte meinen Weg gehen, nicht seinen. Als ich in der Sackgasse saß, versuchte er mich herauszuboxen. Es war einer der wenigen Momente in meinem Leben, wo ich ihn fast verzweifelt erlebt habe. Sicher hat er an seinen Ruf gedacht. Aber man muss die Dinge umfassend betrachten. Ich war diejenige, die sich aufs Glatteis begeben hat. Es ist schwer, einen Fehler einzugestehen, und als Joanna Hochmuth hätte ich selbiges nie getan. Ich war stolz. Ich bin es noch. Aber es gibt mittlerweile andere Dinge in meinem Leben, die mich gerade lehren, mich selbst nicht so wichtig zu nehmen.
Wenn du weiter über meine Person berichten möchtest, würde ich dich um einen Gefallen bitten: Finde meine Mutter! Ich weiß nicht, wer sie ist. Ab und zu habe ich Erinnerungen, von denen ich nicht weiß, woher sie kommen. Sie hat in Südafrika gelebt. Ich habe leider keine genaue Adresse ... Aber, wie ich sehe, bist du eine Spürnase.

Ich danke dir, Leo.
Anna.Irgendwer

Leo ist hin- und hergerissen. Warum will sie, dass er Joannas Mutter findet? Wer ist diese Anna ... Und wer könnte ein Interesse daran haben, außer der Verstorbenen selbst? Eine

Zwillingsschwester? Oder eine andere, ihr sehr nahestehende Person.

Er liest die E-Mail noch einmal, geht Zeile für Zeile durch. Sollte er nicht besser *Anna.Irgendwers* Identität auf den Grund gehen, um sicherzustellen, dass hier nicht jemand versucht, seine Recherchen zu behindern?

Leo überlegt. Er denkt wieder an die Begegnung auf dem Friedhof. Hanna Luers, die mysteriöse Frau unter den Trauernden. Sie könnte Joannas Mutter sein. Nach seinem Interview mit Richard Kessler hatte er ein paarmal versucht, sie telefonisch zu erreichen. Leider ohne Erfolg. Bei seinem letzten Anruf hinterließ er eine Nachricht mit seiner Telefonnummer. Sie hat sich nicht gemeldet.

Leo vertreibt die Gedanken an alle offenen Fragen und klickt sich nebenbei auf seinen Blog. Die Seite öffnet sich. Beinahe lustlos scrollt er herunter.

Mit wachsendem Interesse liest er die Kommentare unter seinem Beitrag. Im Großen und Ganzen sind die Reaktionen positiv. Ein paar Leser möchten mehr wissen. Andere stellen Vergleiche auf. Ein paar wenigen ist das Thema zu banal.

Leo beißt sich auf die Lippe. Der Kommentar einer Ella ist interessant und zugleich verwirrend:

> *Joanna ist kein Opfer. Wer das denkt, lässt sich an der Nase herumführen. Bis zu ihrem Sprung: ein perfekt inszeniertes Leben. Fehlte nur noch das Orchester ...*

Irritiert und auch etwas verärgert schließt er den Blog. Das reicht.

Natürlich ist er es gewohnt, Kritik an seiner Arbeit einstecken zu müssen. Das ganze Leben besteht aus Meinungen und Gegenmeinungen. Investigativer Journalismus allein reicht nicht mehr.

Das Internet hat dem Leser eine aktive Rolle zugewiesen, die er mehr denn je nutzt. Leser lassen Informationen nicht mehr nur auf sich herniederrieseln. Lesen hat eine reaktive

Komponente entwickelt, was andererseits das Spektrum eines Themas enorm erweitert (oder auch nicht). Niemand hat die Wahrheit gepachtet. Wahrheit ist etwas, was, wenn man es genauer betrachtet, unbegrenzt viele Facetten besitzt.

Mit diesen Gedanken greift Leo zu seiner Kaffeetasse und schlendert in die Küche. Dort angekommen, stellt er sie in die Spüle.

Als er gerade den Kühlschrank inspizieren will, klingelt es an der Tür.

Sein Puls schießt augenblicklich hoch. Lucy! Gott sei Dank. Sie hat den richtigen Zeitpunkt erwischt.

Der Tiefpunkt ist soeben überwunden – und Leo tänzelt beinahe zur Wohnungstür, betätigt, unter den Auswirkungen seiner gut getarnten Freude, den Türöffner.

»DU SCHLAAAAAAAMPE!«, kreischt Ani in einem derart schrillen Ton, dass es augenblicklich das feine Glas des Gewächshauses zum Springen bringen müsste.

Gott sei Dank aber höre ich es nicht klirren. Noch nicht.

Ich bleibe abrupt stehen, als ich ihren Schrei höre. Dabei bin ich erst bis zum Verkaufsraum gekommen. Was mich dahinter erwartet, weiß ich noch nicht, ahne es aber.

Und tatsächlich ist es annähernd das, was ich mir ausgemalt habe. Ich erkenne die Situation von der Küche aus: Ani steht in der Tür zum Gewächshaus. Inmitten der Rabatten erkenne ich Helmut, unten ohne, der mit einer Hand sein Geschlecht bedeckt – und Ella, die sich erstaunlich cool ihre Jeans und das kurze Top überstreift.

Wieder einmal entdecke ich eine Eigenschaft an Ella, die mich überrascht. Lässig überspielt sie jede Peinlichkeit. Andere hätten fluchtartig das Weite gesucht. Nicht so Ella, sie steht zu dem, was sie tut und wer sie ist. Somit stürmt Anis-Wuttirade gegen die Nebenbuhlerin ins Leere.

Ani japst nur noch, als Ella wortlos an ihr vorbeizieht. *Hier, bitte, sprich mal mit deinem Mann*, scheint ihre Geste zu sagen.

Und tatsächlich verlässt die Verursacherin allen Übels wortlos die Szene über den Hof. Zurück bleiben ein blasser Helmut, eine kochende Ani und ich – irgendwo im Hintergrund – als heimliche Beobachterin.

Eine Weile tut sich rein gar nichts. Ani steht noch immer in der Tür und auch Helmut hat sich keinen Meter vom Fleck bewegt. Die Hand auf seinem besten Stück hat sich etwas gelockert.

»Sie ist es also!«, donnert Ani irgendwann drauflos. »Wie lange geht das schon?«

Endlich lässt Helmut sein Geschlecht los. Im Prinzip muss er sich nicht vor seiner Frau verstecken.

»Schon eine Weile«, gesteht er.

»Eine Weile?«

Benommen richtet er sich etwas auf, zieht sich die heruntergelassene Hose wieder hoch.

»Ein Jahr, wenn du es genau wissen willst.«

Ani schluckt. »Ein ... und warum?«

»Weil es gut ist.«

»Gut? Das kann doch nicht alles sein. Du meinst, der Sex ist gut. Und sonst?«

»Es geht doch nicht nur darum.«

»Worum noch?«

Helmut zuckt mit den Schultern, steht auf und kommt ein paar Schritte auf sie zu.

»Interessiert es dich vielleicht, was ich mache? Du hast dein Leben und ich habe meins. Ich bin doch nur noch in deinem Leben, weil du es so gewohnt bist und dich umgewöhnen müsstest, wäre es anders«, argumentiert er ruhig.

»Glaubst du, dass das so einfach ist?«, erregt sie sich.

»Nein. Es ist sehr viel komplexer. Aber damit beschäftigst du dich nicht. Wenn die Tischdeko stimmt, die Schwiegertochter deiner Meinung ist und der Sohn regelmäßig zum Kaffee kommt, ist die Welt für dich in Ordnung.«

»Wenn es so wäre, was ist so schlimm daran?«

»Dass es für mich nicht genug ist. Dass es da noch andere Dinge gibt.«

»Zum Beispiel?«

»Träume. Mein Sohn ist erwachsen. Ich bin gesund, lebe nicht mehr nur für die Arbeit. Ich habe Zeit für schöne Dinge, Zeit, um etwas zu erleben.«

»Ach, so siehst du das. Die Familie reicht dir nicht mehr. Das ist jetzt unwichtig geworden.«

»Das ist es nicht und das weißt du!« Seine Stimme wird scharf.

Ani verschränkt die Arme. Ihre Körperhaltung steht auf Abwehr.

»Ich werde mir eine Wohnung suchen«, zieht er sich unerwartet zurück.

»Eine Wohnung? Wozu?« Anis Stimme klingt auf einmal heiser, stickig.

»Lass uns eine Weile auf Abstand gehen. Ich denke, es ist besser. Wir sollten nicht damit anfangen Endlosdiskussionen zu führen. Das Haus bleibt natürlich dir.«

»Aber ...«

Anis Wut ist verraucht. Stattdessen steigt Verzweiflung in ihr hoch. Sie sieht gerade dabei zu, wie ihr Leben davon rinnt.

Helmut geht an ihr vorbei.

Ich bin in der Küche, beobachte die Szene. Schweigend sehe ich Helmut entgegen, der jetzt die Küche betritt.

»Hallo, Anna«, begrüßt er mich, vollkommen emotionslos. »Haben die Lammkoteletts geschmeckt?«

Ich habe mir gerade den Korb mit Erdbeeren geschnappt und tue so, als wolle ich sie waschen.

»Sehr zart«, bestätige ich und fühle mich wie eine Verräterin.

Als er weg ist, gehe ich zu Ani, lege den Arm um sie. Sie hat Tränen in den Augen.

»Hast du es gewusst?«, fragt sie mich.

»Nein«, lüge ich.

»Glaubst du, dass er es ernst meint?«

»Was?«

»Das mit ihr.«

»Keine Ahnung. Aber lass ihn erst einmal.«

»Du meinst, ich soll ihn einfach gehen lassen? Nach so langer Zeit? Nach all dem ...«

»Wenn du noch etwas retten willst, vielleicht ... Vielleicht ist es eine Chance für euch beide.«

Ich weiß, dass meine Worte sie nicht trösten. Dass ich ihr in diesem Augenblick mit jedem Argument kommen könnte. Keines würde sie hören wollen.

Ich fahre sie nach Hause. Wir reden noch eine Weile in ihrer Küche. Als ich das Gefühl habe, dass sie sich wieder einigermaßen im Griff hat, versuche ich mich abzuseilen. Tatsächlich muss ich nicht um jeden Preis wieder zur Arbeit. Ella und ich haben ein sehr ungezwungenes Stundenkontingent. Mich treibt eher die Neugier. Ich möchte wissen, was mit Ella ist. Daher zieht es mich in den Laden.

»Kommst du klar?«, frage ich vorsichtig.

»Ja, so weit. Wird schon gehen. Fahr ruhig. Du kannst meinen Wagen nehmen. Vielleicht musst du noch was einkaufen …«

Ich nehme ihr Angebot dankend an.

Als ich in den Laden komme, steht Ella in der Küche und ist mit den Erdbeeren beschäftigt. Sie hat sie bereits geviertelt. Ein frischer Bio-Erdbeerkuchen steht auf der Liste der Vorbestellungen.

»Wo warst du?«, fragt sie, als ich zur Tür hereinkomme. »Ich habe gesehen, du hast die Post geholt. Danke.«

Sie schneidet weiter, wirft dabei einen kurzen, prüfenden Blick zu mir. Alles scheint wie immer. Aber der Schein trügt.

»Ich habe es mitbekommen«, greife ich allen ungestellten Fragen voraus. »Ich habe es auch schon auf der Geburtstagsparty mitbekommen, das mit Helmut und dir.«

»Aha. Und jetzt hast du eine schlechte Meinung von mir.«

»Nein.« Jeder hat seine Gründe, denke ich. Und Abgründe. Ich habe sie auch.

»Kannst du mir sagen, was du meinst, Anna? Und was mit dir ist? Ich habe in letzter Zeit oft den Eindruck, dich nicht mehr zu kennen. Dabei …« Sie überlegt. »Andererseits … ich denke, du verstehst mich. Stimmt es nicht? In diesem Punkt habe ich das Gefühl, dich besser zu kennen als vorher. Das klingt widersprüchlich …«, stellt sie über sich selbst fest. »Manchmal sind wir uns jetzt fast ein bisschen ähnlich.«

Ihre Antwort verblüfft mich. Dabei ist etwas dran, an dem, was sie sagt. Es ist das, was ich die ganze Zeit schon an Ella wahrnehme. Sie ist eine Art Spiegelbild. Vielleicht hat sie sich Helmut genommen, weil sie Chris nicht haben konnte. Weil sie mich – Anna – nicht hintergehen wollte. Dabei hätte sie den Sohn vermutlich auch haben können.

»Weißt du was, Anna … Nimm doch den Nachmittag frei. Vielleicht muss ich hier mal für mich sein. Es ist nicht viel zu tun. Fahr in die Stadt, nach Bad Orb oder so. Hier brennt nichts an.«

Ich beobachte Ella skeptisch von der Seite. Dann sehe ich mich um. Gut, vermutlich hat sie recht. Ich bin einverstanden. Es kommt mir nicht einmal ungelegen – vor dem Laden steht Anis Fiat. Ich könnte tatsächlich ...

Als ich zu Anis Fahrzeug schlendere, schweift mein Blick beim Öffnen der Fahrertür, über den Hof. Der Laden liegt in einer sehr malerischen Ecke, es ist ein verschlafener Ort, denke ich. Ella liebt es hier. Dabei würde sie auch in eine Großstadt passen. Sie ist kein typisches Landmädchen.

Ich setze mich hinter das Steuer, stecke den Zündschlüssel ins Schloss. Das gerade Erlebte geht mir durch den Kopf. Die Szene im Gewächshaus, Anis Tränen, Ellas Reaktion und ihre Worte.

Für einen Moment spüre ich eine plötzliche Enge in mir. Ein düsterer Gedanke mischt sich unter die Bilder vor meinem inneren Auge. Was, wenn ich plötzlich verschwinden würde? Wenn Anna zurückkäme, mich aus ihrem Körper verbannte; wenn sie diesen (ihren Körper) wieder für sich beanspruchte? ...

Dann würde ich mich auflösen. Ich würde tatsächlich sterben und vielleicht für immer verschwinden.

Eine nie zuvor gekannte Verlustangst macht sich in mir breit. Ich stemme mich gegen sie, mobilisiere mit jedem sich in mir verkrampfenden Muskel meine Abwehr. Panisch ist meine Reaktion: *Nein!* Ich will nicht zurück. Ich will nicht zurück an den Punkt, an dem ich meinem Leben ein Ende gesetzt habe. Ich will leben. Weiterleben. Die Menschen um mich herum sind mir ans Herz gewachsen. Um keinen Preis will ich sie verlieren.

Mein Atem geht mit einem Mal schnell. Es ist wie ein Erstickungsanfall. Ich ringe nach Luft. Früher schon habe ich diese Anfälle gehabt. In solchen Situationen habe ich zu Beruhigungsmitteln gegriffen. Jetzt aber sage ich mir: Ich muss da durch. Ich will nicht in alte Muster verfallen. Muster, die mich in mein eigenes Unglück getrieben haben.

Als ich mich wieder halbwegs gefangen habe, mein Atem wieder gleichmäßig geht, landet mein Blick auf der Straße. Ich starre einfach nur geradeaus.

An der Kreuzung, mir schräg gegenüber, steht ein Fahrzeug. Es ist Bastis BMW.

Richtig, Bastis Eltern wohnen dort drüben. Das blaugraue Haus an der Ecke. Der dunkelblaue BMW steht direkt in der Einfahrt.

Ich fixiere die Straße und bin erleichtert, in Bastis dunklem BMW eine kurze Ablenkung gefunden zu haben. Wenn auch eine eher banale.

Tatsächlich dauert es nicht lange, bis die Tür geht und er aus dem Haus kommt. Über der Schulter trägt er eine Sporttasche. Seine Kleidung ist leger. Jeans und ein Sommerpulli. Ich kenne Basti nur in Bundfaltenhosen und teuren Lackschuhen. Er ist offensichtlich nicht geschäftlich unterwegs.

Nachdem er die Sporttasche im Kofferraum verstaut hat, schwingt er sich hinters Lenkrad und startet den Motor.

Ich sehe ihm nach, verharre reglos, bis das Fahrzeug am Ende der Straße abgebogen ist.

Meine Neugier ist auf einmal geweckt. Ich starte den Motor und drücke aufs Gas. Immer der Straße nach. Am Ende biege ich ebenfalls ab. Ich folge Basti.

Wer weiß, was er vorhat und ob er eventuell zu besagter Villa fährt. Ich möchte es auf einmal wissen. Ich will dieses Leben, von dem ich noch nicht weiß, wohin es führt. Ich möchte es nicht wieder verlieren. Darum muss ich diese Dinge herausfinden, die Chris betreffen. Und vielleicht auch Anna. *Mich.*

Basti fährt Richtung Bad Orb. Es geht übers Land. Mal wird die Straße kurvig, mal geht sie geradeaus.

Wir erreichen das Orbtal und fahren weiter Richtung Bad Orb Innenstadt, vorbei an der Spessart-Klinik. An der Ampel ordnet Basti sich rechts ein. Er will nach Wächtersbach. Ich habe also einen Volltreffer gelandet, freue ich mich heimlich.

Wir fahren aus Bad Orb heraus. Eine kurvige Straße fällt steil bergab, Bastis BMW verschwindet kurzfristig aus meinem Blickfeld. Als er an der Abzweigung zwischen Aufenau und Wächtersbach stehen bleibt, hole ich wieder auf.

Bastis Blinker geht nach links, Richtung Wächtersbach.

Ich folge ihm weiter. An der Abzweigung Richtung Hesseldorf/Neudorf biegt er rechts ab. Wir fahren vorbei an Wiesen und Äckern, die vor etwas mehr als einem Monat noch überschwemmt waren. So hat es mir jedenfalls Ani berichtet. Das war, bevor ich in diesem Leben ankam. Etwa Ende April. Es herrschte Dauerregen. Wie es in Frankfurt war? ... Ich erinnere mich nicht.

Die Straße steigt nur leicht an und fällt kurz darauf wieder ab. Er folgt nicht der scharfen Linkskurve, sondern fährt geradeaus weiter Richtung Neudorf. Hinter Neudorf endet die Straße in Weilers.

Der Ort wirkt ähnlich verschlafen wie die Orte im Spessart und Vogelsberg. Es riecht nach Land: Heu, Klärschlamm und Felddünger. Vielleicht gibt es einen Biohof in der Nähe.

Ich kenne mich hier in der Ecke noch nicht so gut aus, vertraue daher auf Bastis Ortskenntnis.

Die Straße wird zu einem engen Schlauch, der in eine scharfe Linkskurve mündet, vorbei an alten Häusern. Auf der linken Seite liegt eine Pferdezucht. Rechts gibt es eine kleine Brunnenanlage mit überdachter Sitzgelegenheit für Wanderer. Dann wieder folgen Felder, ein Bach. Oberhalb des Baches erkenne ich Stofftiere und eine brennende Kerze am Boden. Ein kleiner Junge ist hier vor Kurzem ertrunken. Ich habe davon gelesen. Ani saß gerade in einer Lesung in Wächtersbach, als die Feuerwehr ausrückte. So hat sie es mir erzählt.

Die Straße geht erneut etwas bergauf. Wir stoßen auf die Hauptstraße in Richtung Wächtersbach, fahren durch den Ortsteil Hesseldorf.

Basti bleibt nur kurz auf der Hauptstraße und biegt schon nach wenigen Metern in eine Seitenstraße ab, die steil bergauf führt. Oberhalb der Straße erkenne ich den Wald. Wir fahren durch ein kurvenreiches Wohngebiet. Langsam wird die Besiedlung dünner. Nur noch hier und da gibt es vereinzelt ein paar einsame Häuser.

Basti hält vor einem Grundstück mit einem Haus, das ich aus der Entfernung nicht deutlich erkenne. Bäume versperren die Sicht. Aus Sicherheitsgründen und in der Hoffnung, dass er mich noch immer nicht entdeckt hat, halte ich weiterhin Abstand. Ich parke ganz am Anfang der Straße, noch vor der Kurve. So kann ich ungesehen beobachten, was Basti tut.

Er geht zum Kofferraum. Ich ziehe meinen Kopf ein, nur für den Fall, dass er einen Blick in meine Richtung wirft.

Als ich wieder auftauche, hat er die Eingangspforte bereits passiert und ist auf dem Grundstück dahinter verschwunden.

Ich überlege, ob ich aussteigen soll. Was, wenn er nur auf einen kurzen Besuch hier ist? Ich könnte ihm direkt in die Arme laufen. Der Gedanke behagt mir nicht unbedingt. Dann aber erinnere ich mich, dass er eine Sporttasche bei sich hatte. Sagte Ella nicht, das Haus besäße einen Pool? Vielleicht ist er zum Schwimmen hergekommen.

Ich öffne die Fahrertür und setze einen Fuß auf die Straße. Erst nur den einen, als könne ich so erkunden, ob etwas passiert. Es passiert nichts. Also setze ich auch den anderen Fuß auf die Straße. Die Luft scheint rein zu sein, ich wage mich daher weiter vor und verschließe die Fahrzeugtür hinter mir.

Ich gehe ein paar Schritte. Die Straße wirkt wie gesagt einsam. Die ganze nähere Umgebung scheint verlassen, zumindest entdecke ich keinen Menschen in der Nähe des Grundstücks.

Zunächst begutachte ich alles von außen, von der Straße aus. Schick, denke ich. Zumindest rein äußerlich wirken Haus und Hof, soweit ich sehen kann, gepflegt.

Am Eingang gibt es ein dezentes Hinweisschild. Ich lese: GreenProCan IG. Klingt verdächtig nach Briefkastenfirma. Mein Vater ist einmal auf ein derartiges Unternehmen hereingefallen. Eine Firma, die vorgab, mit Immobilienanteilen zu handeln. Das Ganze war ein Fake. An der gemeldeten Adresse gab es natürlich keine Firma.

Die Eingangspforte zum Grundstück ist angelehnt. Offenbar hat Basti es versäumt, sie komplett zu schließen. Oder er erwartet noch jemanden. Skeptisch sehe ich mich um. Hat er mich bemerkt?

Wie auch immer. Zumindest habe ich, dank seiner Unachtsamkeit, leichtes Spiel, auf das Gelände zu kommen.

Dann aber schrecke ich zurück. Was ist mit Kameras?, frage ich mich und sehe mich suchend um. Es wäre mir äußerst unangenehm, gefilmt zu werden.

Glücklicherweise entdecke ich nichts dergleichen. Dass man sie irgendwo getarnt oder versteckt hat, halte ich für übertrieben. Wir sind hier auf dem Land. Dennoch ... Das Haus ist eine Villa. Ein Amüsierschuppen für ein paar spätpubertierende Yuppies? Relax-Spa für gestresste Manager. Haus mit Pool. Zugegeben, auch wenn ich Basti nicht für charakterlich standfest halte, illegale Geschäfte traue ich ihm nicht zu.

Das aber ist der Grund, weshalb ich da stehe, wo ich gerade stehe, und weshalb ich mich in diese etwas absurde Situation gebracht habe. Ich möchte sichergehen, dass Basti wirklich *der* ist, der er vorgibt zu sein, und dass er Chris nicht in irgendetwas hineinzieht.

Vorsichtig wage ich mich weiter. Ich lehne die Pforte hinter mir an.

Zu meinen Füßen befindet sich ein gepflegter, mit edlem Granitstein belegter Boden. Seitlich des Hauszugangs zieren hohe Tonkübel mit spitz zulaufend gestutztem Buxus den Weg. Alles wirkt sehr edel. Fast etwas zu edel dafür, dass man sich auf dem Land befindet und gerade noch den Geruch von Biodünger eingeatmet hat.

An der Eingangstür stoße ich erneut auf den Firmennamen, diesmal in goldenen Lettern – mit einem Hauch Luxus. GreenProCan IG. Es vermittelt den Eindruck: Hier fließt Geld.

Ob es eine andere Möglichkeit gibt, ins Haus zu kommen, als durch diese Tür? Ich wage nicht, zu klingeln. Was könnte ich Basti schon als Erklärung liefern: *Sorry, ich war so frei, dir zu folgen* – ? Keine gute Idee.

Bleibt nur der Weg von hinten über eine offene Terrassentür, die Abkürzung durch den Garten oder ein geöffnetes Fenster. Mal sehen, was für Möglichkeiten sich mir bieten.

Vorsichtig arbeite ich mich an der Hauswand entlang. Ein dicht bepflanzter Pfad sorgt für Sichtschutz. Zwischen Rhododendron, Riesenfarn und Hortensien falle ich fast nicht auf, bin sozusagen natürlich getarnt.

Hinter dem Haus höre ich Stimmen. Lachen, Wasserplätschern … Richtig, der Pool. Er liegt versteckt hinter einer Hecke.

Ich entdecke drei Köpfe, die sich immer wieder auf und ab bewegen. Dann ein vierter Kopf.

Wie es aussieht, gehören die Köpfe zu drei Männern und einer Frau. Natürlich kann ich mich irren und es sind zwei Männer und zwei Frauen. Im Prinzip ist es auch egal, denn ich will nur eins: ins Haus.

Die Ausgangslage ist überraschend gut. Ich entdecke eine angelehnte Terrassentür. Keine fünf Meter trennen mich von ihr. Sie liegt genau auf der anderen Seite hinter der Hecke, was bedeutet, dass mich niemand bemerken würde, wenn ich schnell ins Haus schlüpfte.

Ich sichere mich noch einmal ab. Hinter der Hecke höre ich Körper aufs Wasser aufschlagen. Dann Lachen, Wasserplätschern. Ich sprinte los. Durch die Tür, schnell ins Haus.

Drinnen ist es angenehm kühl. An der Decke dreht sich ein Ventilator. Ich kenne moderne Klimaanlagen aus den Luxus-Neubauten meines Vaters. Das hier scheint mir eher altmodischer Chic.

Nicht weniger stylisch-konventionell ist die Einrichtung: edle Perserteppiche zu hellen Holzmöbeln. Nun, über guten Geschmack kann man streiten. Die Wände sind weiß. Es gibt ein paar abstrakte Gemälde, nichts Überragendes.

Im Wohnzimmer finde ich erste Spuren der Anwesenden: halbvolle Champagnergläser, Salzgebäck, Zigarren und teurer Whisky.

Auf dem Sofa liegt eine Digitalkamera.

Ich werfe einen vorsichtigen Blick in Richtung Terrasse. Stimmen und Lachen sind von dort zu hören.

Der Moment ist günstig. Also stürze ich mich mutig auf die Kamera. Was auch immer sie enthüllt, es könnte mich auf eine Spur bringen.

Ich schalte sie ein und zappe mich durch eine ganze Serie von Partyfotos. Im Haus, am Pool. Gut gelaunte Gesichter. Mal wird getanzt, geknutscht ... Es gibt Einzelaufnahmen und Gruppenfotos. Die Fotos bezeugen, wofür dieser Ort genutzt wird: fürs Vergnügen.

Drogen oder wilde Sexorgien sind auf den ersten Blick nicht im Spiel. Also doch alles ganz harmlos ...?

Ich durchsuche die Daten auf der Kamera nach Filmen – und werde schnell fündig. Es gibt ein paar wenige, sie sind nach Datum sortiert. Bei einem Datum und der Person, die auf der Voransicht zum Film zu sehen ist, werde ich stutzig. Es ist das Datum meines missglückten Todessprungs, und die Person, die ich auf dem Bild erkenne, bin ich. Ich – Anna Gerlach. Jetzt wird es spannend.

Ich drücke die Play-Taste ...

Die Szene spielt im Wohnzimmer. Auf dem Sofa sitzt Basti mit ein paar Freunden. Sie trinken, lachen. Das hatten wir schon. Jetzt fokussiert die Kamera Anna (ich spreche von Anna in der dritten Person, weil ich zu dem Zeitpunkt noch Joanna bin).

Anna wirkt zunächst abwesend. Als sie bemerkt, dass sie gefilmt wird, fängt sie an, mit der Kamera zu flirten. So geht es eine Weile. Die Kamera kommt mal näher und geht dann wieder auf Distanz. Das Ganze wiederholt sich so lange, bis sie genervt ist.

»Mach das aus!«, fordert sie denjenigen hinter der Kamera auf. Vermutlich ein Mann. Er hört jedoch nicht auf sie und filmt weiter. Jetzt aus leichter Entfernung. Anna setzt sich zu den Jungs aufs Sofa. Basti und zwei Männer, die ich nicht kenne. Einer von ihnen könnte Kai (von Helmuts Party) sein. Sicher bin ich mir aber nicht. Der andere Mann, ein rothaariger, sportlicher Typ, kommt mir ebenfalls bekannt vor. Basti hält etwas auf seinen Knien, eine kleine Kiste. Er öffnet sie und reicht jedem etwas daraus. Anna bekommt das größte Stück. Ich erkenne nicht genau, was es ist. Es sieht aus wie Pilze. – Pilze …? Ich denke an *magic mushrooms*. Halluzinogene Pilze. Drogen. Die Kamera schwenkt über ein paar Szenen. Die Jungs liegen jetzt auf dem Sofa, singen, albern herum, grölen. Wo ist Anna?

Das Bild entfernt sich von der Sofaszene, geht in einen anderen Raum. Anna hockt auf einem Bett. Sie trägt einen Bikini. Ihr Haar ist nass. Dabei war es ein Tag im April. Eigentlich kein Badewetter. Sie macht merkwürdige Verrenkungen, wirkt wie jemand, der auf Drogen ist. Ihr Kopf wippt schlapp hin und her. Dann wieder macht sie kreisende Bewegungen mit ihm, fasst sich dabei an die Brust. Ich bin irritiert … verwirrt. Ist das wirklich Anna?! Unglaublich. Ich schäme mich fast für sie.

Im Hintergrund hört man plötzlich aufgeregte Stimmen. Jemand ist gerade dazugekommen. Es wird laut diskutiert. Eine aufgebrachte Männerstimme hebt sich deutlich von den anderen Stimmen ab. Es könnte Chris' Stimme sein.

Die Szene bricht abrupt ab.

Verflucht, was ist das?!, denke ich. Ich möchte natürlich wissen, was jetzt kommt. Nein, ich *muss alles* wissen, was jetzt kommt!

Ich zappe weiter, überfliege die anderen Filme, suche nach einer Fortsetzung. Es gibt keine. Die anderen Filme liegen zeitlich danach. Vielleicht wurde etwas gelöscht.

Ich beiße mir auf die Unterlippe. Verflucht! Wütend werfe ich die Kamera zurück aufs Sofa.

Das also ist es. Sie haben Anna auf Drogen gesetzt. Basti und seine Yuppiefreunde. Warum ausgerechnet Anna?! Wusste Chris nichts davon? Hat Anna was mit Basti gehabt oder mit einem der anderen Männer? Hat sie Chris betrogen?

Tausend Fragen gehen mir durch den Kopf. Warum hat sie das mitgemacht? Hat sie sich gelangweilt? Ging es Anna ähnlich wie mir; sie war mit ihrem Leben unzufrieden und hat sich in einen anderen Zustand geflüchtet?

Mehr als die Antwort auf diese Fragen interessiert mich jedoch etwas anderes: Der Zeitraum unmittelbar nach der Aufnahme. Es muss etwas passiert sein, denn die Szene liegt zeitlich sehr nah bei dem Zeitpunkt meines Todessprungs. *Was* ist passiert? ...

Ich erinnere mich an meine erste Begegnung mit Chris. Ich erinnere mich daran, dass er erleichtert war, als er feststellte, dass ich mich nicht erinnern konnte. Erinnern an *was*? Mein Filmriss war glaubhaft, weil *etwas* passiert ist. Eine Szene, über die er sich bis jetzt ins Schweigen hüllt.

Anna ist anschließend entschwunden und ich habe ihren Körper eingenommen. Ich, Joanna Hochmuth. Unsere beiden Leben haben sich überschnitten. – Zufall?

Letztlich ... Vielleicht bilde ich mir auch nur ein, Joanna Hochmuth zu sein und bin in Wirklichkeit immer noch Anna. Bei diesem Gedanken ist meine Verwirrung komplett. Nein, unmöglich. Es muss eine andere Erklärung geben.

Und wenn es nun gar keine Erklärung gibt? Wir suchen immer nach logischen Zusammenhängen. Jedes Phänomen muss erklärt werden. Es könnte alles ein dummer Zufall gewesen sein. Ein Fehler im natürlichen Ablauf der Dinge. Eine Art Urknall, bei dem sich zwei Existenzen vermischt haben.

Ich überlege, was ich als nächstes unternehmen könnte. Wo es eventuell weitere Hinweise geben könnte.

Die Entscheidung wird mir unerwartet abgenommen. Ich höre Schritte.

Leise schleiche ich mich aus dem Zimmer, flüchte in den Raum hinter mir. Alles andere ist so schnell nicht erreichbar. Jemand kommt.

Durch den Türschlitz sehe ich einen Mann in blau-grünkarierten Badeshorts und Badeschlappen, leider erkenne ich auch nur diesen kleinen Teil von ihm. Sein Körper ist käsigweiß, die Beine leicht behaart. Basti ist es nicht. Da ich den Mann nicht auf der Aufnahme gesehen habe, könnte er derjenige sein, der gefilmt hat. Der Anna gefilmt hat.

Und richtig. Er geht zielgerichtet zum Sofa, nimmt die Kamera an sich. Dann schlendert er zu einem Schrank, einem

Barschrank. Er nimmt irgendetwas heraus, stellt es auf den Tisch. Angestrengt starre ich auf die Szene, die ich nur bruchstückhaft erkenne, weil mein Blickwinkel zu klein ist. Vielleicht ist es eine Kiste. Eine ähnliche wie die aus der Filmszene. Sicher bin ich mir aber nicht.

Er verlässt den Raum, geht jedoch nicht zurück auf die Terrasse. Ich höre etwas, es klingt nach Küchengeräuschen. Eine Kaffeemaschine läuft … Ich rieche Kaffee.

Kurz darauf erscheint der Mann wieder auf der Höhe des Sofas. Er verteilt Tassen und Teller auf dem Tisch.

Das könnte heikel werden, denke ich. Sollte die Gruppe sich hier zum Kaffee versammeln, wäre es besser, das Weite zu suchen.

Ich warte einen günstigen Moment ab.

Der Mann ist wieder in der Küche. Draußen höre ich die Stimmen der anderen. Sie sind nicht mehr im Wasser. Man trocknet sich bereits ab.

Mir bleibt wenig Zeit. Es wird eng für mich, wenn ich nicht riskieren will, jemandem der Anwesenden direkt in die Arme zu laufen. Ich gehe davon aus, dass alle mich kennen. Natürlich kennen sie *mich* – Anna.

Der Handlungsspielraum, der mir bleibt, ist klein. Also verlasse ich mein Versteck, schleiche in Riesenschritten durch das Wohnzimmer. An der Terrassentür sichere ich mich noch einmal ab. Dann nichts wie weg. Ich flüchte ins Freie.

Das Stimmengewirr hinter mir bricht nicht ab. Sie unterhalten sich weiter. Daraus folgere ich: Niemand hat mich bemerkt.

Ich schaffe es bis zur nächsten Hauswand. Dort, wo Hortensien, Riesenfarne und Rhododendron auf mich warten, um mir ein Versteck zu bieten.

Erschöpft lehne ich mich an die kühle Mauer.

Ich fühle mich unbefriedigt. Das letzte Stück Wissen fehlt. Ein wichtiges Stück. Hierbleiben aber ist zu riskant.

Vorsichtig werfe ich einen Blick um die Hausecke.

Der rothaarige Typ erscheint hinter der Hecke. Ich kenne ihn, denke ich schon wieder. Aber woher? Ich schätze ihn auf

Mitte dreißig. Er geht Richtung Haus. Auf halber Strecke bleibt er noch einmal stehen, trocknet sich die Beine mit einem Handtuch ab.

Zwei sind noch am Pool. Ich höre eine Frauenstimme. Der Mann bei der Frau muss Basti sein.

Ich drücke mich wieder an die Hauswand, warte ab. Als ich erneut um die Ecke schiele, erkenne ich nur noch die Frau, wie sie Richtung Terrasse geht. Sie trägt einen knappen dunkelgrünen Bikini und hat schwarzes, kinnlanges Haar. Basti muss bereits im Haus sein. Ich war nicht schnell genug.

Die Stimmen kommen jetzt von drinnen. Ich höre Lachen durch das geöffnete Fenster über mir.

Dann wird es plötzlich still. Ich kann nur vermuten, was hier passiert: Man verzehrt wieder etwas aus der magischen Box. Welche Art von Droge auch immer. Ein netter Zeitvertreib neben dem Börsengeschäft. Vielleicht sind es auch nur teure Zigarren, Havannas … Aber ich rieche keinen Tabak.

Ich warte. Die Zeit scheint stillzustehen. Vermutlich sind es nur wenige Minuten.

Dann höre ich Musik. Es wird getanzt.

Plötzlich … das Geräusch eines auf Wasser aufschlagenden Körpers. Jemand ist in den Pool gesprungen.

Vorsichtig lehne ich mich vor, schaue um die Hausecke.

Ich erkenne einen Mann im Pool und die dunkelhaarige Frau davor. Sie ist auf die Terrasse gekommen, hat sich ihr Bikini-Oberteil heruntergezogen. Mehr als das gelingt ihr jedoch nicht, sie schwankt und hat Probleme, sich auf den Beinen zu halten. Der Rothaarige kommt ihr zu Hilfe, packt sie an den Hüften und fummelt an ihr herum. Ihr Bikinislip fällt zu Boden. Sie lacht. Oder lallt vielmehr.

Dann erscheint ein anderer Mann. Basti. Er zieht sie mit sich.

Der Rothaarige bleibt zurück. Auch er schwankt.

Ich kann mir vorstellen, was als nächstes kommt.

Warum sonst sagt man Sex, Drogen, Alkohol. In dieser Reihenfolge. Oder einer anderen. Egal. Diese Kombination ist der Schlüssel. Der Schlüssel zum Rausch.

Es ist eins der wenigen Dinge, vor denen August mich geschützt hat, so viel muss ich meinem Vater zugestehen. Keine Ausfälle. Keine Exzesse. Nichts dergleichen. Vielleicht hat er es übertrieben, da er, hinsichtlich meines Lebenswandels, an erster Stelle meine Karriere im Auge hatte. Weniger mein persönliches Wohl, denn so gesehen hätte die eine oder andere Entgleisung mir vielleicht sogar gutgetan. Aber der Druck des Alltags ließ mir kaum die Möglichkeit, ihm zu entwischen. Ein Ventil gab es nicht.

Dennoch – oder gerade deshalb – empfinde ich eine Abneigung gegenüber der Szene, die dort draußen abläuft. Abneigung und zugleich Neugier. Denn wie ich erneut feststelle, ist Anna in diesem Punkt ganz anders. Sie ist das komplette Gegenteil von mir.

Vorsichtig blinzele ich noch einmal um die Hausecke. Durch den Sichtschutz der Pflanzen erkenne ich die Personen nur schemenhaft. In erster Linie höre ich ihre Stimmen. Drei Männer im Pool. Die Frau in ihrer Mitte. Die Szene ist weniger ausgelassen als noch kurz zuvor. Ich kann mir nur vorstellen, was dort läuft.

Resigniert wende ich mich ab, sehe in die andere Richtung. An der Eingangstür wirkt das Grundstück wie ausgestorben. Ein lauwarmer Wind fegt über den Weg zum Haus. Er klappert mit der angelehnten Eingangspforte. Ein Gewitter zieht auf. Bald würde die Party ein abruptes Ende nehmen und man müsste erneut Unterschlupf im Haus suchen. So lange aber würde ich nicht warten.

Spontan entscheide ich, mein Versteck aufzugeben, ehe mich die ersten Tropfen erwischen werden. Hier bringe ich ohnehin nicht mehr in Erfahrung. Das Risiko, erwischt zu werden, ist mir zu groß.

Der Briefkasten fällt mir ins Auge. Ein Umschlag hängt etwas heraus. Mein Blick saugt sich daran fest. Dann sehe ich wieder zur Haustür. Anschließend zur Straße. Nichts. Keine Gefahr ist im Anmarsch.

Langsam bewege ich mich auf den Briefkasten zu. Der Wind hat den Deckel bereits vor mir erreicht. Ich höre Blechklappern.

Vorsichtig öffne ich den Deckel, ziehe den Umschlag heraus.

Adressiert ist er an die GreenProCan IG. Zügig lasse ich ihn unter meinem T-Shirt verschwinden. Vielleicht enthüllt der Inhalt Interessantes über die Firma und ihre Gründer.

Wie ein Einbrecher schleiche ich mich anschließend vom Grundstück, lasse die Pforte hinter mir angelehnt, so wie ich sie vorgefunden habe.

Aus der Entfernung erkenne ich Anis Fiat. Die ersten Regentropfen haben mich bereits erreicht. Ich beschleunige meinen Schritt.

Als ich kurz darauf im Fahrzeug sitze und draußen der Regen an die Scheibe prasselt, fühle ich mich erleichtert. Eine Weile verharre ich nachdenklich, ohne den Motor zu starten.

Was ich bisher herausgefunden habe, stellt mich nicht wirklich zufrieden und ich bin unschlüssig, ob ich nicht doch noch weiter forschen sollte. Wichtige Details könnten mir entgangen sein.

Nicht mehr weit entfernt höre ich das erste Donnergrollen.

Entschlossen stecke ich den Schlüssel ins Zündschloss und starte den Motor.

Ziellos fahre ich durch die Gegend, folge meinen Gedanken, die eine wahllose Richtung einschlagen.

Auf einmal befinde ich mich auf halbem Weg nach Gelnhausen. Ich nehme die Landstraße.

Nachdem ich Wächtersbach hinter mir gelassen habe, klärt sich der Himmel allmählich wieder auf. Schnell bewegen sich die Wolken über mir. Die Landschaft zieht wie ein Film an mir vorbei, gibt nach und nach kleine Streifen Blau des Himmels frei. Rechts von mir liegt der Wald. Links fällt der Blick ungebremst ins Tal. Eine Bekleidungsfirma hat sich hier niedergelassen und expandiert. Industrie wächst auch außerhalb der Stadt. In Wächtersbach ist der Trend kein anderer als anderswo. Altstadtkerne vergreisen, weil sich die Industrie außerhalb historischer Knotenpunkte ballt.

Ich erreiche die Altstadt von Gelnhausen.

Am Untermarkt finde ich schnell einen Parkplatz und setze mich in ein Eis-Café, bestelle Cappuccino und eine Waffel. Ich liebe Waffeln mit Puderzucker. Vom Balkon des Eis-Cafés aus hat man einen wunderbaren Blick in die Gelnhäuser Altstadt.

Nach einer Weile, die ich gedankenlos mit Essen, Trinken und Nichtstun verbringe, krame ich den Umschlag hervor, den ich aus dem Briefkasten der Villa gefischt habe.

Er hat DIN-A4-Format und trägt weder Stempel noch Briefmarke. Offenbar wurde er persönlich vorbeigebracht. Neugierig öffne ich ihn an der zugeklebten Seite, ziehe die enthaltenen Unterlagen heraus – und lese:

Cannabis-Aktien: Profitieren Sie vom internationalen Boom und sichern Sie sich hohe Renditen! Investieren Sie in eine gewinnbringende Zukunft. Cannabis für die Medizin ... Es folgt eine Aufstellung verschiedener Fonds und Aktien. Statistiken zur Marktentwicklung. Der US-Boom, die Ausweitung und Legalisierung von Coffeeshops.

Keine kritische Anmerkung zum Thema Sucht. Kein Hinweis zu Risiken. Stattdessen beeindruckende Zahlen von Gewinnen.

Natürlich sind auch die Summen, die angelegt werden sollen, nicht zu verachten. Die Pharmaindustrie setzt auf Drogen. Eine aussichtsreiche Sache. Angeblich. Als jemand, der sich natürlich schon mit dem Thema Fonds und Aktien auseinandergesetzt hat – mein Vater besitzt diverse Immobilienanteile – weiß ich, dass kein Markt auf Dauer stabil bleibt. Er fordert Gewinner *und* Verlierer. Allein aus diesem Grund sagt mir mein Verstand: Finger weg.

Über die Kehrseite der Medaille – Cannabis ist eine Droge und der Anbau von Hanf bis zu einem gewissen Grad illegal – wird nicht viel gesagt. Verständlich aber, dass hier Interessen wachsen und das große Geld lockt. Bedenklich andererseits, denn die Nutznießer werden nicht nur Patienten sein, sondern auch Drogenabhängige.

Für Typen wie Basti muss ein Fond, der auf einer Party-Droge basiert, einen gewissen Coolness Faktor haben. Vielleicht glaubt er, auf diese Weise und ganz nebenbei günstig an das Zeug zu kommen – wie an seine Pilze.

Mein Kopf arbeitet unermüdlich. Es ist die kritische, vernünftige Joanna Hochmuth, die aus mir spricht. Mein Sinn für Gerechtigkeit, Anstand, Verantwortung.

Ich bemerke, dass ich mit meiner Zweitidentität als Anna in einen Gewissenskonflikt gerate; mir schwebt die gerade gesehene Szene in der Villa noch vor Augen.

Zügig stecke ich die Unterlagen weg, verdränge meine Gedanken, die vehement auf das pochen, was ich als Joanna empfinde: Abneigung. Die Tatsache jedoch, selbst involviert zu sein, verändert die Lage. Vielleicht muss ich mich in einen Zustand versetzen, in dem ich mich von beiden distanzieren kann. Sowohl von Anna als auch von Joanna. Ich bin weder die eine noch die andere. Ich habe eine andere, neue Identität. Ich habe die einmalige Chance, mit meinem Leben bei Null anzufangen, mich über das Gewesene hinwegzusetzen. Anna hatte einen Blackout. Joanna ist ins Jenseits gefallen. Ich muss nicht dort weitermachen, wo die beiden aufgehört haben. Ich kann … ich darf … ich bin … Ich bin … *ich*. Ich bin ich. Wer auch immer dieses *Ich* ist.

Gegen achtzehn Uhr stelle ich den Wagen vor Anis Haus ab. Als ich aus dem Fahrzeug steige, treffe ich auf Helmut, der gerade dabei ist, seine Sachen aus dem Haus zu schaffen. Er grüßt mich im Vorbeigehen, ist dabei relativ kurz angebunden.

In der Tür drücke ich Ani den Autoschlüssel in die Hand und verschwinde gleich wieder.

Als ich über den Hof zu unserem Haus komme, sehe ich Ellas Wagen davor stehen.

Ich stecke den Schlüssel ins Schloss unserer Haustür und betrete den Flur.

Aus der Küche höre ich Stimmen. Ella und Chris. Sie diskutieren. Vermutlich über Helmut und Ani, ihre Trennung.
Ich klopfe.
»Ja?« Chris' Stimme.
Ella ist die Erste, die in meinem Blickfeld auftaucht, als ich die Tür öffne. »Ist alles in Ordnung?«, frage ich.
»Wie man's nimmt«, antwortet Chris an ihrer Stelle.
Ella wirkt niedergeschlagen.
Ich schließe die Tür hinter mir, gehe zu Chris und drücke ihm einen Kuss auf die Wange. Dann schnappe ich mir einen Stuhl und setze mich dazu.
»Es geht um die Trennung, stimmts?«
»Ja«, bestätigt Ella.
»Beziehungen gehen auseinander. Sie hatten sich doch schon lange nichts mehr zu sagen«, sagt Chris. »Gewohnheitstrott war das. Mehr nicht.«
»Vielleicht werden wir auch mal so, wenn wir älter sind«, wende ich ein.
»Nein, danke.« Chris macht eine abwehrende Geste mit der Hand.
Ella schweigt. Sie hockt auf der Bank Chris gegenüber. Er hat Espresso zubereitet.
»Möchtest du auch?«, fragt er an mich gewandt.
»Nein, danke.«
Eine Weile herrscht Schweigen, was mir bewusst macht, dass mein Erscheinen einem Eindringen gleichen muss. Gerade noch haben die beiden sich ausgetauscht.
»Du hast uns auch gesehen«, richtet Ella endlich das Wort an mich. Sie starrt in ihre Espressotasse, die fast leer ist.
»Ja. Nur war Ani leider schneller. Ich wollte sie noch zurückrufen, aber sie war schon im Laden.«
»Besser so«, meint Chris. »Somit hat der Schrecken endlich ein Ende.«
»Und wenn der Schrecken erst anfängt?«, fragt Ella. »Trennung, Scheidung ... Lustig ist das nicht. Ich weiß, wovon ich rede. Meine Mutter hat mich allein großgezogen. Mein Vater war weg, als ich noch ein Kleinkind war.«

Ellas Mutter, geht es mir durch den Kopf. Sie redet kaum von ihrer Familie.

»Weißt du denn, wer dein Vater ist?«, frage ich vorsichtig.

Sie reagiert nicht gleich. »Das ist nicht wichtig«, tut sie die Sache dann ab.

»Klar ist das wichtig!«

Ich ernte einen kritischen Blick.

»Und Helmut?«, frage ich kleinlaut, schiele dabei vorsichtig zu Chris.

»Das läuft schon länger. Chris weiß es«, beantwortet sie auch meine unausgesprochene Frage.

»Aha.« Ich bin in gewisser Weise überrascht. Über die herrschende Toleranz. Keine anklagenden Worte seitens des Sohnes, kein heißes Dagegenreden.

»Aber er hat sie doch schon einmal betrogen, soweit ich weiß«, versuche ich Chris etwas zu entlocken.

»Er – sie?«, fragt Chris irritiert.

»Mit einer Arbeitskollegin ... Das hat sie mir erzählt.«

»Das ist Blödsinn. Es war genau umgekehrt. Sie hat ihn betrogen.«

»Ani?«

»Ist noch nicht lange her. Zwei Jahre. Natürlich hat sie dir das nicht erzählt.«

Aus irgendeinem mir unerklärlichen Grund ergreife ich plötzlich Chris' Hand, halte sie eine Weile fest in meiner. Er lässt es zu, ohne dass sich Widerstand in ihm regt.

Ich begreife auf einmal, worauf die Freundschaft zwischen Chris und Ella basiert. Es leuchtet mir ein. Ella ist die Frau zum Reden, die er in mir – Anna – nicht hatte.

»Ist es etwas Ernstes mit euch?«, richte ich meine Frage an Ella und lasse Chris' Hand vorsichtig wieder los.

Sie weicht meinem Blick aus, sieht zu Chris.

Chris macht eine Geste, als wolle er sich abwenden. »Ich bin da völlig außen vor. Das ist Ellas und Helmuts Sache. Wir sind alle erwachsen. Die Liebe geht manchmal Wege, die nicht jedem in den Kram passen. Aber besser so als anders.«

»Anders?«, fragt Ella.

»Mit *anders* meine ich, dass zumindest einer der beiden versucht, wieder glücklich zu werden.«

Krampfhaft umspannt Ella ihre Espressotasse. »Ja, es ist etwas Ernstes«, kommt die Antwort mit einiger Verspätung.

Erneut tritt Schweigen ein. Niemand wagt es, Ellas Bemerkung zu kommentieren.

»Und jetzt?«, Chris sieht mich an.

»Und was?«

»Warum fährst du mich nicht an, wie du das sonst tust? Ich müsse Ani doch verteidigen, sie sei schließlich meine Mutter – und nicht Ella. Das ist es doch, was du denkst.«

»Das denke ich gar nicht«, verteidige ich mich, was nicht ganz stimmt. Natürlich frage ich mich auch, warum er die Situation so gelassen hinnimmt. Aber das tut er gar nicht. Ich bemerke Zweifel. Vielleicht richten sie sich nicht einmal gegen Ani oder Helmut. Etwas anderes beschäftigt ihn wesentlich mehr. Es ist die Frage, die um mich kreist: *Wer ist diese Frau an seiner Seite?*

Vielleicht hat er gerade mit Ella über mich geredet. Ich bin sein eigentliches Thema, nicht seine Eltern.

»Wo warst du heute Nachmittag?«, fragt Chris mich jetzt in einem Ton, als säße plötzlich *ich* auf der Anklagebank.

»Ich?!« Ich sehe von Ella zu Chris. Hat sie ihm nichts gesagt?

»Ich war mit Anis Auto unterwegs. Sie hat mir ihren Wagen geliehen. Ich bin herumgefahren … Erst nach Wächtersbach. Dann nach Gelnhausen.«

»Wächtersbach?«

»Ja.«

Er stützt die Ellenbogen auf den Tisch, fährt sich durchs Haar. »Wächtersbach also. Warst du wieder *dort*?«

»Wo?«

»Du erinnerst dich noch immer nicht?«

»Doch … doch, ich erinnere mich«, höre ich mich plötzlich antworten.

Ella wirkt etwas erschrocken. Chris' Blick haftet an mir. Seine Stimme klingt streng, geradeheraus. Selbstbewusst. Es ist diese Art, die ich an ihm mag.

»Und woran genau erinnerst du dich?«

»An alles. Fast alles«, korrigiere ich mich. »Aber der Rest wird schon noch kommen.«

»Anna ... Jetzt reiß dich zusammen. Ich möchte die Details wissen«, fordert er. »Glaubst du nicht auch, du hast *das* lange genug durchgezogen.«

»Ich denke, du weißt ohnehin Bescheid. Du hast doch selbst gesagt, es wäre besser, wenn ich mich nicht erinnere«, verteidige ich mich.

»Als ich dich aus Bastis Villa geholt habe, warst du total zugedröhnt. Aber angeblich waren es ja nur harmlose Pilze. Das behauptet zumindest Basti.«

»Ja ... stimmt genau. Harmlose Pilze.« Mehr kann ich dazu auch gar nicht sagen. Aber wir kommen der Sache näher.

»Und was noch? Habt ihr ...?«

Was will er jetzt? Sex, drugs and crime, denke ich wieder.

»Du glaubst doch nicht, die Jungs hätten mich vergewaltigt?«, frage ich überrascht.

Wenn sie es getan hätten, wäre es nicht gegen meinen Willen geschehen, vertraue ich auf meinen sicheren Instinkt. Was Basti in der Villa treibt, ist zweifelsohne fraglich bis nicht legal. Aber ein Vergewaltiger ist er nicht. Auch die Szene heute ... Vielleicht haben sie sich im Pool mit der Frau – mit oder ohne grünen Bikini – vergnügt. Aber ich weiß es nicht. Ich habe nicht wirklich viel gesehen. Und selbst – als Joanna – habe ich noch nie Drogen konsumiert. »Nein, nein. Das schlag dir aus dem Kopf. Es ging nur ums Vergnügen«, behaupte ich daher.

»Vergnügen? – Klar! Deshalb warst du im Krankenhaus auch total weg.« Chris muss Luft holen. Er ist geladen: »Anna, die haben dich wie-der-be-lebt!!« Er spricht das letzte Wort besonders eindringlich aus.

»Bitte ...? Im Krankenhaus?«

»Ich habe dich nach Gelnhausen in die Notaufnahme gebracht.«

»Und dann?«

»Du warst immer wieder kurz bewusstlos. Das ging bis zum Herzstillstand. Dann haben sie Alarm geschlagen und dich wiederbelebt. Das war eine Aufregung … Du glaubst es nicht. Ich war wirklich in sehr großer Sorge um dich. Später, als du über den Berg warst, haben sie dir ein Schlafmittel gegeben. Der Oberarzt wollte dich eigentlich dortbehalten. Aber da dein Zustand irgendwann stabil wurde und sie nicht genug Betten hatten, habe ich dich wieder mitgenommen.«

»Ani hat es nicht gewusst?«

»Nein. Sie hat in der Nacht einen Schrei gehört. Du hast geschrien, hattest Krämpfe … Ella ist mit ins Krankenhaus. Sie war dabei.«

Ella bestätigt das Gesagte mit Kopfnicken. »Helmut habe ich es später erzählt, weil er mich anrief«, ergänzt sie. »Ani sei angeblich völlig außer sich, weil sie deinen Schrei gehört habe. Sie hat alles Mögliche da reininterpretiert. Darum hat Chris ihr nichts gesagt.«

»Und dann hat sie mich am nächsten Morgen so wie immer geweckt. Als wäre nichts gewesen«, finde ich das letzte Puzzleteil.

Chris hat die Arme verschränkt und sieht mich noch immer mit kritischem Blick an.

»Aber was dort in der Villa noch war, wisst ihr nicht? Und warum ich überhaupt dort war?«

Chris ist unverändert reserviert und skeptisch.

»Wir haben hier gefeiert«, hilft ihm Ella. »Ina, Daniel, Kai, Chris, du und ich. Basti meinte, wir sollten doch später noch in Wächtersbach vorbeischauen. Sie wollten den Pool einweihen. Es war ja erst April und eigentlich noch etwas frisch. Darum habe ich Nein gesagt. Ich muss nicht im April in einen Pool springen. Du fandst das total uncool von mir und wolltest unbedingt dabei sein. Es wäre doch scheißegal, was für ein Wetter ist. Pool ist Pool. Du bist dann alleine zu Bastis Villa gefahren. Unsere Feier hier war ziemlich bald zu Ende,

Ina mit ihrem schwangeren Bauch war müde ... Chris hat sich um dich Sorgen gemacht. Es wurde immer später und du warst noch nicht wieder da. Dann ist er nach Wächtersbach gefahren.«

Das von Ella Beschriebene ergänzt den mir fehlenden Abschnitt. Ich sehe Chris durch die Tür der Villa poltern. Vermutlich hatte er einen ähnlichen Ausdruck auf dem Gesicht wie jetzt gerade.

»Basti macht da irgendwas mit Cannabis ... ich meine Cannabis-Aktien«, stelle ich einen Bezug zu meinen heutigen Erlebnissen her. Ich fühle mich sicherer, wenn ich über etwas berichten kann, was ich leibhaftig gesehen habe, woran ich mich erinnere.

»Ich weiß«, räumt Chris ein. »Schon seit einiger Zeit. Ich habe ihm dringend davon abgeraten. Er will den Gewinn für den Ausbau der Kanzlei nutzen. Wir sind deswegen kurz vorm Rechtsstreit. Ich wollte dich da nicht hineinziehen. Aber ... Lieber gehen er und ich getrennte Wege, als dass ich mir eine durchgestylte Großkanzlei aufbrummen lasse. Diese sehr riskanten Spekulationen sind nicht meins. Darin unterstütze ich ihn nicht. Ich brauche auch keinen Karriereschub als Rechtsanwalt, keinen Vorstoß in die Liga der oberen Zehntausend. Die einfachen Fälle hier vor Ort reichen mir. Und mal ganz abgesehen von Bastis Drogengeschichten – das war unsere Diskussion auf Helmuts Party. Vor ein paar Tagen kam dann auch noch die Steuerfahndung. Die haben natürlich von der Villa Wind bekommen. Ich weiß nicht, wie er sie absetzt. Laut Basti ist natürlich alles sauber ...«

Chris hat sich etwas abreagiert. Er lehnt sich zurück und sieht aus dem Fenster.

»Ich habe da etwas«, wage ich mich vor, »weiß aber nicht, ob es nützt. Ich war heute dort und habe etwas beobachtet ... Außerdem klemmte das hier im Briefkasten.« Ich ziehe den Umschlag aus meiner Tasche, lege ihn auf den Tisch. Die Filmaufnahme erwähne ich lieber nicht.

Beim Anblick der Unterlagen blüht Chris' Ärger erneut auf: »Anna, bitte! Halte dich von dieser Villa fern. Ich dachte, was passiert ist, hätte gereicht. Ich habe es auf sich beruhen lassen, weil Basti mich darum bat und weil es dir wieder gut ging. Deine Erinnerungen waren scheinbar weg. Somit konnte man das Ganze ein bisschen ungeschehen machen. Jetzt aber ... *Bitte* nicht noch mal!«

Ich möchte mich gerne verteidigen, etwas einwenden, aber ich weiß nicht womit.

Wortlos nimmt er den Umschlag, zieht die Unterlagen heraus und blättert sie durch. Sein Gesichtsausdruck zeigt nicht nur Ärger, es ist eine Mischung aus Ablehnung und Gereiztheit: »Genau das ist dieser Scheiß. Da werden Firmen gegründet, um Aktien auf den Markt zu schmeißen. Die spekulieren auf das große Geld. Dabei ist der Anbau von Hanf noch nicht einmal legalisiert. Dieser Hype kommt aus den USA, wo die Gesetzgebung jetzt teilweise gelockert wurde. Man kann das aber nicht auf unseren Markt übertragen. Die brauchen da oben nur Nein zu sagen und dann kann sich Basti seine schönen Cannabis-Aktien sonst wohin stecken.«

Es beruhigt mich, zu wissen, dass Chris die Sache so sieht, wie ich sie auch sehen würde. Mehr noch: Er hat sich umfangreich informiert.

»Chris will Basti nur helfen«, verteidigt Ella meinen Mann, der eigentlich gar keine Verteidigung braucht. »Er macht sich Vorwürfe, dass er dich dort hat hinfahren lassen. Nach dieser Nacht wollte er Basti sofort vor die Tür setzen.«

»Er hat mich bekniet«, ergänzt Chris. »Als ich dich vom Krankenhaus heimgefahren habe, hast du geschlafen. Am nächsten Morgen war das alles wie ein böser Traum. Basti wollte noch mal reden. Darum bin ich so früh weg. Ich war total durcheinander. Außerdem hatte ich einen Gerichtstermin.«

Chris legt eine Pause ein. Sein Blick schweift wieder aus dem Fenster.

»Als du dort auf dem Bett saßt, mit dem Spiegel in der Hand, hast du so unschuldig gewirkt. Als wäre das alles tatsächlich gar nicht passiert.«

»Du dachtest, alles würde wieder ins Reine kommen.«

Chris antwortet nicht. Seinen Gesichtsausdruck deute ich jedoch als Zustimmung.

Die Türklingel unterbricht unser Gespräch.

Ella springt auf. »Das ist Helmut …«

Kurz darauf erscheint sie mit meinem Schwiegervater in der Tür. Vater und Sohn tauschen einen kurzen Blick aus, der so viel bedeutet wie: alles klar. Das Spektrum der Bedeutungsmöglichkeiten hierfür ist erfahrungsgemäß breit. Aber zumindest so viel ist sicher: Die Rede ist von Ani.

Es werden ein paar belanglose Worte gewechselt. Dann verabschieden sich Ella und Helmut. Ich bleibe mit Chris allein zurück in der Küche.

Vom Küchenfenster aus beobachte ich die beiden, wie sie Hand in Hand zu Helmuts Fahrzeug schlendern. Helmut wirkt wie über Nacht verjüngt neben Ella. Es steht ihm. Auch wenn böse Zungen sicher das Gegenteil behaupten würden.

Als Chris im Bad verschwindet, setze ich mich an seinen Schreibtisch vor den PC. Ungeduldig habe ich bereits darauf gewartet. Auch wenn mein Tag so aufregend war, dass ich es fast vergessen hätte: Leo Bergers Blog.

Ich habe den Link zu seiner Seite gespeichert. Es ist nur ein Klick – und schon baut sich der Blog auf. *Leos bunter Nachrichtensalat.* Auf dem Logo ist eine Salatschüssel zu sehen. Das Dressing und die Zutaten bestehen aus den bunten Logos der Nachrichtenwelt: TV- und Printmedien, soziale Netzwerke, Wissensportale und Video-Channel.

Ich klicke Leos aktuellsten Beitrag an. Es ist nur ein kurzer Eintrag:

> *In Kürze wird hier ein ehemaliger Liebhaber von Joanna H. zu Wort kommen. Ihr dürft gespannt sein.*

Die Badezimmertür geht, Chris betritt unerwartet das Zimmer. Er wirft einen kurzen Blick in meine Richtung. Vielleicht liegt darin ein unausgesprochener Vorwurf. Ich weiß es nicht.

Ich fahre den PC herunter, überlege kurz. Dann folge ich Chris zum Bett.

Er dreht mir den Rücken zu, als er sich das T-Shirt über den Kopf zieht. Ich bleibe hinter ihm stehen, beobachte ihn stumm.

Eine Weile verharrt er an einer Stelle, betrachtet das Bett, zieht die Decke beiseite. Er muss spüren, dass ich hinter ihm stehe.

Es liegt noch immer diese Spannung in der Luft. Spannung, die gerade in etwas anderes übergeht. Es ist etwas zwischen ihm und mir. Vielleicht ist es neu für ihn. Für mich ist es das. Ich fühle mich befangen.

Meine Hand ist wie elektrisiert, als sie seinen Ellenbogen streift. Mehr wage ich nicht. Chris rührt sich nicht vom Fleck.

Ich entkleide mich hinter ihm. Jeans und T-Shirt landen auf dem Boden. Dann meine Unterwäsche. Normalerweise trage ich dieses Nachthemdchen. Gerade aber möchte ich Anna sein. Ich möchte so frei sein wie sie.

Chris kann aus dem Augenwinkel beobachten, was hinter ihm geschieht. Langsam dreht er sich zu mir.

Eine Weile sieht er mich an. Er ist hin- und hergerissen von dem, was er sieht. Mich – pur. Ich sehe aus wie Anna. Ich fühle mich vermutlich auch an wie Anna. Doch ich denke nicht wie Anna. Ich bin eine Fälschung. Dabei bin ich eine gelungene Fälschung, denke ich, als ich das Verlangen in seinen Augen entdecke.

Es ist mir tatsächlich gelungen, eine Flamme in ihm zu entzünden. Eine Flamme der Leidenschaft. Und das ist mehr, als ich es als Joanna Hochmuth jemals erreicht hätte.

Viele Wege führen nach Rom. Nicht viele Wege führen in Leos Schlafzimmer. Allein deshalb, weil er in letzter Zeit fast immer auf dem Sofa einnickt.

Lucy nimmt den direkten Weg. Als Leo ihr die Tür öffnet, fällt sie wie eine ausgehungerte Hyäne über ihn her. Er weiß gar nicht, wie ihm geschieht.

Aber es ist unglaublich gut. Sex mit der Ex. Lucy beherrscht ihr Metier, hat es schon immer beherrscht.

Jetzt liegt er völlig ermattet und tief befriedigt neben ihr. Das hatte definitiv gefehlt! – Mal abgesehen vom Sportprogramm, was die Nummer mit Lucy jedoch bei Weitem nicht toppt.

»Und?«, fragt sie und stützt ihren Kopf mit der Hand ab.

»Und was?«

»War es *das*, was du wolltest?«

Was soll man auf eine derart blöde Frage antworten? – »Aber klar!«

»Wir können es ja später wiederholen«, schlägt sie vor.

»Später erst ...«

»Erst die Arbeit«, bestimmt sie das Programm.

»Wann war jemals von Arbeit die Rede?«

Lucy richtet sich auf und betrachtet Leos Körper. Wenn sie jetzt nur die Klappe hält. Irgendeine blöde Bemerkung über seine Figur und alles wäre dahin. Die schöne Stimmung.

Gott sei Dank aber erfasst sie den Ansatz seines Gedankens.

»Top in Form bist du«, stellt sie fest.

Das geht natürlich runter wie Öl (auch wenn es vielleicht etwas übertrieben ist). Balsam für Leos geschundene Seele. Diese anderen Namen, Thea und Rosa, hat er längst aus dem Gedächtnis radiert. Ebenso die folgenschwere Nacht in einem zweifelhaften Etablissement. Wenn Lucy wüsste ... Aber sie weiß es nicht. Und das soll besser so bleiben.

Lucy räkelt sich aus dem Bett, setzt einen Fuß nach dem anderen auf Leos Holzboden. Kurz schwankt sie. Dann tappt sie, wie Gott sie schuf, durchs Zimmer. Leo sieht ihr nach.

Ihr Hintern wackelt wie ein frisch angeschnittenes Tortenstück. Sahnig, kalorienhaltig. Sehr lecker.

Als er sie im Bad hört, zwingt er sich dazu, sich ebenfalls zum Aufstehen zu bewegen. Sein Köper ist zäh und schwerfällig. Alles wäre ihm gerade lieber als der Gang zum PC. Ein reichhaltiges Frühstück. Ein kompletter Tag im Bett. Natürlich mit Lucy.

Aber die Arbeit wartet. Und Geld verdient es sich weder im Schlaf noch beim Sex. Auch wenn er sich gerade einen Vormittag als Sexdiener bestens vorstellen könnte. Gelehrig wäre er; willig würde er ihr sogar das Zepter überlassen. Zumindest für ein paar Stunden.

Ganz benebelt von seinen Gedanken, torkelt Leo ins Wohnzimmer, schaltet den PC ein. Langsam baut sich der gewohnte Anblick auf …

Zwei Sätze verfasst er. Eine Art Vorankündigung für seinen neuen Blogtext. Für mehr fehlt es ihm gerade an Kreativität.

Das Interview mit Lecleur muss er gedanklich noch ordnen. Im Prinzip gibt es ein klares Bild. Wären da nicht die Fragezeichen zwischen den Zeilen. Etwas bleibt immer ungewiss, denn man kann die Betroffene nicht mehr selbst zurate ziehen. Natürlich könnte er einen fiktiven Dialog mit einer Toten führen, damit die Glaubwürdigkeit steigern.

Aber was ist mit dieser *Anna.Irgendwer*? Wer steckt dahinter? Wer tarnt sich mit einer Pseudo-Identität und wagt es vielleicht nicht, seine wahre Identität preiszugeben? August Hochmuth höchstpersönlich?

Lucy kommt aus dem Bad.

Zu Leos Enttäuschung trägt sie jetzt T-Shirt und eine dreiviertellange Baumwollhose.

»Wie wärs, wenn du uns einen Kaffee kochst«, schlägt sie vor.

Keine schlechte Idee. Leo ist dankbar für jede Aufforderung, die ihn vorläufig nicht in die Pflicht stellt, selbstständig zu denken. Lieber ausführen. Einfach nur ausführen. Vielleicht sollte er das Denken heute prinzipiell ihr überlassen. Sie scheint die Sache im Griff zu haben.

Als er mit zwei Kaffeebechern ins Wohnzimmer kommt, sitzt Lucy an seinem PC.

»Oh, du bist so ein Schatz«, flirtet sie.

Wenn sie nur wüsste, wie sehr er ihre Aufmerksamkeit heute braucht.

»Hast du die Kommentare unter deinem Blog schon gelesen?«, fragt sie, als er sich neben ihr niedergelassen hat.

»Nicht alle.«

»Ist es nicht merkwürdig, dass sich noch niemand ausführlich geäußert hat, der sie persönlich kannte? Es klingt manchmal so, als wollten die Leute nur mit ihr zu tun haben, um sich mit ihr zu rühmen. Einerseits. – Andererseits ...«

»Hmn. Man will ihr die Würde lassen.«

Über *Anna.Irgendwer* schweigt Leo. Es gibt keinen wirklichen Grund dafür. Instinkt?

»Zum Beispiel diese Ella«, fährt Lucy derweil fort. »Wenn du das hier liest, könntest du fast denken, sie hat Joanna gekannt. Aber sie hält sich bedeckt.«

»Du meinst, es gibt einen Grund, der nicht für die Allgemeinheit bestimmt ist. Etwas wirklich Persönliches.«

»Vielleicht.«

»Aha.« Nachdenklich mustert er Lucy von der Seite. Er möchte gerne mehr, als sie nur zu betrachten. Er möchte die Hand nach ihr ausstrecken und sie ausgiebig auf Reisen schicken. Am besten ungezügelt. Aber er reißt sich zusammen. Lucy reagiert auf so etwas äußerst sensibel. Sie möchte nicht als Objekt gesehen werden.

»Welchen Grund?«, bohrt er daher weiter.

»Sie hatte keine echten Freunde. Nicht eine beste Freundin oder einen guten Kumpel, wie man es eben hat. Nichts dergleichen.«

»Und ihre Beziehungen? Auch alle nicht echt?«

»Sieht fast so aus.«

»Jetzt machst du mich neugierig«, bekennt er.

»Ich sagte dir doch, dass ich da etwas herausgefunden habe.«

»Was?«

»Eine Kollegin beim Rundblick hat einmal einen Artikel zum Thema Mobbing in Kreativberufen verfasst. Sie hat sich dafür unter anderem an der Darmstädter TU im Fachbereich Architektur umgehört. Dort fiel der Name Joanna Hochmuth. Als ehemalige Dozentin. Sie wurde als äußerst arrogant und herablassend beschrieben, überehrgeizig. Sie war alles andere als beliebt.«

»Das sagen Neider. Arroganz ist oft ein Selbstschutz. Als Tochter mit Prominentenstatus hat sie es sicher nicht leicht gehabt.«

»Und deshalb andere gemobbt?«, fällt Lucy ihm ins Wort.

»Sie soll jemanden gemobbt haben?«

»Sie hat einem Kollegen die Karriere versaut. Ein Projekt zum Thema *neue Wohnkulturen im angehenden 21. Jahrhundert*. Eine Studie. Es ging darum, wer die Leitung übernehmen sollte. Joanna stand auf der Auswahlliste nur an zweiter Stelle. An erster Stelle stand ein …« Sie kramt ihre Notizen hervor, blättert darin. »Hier. Ein Norbert Bachinger. Seine Existenz hing sogar von der Studie ab, denn am Lehrstuhl sollte eingespart werden. Bachinger galt als klarer Favorit, weil er bereits bei den Vorbereitungen leitend mitgewirkt hatte. Joanna kam aus dem Ausland und hatte gerade dieses Shanghai-Projekt zum Abschluss gebracht. Sie war also in einer ganz anderen Sparte unterwegs und galt daher nicht als Favoritin. Trotzdem wollte sie den Job.«

»Deshalb hat sie an seinem Stuhl gesägt.«

»Erfolgreich. Bachinger war junger Familienvater, labil. Er hat sich von ihr vorführen lassen. Wer weiß, wie sie es angestellt hat. Als er das Projekt nicht bekam, sah Bachinger rot. Alkohol war die Lösung. Und dann … Baff!« Lucy schlägt mit der flachen Hand auf den Tisch.

»Baff?«

»Weg war er. Erst nur fachlich abgemeldet. Dann emotional. Alkohol, wie gesagt. Ein paar Abmahnungen. Gefeuert. Fünf Monate später ist er an einer Überdosis Tabletten gestorben.«

Leo sieht Lucy mit offenem Mund an. »Was?!!« *Das* hat er tatsächlich nicht erwartet.

»Von wegen arme Prinzessin im goldenen Käfig«, fährt Lucy fort. »Die wusste ganz genau, was sie tat. Und sie ging nicht weniger über Leichen als ihr Vater.«

»Bist du sicher, dass es so war, wie du sagst? Hast du Beweise dafür?«

»Erkundige dich bei der Witwe von Bachinger. Sie kann dir sicher mit den fehlenden Details aushelfen.«

»Hast du die Adresse? Telefonnummer?«

»Alles notiert. Du kannst sie gleich anrufen.«

»Verflucht ... Das ist echt ein Ding.«

»Dein Porträt von Joanna Hochmuth bekommt gerade ein paar unschöne Dellen.«

»Hmn ...« Leo grübelt. Er muss auch an das Gespräch mit Lecleur denken. »Der Ex-Lover scheint sie anders gesehen zu haben.«

»Du hast einen Ex von ihr befragt?«

»Bernard Lecleur. Ein Architekt aus Wiesbaden. Er ist verheiratet.«

»Ach ne! Bist du dir sicher, dass der so ein toller Zeuge ist? Dass der sich nicht nur wichtigmachen will? Mit dem Namen Hochmuth schmückt man sich gerne. Besonders wenn man Architekt ist«, gibt sie zu bedenken.

»Er ist verheiratet, wie gesagt.«

»Hab ich verstanden. Und? Vielleicht hat es ihm seine Frau selbst geraten: *Tu mal was für dein Image* ... oder so. Frauen sind berechnend, wenn es um Erfolg geht.«

»Du musst es ja wissen.« Er zwinkert. Sie zwinkert zurück.

Ganz abwegig scheint es ihm nicht, was Lucy behauptet.

»Möglich ist aber auch, dass jemand versucht, Joanna etwas in die Schuhe zu schieben. Jemand, der eine Rechnung mit ihr offen hat. Jetzt, wo sie tot ist, kann sie sich nicht mehr verteidigen. Und wenn sie nicht viele Freunde hatte, ist es einfach, irgendwas zu behaupten. So wie es aussieht, war sie fachlich ein absolutes Ausnahmetalent«, bemerkt Leo.

»Neider … klar. Aber wenn es anders gewesen wäre, hätte sie doch für den Kollegen auf den Job verzichten können. Das hat sie aber nicht.«

»Du glaubst, sie hat nur an sich gedacht? Tja … und wen willst du dazu befragen?«, überlegt Leo laut.

»Ist verdammt schwierig, sich ein objektives Bild von jemandem zu machen, der derart im Fokus der Interessen stand«, bemerkt Lucy.

»Aber es gibt etwas, das entschieden für sich spricht: ihr Tod.«

»Auch darin würde ich dir widersprechen, denn da ist nichts eindeutig. Wer stürzt sich von einem Hochhaus, ein Projekt des eigenen Vaters? Das ist doch inszeniert«, behauptet Lucy.

»Inszeniert und zugleich tragisch«, hält Leo dagegen.

»Die Wahrheit liegt irgendwo in der Mitte.«

»Das tut sie immer.«

Lucy lehnt sich zurück, starrt auf die ausgefransten Enden ihrer Dreiviertel-Baumwollhose.

»Die Frage ist auch, was willst du eigentlich von ihr wissen? Welches Bild willst du nach außen vermitteln?«

Eine berechtigte Frage. Leo muss an *Anna.Irgendwer* denken. Wer auch immer diese Frau ist – eine Verrückte, eine Gestörte mit gespaltener Persönlichkeit – ihre mediale Gegenwart trägt in beunruhigender Form dazu bei, dass Leo sich beobachtet fühlt. Jemand könnte sich mit diesem Namen tarnen. Jemand, der tatsächlich eine ganze Menge über sie weiß. Jemand wie August Hochmuth. Der Stararchitekt höchstpersönlich könnte mit Leo ein Spielchen spielen.

Doch er bleibt dabei, Lucy nichts von den merkwürdigen E-Mails zu erzählen. Stattdessen möchte er schleunigst den Lecleur-Artikel verfassen. Unter den gegebenen Umständen wäre es interessant, die Reaktion von *Anna.Irgendwer* – oder eben August Hochmuth – auszutesten.

»Ich werde über diese Fragen nachdenken. Zugegeben, die Faktenlage hat sich verändert.« Spontan dreht Leo den Bildschirm zur Seite und nimmt Lucy die Kaffeetasse aus der Hand.

»He … Was soll das?!«, beschwert sie sich.

»Das ist ein dezenter Hinweis.«

»Ein Hinweis worauf?«, stellt sie sich dumm.

»Lass uns zurück zum angenehmen Teil unserer Arbeit gehen. Da ist noch eine Fortsetzung offen …«

»Fortsetzung … Ich weiß nicht, was du meinst.«

Leo zieht Lucy an sich, will sie küssen. Sie ziert sich.

»Nicht so gierig, Herr Berger. So weit sind wir noch nicht.«

»Den Rest erledige ich, wenn du nicht mehr hier sitzt und mich mit deiner Gegenwart betörst. Der Job ist Routine.«

»Soso, Routine … Großspurig bist du als Blogger. Kannst du dir das leisten?« Sie zwinkert.

»Aber hallo.«

»Na dann …« Lucy springt auf, sieht sich suchend im Zimmer um. »Was hast du denn an Musik zu bieten?«

»Bosse, Björk, Tori Amos, Ed Sheeran, Pharrell Williams …«

»Breit gefächert. Dann leg mal was auf.«

»Klassisch von CD? Oder gebrannt?«

»Mir egal. Das überlasse ich dir.«

Leo zieht eine CD aus seiner Sammlung und legt sie ein.

Der Sound von *Thinking out loud* erklingt. Lucy beginnt, sich zur Musik zu bewegen. Leo beobachtet sie. Bis sie die Hand nach ihm ausstreckt …

Eigentlich hat er keine Lust zu tanzen. Dann aber ist er doch dabei, fasst sie an der Hüfte und wiegt sich mit ihr im Rhythmus.

Der Tanz endet später exakt dort, wo Leo es sich vorgestellt hatte.

Frühstück bei Leo fällt aus. Lucy muss um neun in der Redaktion sein. Es gibt einen Jour fixe. Stattdessen bietet er ihr einen Schluck Kaffee im Vorbeigehen an und einen langen Kuss.

Nachdem Lucy zur Tür hinaus ist, stellt Leo sich unter die Dusche.

Er lässt die vergangene Nacht Revue passieren, spürt den Höhepunkten besonders intensiv nach. So könnte jeder Tag beginnen.

Vollgetankt mit literweise Energie, setzt er sich kurz darauf an den Schreibtisch, fährt den PC hoch.

Auf dem Schreibtisch liegt noch die Notiz der vergangenen Nacht. Die Telefonnummer von Clara Bachinger, der Ehefrau des verstorbenen Uni-Kollegen von Joanna Hochmuth.

Leo überlegt einen Augenblick. Dann nimmt er den Telefonhörer und tippt die Nummer ein.

»Clara Bachinger«, meldet sie sich.

»Hallo, Frau Bachinger. Mein Name ist Leo Berger.«

»Ja?«

»Ich schreibe einen Artikel über Joanna Hochmuth«, erklärt Leo sein Anliegen.

»Schön für Sie. Damit möchte ich nichts zu tun haben«, kommt die Abfuhr unvermittelt. Verständlicherweise.

»Es wäre aber wichtig«, bleibt Leo am Ball. »Frau Hochmuth hat sich das Leben genommen und soweit ich weiß, hat Ihr Mann mit ihr zusammengearbeitet.«

»Ja, aber das Kapitel ist für mich abgeschlossen. Mein Mann ist tot. Das wissen Sie sicher.«

»Ja, das habe ich gehört. Tragische Umstände. Mein aufrichtiges Beileid. Die Zusammenarbeit mit Joanna Hochmuth war wohl der Auslöser. Ist der Tod der Architektin für Sie jetzt eine Art ausgleichende Gerechtigkeit?«, provoziert er ganz bewusst.

Kurz tritt Schweigen am anderen Ende der Leitung ein. Dann hat sich Frau Bachinger offenbar wieder gefasst – und gibt sich einen Ruck: »Also gut. Worum geht es Ihnen konkret?«

»Ich habe nur ein paar Fragen. Darf ich Sie besuchen? In einer Stunde?«

»Wenn es nicht zu lange dauert.«

»Wird es nicht.«

Leo notiert sich ihre Adresse.

Kurz darauf nimmt Leo die Straßenbahn Richtung Fechenheim. An der Haltestelle Alt-Fechenheim steigt er aus.

Das Haus, ein moderner Neubau, liegt in der Nähe des Fechenheimer Mainufers. Das Grundstück wird von einer eckig gestutzten Kirschlorbeerhecke umzäunt. Ein rot gestrichenes Holzgatter erlaubt den Zutritt auf den Gehweg zum Haus. Es ist nur angelehnt.

Leo sieht sich kurz um. Dann lässt er das Gatter hinter sich. Auf der Wiese neben dem Haus steht eine Schaukel. Nur wenig davon entfernt ein Sandkasten mit Förmchen, Eimer und ein grüner Plastiktraktor. Das dazugehörige Kind ist nicht zu sehen.

Zwei Stufen und Leo findet sich unmittelbar vor der Haustür wieder. Er drückt auf eine viereckige Klingel. Ein Ton wie der Gong einer Schulglocke erklingt. Es folgen Schritte.

Leo versucht etwas durch das geriffelte Glas zu erkennen. Dann aber, noch bevor er zurücktreten kann, wird die Tür plötzlich geöffnet.

Eine zierliche Frau mit locker hochgesteckten hellbraunen Locken erscheint in der Tür. Leos schätzt sie auf Anfang dreißig.

»Herr Berger?«

Er lächelt bestätigend.

Sie tritt einen Schritt zur Seite. »Bitte …«

Leo folgt ihrer Aufforderung und betritt das Haus. Drinnen ist alles sehr modern, hell und geräumig. Für die Witwe eines arbeitslosen Dozenten wirkt die Einrichtung nicht gerade bescheiden.

Leo bewundert die modernen Bodenbeläge und einen Designer-Dielenschrank.

»Das Haus haben Sie mit Ihrem Mann gebaut, richtig?«, fragt er.

»Ist das für Ihr Thema relevant?«

»Nein.«

»Dann konzentrieren wir uns auf das Wesentliche. Meine Tochter wird jeden Moment kommen. Wir haben noch einen Termin.«

Leo fragt sich, warum sie ihm gegenüber diese Haltung einnimmt. Durch *was* könnte sie sich von ihm bedroht fühlen?

»Möchten Sie etwas trinken?«, ringt sie sich zu etwas Freundlichkeit durch. Wenn auch kühle, distanzierte Freundlichkeit.

»Ein Glas Wasser, gern.«

Leo nimmt im Wohnzimmer Platz. Sie geht in die Küche, kommt kurz darauf mit einer Wasserflasche und zwei Gläsern zurück, stellt beides auf den Tisch. Ein Glastisch mit schicken Holzstühlen. Leo lehnt sich zurück und lässt den Blick nach vorn schweifen. Über die Terrasse, in den Garten.

»Wirklich schön haben Sie's hier«, kann er sich einen erneuten Kommentar nicht verkneifen.

»Danke.« Sie schenkt Wasser in zwei Gläser.

»Ich habe Sie noch gar nicht gefragt, von welcher Zeitung Sie kommen.«

»Keine Zeitung. Ich bin Blogger. Aber das liegt nah beieinander. Ich porträtiere Joanna Hochmuth in meinem Blog. Das Ganze läuft nicht ganz gewöhnlich ab. Ein kaltes Porträt. So sagt man, wenn jemand verstorben ist. Ich schlüpfe sozusagen in ihre Identität und spüre den Gründen für ihren Freitod nach.«

»Und wie kommen Sie dazu? Ich meine, weshalb interessiert Sie der Tod dieser Frau? Soweit ich weiß, hat sich die Presse nicht lange damit beschäftigt.«

»Eben gerade darum. Ich stelle die Fragen, die noch keiner gestellt hat. August Hochmuth steht im Zentrum der Öffentlichkeit. Alle loben seine Architektur. Er verschönert Frankfurt. Er ist der Künstler, über den alle reden, wenn sie durch drei Meter hohe Räume schreiten. Niemand aber interessiert sich dafür, was hinter der Kulisse steckt. Warum es seine Tochter in den Freitod getrieben hat.«

»Sie glauben, Joanna Hochmuth hat ein bisschen mehr Aufmerksamkeit verdient. Die Aufmerksamkeit, die sie mit ihrem Sprung erreichen wollte.«

»Sie sind anderer Meinung?«

Clara Bachinger verschränkt die Arme. »Nein. Ich denke, Sie war eine hervorragende Architektin. Sehr kompetent, kein Zweifel.«

»Aber?«

»Kein Aber.«

»Und die Sache mit Ihrem Mann?«

»Norbert wollte diesen Job um jeden Preis. Er hat vermutlich Fehler gemacht. Bei seiner Präsentation, seinem Auftreten. Joanna hatte den Ruf, eine Perfektionistin zu sein. Sie brachte jeden Job zu einem erfolgreichen Ende. Das war keine leichte Herausforderung für ihn. Aber welcher Mann gibt schon gerne zu, dass er Angst vor jemandem hat. Angst vor einer Frau.«

»Daran ist er gescheitert, an der Angst vor der Konkurrenz?«

»Es waren mehrere Faktoren. Wir standen unter Druck wegen des Hauses hier. Das war das eine. Dann kam diese Ausschreibung an der Uni. Joanna Hochmuth, die sich auch um die Leitung der Studie bewarb. Das war eine unerwartete Konkurrenzsituation. Sie hatte einen exzellenten Ruf als Architektin. Außerdem war sie finanziell weniger abhängig, als Norbert es war. Es sprach einiges für sie. Dazu ihre Fachkompetenz, ihre Erfahrungen. Sie hatte gute Ideen. Norbert war manches Mal fachlich zu einseitig verhaftet. All das waren ihre Vorteile. Menschlich gesehen ... Na ja, dazu kann ich nicht viel sagen. Auf mich wirkte sie ... Ich weiß es nicht. Vielleicht nicht sonderlich interessiert an zwischenmenschlichen Dingen. Aber das ist ein Urteil, das ich mir nicht wirklich erlauben kann.«

»War Ihr Mann an ihr interessiert? Ich meine …«

»Ich weiß, was Sie meinen. Wir sind … Wir waren bis dahin glücklich verheiratet. Sie hat ihn beruflich auflaufen lassen. Es klingt vielleicht widersprüchlich, aber ich hatte fast den Eindruck, als wolle sie den Job nicht einmal. Einerseits musste sie ihn haben, andererseits war er ihr auch egal. Er war gut für ihre Karriere. Mehr nicht. Darüber hat Norbert sich geärgert. Anfänglich.«

»Wenn das so war, hätte sie Ihrem Mann doch den Vortritt lassen können.«

»Ich glaube, auch wenn sie das gewollt hätte, hätte sie es nicht gekonnt.«

»Sie hätte nicht verzichten können oder zurücktreten?«

»Doch, das schon. Ich meine, *sie* hätte es nicht gekonnt. Ihre Persönlichkeit war nicht so … Sie verstehen. Sie musste die Sache durchziehen, die sie anfing. Das war eine Art innerer Zwang. Vielleicht hatte sie sogar Mitleid mit meinem Mann und hätte den Job gerne an ihn abgetreten. Aber das hat sie sich selbst untersagt.«

»Pflichtbewusstsein? Das klingt, als wäre sie eine Marionette gewesen.«

»Na ja, das ist vielleicht übertrieben. Mein Mann war irgendwann derart fasziniert von ihr. Er nannte sie ein Phänomen, bewunderte sie. Die Art, wie sie *funktionierte*, und dabei diese sichere, selbstbewusste Ausstrahlung hatte.«

»Sie glauben, das war alles nur Schein, ihre Ausstrahlung?«

»Hmn … Norbert war ein Träumer, ein Denker. An ihm ist ein Philosoph verloren gegangen. Aber er war auch ein großartiger Architekt. Ein Architekt mit Leidenschaft. Und kleinen menschlichen Schwächen.«

»Wer hat die nicht.«

»Joanna hatte sie nicht«, bekräftigt sie.

»Was Sie da gerade erzählen, deutet aber doch darauf hin.«

»Ich rede nicht von Joanna Hochmuth als Privatperson. Diese Privatperson gab es nicht. Sie werden auch kaum jemanden finden, der Ihnen etwas Joanna Hochmuth privat sagen kann. Sie hat sich auf niemanden wirklich eingelassen.«

»Keine Affären? Beziehungen? Das wissen Sie sicher?«
»Nein, sicher weiß ich es nicht. Aber ich kann es mir nicht vorstellen.«

Das Gesagte klingt fast wie eine Ohrfeige. Dabei spricht Clara Bachinger nur das aus, was sie denkt. In nüchternen Fakten.

»Wie haben Sie Joanna Hochmuth denn persönlich kennengelernt?«

»Zum Start der Studie gab es einen kleinen Empfang. Sie hielt eine Rede. Außerdem bin ich ihr ein paarmal begegnet, wenn ich Norbert abgeholt habe.«

»Das waren aber vermutlich eher kurze Momente«, mutmaßt Leo.

»Ich besitze eine gute Menschenkenntnis. Norbert hatte sie bereits intensiv beschrieben. Da sieht man bei jeder Begegnung etwas genauer hin.«

»Aus Neugier.«

»Natürlich hat sie Interesse erweckt«, rechtfertigt Clara Bachinger sich. Ihr Blick wirkt auf einmal unruhig. Nervös dreht sie das Wasserglas in ihrer Hand. »Wissen Sie, in unserer Ehe lief es seit dieser Geschichte nicht mehr so rund ... Joanna war unser Dauerthema. Wie gesagt, hat er sie *studiert*. Das wurde immer zwanghafter, eine Art Obsession. Er betrachtete sie mit einer Mischung aus Abneigung und totaler Faszination.«

»Sie meinen, Ihr Mann war in sie verliebt?«

»Verliebt ist nicht das richtige Wort. Besessen trifft es eher. Er war besessen von der Idee, herauszufinden, wer sie ist. Fragen Sie mich nicht, wie weit er dabei ging. Ab einem bestimmten Punkt bin ich ausgestiegen. Ich konnte das Thema nicht mehr hören. Das war wie eine Krankheit, ein Virus.«

»Glauben Sie, er hat ihr nachgestellt?«, fragt Leo vorsichtig.

Sie stellt das Wasserglas wieder auf den Tisch, sieht aus dem Fenster, an Leo vorbei. »Ich will das alles gar nicht so genau wissen, verstehen Sie ... Ja, vielleicht. Aber wie gesagt, es waren mehrere Faktoren auf einmal, die dazu beigetragen haben, dass er da reingerutscht ist. Und dann der Alkohol. Alkohol war schon immer sein Schwachpunkt.«

»Angeblich soll Joanna Beruhigungsmittel oder Antidepressiva genommen haben. Das behauptet ein ehemaliger Liebhaber. Können Sie sich das vorstellen?«, fragt Leo.

Wieder sieht sie aus dem Fenster in den Garten. Vermutlich denkt sie über Leos Worte hinaus, stellt Verknüpfungen her.

»Nicht wirklich. Im Großen und Ganzen stammen meine Eindrücke doch zum Großteil aus seinen Erzählungen. Den Blick hinter die Fassade hatte Norbert. Er hätte Ihnen vermutlich die Bestätigung für das gegeben, was Sie vermuten. Er war der Meinung, so perfekt könne kein Mensch auf die Dauer funktionieren. Ein Leistungssportler, der durchgehend in Höchstform ist, kann nur gedopt sein. So hat er gesagt.«

Plötzlich geht hinter Leo die Tür. Fußgetrippel und eine Kinderstimme sind zu hören.

Clara Bachinger erhebt sich abrupt von ihrem Platz, fährt sich mit einer hektischen Handgeste durch das Haar.

»Schatz, wir sind wieder da«, hört Leo eine Männerstimme aus der Diele.

Überrascht dreht er sich herum.

Sie kommt seiner Frage bereits zuvor: »Das ist mein neuer Lebensgefährte. Er ... er hat mich sehr unterstützt, in dieser schweren Zeit.« Sie spricht leise, als müsse sie sich rechtfertigen.

Kurz darauf erscheint ein blonder Mann in der Tür. Neben ihm ein etwa vierjähriges Mädchen mit zwei geflochtenen Zöpfen, in orangefarbenen kurzen Hosen, T-Shirt und Gummistiefeln. Begeistert rennt sie auf ihre Mutter zu. »Mama, riech mal!« Sie hält ihrer Mutter ein paar selbstgepflückte Blumen unter die Nase.

Clara Bachinger fährt ihrer Tochter zärtlich übers Haar.

»Das ist meine Familie«, erklärt sie. »Felix, das ist Herr Berger. Er schreibt einen Artikel über Joanna Hochmuth.«

Besagter Felix zieht bei der Erwähnung des Namens ein wenig begeistertes Gesicht. »Guten Tag«, bringt er mürrisch über die Lippen.

Leo richtet sich auf, reicht ihm die Hand.
»Gut, wir wären dann auch fertig. Herzlichen Dank, dass Sie sich die Zeit genommen und mir meine Fragen beantwortet haben.«
»Gern. Wenn Ihnen noch etwas einfällt, Sie haben ja meine Nummer. Ich begleite Sie noch zur Tür.«

Kurz darauf sitzt Leo wieder in der Straßenbahn. Er sieht Häuser und Menschen an sich vorbeiziehen, hängt seinen Gedanken nach. Die Bilder der vergangenen Nacht vermischen sich mit den Eindrücken des gerade geführten Gesprächs.
Clara Bachinger ist noch jung. Es ist ihr nicht zu verübeln, wenn sie ihr Leben nicht wegwirft und eine neue Partnerschaft eingeht.
Aber *diese andere?* - ... Joanna?
Die Frauen sind Leo schon immer ein Rätsel. Die Lebenden ebenso wie die Toten. Vermutlich ist es so, dass man selbst eine Frau sein muss, um die Artgenossinnen zu durchschauen.
Was Joanna Hochmuth betrifft allerdings, wird die Sache zunehmend kompliziert. Leo ist verwirrt, planlos. Er hat kein klares Bild von ihr. Scheinbar lässt sich diese Frau in keine Schablone pressen. Immer wieder stößt er auf neue Ungereimtheiten in ihrer Biografie, Widersprüche. Gleichzeitig aber liegt genau hier der Reiz für seine Story. In seinem Kopf wächst etwas, das sich immer vielschichtiger und unberechenbarer entwickelt.
Und dann ist da noch diese Sache mit Lucy. Wie sollte er mit ihr umgehen, wenn sie wieder in der Tür stünde? Sie zappeln lassen? Schließlich muss er seiner Arbeit nachgehen, hat keine Zeit für Spielchen. Auch wenn man sich vertraut ist, weil man bereits einmal miteinander liiert war. Der Reiz liegt nicht im Alltäglichen. Er liegt im Besonderen, der Affäre.
Leo ahnt nicht, was als Nächstes passieren wird. Alles ist möglich. Und gerade dieses prickelnde *Alles* ist das, was ihn um seinen Verstand bringt, ihn von seinen Pflichten ablenkt, die er gerne mit klarem Kopf angehen würde.

Auf dem Heimweg passiert er seinen Lieblings-Italiener. Eine winzige Pizzeria, die keine zehn Schritte von seiner Haustür entfernt liegt. Der Geruch nach frisch gebackenem Pizzateig steigt ihm verführerisch in die Nase. Unmöglich, daran vorbeizugehen. Ohne den Geschmack von *Pizza Salame* am Gaumen. Ohne *Funghi*, *Mozzarella* oder *Quattro Fromaggi* ...

Leo hockt sich an einen Tisch in der Ecke, durchstöbert das Angebot auf der Karte. Ihm ist nach Fisch, also bestellt er Pizza Frutti di Mare mit Garnelen, Thunfisch, Sardellen, Parmesan. Wenn schon, dann richtig. Das volle Programm. Dazu ein Chianti classico – Empfehlung von Ernesto, dem Inhaber. Man kennt sich mit Vornamen und ist beim Du.

In freudiger Erwartung seiner Pizza, lehnt Leo sich zurück, verschränkt die Arme und beobachtet das Geschehen um sich herum.

Es ist nicht sonderlich viel los. Der große Mittagstrubel ist vorbei. Am Tisch nebenan sitzt ein Paar mit Kleinkind. Während zwei Augenpaare auf den wohl zweijährigen Dreikäsehoch gerichtet sind, stellt dieser alles Erdenkliche an, um seine Eltern bei Laune zu halten. Von einem entspannten Essen kann nicht die Rede sein, denkt Leo grinsend und wechselt die Blickrichtung.

Schräg gegenüber, in der anderen Ecke, hocken zwei Geschäftsleute. Ein Japaner und ein arabisch aussehender Mann. Sie diskutieren, was einen sehr geschäftsmäßigen Eindruck macht.

Leo kramt sein Smartphone heraus. Eine Nachricht über WhatsApp wird ihm angezeigt. Arglos klickt er auf die App. Eine ihm unbekannte Nummer. Auf dem dazugehörigen Profilfoto ist nur ein nacktes Bein mit rosa Pumps zu sehen. Der Absender, oder besser die Absenderin, hat Leo ein Foto geschickt.

Er öffnet das Bild, das in der Voranzeige zunächst nur verschwommen zu erkennen ist. Es dauert eine Weile, bis es klar und gestochen scharf auf dem Bildschirm seines Smartphones erscheint.

Leo trifft beinahe der Schlag. Er sieht sich selbst, friedlich schlummernd, zwischen rosa Plüschherzchenkissen. Rechts und links von ihm, in aufreizender Pose und in seinen neuen Sportklamotten: Rosa und Thea. Das Bild trägt den Titel: *Zur Erinnerung an eine aufregende Nacht. Rosa* – mit einem rosa Herz daneben.

Verflucht, woher hat sie seine Nummer?! Unwahrscheinlich, dass sie ihm das Smartphone entwenden konnten. Er trägt es fast immer in der Hosentasche, also am Körper, was zugegebenermaßen nicht unbedingt ein idealer Ort für ein Mobiltelefon ist.

Die Geldbörse! In seiner Geldbörse steckten noch ein paar seiner Visitenkarten mit seinen Kontaktdaten als Blogger, auch seine Mobilnummer! Womit bewiesen wäre, dass sie sich widerrechtlich bereichert hatten.

Aber wie dem auch sei, das hier ist immerhin eine Spur. Jetzt könnte er zur Polizei gehen und Anzeige erstatten.

Leo überlegt. Dann tippt er eine Nachricht: *Was habt ihr mit meiner Kohle gemacht?*

Keine Minute später kommt bereits die Antwort: *Ist das dein Dankeschön für das hübsche Erinnerungsfoto? Ich weiß nicht, wovon du sprichst.*

Leo schreibt zurück: *Ihr habt mir die Geldbörse geklaut.*

Rosa erwidert: *Das hast du wohl geträumt. Wir berauben keinen Freund.*

Leo zurück: *Wir sind keine Freunde.*

Rosa: *Das hat sich in DER Nacht aber anders angefühlt.*

Was will sie damit andeuten, spukt es ihm durch den Kopf. Da ist doch nichts gelaufen.

Leo: *Wir hatten nichts!*

Rosa: *Was nicht ist, kann ja noch werden. Ich finde dich lecker ...*

Sie schickt einen Kussmund.

Was soll das?, denkt Leo. Was will sie?! Am Ende hat nur eine ihn beklaut, ohne dass die andere etwas gemerkt hat. Was für ein Pack!

Wieder schreibt Rosa: *Hast du heute Abend schon was vor?*

Leo: *Ja!*

Rosa: *Schade. Ich würde dich gerne treffen. Ich habe Lust auf dich …* Smiley und Kussmund.

Leo ist irritiert. Will sie ihn stalken?

Verärgert steckt er das Mobiltelefon weg. In diesem Moment sieht er Ernesto mit einem riesigen Pizzateller auf sich zusteuern.

Irgendwie ist ihm der Appetit vergangen. Der beleibte Wirt stellt den Teller ab. »Buon appetito«, sagt er.

Leo betrachtet seine Frutti di Mare. Jetzt doch besser ein kühles Bier. Abwesend greift er zum Weinglas und spült seine Verwirrung herunter. Er leert das Glas in einem Zug.

Derweil hört er das Smartphone die ganze Zeit summen. Eine Nachricht nach der anderen kündigt dieser Ton an. Sie lässt also tatsächlich nicht locker. Leo fühlt sich mehr als unwohl in seiner Haut. Er fühlt sich bedrängt.

»Ernesto, bitte …«, winkt er den Wirt heran.

»Prego?«

»Kannst du mir die Pizza einpacken?«

»Ist etwas nicht in Ordnung?«

»Doch, doch … Du weißt doch, die Arbeit.«

»Du machst dir zu viel Druck, mein Freund.« Er klopft ihm auf die Schulter. »Essen muss man genießen. Das Essen, den Wein und die Frauen …!« Ernesto lacht.

Leo lacht gequält mit. Insbesondere das letzte Wort hinterlässt einen bitteren Nachgeschmack. *Die Frauen.*

Wenige Minuten später kommt Ernesto mit einem Pappkarton in einer Plastiktüte zurück. »Denk dran, nimm dir Zeit für die schönen Dinge des Lebens. Mangiare ist Leben – Vita!«

»Du bist so unglaublich weise, Ernesto.« Jetzt klopft auch Leo dem Gastronom auf die Schulter.

Ernesto lacht schon wieder. Seine Wangen und die Nase zittern dabei.

Leo läuft die Straße rauf und runter, als wäre die Mafia hinter ihm her. Er stöbert in einem Elektroladen, durchblättert ein paar Tageszeitungen am Kiosk nebenan. Er fühlt sich ruhelos. Was will diese Rosa. Sie nervt!

Als er wieder auf sein Smartphone sieht, hat er achtzehn ungelesene Nachrichten. *Achtzehn*! Verflucht, die ist irre!!
Dennoch ... Er fängt an zu lesen:
Leo, du bist so heiß. Wann können wir uns sehen?
Ich möchte dich küssen ...
Dich massieren ...
Ich möchte mit dir ...
Wollen wir ...?
Heeee, warum antwortest du denn nicht?!
Erinnerst du dich ...?
Sie hat ihm noch ein Foto geschickt.

Leo wird fast übel, als es sich fertig aufgebaut hat. Er ist darauf in der gleichen Pose wie bereits zuvor zu sehen, schlafend. Thea fummelt weiter unten an ihm herum. Rosa deutet einen Kuss an *diese* Stelle an.

Na, da ist dir was entgangen, mein Schatz.
Das hättest du live erleben sollen ... Leo.
Leo Berger.
Ich kenne deinen kompletten Namen.
Ich weiß, wo du wohnst.
Soll ich bei dir vorbeikommen?
Heute Nacht?
Nur du und ich.
Vögeln bis zum Morgen ...?
Sag ja, Leo Berger.

Leos Finger zittert, als er das Mobiltelefon ausschaltet. Es reicht – dafür, dass es ihm fast übel wird.

Wie unter Strom eilt er die Straße entlang. Es sind wie gesagt nur wenige Schritte. Er ist versucht sich, umzudrehen, um sich davon zu überzeugen, dass sie nicht hinter ihm ist, ihn verfolgt. Gerade noch kann er sich beherrschen, es nicht zu tun. So leicht lässt er sich nicht einschüchtern. Nicht von einer Prostituierten. Denn das ist sie vermutlich, eine Prostituierte.

Leo erreicht das Haus, in dem er wohnt.

Plötzlich kann er doch nicht anders: Er sieht sich nach allen Seiten nahezu panisch um. Natürlich ist sie nicht da.

In der Wohnung angekommen, verriegelt er sofort die Tür, stolpert fast ins Bad. Er dreht den Wasserhahn auf, hält die Handflächen darunter und stürzt sein Gesicht hinein.

Dann geht er zur Badewanne, lässt das Wasser laufen, stellt eine angenehme Temperatur ein und gibt eine Handvoll Mangoessenz als Badezusatz hinein. Er lässt die Wanne bis zum Rand mit Wasser volllaufen, verschließt die Badezimmertür hinter sich und zieht sich aus. Bei angenehm gedämpftem Kerzenlicht legt er sich ins warme Wasser. Das ist Entspannung pur. Wenn die Welt dort draußen ausgeschaltet ist. Jeder Muskel, jeder Gedanke hat für den Moment Pause. Leo atmet langsam ein und wieder aus. Er hat das einmal bei einer Meditationsübung gelernt.

Etwa eine Stunde verbringt er plätschernd im fruchtigen Badeschaum. Dann fängt er an, sich zu langweilen. Außerdem hat er die Arbeit bis jetzt links liegen lassen. Allmählich meldet sich das schlechte Gewissen.

Nach dem Bad wärmt sich Leo die Pizza auf. Es ist bereits nach zehn, als er endlich den PC hochfährt. Er würde eine Nachtschicht einlegen müssen.

Zuerst aber geht er die Nachrichten aus aller Welt durch. Eine Flut an Informationen. Jeden Tag passieren Dinge. Schönes und Trauriges. Berührendes und Erschütterndes. Das Leben ist voller kostbarer Momente. Unmöglich, alles mit dem gesamten Erdball zu teilen. Dennoch muss Leo am Ball bleiben, seine Aufmerksamkeit in alle Richtungen ausstrecken. Für den Moment aber hat er sich auf eine Richtung eingeschossen: Joanna Hochmuth.

Die Bemerkungen unter seinem letzten Beitrag deuten an, dass die Leute bereits sehnsüchtig auf neue Zeilen von ihm warten.

Interessiert liest er ihre Kommentare:

> *Hallo Leo! Wann gehts denn weiter?*
> *Was macht die Shanghai-Ameise?*

Leo, we want MORE!

Es ist immer ein gutes Gefühl, wenn man merkt, beachtet und gelesen zu werden.

Beim Schreiben aber will jeder Satz wohl überlegt sein. Die Grundlage ist gute Recherche.

Leo überfliegt seine gesammelten Notizen aus den Interviews. Er vergleicht die Aussagen …

Plötzlich ist die Sache klar.

Er legt die Notizen beiseite und fängt an zu schreiben.

Die erste richtige Nacht mit Chris liegt hinter mir. Der Zustand *danach* fühlt sich wie Schweben an. Als Joanna Hochmuth hätte ich diese Nacht wie ein Foto in ein Album geklebt. Abgelegt – und das wars.

Jetzt aber merke ich, dass es nicht geht. Dass ich mich innerlich gegen das gewohnte Ablagesystem sperre. Etwas ist neu, anders. Und es hat nichts mehr mit meinem alten Leben zu tun.

Es ist Samstag und Chris muss ausnahmsweise nicht in die Kanzlei. Gegen neun ist er bereits aus dem Haus zum Joggen.

Ich decke den Frühstückstisch auf der Terrasse auf, rufe Ani an, um sie zu fragen, ob sie zu mir rüberkommen will. Sie hat Migräne und sagt ab.

Also nehme ich stattdessen Chris' Laptop als Begleiter mit auf die Terrasse. Ich suche mir ein schattiges Plätzchen unter dem Baldachin und überbrücke so die Zeit des Wartens auf Chris.

Der Computer läuft bereits.

Mal sehen, ob Leo Berger einen neuen Beitrag verfasst hat …

Mit wenigen Klicks lande ich auf seinem Blog.

Schnell überfliege ich die Inhalte und gelange sofort zu den aktuellen Einträgen.

Es erweckt den Anschein als widme sich Leo Berger derzeit nur diesem einen Thema:

Joanna im freien Fall
Kapitel II …

… lese ich. Er muss den Beitrag gerade erst verfasst haben, denn es gibt noch keinen Kommentar.

Mein Herz schlägt wild, als ich weiter scrolle. Es ist, als täte sich eine unsichtbare Treppe vor mir auf. Sie führt über sechsunddreißig Stockwerke …

Aus teilweise nicht nachvollziehbaren Gründen bin ich plötzlich aufgeregt, als läge der Sprung erst noch vor mir. Dabei ist es bereits passiert.

Trotz der zunehmenden Anspannung lenke ich meinen Blick erst einmal vom Text weg, zwinge ich mich zur Geduld und lese die Kommentare unter dem letzten Beitrag.

Beim Überfliegen der Namen der Kommentatoren sticht mir *ihr* Name sofort ins Auge: Ella! Und es ist nicht irgendeine Ella. Ich erkenne ihr Profilbild. Es sind nur vier Sätze, die sie schreibt – aber ihre Worte klingen nach:

> *Joanna ist kein Opfer. Wer das denkt, lässt sich an der Nase herumführen. Bis zu ihrem Sprung: ein perfekt inszeniertes Leben. Fehlt nur noch das Orchester …*

Wie ein eiskalter Platzregen treffen mich Ellas Worte. Wie kommt sie dazu, so etwas zu schreiben?! Was weiß sie denn …! Nichts.

Ich bin verwirrt und enttäuscht zugleich. Dabei war mir – als Joanna Hochmuth – bis vor Kurzem noch alles egal. Ich wollte mein Leben wegwerfen, weil es mir leer und falsch vorkam. Genau das beschreibt Ella: *… ein perfekt inszeniertes Leben*. Leer und sinnlos, füge ich in Gedanken hinzu. Aber ganz egal, was sie schreibt, und wenn es auch stimmt, was sie schreibt: Sie hat kein Recht dazu.

Während ich mich meiner Grübelei hingebe, scrollt meine Hand bereits zur Überschrift des neuen Kapitels:

Adler ohne Flügel – Joanna in den Wolken

Interessant, denke ich. Offenbar hat Leo ein Faible für Bilder. Von der Ameise zum Adler ist es allerdings ein weiter Weg. Was will er mit diesem Titel sagen?! …

Mit einem Klick bin ich drin … und lese gespannt weiter:

Endlich ist er da: der zweite Teil meiner Blog-Story. Ihr wollt wissen, welche neuen Erkenntnisse ich über Joanna Hochmuth und ihren Todessprung zusammengetragen habe? Euch interessiert, wie viel Protest, Tragik oder Wahnsinn hinter dieser Tat steckt, die vielleicht auch aus dem Bauch heraus getroffen wurde?
Wenn man den Aussagen der wenigen Menschen in ihrem Umfeld Glauben schenkt, müsste man fast zu der Überzeugung gelangen, Joanna Hochmuth hätte für alles einen Plan gehabt. Nichts in ihrem Leben hätte sie wirklich dem Zufall überlassen. Genau das macht es aber umso wahrscheinlicher, dass dieser Sprung, wie absurd oder abwegig es auch klingen mag, eben NICHT geplant war. Es wäre die in meinen Augen einzig logische Erklärung. Sozusagen die logische Konsequenz aus allem: der spontane Ausbruch aus einem perfekt durchgeplanten Leben.
Jetzt frage ich mich natürlich, warum beschäftigt mich (bzw. euch) der Tod dieser Person überhaupt, stand sie mir persönlich doch nicht einmal nahe und genoss sie auch nicht den Prominentenstatus ihres Vaters.
Die Antwort darauf ist: Weil das, was hinter dem Umstand ihres Todes steht, so viele Fragen aufwirft. Weil es aus unserer Mitte heraus passiert ist. Joanna könnte genauso gut eine mir nahestehende Person sein, jemand, der mir jeden Tag begegnet. Sie könnte auch ein x-beliebiges Leben geführt haben. ICH könnte SIE sein. Denn: Planen wir nicht alle unser Leben? Sind wir nicht immer mehr, immer schonungsloser verplant, vermessen und in unserer Freiheit eingeschränkt? Joanna ist ein Paradebeispiel dafür. Eines von vielen anderen.
Und dann passiert das, was quasi passieren muss: Für einen Augenblick entgleitet uns die Kontrolle und wir folgen einem Urinstinkt. Dem Wunsch nach ewiger Freiheit. Ach, könnte der Mensch doch fliegen. Fliegen wie ein Adler und in unendlicher Freiheit leben. Die

Tiere machen uns vor, wie das geht. Aber wir haben uns weit von ihnen entfernt – mit unserer sogenannten Zivilisation, unserer Technik, unserem Kontrollzwang. Da steht der Adler nun auf der Spitze des Berges. Leider merkt er nicht, dass er keine Flügel hat. Und bevor er sich wirklich bewusst macht, was er tut, ist es auch schon passiert …
Ich will damit nicht sagen, dass Joannas Selbstmord nichts weiter als ein dummer Zufall war, ein schwacher Moment. Nein. Aber ich denke, es war auch nicht die inszenierte Tat, von der wir ausgehen. Sie hat sich an einen Ort ihres Vertrauens begeben. Vielleicht ist sie wie eine Schlafwandlerin die Treppen hinaufgestiegen, hypnotisiert von der Idee, die Welt von der Spitze ihres Schaffens (oder auch des Schaffens ihres Vaters) verlassen zu können. Da gibt es eine Tür im Himmel, durch die sie ganz einfach würde verschwinden können, der Welt entrinnen. Joanna in den Wolken … Was danach kommt, kann nicht das Nichts sein. Denn das Nichts hat sie bereits hinter sich gelassen.

Hier endet der Text. Ich bin sehr bewegt. Meine Rührung geht in Nachdenken über. Es klingt, als hätte Leo seinen Gedanken noch nicht ganz zu Ende gedacht, als fehle da noch irgendetwas. Vielleicht soll ich ihm auf die Sprünge helfen. Vielleicht wartet er auf eine Reaktion meinerseits, testet mich. Meine Gegenwart als *Anna.Irgendwer* hat er zur Kenntnis genommen – wenn er auch nicht auf meine E-Mails reagiert. Das hier ist eine Art Antwort. Die Ameise war gestern.

Beinahe poetisch klingt das, was er schreibt. Wo ich bisher nichts gesehen habe (außer dem Abgrund), hat Leo plötzlich einen Raum geschaffen. Ich habe das dringende Bedürfnis, ihm meine Gedanken mitzuteilen und schreibe erneut eine E-Mail an ihn …

Als ich die E-Mail gerade beendet habe, sehe ich Chris mit Ella durch das Gartentor kommen.

»Hi, Anna«, begrüßt Ella mich mit Küsschen rechts und links. Chris zwinkert mir zu, wirft dabei einen kurzen Blick auf den Frühstückstisch und seinen Laptop. Dann geht er wortlos weiter ins Haus, um sich zu duschen. Ella setzt sich neben mich auf die Bank.

»Ich war im Wald, hab nach Wildkräutern gesucht – und wer kommt mir da entgegen gesprintet? Dein Mann.«

»So ist er. Magst du Kaffee?«, frage ich.

»Gern.«

Ich schenke ihr ein.

»Ich will noch einmal in diese Villa von gestern«, schlage ich sofort *das* Thema an, bevor Chris aus der Dusche kommt und zu uns stößt.

»Bastis Villa?«

Ellas Blick gleitet stumm über den gedeckten Frühstückstisch.

»Fährst du mit mir dorthin?«, frage ich. Chris soll es nicht mitbekommen.

»Ich? Aber wozu?«

»Ich habe dort eine Kamera gefunden. Sie haben etwas in dieser Nacht gefilmt – mich. Ich brauche diesen Film.«

»Sie haben dich gefilmt? Was willst du denn mit dem Film?«

Berechtigte Frage. Was will ich damit? Will ich mich selbst anzeigen, Bruchstücke einer Nacht rekonstruieren und zusammensetzen, um den Ausgang eines Abends auf das zu übertragen, was mit mir nach meinem Sprung (als Joanna) passiert ist? Will ich Fragen nachgehen wie: Warum muss ich Annas Fehler ausbaden, warum bin ich sie, in ihrem Körper gefangen? …

Dabei mag ich es mittlerweile, Anna zu sein.

»Das Wofür muss ich noch herausfinden«, gestehe ich.

»Also gut. Wollen wir jetzt gleich fahren? Sollen wir Chris mitnehmen?«

»Besser nicht.«

»Aber du solltest ihm schon Bescheid sagen.«

Ich überlege. »Gut, ich schreibe ihm einen Zettel.«

Kurz darauf sitze ich neben Ella in ihrem Peugeot. Der Fahrtwind pustet durch das heruntergelassene Fenster. Es ist ein heißer Tag. Das gestrige Gewitter hat nur eine kurze Abkühlung gebracht. Der Sommer ist endgültig angekommen und heizt uns jetzt ordentlich ein.

Als sie in die Straße abbiegt, in der die Villa liegt, konzentriere ich meine volle Aufmerksamkeit auf die Umgebung. Die Straße wirkt wie ausgestorben. Ähnlich war es auch beim letzten Mal. Skeptisch bin ich dennoch. An einem derart heißen Tag ist ein Pool der ideale Aufenthaltsort.

Als wir das Grundstück betreten, herrscht auch dort auffällige Stille. Die Pforte ist wieder nur angelehnt.

»Du hast keinen Schlüssel, oder?«, fragt sie.

»Woher sollte ich.«

»Du warst doch schon einmal hier. Ich meine, du warst mit den Jungs hier – in dieser Nacht. Erinnerst du dich nicht, wo sie den Schlüssel aufbewahrt haben? Wenn mehrere Leute die Villa und den Pool nutzen, ist der Schlüssel irgendwo deponiert.«

Was sie sagt, klingt logisch.

»Anna, konzentrier dich, du erinnerst dich bestimmt, wo der Schlüssel ist.« Sie fixiert mich mit einem Blick, der Zuversicht ausdrückt, Selbstvertrauen.

Was im nächsten Moment passiert, kann ich mir tatsächlich nicht erklären. Es passt in die Kategorie der Dinge, die mir in letzter Zeit widerfahren sind und die sich jeder wissenschaftlichen Logik entziehen. Gibt es so etwas wie Reinkarnation, gibt es ein Leben nach dem Tod – ein Déjà-vu, eine zurückkommende Szene aus einem fernen, vorherigen Leben?

Ich gehe zielgerichtet auf einen der Betonkübel zu, den mittleren der drei, rücke ihn etwas beiseite und greife darunter.

»Anna, ich wusste es«, sagt Ella wenig überrascht, kommt auf mich zu und nimmt mir den Schlüssel ab, dem ich fassungslos nachstarre.

Ella ist bereits durch die Haustür, als ich immer noch neben dem Betonkübel stehe und mein Blick ungläubig über die

Szene gleitet. An *was* genau habe ich mich hier gerade erinnert?

»Kommst du?«, fragt sie.

Wie betrunken torkele ich zur Tür und betrete nach Ella das Haus, schließe leise die Tür hinter mir.

Sie ist bereits weiter, sucht die Räume ab. Ich wage es kaum, einen Schritt vor den anderen zu setzen.

Wie ein Geist taucht Ella aus dem Nichts wieder neben mir auf.

»Es ist niemand hier. Das Haus ist wie ausgestorben. Wir können uns in Ruhe umsehen. Schau du dich hier drinnen um. Ich gehe raus zum Pool und sehe mir den Garten an.«

»Gut.« Gerade ist mir alles egal. Ich sehe mich völlig außerstande, einen klaren Gedanken zu fassen. Ich bin froh und dankbar, dass Ella bei mir ist, dass sie die Dinge in die Hand nimmt.

Benommen schaffe ich es bis zum Wohnzimmer und sinke gedankenverloren auf das Sofa, auf dem ich beim letzten Mal die Kamera gefunden hatte. Natürlich liegt diesmal nichts dort. Das Zimmer ist penibel sauber und aufgeräumt. Fast wirkt es, als hätte jemand alle Spuren beseitigen wollen. Für die Steuerfahndung …, erinnere ich mich.

Ich starre vor mich hin. Auf den Perserteppich. Und von dort aus zum Fenster, Richtung Terrasse. Ich versuche mir die Szene vorzustellen, die dort abgelaufen ist. Ich sehe die Frau im dunkelgrünen Bikini. Neben ihr stehe ich, Anna Gerlach. Sie wollten den Pool einweihen, hat Chris gesagt. *Sie.* – Wer war alles dabei? Wie viele Personen habe ich in der Aufzeichnung gesehen, drei Männer? Vier Männer? Ich darf denjenigen, der gefilmt hat, nicht vergessen. Wer auch immer das war. An eine andere Frau erinnere ich mich nicht. Die dunkelhaarige Frau im grünen Bikini war nicht dabei. Sie haben hier ihre Geschäfte abgewickelt. Es durfte nur eine Frau dabei sein. Fürs Vergnügen. Vielleicht auch nur als Inspiration. Und für die Drogen. So muss es gewesen sein.

Basti ist alleinstehend. Soweit ich von Chris weiß, hat er wechselnde Beziehungen. Nie etwas Festes. Er will das große

Geld machen. Wenn man solche Träume hat, möchte man Frauen beeindrucken. Man möchte vorgeben, jemand zu sein (der man vielleicht nicht ist).

Und die anderen Männer, frage ich mich, kenne ich sie?

Ich müsste mir den Film noch einmal ansehen, um es mit Bestimmtheit sagen zu können. Ich hatte mich zu sehr auf Anna fixiert. Fast erinnere ich mich nicht an die restlichen Szenen, an die Gesichter. Vermutlich aber waren es dieselben Typen, die ich gestern hier angetroffen habe.

Ich verlasse das Wohnzimmer, um mich im Rest des Hauses umzusehen. Dabei durchquere ich die Küche und ein paar andere Räume, offensichtlich Gästezimmer. Am Ende der hell gefliesten Diele führt eine breite Treppe nach oben. Ich folge den Stufen und lande im Obergeschoss. Auch hier ist alles sehr weitläufig. Die Räume sind hell mit hohen Decken. Hinter einer Schiebetür aus Milchglas stoße ich auf einen breiten Schreibtisch vor einem riesigen Panoramafenster. Von hier hat man den perfekten Blick auf den Pool. Die Fenster wirken wie neu. Ein paar sind rund. Neben dem Schreibtisch entdecke ich eine ähnlich große Ledercouch wie unten. Davor liegt ein Kuhfellteppich.

Ich setze mich an den Schreibtisch, klappe den dort stehenden Laptop auf und starte ihn.

Zunächst suche ich die Bibliotheken nach Filmen ab, finde aber nichts, was in irgendeiner Form von Interesse sein könnte. Filme zu Aktienmärkten, Finanztipps und anderes. Das ist alles. Aus dem Internet hochgeladene Daten.

Ich klicke auf den Papierkorb. Vielleicht wurden die Daten bereits gelöscht.

Und tatsächlich … Ich finde zwei Filme im Papierkorb.

Der erste ist nur ein kurzer Film. Er zeigt eine Szene im Wohnzimmer. Die Männer diskutieren. Ich versuche näher an die Gesichter heranzukommen, sie bleiben jedoch unscharf.

Der zweite Film ist tatsächlich der, den ich bereits kenne …

»Anna!«, dringt Ellas Stimme plötzlich halb hysterisch zu mir hinauf. Sie kommt aus dem Garten. Ich spähe aus dem

Fenster in Richtung Pool, suche das Gelände nach ihr ab. Wie ich bemerke, ist das Fenster nur angelehnt.

»Anna! Komm mal! Schnell!«, ruft sie erneut.

Ich sehe sie nicht gleich. Erst nach nochmaligem Absuchen des Grundstücks entdecke ich sie einige Meter hinter dem Pool im Gras kniend. Was macht sie dort?

Etwas widerwillig, aber auch neugierig verlasse ich den Raum, eile über die Treppe nach unten.

»Anna …!«

Ich überquere die Terrasse. »Was ist los? Wo bist du?«

Sie ist nicht mehr da.

»Hier …« Ihre Stimme kommt aus dem Gebüsch. Ich schiebe den Riesenfarn beiseite.

Ella hockt noch immer am Boden, tastet ihn ab, als wäre sie einem sensationellen archäologischen Fund auf der Spur.

»Sieh dir *das* an!«

Ich schaue in die Richtung, in die sie deutet.

»Wenn du mich fragst, ist das Blut.«

»Blut …«, wiederhole ich halb erstarrt.

»Es ist bereits getrocknet. Aber das ist noch nicht lange her. Hier lag etwas oder jemand.« Sie deutet auf die Stelle.

»Derjenige, der hier gelegen hat, wurde dort rübergeschleift.« Ihr Blick geht in eine Richtung jenseits des Gebüsches.

»Du meinst, sie haben hier einen Verletzten abgelegt. Vielleicht gab es einen Badeunfall.«

»Oder schlimmer …«

»Eine Leiche?«

»Na ja, das traue ich Basti und seinen Jungs nicht zu«, räumt sie ein.

»Kennst du seine Freunde?«

»Flüchtig. Die sind aus Frankfurt. Dieser Rothaarige ist Immobilienmakler. Die anderen beiden kennt er aus dem Netz. Ein IT-Junkie und ein Börsianer.«

»Und die Frauen, die immer dabei sind? Gestern war auch eine Frau hier.«

»Keine Ahnung. Bastis Freundin ist sie nicht. Mit ihr hat er gerade erst Schluss gemacht. Vielleicht hat einer der anderen Jungs sie mitgebracht. Oder Escort-Service. Solche Typen mögens gerne diskret … und professionell.«

»Wenn sie sich das leisten können«, werfe ich ein.

»Wer weiß.«

»Na, die Villa ist sicher nicht billig. Auch wenns nur zur Miete ist.«

»Hier gibt es zudem kaum Nachbarschaft. Keine Zeugen«, stellt Ella fest. »Nur Feld, Wald und Kühe. Wenn hier ein paar Autos vor der Tür stehen, kriegt der Nachbar, der in fünfhundert Meter Entfernung wohnt, nicht viel mit.«

Da ist was dran. »Wollen wir die Polizei einschalten?«, frage ich.

Ella wirkt auf einmal nachdenklich. »Ich bin nicht sicher, ob das richtig wäre«, überlegt sie, dabei drängt sie das Gestrüpp etwas beiseite. »Das mit dem Blut ist noch nicht alles …«

»Was noch?«

»Schau mal dort rüber …« Sie deutet in die freigelegte Richtung.

»Ein Gewächshaus«, stelle ich fest.

»Richtig. Und weißt du, was die da drin züchten?«

»Was?«

»Hanf. Die bauen hier ihre eigenen Drogen an. Cannabis.«

»Wie bitte … ?! Das ist illegal.«

»Erst wenn die Dinger Blüten tragen. Vorher ist es eine Pflanze wie jede andere auch. Aus den Blüten wird die Droge gewonnen.«

»Ich weiß. Da hat sich Basti also abgesichert, falls das mit den Aktien nichts wird …« Ich lache. »Das ist komplett irre, oder?«

»Es ist so irre, dass es zugleich fatal komisch ist.« Ella grinst.

»Hast du Fotos gemacht?«

Sie bestätigt kopfnickend. Dann schüttelt sie sich, lacht.

»Und was machen wir jetzt?«

»Was sollen wir machen. Basti befragen. Unseren Anteil einfordern …«, erdreistet sie sich augenzwinkernd.

»Das wäre etwas für den Laden, was? Cannabiskekse mit Haschkrümeln?« Ella fährt sich durchs Haar, blinzelt in meine Richtung. Eine Weile reißen wir schräge Witze.

Irgendwann fällt mir der Film wieder ein. »Hast du etwas zum Speichern dabei ... dein Smartphone? Kann ich es kurz borgen?«

»Wozu?«, fragt sie.

»Ich habe den Film aus *dieser* Nacht oben gefunden. Ich würde ihn gerne überspielen.«

Ella zieht ihr Mobiltelefon aus der Hosentasche und reicht es mir. »Du brauchst ein Kabel. Bestimmt haben die so was oben.«

Ich schiele zurück zum Haus. »Klar haben die so was. Die haben hier alles ...«

Über meinen Kommentar muss sie erneut lachen – was ich als Zustimmung deute.

Etwas später setzt mich Ella vor unserem Haus ab.

Als ich durch die Gartenpforte trete, knarrt diese, als müsse sie mein Kommen ankündigen. Chris sitzt auf der Terrasse und arbeitet. Er hat ein paar Akten neben sich auf dem nur halb abgeräumten Frühstückstisch gestapelt.

»Danke, dass ich alleine frühstücken durfte«, begrüßt er mich mit Ironie in der Stimme. Im Vorbeigehen berühre ich seinen Arm. Chris sieht mir zu, wie ich an ihm vorbeigehe, mir einen Stuhl aus der Ecke heranziehe, um mich neben ihn zu setzen. Die Bank ist ebenfalls mit seinen Akten belegt.

»Danke, dass du mir so großzügig Platz gelassen hast«, kontere ich.

»Du hast doch einen Sitzplatz gefunden.«

»Notgedrungen. Auf Akten sitzt es sich nicht sonderlich bequem.«

Er grinst. »Wieder ganz die Alte ... Anna.«

Seine Worte treffen mich unerwartet an einer sensiblen Stelle. *Die Alte.* Wen oder was meint er? Will er sagen, ich bin wie Anna?

Sehnsüchtig steigen die Erinnerungen an die vergangene Nacht in mir hoch. Hat er Anna geliebt? … Hat er *mich* geliebt?

»Was war denn so wichtig, dass es nicht warten konnte?«, unterbricht er meine Überlegungen. »Wichtiger als ich?«

»Es gibt nichts Wichtigeres als dich«, behaupte ich, bin aber gleichzeitig mit meinen Gedanken woanders. Ganz woanders.

»Das wollte ich hören.« Er rückt etwas näher an mich heran, streift mir eine Haarsträhne aus dem Gesicht. Es ist eine zärtliche Geste. Völlig unerwartet zieht er mein Gesicht dann zu sich, küsst mich auf den Mund. Erst sperre ich mich etwas dagegen. Dann aber lasse ich es zu, schließe die Augen und gebe mich dem hin, was ich spüre.

Im Prinzip ist es ganz egal, wer ich bin. Ob Anna oder Joanna. Ich bin hier mit Chris. Ich. – Wer auch immer dieses Ich ist.

Ich muss an Leo Bergers Adler denken. Mir gefällt die Idee von der Freiheit … *Vielleicht ist sie wie eine Schlafwandlerin die Treppen hinaufgestiegen, hypnotisiert von der Idee, die Welt von der Spitze ihres Schaffens …*

Ich muss nichts mehr erschaffen. Nichts, was von architektonischer Bedeutung für die Nachwelt wäre. Keine hochkomplizierten, extravaganten Baupläne entwerfen, keine Projekte mit wackligem Fundament retten.

Nichts davon.

Vielleicht sollten Chris und ich ein Kind haben.

Die Freiheit läuft uns nicht hinterher und wartet, bis wir uns entscheiden. Wir müssen sie uns greifen.

»Komm«, flüstere ich ihm ins Ohr, »lass uns ein Kind machen.«

Am Nachmittag nehme ich mir vor, nach Ani zu sehen. Ich möchte wissen, wie es ihr geht.

Das letzte Hochgefühl ist fast wieder aufgebraucht. Daher suche ich Zerstreuung. Der Besuch in der Villa hat etwas in mir freigesetzt.

Wie ein Geschwür kriecht es in mir hoch. Es kommt immer dann, wenn die Euphorie gerade verpufft ist. Ich nenne es mal Existenzangst. Dabei spreche ich nicht von der banalen Existenzangst, die an materielle Werte geknüpft ist. Es ist eine viel fundamentalere Existenzangst. Die Angst, dass mein (Da-)Sein sich plötzlich auflösen könnte.

Es hat mit dem Haustürschlüssel zur Villa zu tun. Ich habe etwas in Annas Leben erkannt, mich an etwas erinnert, an das ich mich eigentlich gar nicht erinnern kann. Weil ich aus einem anderen Leben komme. Ich komme aus Joanna Hochmuths Leben. Wenn Anna Gerlach vorher hier war und wusste, wo der Schlüssel liegt, wie kann es dann sein, dass ich, Joanna Hochmuth, davon weiß?

Und: Was hat das alles zu bedeuten? Verliere ich meine Existenz als Joanna Hochmuth? ...

Es liegt auf der Hand, dass ich mir die ganze Zeit schon etwas nehme, was mir nicht gehört: Annas Leben. Ihre Familie, Freunde. Ihren Mann. Muss ich dafür büßen, dass ich mich hier eingeschlichen habe? Wird man mich verbannen – wohin auch immer? Dorthin, wo es gar kein Leben mehr gibt?

Genau dorthin wollte ich ursprünglich. Jetzt aber ... Ich merke, dass mich meine Gedanken dazu verleiten, mich krampfhaft an *etwas* zu klammern. An das Leben. Ich will es nicht loslassen. Ich will die Menschen, die mir ans Herz gewachsen sind, nicht wieder verlieren.

Mit diesem letzten Gedanken bin ich vor Anis Tür angekommen.

Vielleicht hat sie mich kommen sehen. Sie steht bereits in der Tür und fällt ohne Vorwarnung über mich her. Ihre blauen Augen strahlen.

»Anna, mein Engel. Schön, dass du vorbeischaust. Komm rein!«

Ich sehe ihr nach, wie sie vor mir über die Diele Richtung Küche gleitet. Ihre Hüften stecken in der gewohnten Jeans. Allerdings fällt mir auf, dass sie schlabbert. Sie hat tatsächlich abgenommen.

»Wer ist denn der Glückliche?«, frage ich, als wir in der Küche angekommen sind und uns an den Küchentisch setzen. Das Fenster steht sperrangelweit offen, weil Ani gerade an den Blumenkästen herumgepfriemelt hat. Es riecht nach Lavendel.

»Was meinst du?«, fragt sie.

»Dein Blick und die neue Figur verraten ein Geheimnis.«

»Ach wo«, tut sie meine Bemerkung mit einer Handgeste ab. Ein Schatten fällt augenblicklich über ihr Gesicht, als hätte sie es einstudiert, im passsenden Moment die Stimmung zu wechseln.

»Was nicht ist, kann ja noch werden«, bemerke ich augenzwinkernd.

»Wenigstens ist diese Migräne überstanden. Ich sage dir, es ist ein Albtraum.« Sie legt eine Hand auf ihr Dekolleté, fummelt an ihrer Kette herum. Ani möchte gerne bemitleidet werden.

»Wie geht es mit Chris und dir? Habt ihr euch mal ausgesprochen?«

»Es ist alles in Ordnung. Da gibt es nichts zu besprechen.«

»Na ja, du hast ja gesehen, wie es manchmal läuft …« Sie verzieht den Mund, als hätte sie auf etwas Saures gebissen.

Ich erinnere mich an Chris' Bemerkung über Anis Treue in der Vergangenheit, verkneife mir aber jeden Kommentar. Sie braucht Aufmunterung.

»Warum nutzt du die neue Freiheit nicht, machst was draus? Du könntest mal wieder tanzen gehen. Schau dich an, du bist attraktiv. Du hast noch alle Chancen.«

»Danke, dass du versuchst, mich aufzubauen, mein Schatz.« Sie zupft an ihrer Frisur herum, die ebenfalls auffallend perfekt in Form ist. »Ich habe mich zum Yoga angemeldet.«

»Aha. Super Idee!«

»Und zu einem Tanzkurs«, fügt sie überraschend hinzu.

»Wow ...«, entfährt es mir. Dabei hatte sie gerade noch die Leidende gespielt. »Tatsächlich ... ein Tanzkurs?«

»Argentinischer Tango.«

»Dazu braucht man aber einen Tanzpartner.«

»Ein alter Freund macht den Kurs mit mir.«

»Ach so.« Ich kann mir ein heimliches Grinsen nicht verkneifen. Chris hatte also recht. Ani hat es faustdick dick hinter den Ohren.

»Hat Chris noch mal etwas wegen dieser Steuergeschichte unternommen?«, wechselt sie geschickt das Thema. »Hast du ihm wegen Basti auf den Zahn gefühlt?«

»Ich bin dran.«

»Man redet im Ort schon über Basti.«

»Was redet man denn?«

»Er hätte so eine Villa in Wächtersbach gemietet.«

»So ... und?«, spiele ich die Ahnungslose.

»Wenn das so ist, verpulvert er dort das Geld aus der Kanzlei. Chris sollte da nicht tatenlos zusehen. Vielleicht könnte er jemanden einschalten, eine neutrale Instanz.«

»Zum Beispiel?«

»Vielleicht einen Privatdetektiv oder so. Die beschäftigen sich doch mit so was.«

»Denkst du nicht, das ist etwas übertrieben?«

»Ach, Anna, du bist in letzter Zeit zu gutgläubig. Wo hast du deinen Biss gelassen?« Sie richtet sich auf, geht zum Küchenschrank und nimmt zwei Teller heraus. »Ich habe frischen Apfelkuchen gebacken. Möchtest du? Ist ein neues Rezept.«

»Hmn ... gern.«

Sie schneidet zwei Stücke ab und legt sie auf die Teller. Einen der beiden Teller reicht sie mir.

»Lass es dir schmecken.«

Eine Weile essen wir stumm. Ich beobachte Ani aus dem Augenwinkel. Sie isst langsam, stochert an ihrem Kuchen herum, als wäre sie nicht wirklich hungrig. Dabei legt sie die Stirn in Falten.

»Ich wusste das schon länger, das mit Ella«, bekennt Ani unerwartet. »Das heißt, ich habe es vermutet. Sie haben sich Fotos geschickt.«

»Du bist an Helmuts Handy gegangen?«

»Es lag zufällig herum. Ich hatte bereits einen Verdacht. Ständig musste er länger arbeiten.«

»Dann wäre es besser gewesen, mit ihm zu reden ... Ein Handy ist Privatsache.«

»Ach so, das nennst du *privat*, wenn mein Mann mit ...«, sie verkneift es sich, ihre Wut auf Ella rauszulassen.

»Ella ist Chris' beste Freundin. Sie gehört quasi zur Familie.«

»Bist du sicher? Was für eine Familie ...?«

Es ist keine Frage, die sie wirklich beantwortet haben möchte.

»Ella hat auch ihre Geheimnisse«, fährt Ani fort. »Was weißt du denn über sie?«

Ihre Frage löst Verwunderung in mir aus. »Wie meinst du das?«

»Ich meine nur ... Sie ist immerhin nicht von hier und wer weiß, was ...«

»Ja ...? Spielt es denn irgendeine Rolle, woher sie kommt? Darf sie keine Geheimnisse haben?«

»Doch ... Aber warum redet sie denn nicht über ihre Familie? Da gibt es doch nichts zu verheimlichen.«

Ich lache. So handhabt man also Persönliches auf dem Land. Man führt in kleiner Runde ein öffentlicheres Leben als in der Stadt. Man kann fast sagen: Jedes Geheimnis, das du für dich behältst, macht dich verdächtig.

In puncto Ella aber fällt mir auch noch etwas ein. Ich erinnere mich plötzlich an ihren Kurzkommentar unter Leos Blog ...

»Ani, bitte«, schiebe ich den angefangenen Gedanken beiseite und drehe mich zum Fenster. Ich betrachte den frisch gepflanzten Lavendel in ihren Blumenkästen.

»Geheimnisse …«, fahre ich fort, »die haben wir alle.«

Am Montagmorgen parkt eine Streife vor unserem Laden. Zuerst fällt niemandem von uns der Wagen auf. Dann steigt ein Beamter aus und bewegt sich auf den Eingang zu.

Ella kommt nervös zu mir ins Gewächshaus gelaufen. Schon in der Tür ruft sie heiser: »Anna, komm doch mal ...«

Ich tauche mit dem Kopf aus dem Erdbeerbeet, in dem ich gerade knie, reibe mir über die schweißbedeckte Stirn. Es ist schon wieder tropisch heiß, zweiunddreißig Grad!

»Polizei«, erklärt sie knapp.

»Was? ... Wo?«

Sie deutet Richtung Verkaufsraum.

»Soll ich nach vorne kommen?«

Sie bejaht kopfnickend. »Was auch immer sie wollen. Wenn es um Basti und seine Geschäfte geht, sollten wir uns bedeckt halten«, flüstert sie.

Ich stimme ihr zu. Schon allein wegen Chris.

Ella ist Richtung Küche verschwunden.

Ich richte mich auf, streife meine Gartenhandschuhe ab.

Kurz darauf betrete ich den Verkaufsraum.

Ein junger Beamter steht vor dem Einmachgläserregal. Er hält seine Polizeimütze in der Hand.

»Das ist meine Teilhaberin, Anna Gerlach«, erklärt Ella.

»Freut mich.« Er reicht mir die Hand. »Kommissar Stein von der Dienststelle in Gelnhausen.«

Ich nehme seine Hand. Eine riesige Hand, eine Pranke.

»Sie waren in der Nacht zum Sonntag mit dem Panda Ihrer Schwiegermutter unterwegs?«

Ich stocke. »Ja ...«

»In Wächtersbach. Das Fahrzeug wurde dort gesehen. Jemand hat sich das Kennzeichen notiert.«

»Warum das?«

»Das ist nicht wichtig. Niemand spioniert Ihnen böswillig nach. Es geht um eine mögliche Zeugenaussage.«

»Aha.« Bei dem Wort Zeugenaussage, setzt sich mir ein Kloß in die Kehle. Meine Hand zittert leicht, was ich jedoch sofort unter Kontrolle bringe. »Und worum geht es da genau?«

»Sie kennen die Villa, die von Sebastian Schnabel angemietet wurde?«

»Nicht direkt, aber …«, zögere ich. »Ich bin daran vorbeigegangen. Ich war im Wald … Pilze sammeln«, lüge ich.

»Ausgerechnet dort. In der Straße ist Ihnen nichts aufgefallen? Sie haben niemanden gesehen oder etwas Auffälliges bemerkt?«

»Nein, nicht dass ich wüsste. Dort oben soll ein hervorragendes Gebiet für Steinpilze sein«, versuche ich meine Glaubwürdigkeit zu sichern. »Darum war ich dort. Wen oder was soll ich denn gesehen haben?«

Steinpilze interessieren ihn offensichtlich nicht. Er zieht ein Foto aus seiner Jackentasche, legt es auf die Kommode. »Zum Beispiel diese Frau. Haben Sie sie schon einmal gesehen?« Er deutet auf die Aufnahme.

Der Kloß im Hals verstopft unerwartet meine Atemwege. Es ist die Frau im dunkelgrünen Bikini. »Nein«, stammele ich. Unter Umständen fällt es dem Beamten nicht auf, dass mein verräterischer Gesichtsausdruck eine weitere Lüge offenbart. »Was ist denn mit der Frau?«

Er steckt die Aufnahme wieder weg.

»Ihr Name ist Paula Istic. Sie ist verschwunden.«

»Ach …«

»Sie wurde über ein Portal gebucht. Eine Agentur in Gelnhausen. Es ist nicht ganz klar, wer sie gebucht hat, die Kunden benutzen Nicknames. Laut der Daten aber, die wir über die Agentur in ihrem Account gefunden haben, wurde sie in diese Villa bestellt. Dort verliert sich die Spur.«

Ich ringe nach Luft – und mit mir. Mein Gewissen sagt mir: Ich muss reden. Aber ich denke an Chris. Ich möchte nicht, dass er in etwas hineingezogen wird oder unter Verdacht gerät.

»Der Mann, der sich Ihr Kennzeichen notiert hat, ist Privatdetektiv. Die Villa steht schon seit einiger Zeit unter Beobachtung, weil der Verdacht besteht, dass dort illegale Geschäfte abgewickelt werden.«

Ich fühle mich zunehmend unwohl. Hat derjenige mich nicht zum Haus gehen sehen?, frage ich mich.

»Der Detektiv ist nicht den ganzen Tag auf seinem Posten. An besagtem Tag fehlt ihm leider eine kleine Zeitspanne am Nachmittag«, liefert er mir die Erklärung. »Deshalb hat er Sie nur noch wegfahren sehen und sich Ihre Nummer notiert. Wir hatten die Hoffnung …«

»… dass ich etwas gesehen hätte. Tut mir leid«, füge ich schnell hinzu.

»Es war ein Versuch.« Er stemmt die Hände locker in die Hüften, zeigt beim Lächeln seine makellos weißen Zähne.

»Na ja. Dann werden wir die Villa weiterhin im Auge behalten müssen.«

»Wer hat denn den Privatdetektiv angeheuert?«, frage ich jetzt mit fester Stimme. »Immerhin ist Sebastian Schnabel der Teilhaber meines Mannes.« Ich gehe davon aus, dass der Beamte über die Vernetzung der Personen im Bilde ist. »Mein Mann hat damit nichts zu tun«, füge ich aber vorsichtshalber noch hinzu.

Er setzt sich seine Polizeimütze wieder auf, rückt sie zurecht.

»Ich weiß. Das war Ihre Schwiegermutter. Sebastian Schnabel steht zwar auf der Liste unserer Verdächtigen, für die besagte Nacht aber hat er ein Alibi. Er ist auch nicht der Mieter der Villa.«

»Nicht?«, mischt sich jetzt auch Ella ein. Wir sind beide überrascht.

»Nein«, bestätigt er, verschränkt die Arme und mustert Ella dabei interessiert. Vielleicht ist sie sein Typ.

»Warten Sie …«, fällt ihm noch etwas ein. Er kramt wieder in seiner Jackentasche, zieht einen Taschenkalender heraus, aus dem er eine weitere Aufnahme fischt.

»Es ist dieser Mann … Der Mieter.«

Er legt eine Aufnahme auf die Kommode. Darauf abgebildet ist das Gesicht des rothaarigen Mannes aus der Villa. Es ist das erste Mal, dass ich sein Gesicht klar und deutlich erkenne.

»Hat jemand von Ihnen diesen Mann schon einmal gesehen?«

Ella schüttelt den Kopf. »Nein.«

Ich bin wie betäubt von dem völlig unerwarteten Anblick und starre plötzlich fassungslos auf die Aufnahme. Meine Finger tasten nach dem Foto, ich nehme es in die Hand. Ungläubig studiere ich das darauf abgebildete Gesicht …

Das ist der freie Fall, denke ich. Mein Leben als Joanna Hochmuth rauscht an mir vorbei. Kurze Sequenzen, die jedoch plötzlich so gestochen scharf sind wie diese Aufnahme.

»Ja«, sage ich, ohne mir bewusst zu sein, dass es nicht die richtige Antwort ist. Nicht in dieser Situation. »Das ist er.«

»Wer?«

Einer von beiden spricht dieses *Wer* aus. Ich kann nicht sagen, ob es Ellas Stimme oder die des Beamten ist.

»*Das* ist er«, wiederhole ich und vollende den Satz in Gedanken: Er ist eine Verbindung zwischen meinen zwei Leben.

Leo erwacht am Morgen auf dem Sofa. Kein gutes Zeichen, denkt er. Es bedeutet, dass er beim Arbeiten in der Nacht eingeschlafen ist. Zumindest bedeutet es, dass er zu faul war, sich weiter vom Computer wegzubewegen als diese drei Schritte, die das Sofa entfernt steht.

Schlaftrunken fährt er sich durchs Haar.

Tatsächlich ist der PC noch an. Das Licht der Klemmleuchte daneben brennt auch noch. Der Bildschirm jedoch ist schwarz.

Benommen tappt er in die Küche, stellt die Kaffeemaschine an. Noch bevor er seinen Kopf unter den kalten Wasserstrahl halten kann, geht das Telefon.

Leo tappt zurück ins Wohnzimmer, wühlt zwischen Sofakissen nach dem Hörer des Mobiltelefons.

»Berger«, klingt seine Stimme gedämpft in den Hörer.

»Herr Berger, Leo Berger?«

»Ja.«

»Sie schreiben an diesem Blog über Joanna Hochmuth, richtig?«

»Ja.«

»Ich habe etwas für Sie, was Sie interessieren könnte.«

»Aha ... interessant. Und was?«

»Ich kann Ihnen ein sehr hautnahes Porträt liefern. Ich kannte Joanna.«

»Tatsächlich.« Nach dem, was Leo bisher von seinen Interviewpartnern erfahren hat, ist dieses *Kennen* durchaus relativ zu bewerten. Ein unbestimmtes Gefühl sagt ihm aber, dass es bei diesem Informanten anders sein könnte ...

»Wie definieren Sie das: *Sie kannten sie?*«

»Ich habe für ihren Vater gearbeitet. Auf diesem Wege haben wir uns kennengelernt. Sie war hinter mir her, wenn man so sagen will, sie hat mich verfolgt.«

»Verfolgt ... Joanna hat *Sie* verfolgt?!« Leo muss an Rosa denken und ihre aufdringlichen Nachrichten vom Vortag. »Reden Sie von Stalking?«

»Etwas in der Art.«

»Und wer sind Sie? Ihr Name?«

»Wenn die Story Sie interessiert, würde ich zu Ihnen kommen, Ihnen dieses Interview geben. Sind Sie interessiert?«

Leo hat das seltsame Gefühl, dass der Mann etwas von ihm will, und nicht umgekehrt.

»Warum nicht ...«, gibt er sich daher sparsam. Abwartend.

»Ich habe wirklich interessante Details. Das sollten Sie sich nicht entgehen lassen. Schon gar nicht, wenn es Ihnen auch um August Hochmuth geht. Heute Nachmittag?«

Leo überlegt. Natürlich brennt die Neugier in ihm. »Gut.«

»Ich habe nur eine winzige Bedingung.«

Aha, also doch ein Haken. »Und die wäre?«

»Sie datieren das Interview vor. Sollte Sie jemand fragen, wann wir unser Gespräch geführt haben, war das schon am Samstagnachmittag gegen fünf.«

Leo überlegt, was dahinterstecken könnte. Braucht er ein Alibi?

»Es ist wegen meiner Freundin«, liefert er die Erklärung gleich selbst. »Aber das ist privat. Tun Sie mir diesen Gefallen, dann komme ich heute Nachmittag vorbei. Gegen vier.«

»Also gut.« Leo sieht kein allzu großes Risiko für sich und nennt dem Mann die Adresse.

Nach dem Telefonat geht er in die Küche, um sich ein schnelles Frühstück zuzubereiten. Er ist noch zu verschlafen, um sich weitere Gedanken um den Anrufer zu machen. Und er kommt auch gar nicht dazu – denn als er gerade den Kaffeebecher an die Lippen setzen will, klingelt erneut das Telefon. Genervt stellt er den Becher wieder ab.

Leo geht zurück ins Wohnzimmer. Der Hörer liegt noch auf dem Sofa.

»Herr Berger?«, meldet sich diesmal eine weibliche Stimme.

»Ja?«

»Hier ist Hanna Luers. Sie erinnern sich? Wir sind uns auf der Beerdigung begegnet. Joannas Beerdigung.«

Natürlich erinnert Leo sich. Er hatte noch ein paarmal bei ihr angerufen. Vergeblich.

»Frau Luers, na endlich! Ich habe schon länger versucht, Sie zu erreichen.«

»Es tut mir leid. Ich musste kurzfristig nach Kapstadt. Mein Mann und ich betreiben dort eine kleine Bar am Strand.«

»Hört sich idyllisch an.«

»Ganz so idyllisch ist es leider nicht. Wir haben gerade ein paar Probleme. Aber darum geht es hier nicht. Es geht um Joanna.«

»Genau. Sie sind Ihre Mutter, habe ich recht?«

Schweigen tritt am anderen Ende der Leitung ein, was Leo das Gefühl vermittelt, er habe den Nagel auf den Kopf getroffen.

»Ich würde Ihnen die ganze Geschichte gerne in Ruhe erzählen«, schlägt sie schließlich vor. »Was halten Sie davon, wenn wir uns zum Abendessen treffen?«

»Gern. Heute Abend?«

»Heute geht es leider nicht. Morgen Abend? An der Messe. Dort gibt es ein kleines spanisches Restaurant. Nur wenige Schritte vom Messegelände entfernt. Dort, wo sich der ehemalige Uni-Turm befand.«

»Ach ja, ich weiß, welches Sie meinen. Ist das nicht ein Kubaner?«

»Auch möglich. Gegen acht?«

»Ist gut. Ich werde einen Tisch auf meinen Namen reservieren, Leo Berger.«

»Einverstanden. Bis morgen, Herr Berger.«

»Bis morgen.«

Leo beendet die Verbindung und nimmt den Telefonhörer mit in die Küche. Sein Kaffee ist mittlerweile fast kalt. Leo trinkt ein paar Schluck und schüttet den Rest weg.

Etwa eine halbe Stunde später sitzt er gewaschen und gekämmt am PC.

Seinem Smartphone geht er noch aus dem Weg. Er befürchtet ein halbes Dutzend weiterer Nachrichten von Rosa.

Leo fühlt sich ruhelos an diesem Morgen. Nicht nur das Rosa-Trauma setzt ihm zu, auch sein E-Mail-Postfach scheut er. *Anna.Irgendwer* könnte sich wieder zu Wort gemeldet haben. Dabei ist es weniger das, was sie schreibt, es ist diese rätselhafte Identität hinter dem Pseudonym. *Irgendwer* signalisiert so viel wie: Jeder könnte dahinterstecken. August Hochmuth ebenso wie jemand aus der Medienwelt. Jemand, der besser informiert ist als Leo.

Spontan wählt er Lucys Nummer.

»Frankfurter Rundblick, Lucy Wagner. Was kann ich für Sie tun?«

»Warum so förmlich? ... Aber wenn du mich so fragst, da fällt mir schon was ein.«

Es raschelt kurz in der Leitung. Lucy hält offensichtlich die Hand vor den Hörer. »Leo, bist du das?«

»Wer sonst.«

»Na, du hast Nerven, mich auf der Arbeit anzurufen.«

»Warum denn?«

»Hier ist gerade Krisensitzung«, flüstert sie.

»Was steht an? Eine neue Entlassungswelle? Schon wieder.«

»Und wenn es so wäre ... Das ist nicht witzig, Leo!«

»Das brauchst du *mir* nicht zu sagen. Wie siehts aus, wollen wir uns in der Mittagspause treffen?«

»Okay, das Bio-Café in der Europaallee. Zwölf Uhr.«

Sie legt auf, bevor er etwas erwidern kann. Leo starrt auf den Hörer, der partout keinen Ton mehr von sich geben will.

Einen Moment lang überlegt er, ob er seine neuen Sportsachen einweihen soll. Dann aber erinnert er sich an die Nacht mit Rosa und Thea. Und daran, dass sie in *seinen* Klamotten gesteckt haben. Der Gedanke daran vertreibt ihm jede Lust auf sportliche Aktivität.

Also geht er wieder an seinen PC, hockt sich demotiviert hin und denkt einen Moment lang über seine Termine nach.

Joanna soll tatsächlich ihren Liebhaber *gestalkt* haben, geht ihm der erste Anruf vom Morgen durch den Kopf. Das ist ein Ding. Die bisherigen Recherchen haben das Bild einer eher bescheidenen, disziplinierten Joanna vermittelt. Wie passt Stalking dazu?

Letztlich haben Menschen manchmal zwei Gesichter. *Die zwei Gesichter der Joanna Hochmuth*, betitelt er bereits in Gedanken sein neues Kapitel …

Er geht zum nächsten Gedanken über. Hanna Luers. Eine Mutter, die sich nicht wirklich zu ihrer Tochter bekennt … Warum? Dieses zweite Geheimnis würde sich erst morgen klären. Bis dahin kann er nur spekulieren. Vielleicht sollte er mit seinem nächsten Beitrag so lange warten?

Dann aber würde ihm *Anna.Irgendwer* im Nacken sitzen. Sie könnte auf die Idee kommen, dass Leo keinen Plan hätte, worüber er schriebe … Ganz so falsch läge sie damit nicht.

Also gut, er gibt sich einen Ruck. Auf in den Kampf! – Er öffnet seinen E-Mail-Account. Und tatsächlich ist seine Befürchtung nicht unbegründet. Eine Nachricht von letzter Nacht sticht ihm sofort ins Auge: *Anna.Irgendwer*! Die Nachricht trägt die Betreff-Zeile: *Danke, Leo*.

Wofür bedankt sie sich?

Er öffnet die E-Mail und liest:

Hallo Leo,

ich bins, Anna. Danke für deine einfühlsamen Worte in deinem letzten Beitrag. »Adler ohne Flügel« ist ein schönes Bild. So habe ich das noch gar nicht gesehen …
Sicher fragst du dich inzwischen, wer ich bin und was ich von dir will. Das wird auch der Grund dafür sein, warum du mir nicht antwortetest.
Wenn ich versuchen würde, dir zu erklären, wer ich bin, wirst du mir das kaum glauben. Es ist auch schwer zu erklären, weil ich es selbst nicht richtig begreife. Ich versuche es trotzdem.
Man fragt sich manchmal, ob es diese Phänomene gibt, die so oft beschrieben werden: Menschen, die eine Grenze überschreiten. Immer wieder liest man davon: Jemand hätte den Tod erlebt und dabei das Leben an

sich vorbeiziehen sehen. Oder es geschehen Dinge, die an Wunder grenzen, weil jemand, der an einer unheilbaren oder tödlichen Krankheit leidet, plötzlich als geheilt gilt. Menschen meinen sich an ein vorheriges Leben erinnern zu können, das sich in einer völlig anderen Zeit abgespielt hat. Es gibt das Medium. Die Kraft des Geistes ist schwer erfassbar.
In meinem Fall ist es so, dass ich gestorben und in einem anderen Leben wieder aufgewacht bin. Ich war Joanna und bin jetzt Anna. Anna Gerlach, wenn du es ganz genau wissen willst. Ich lebe im südlichen Spessart und bin Teilhaberin eines Ladens. Der Bio-Hofladen Gerber & Gerlach gehört meiner Freundin Ella Gerber. Ich führe ein ganz normales Leben. Ein Leben wie das jedes anderen. Nichts darin ist außergewöhnlich oder bewundernswert. Ich liebe diese Durchschnittlichkeit, was ich mir in meinem früheren Leben niemals hätte vorstellen können. Als Joanna Hochmuth habe ich ständig auf einem Podest gestanden. Unerreichbar für die Menschen, die mir jetzt nahe sind und denen ich nahe sein kann.
Natürlich frage ich mich, wie das passieren konnte. Wie ich hier landen konnte. Was ist mit meiner Leiche passiert? Dabei ist eine Leiche nicht mehr als eine menschliche Hülle. Das, was darin steckte, meine Gedanken, meine Gefühle, ist jetzt in Anna.
Als ich gesprungen bin, hatte Anna einen Herzstillstand. Sie stand unter der Einwirkung von Drogen, halluzinogenen Pilzen. Vermutlich hat sie eine Überdosis genommen. Und möglicherweise wäre sie tatsächlich gestorben – wäre nicht ich, Joanna, in diesem Moment gesprungen. Vielleicht habe ich ihr Leben gerettet. Und sie meins. Unsere Leben haben sich gekreuzt. Mein Geist ist in ihren Körper geschlüpft und hat ihn wieder zum Leben erweckt. Klingt verrückt. Aber so erkläre ich es mir. Was mit Anna passiert ist, weiß ich nicht. Ich weigere mich aber zu glauben,

dass sie gestorben ist. Für mich ist der Tod jetzt kein Ende mehr. Er ist ein Neuanfang.
So viel als Erklärung zu mir.
Jetzt aber habe ich noch eine Frage an dich: Hast du etwas über meine Mutter herausgefunden, Leo? Sie hat einmal in Südafrika gelebt. Ich weiß nicht, wie sie heißt, ich erinnere mich nur an ihre Stimme. Sie klang sehr warm, ruhig. Wir hatten einen großen Garten. Ich erinnere mich nicht, wo das war. Ich war noch sehr klein. Aber ich erinnere mich, dass ich mit meinen gelben Gummistiefeln durch den Wald gelaufen und im Matsch herumgesprungen bin.
Es ist nicht viel, was ich noch weiß. Aber vielleicht hilft es dir trotzdem, sie zu finden. Vielleicht hilft es auch, dass du, wie verrückt meine Geschichte auch klingen mag, zumindest einen kleinen Funken Wahrheit darin findest. Ich freue mich darauf, bald wieder von dir zu lesen.

Liebe Grüße,
Deine (Jo-)Anna

Leo liest die Zeilen ein zweites und auch ein drittes Mal.
Dann lehnt er sich zurück, verschränkt die Arme, schüttelt mit dem Kopf. Was ist das? –
Das Thema hat eine neue Dimension erreicht. Dieser Text klingt jetzt gar nicht mehr nach August Hochmuth, beschließt er. Auch wenn er nach wie vor unschlüssig ist – einmal mehr unschlüssig ist – was er davon halten soll. Es klingt tatsächlich beinahe glaubhaft. Er ist nur nicht sicher, welcher Aspekt von Annas – Joannas – Geschichte es ist, der ihn stutzig macht.
Immerhin hat *Anna.Irgendwer* jetzt einen Namen, der sich überprüfen lässt. Anna Gerlach. Sie ist nicht mehr *irgendwer*. Sie hat ihm ihren wirklichen Namen genannt und wo sie arbeitet. Er würde den Laden im Internet finden. Sie vertraut ihm. Und sie will, dass er ihr glaubt.

Die Skepsis ist dennoch groß. Daten zu fälschen, ist keine große Sache. Über das Internet kommt man problemlos an jede neue Identität. Und warum sollte jemand die Identität einer x-beliebigen Person wählen, einer Frau aus der Masse, wie sie sich selbst beschreibt, wenn man vorher Joanna Hochmuth war? Das macht nicht wirklich Sinn.

Leo versucht es mit Ablenkung. Themawechsel. Er surft eine Weile sinnlos herum, sucht nach einer interessanten neuen Nachricht, ohne dass das Gelesene aus dem Rest der Welt ihn wirklich erreicht. Mit den Gedanken ist er bei Annas Zeilen. Und bei den ihm bevorstehenden Treffen.

Gegen elf macht er sich auf den Weg. Das Wetter ist zu schön, um die Bahn zu nehmen, daher beschließt er spontan, auf das Fahrrad zu steigen.

Auf der Zeil herrscht wie immer reges Treiben. Manchmal hat man das Gefühl, Frankfurt wäre ein Wirbel, der plötzlich diese Menschenmassen aufscheucht und sie an verschiedene Stellen verfrachtet. Am frühen Morgen und gegen Abend löst der Wirbel sich langsam auf, dann ist es wieder gespenstisch leer auf den Straßen.

Leo fährt mit dem Rad an der Galluswarte vorbei, nimmt die Straße Richtung Europaallee. Seitdem hier ein großes Einkaufscenter gebaut wurde, entsteht ein neuer Knotenpunkt, ein Viertel mit einer neuen, hippen Kultur. Es wäre nicht verwunderlich, wenn man einen August Hochmuth hier antreffen würde. In letzter Zeit aber verkehrt der Stararchitekt weniger in Frankfurter Kreisen, wie vor ein paar Tagen in der Zeitung zu lesen war. Hochmuth ist angeschlagen. Der Tod seiner Tochter hat ihm offensichtlich mehr zugesetzt als erwartet.

Über seine Recherchen hat Leo den großen August tatsächlich völlig aus dem Blick verloren. Natürlich interessieren ihn auch diese Fragen: Wie laufen die Geschäfte für August Hochmuth seit dem Tod seiner Tochter? Auf der Beerdigung hatte Leo wenig von Hochmuth gesehen. Seine Augen waren überwiegend hinter seinen dunklen Brillengläsern versteckt …

Ist ein Mann wie August Hochmuth in der Lage, Gefühle zu zeigen, vielleicht sogar zu weinen?, fragt er sich jetzt. Unter den Trauernden war Hochmuth einer von vielen. Wie ein Schatten im Nebel ist er durch die Szenerie gehuscht und hat kaum einen Eindruck bei Leo hinterlassen.

Dabei war es ihm doch ursprünglich um niemand anderen gegangen als den großen Meister selbst. Es ging ihm um eine Art Revanche.

Leo erreicht die Europaallee. Er ahnt, welches Café Lucy meint. Es liegt nur wenige Schritte von ihrer Redaktion entfernt.

Er stellt das Fahrrad in einen Fahrradständer, kettet es fest.

Lucy ist bereits da, als er durch die Tür tritt. Sie sitzt an einem erhöhten Fenstertisch, tippt auf der Tastatur ihres Smartphones.

»Hi, Lucy«, begrüßt er sie erfreut, als er neben ihr steht.

»Oh … Leo. Na, das nenn ich auf die Minute! Ich habe leider nicht viel Zeit. Möchtest du etwas essen?«

»Nein, danke. Ein kühles Bier tuts auch.«

»Das musst du dir hier selbst holen.«

»Geht klar … Willst du auch noch was?« Er sieht auf ihren bereits halbleer getrunkenen Milchkaffee.

»Nein, danke. Ich hab alles.«

»Okay.«

Leo besorgt sich ein Bier. Dann lässt er sich neben Lucy auf einem Barhocker nieder.

»Und, was gibts neues an der Front?«, spielt er auf ihre Andeutung vom Morgen an. »Die Sparmaßnahmen gehen in die nächste Runde?«

»So siehts wohl aus. In der Redaktion wird gekürzt. Sina geht in Mutterschutz und wird danach nicht wiederkommen. Ersatz gibts nicht. Das Ressort wird aufgeteilt.«

»Aha. Findest du das jetzt eine unglaubliche Neuigkeit? Ich kann dir nur empfehlen – vorsorglich –, werde Bloggerin! Dann bist du dein eigener Chef.«

»Super Tipp. Und wovon lebe ich als Bloggerin? Von ein paar Abonnenten, Sponsoren, Werbung …«

»Deiner Kreativität sind keine Grenzen gesetzt. Das hat Vorteile, glaub mir. Du kannst dir deine Themen selbst aussuchen.«

»Und ich lebe von der Hand in den Mund, so wie du?«

»Das machst du doch eh schon. Oder willst du mir sagen, sie bezahlen dich so mega?«

»Ist ja egal. Ich habe zumindest ein geregeltes Gehalt, Urlaubsanspruch ...«

»Du bist zu beneiden.«

»Willst du mich provozieren?«

»Wenns dich stört, dass ich meinen Senf dazugebe, sag einfach: *Leo, halt die Klappe* – dann halte ich sie.«

»Leo, halt die Klappe!«

Sie starrt aus dem Fenster, betrachtet Leos Gesicht, das sich darin spiegelt. Er lacht.

»Weißt du, dass du unmöglich bist«, murrt sie.

»Weiß ich.«

»Gut.« Sie mustert ihn aufmerksam von der Seite.

»Sag mal, kann es sein, dass du abgenommen hast, Leo Berger?«

»War das jetzt ein Kompliment? Ich esse derzeit sehr unregelmäßig.«

»Kompliment, ja. Und unregelmäßig essen – meiner Meinung nach nicht gut.«

»Weiß ich. Es sind ganze sechs Kilo weniger.«

»Wow! ... Steht dir!«

»Na, wenn du das sagst.«

Sie legt ihren Arm um seinen Hals, zieht ihn an sich und drückt ihm einen Kuss auf den Mund.

»Wow!«

Sie lässt ihn gleich wieder los, ruckelt auf ihrem Hocker herum.

»Und bei dir?«, wechselt sie abrupt das Thema. »Was machen deine Recherchen zu Joanna Hochmuth, irgendetwas Bahnbrechendes?«

»Na ja, wie man's nimmt. So ein Typ will mir heute Nachmittag ein Interview geben. Angeblich hat Joanna ihn gestalkt.«

»Gestalkt? Bitte?!« Sie zieht ein zweifelndes Gesicht. »Das kann man immer behaupten, wenn jemand tot ist und nichts mehr dazu sagen kann.«

»Eben.«

»Bist du sicher, dass der Typ nicht nur Publicity will?«

»Weniger. Der braucht ein Alibi.«

»Ein Alibi?! Jetzt wirds interessant. Was ist denn das für eine Geschichte?«

Leo nippt an seinem Bier und schüttelt den Kopf.

»Ehrlich ... das frage ich mich auch. Ich bin noch nicht ganz sicher, was er wirklich will. Ich soll das Interview vordatieren. Falls jemand wegen des Interviewtermins nachfragt, soll ich sagen, es war am Samstag. Angeblich wegen seiner Freundin. Mehr wollte er dazu nicht sagen.«

»Das *muss* er dir aber erklären!«, ereifert sich Lucy. »Kann ja wohl nicht sein. Und wer sollte denn da nachfragen?«

»Ich nehme an, seine Freundin.«

»Das stinkt. Also ich wäre da vorsichtig. Vielleicht hat der Dreck am Stecken. Was machst du, wenn die Polizei nachfragt? Dann hast du dich zu einer Lüge verpflichtet.«

Leo überlegt. Auf diesen Gedanken ist er tatsächlich noch gar nicht gekommen.

»Und wenn ... Ich muss mich ja nicht daran halten. Wenn die Polizei nachfragt, sollte ich natürlich die Wahrheit sagen.«

»Und wenn er dir dann Druck macht?«

»Womit sollte er mir denn Druck machen?«

»Wenn er dir so ein paar Schlägertypen in die Wohnung schickt?«

Leo fängt an zu lachen. »Lucy, bitte!«

Sie reagiert völlig unbeeindruckt.

Leo studiert sie von der Seite. »Das meinst du tatsächlich ernst, stimmts?«

»Hmn.« Sie nippt an den Resten ihres Milchkaffees.

»Wie wärs, wenn du dabei bist? Dann kannst du auf mich aufpassen und mir im entscheidenden Moment ein Zeichen geben. Ich meine ... bevor ich irgendeine Dummheit begehe.«

»Hä hä«, äfft sie, ohne ihn dabei anzusehen, »wirklich witzig.«

»Ich meine das ernst.«

»Ja, so was sieht dir ähnlich«, giftet sie.

»Jetzt gib dir einen Ruck. Es ist *deine* Chance!«

»Mal was anderes«, wechselt sie unerwartet das Thema, »warum antwortest du eigentlich nicht auf meine WhatsApp-Nachricht?«

»Ich habe mein Mobiltelefon ausgeschaltet.«

Die unangenehme Erinnerung an Rosas aufdringliche Nachrichtenflut von gestern ist wieder da.

»Aha ... Ich habe dir heute Morgen nach unserem Telefonat einen Link geschickt. Es gibt heute Nachmittag eine Pressekonferenz zu diesem noch nicht abgeschlossenen Bauprojekt von August Hochmuth. Sie nennen das Gebäude jetzt offiziell den *Todesturm*. Wegen Joanna.«

»Tatsächlich? Worum geht es konkret in der Pressekonferenz?«

»So wie es aussieht, ist der Bauträger pleite. Jetzt wird Hochmuth finanziell in die Röhre gucken. Man vermutet natürlich, dass er sich durchklagen wird. Aber die Erfolgsaussichten sind nicht rosig. Außerdem hängt ihm diese Geschichte mit seiner Tochter nach. Das Interesse an der Nutzung des Gebäudes ist gerade sehr verhalten.«

»Das ist natürlich bitter. Da hat ihm das Schicksal nun doch ein bisschen übel mitgespielt.«

»Es sieht fast so aus.«

Sie nippt wieder an ihrem Milchkaffee.

»Leo, darf ich dich mal was fragen?«, sagt sie nach einer Weile, die sie beide in Gedanken versunken verharrt haben.

»Was?«

»Wie stellst du dir das eigentlich vor mit uns?«

Die Frage trifft Leo einigermaßen unvorbereitet. Gar nichts hat er sich vorgestellt. Es läuft doch gut. Wozu sollte er sich Gedanken machen?

»Was meinst du?«

»Na, wie soll *das* weitergehen?«

»Keine Ahnung«, antwortet er in der Hoffnung, damit nicht das Falsche gesagt zu haben. Wenn er eins gerade nicht brauchen kann, ist es so ein Beziehungsthema.

»Ich meine, willst du, dass wir uns öfter sehen?«

»Lass es sich doch entwickeln.«

Warum müssen Frauen eigentlich immer alles so zwanghaft sehen. Gerade befürchtet er schon wieder, sie wolle *Planung* in sein Leben bringen. Meistens wird es dann kompliziert.

»Du meinst, wir warten einfach ab?«

»So in etwa.«

»Aha.« Sie verschränkt die Arme und stützt sie auf den Tisch.

An dieser Körperhaltung merkt Leo sofort, dass seine Reaktion eher nicht das ist, was sie erwartet hat.

»Was hast du dir denn vorgestellt?«, fragt er vorsichtig.

»Ach … nichts Konkretes. Du hast schon recht, lassen wir es so.«

Ihre Reaktion trägt zu seiner kompletten Verwirrung bei. Er weiß nicht, ob er mit dieser Antwort jetzt zufrieden sein soll. Warum musste sie auch damit anfangen.

»Jetzt schalte mal dein Handy ein«, wechselt sie das Thema, »dann kannst du lesen, was dort heute Nachmittag Sache ist.«

Mechanisch greift Leo in seine Hemdtasche. Besser er macht, was sie sagt, bevor sie ihn noch einmal in eine Zwangslage manövriert.

Zwei neue Nachrichten werden ihm angezeigt. Eine ist die besagte Nachricht von Lucy. Die andere ist eine Sprachnachricht von Rosa.

Was, verflucht, will die schon wieder?!, denkt Leo. Natürlich kann er ihre Nachricht nicht jetzt abrufen, in Lucys Beisein …

Also zurück zu der anderen Nachricht. Er klickt auf den Link, den Lucy ihm geschickt hat.

Das Erste, was er sieht, ist das Bild eines einsamen Rohbau-Komplexes. Der Anblick hat etwas von einer Geisterstadt – was vermutlich auch so gewollt ist. Der Fotograf hat den Bau extra so in Szene gesetzt. Trist und mit einem Hauch von Melancholie. Der Artikel trägt den Titel: »Die unerträgliche Leichtigkeit des Bauens des August Hochmuth«. Eine Anspielung auf Milan Kundera, könnte fast von mir stammen, denkt Leo. Etwas weiter unten gibt es eine Porträtaufnahme des Architekten. Zusammengefallen und beinahe alt wirkt Hochmuth auf diesem Foto.

Leo überfliegt den Artikel. Es heißt, Hochmuth sei aus der Öffentlichkeit nahezu vollständig verschwunden, der Tod seiner Tochter habe ihn heftiger getroffen als erwartet. Kaum jemand habe damit gerechnet. Die letzten drei Sätze gehen auf die Situation des noch nicht fertiggestellten Gebäudes ein, das seit dem Todessprung von Joanna Hochmuth in eine Art Dornröschenschlaf gefallen ist. Mit weiteren Fakten hält der Autor des Artikels sich zurück. Der Termin der Pressekonferenz ist für den späten Nachmittag angesetzt.

»Und, was denkst du?«, fragt Lucy, die über seine Schulter hinweg zum Teil mitgelesen hat.

»So kanns kommen.« Leo ist weitaus betroffener, als er zu erkennen gibt. Die E-Mail von Anna schwebt noch durch seine Gedanken.

»Was würde Joanna jetzt denken, wenn sie das hier lesen könnte? Würde sie sich schuldig fühlen?«, spricht er seinen Gedanken aus.

»Sie soll ja etwas von oben herab gewesen sein«, wirft Lucy ein. »Es wird behauptet, der Sprung sei eine Art Abrechnung gewesen.«

»Das glaube ich nicht.«

»Ja, Leo, ich weiß, im Prinzip glaubst du an das Gute im Menschen.«

Sie sieht ihn mit einem Blick an, den man – nach kurzer Überlegung – auch so deuten darf, dass er *keinen* Vorwurf beinhaltet.

»Wäre es dir lieber, ich wäre ein ewiger Zyniker und Kritiker?«

»Vermutlich nicht.«

Leo wirft noch einmal einen Blick auf das Foto. Ein symbolischer Grabstein an der Spitze des Gebäudes hätte gepasst und dem Bild einmal mehr diese unterkühlte, düstere Mystik verliehen.

»Sollte ich das vielleicht berücksichtigen? Ich meine, bei meinem Porträt von Joanna. Oder soll ich mit August Hochmuth höchstpersönlich sprechen?«

Lucy sieht aus dem Fenster, betrachtet wieder Leos Spiegelbild darin und überlegt. »Vielleicht solltest du das.«

»Gut.« Er dreht sich etwas zu ihr, legt seine Hand auf ihr Knie. Lucy bleibt cool.

»Ich habe morgen Abend einen Termin zum Essen«, sagt er.

»Aha. Mit wem?«

»Du darfst raten.«

»Ach, Leo, ich hasse raten!«

»Also, weil du's bist … Du erinnerst dich an die Frau von der Beerdigung, von der ich dir erzählt habe. Die Frau, die Joannas Mutter sein könnte.«

»Ja.«

»Ich treffe mich mit ihr, morgen Abend zum Essen.«

»Dann hat sie sich also gemeldet.«

Leo sieht Lucy in die Augen. Er erinnert sich plötzlich an Annas aufgezeichnete Erinnerung: ein Mädchen in gelben Gummistiefeln…

»Weißt du, ich habe das Gefühl, ganz nah an *der* Story dran zu sein.«

Lucy reagiert mit einem Flirtversuch: »So? Na, das klingt verlockend, Herr Berger.«

Als es um kurz nach vier an der Tür klingelt, hockt Leo gerade an einem überbackenen Schinken-Käse-Sandwich, ein verspätetes Mittagessen.

Er schiebt den Toast beiseite und geht zur Tür.

»Ja?«, fragt er über die Gegensprechanlage.

»Hier ist Devon. Wir haben telefoniert. Ich komme wegen des Interviews.«

»Zweiter Stock.« Leo drückt den Türöffner.

Kurz darauf steht er einem Mann in der Tür gegenüber. Er ist groß, etwa Mitte dreißig, rothaarig.

»Sie sind Herr Berger? Freut mich. Graham Devon«, begrüßt er Leo freundlich und hält ihm die Hand hin. Leo nimmt sie.

»Nur hereinspaziert. Es ist kein Luxus-Penthouse, aber ...«

»Kein Problem. Ich halte Sie auch gar nicht lange auf.«

Leo geht vor ins Wohnzimmer, räumt die Plüschdecke auf dem Sofa beiseite und richtet die Kissen etwas her. »Bitte!«

Der Mann setzt sich. Seine Bewegungen sind sportlich. Er wirkt wie jemand, der sich geschickt aus jeder Situation zu winden weiß; jemand, der spontan das Weite sucht, wenn es ihm zu bunt wird. Aber das ist nur so ein Gedanke ...

»Darf ich Ihnen etwas anbieten, Herr Devon? Wasser? Kaffee?«

»Nein, danke.«

»Gut, dann kommen wir gleich zum Thema.«

Erneut streift Leo sein Gegenüber, das jetzt entspannt auf dem Sofa sitzt, mit einem kurzen prüfenden Blick. Devon legt ein Bein lässig über das andere. Es liegt etwas Verwegenes in der Forschheit seiner Haltung. Frauen finden diesen Typ vermutlich anziehend, kommt Leo zu einem schnellen Urteil.

»Sie sind aus Frankfurt?«, drängt ihn die Neugier zu einer sich langsam vortastenden Frage. Es ist von Vorteil, nicht gleich mit der Tür ins Haus zu fallen.

»Nicht ganz. Mein Büro ist in Gelnhausen. Ich bin im Main-Kinzig-Kreis tätig. Als Immobilienmakler.«

Leo sucht vergeblich nach einem Ring an Devons Finger. Routine, der Blick auf die Hände; er sagt manchmal mehr als Worte.

»Und was zieht Sie in die Main-Metropole?«

»Geschäfte.« Er setzt das lässig hochgelegte Bein wieder auf den Boden.

»Geschäfte, richtig. Was sonst.« Leo kramt einen Notizblock hervor.

»Der Großteil meiner Kunden sitzt hier in Frankfurt. Ich vermittle Villen an Geschäftsleute. Manager, die eine gelegentliche Rückzugsmöglichkeit suchen. Im Main-Kinzig-Kreis haben wir immer wieder leer stehende Villen, die sich schlecht vermieten oder verkaufen lassen, weil es die High Society nach Frankfurt und in den Vordertaunus zieht. Der Taunus ist das Luxus-Revier, wenn Sie so wollen. Völlig überteuert. Und man kennt sich. Für Anonymität denkbar ungeeignet, aber die brauchen Börsianer, Staatsanwälte und Bankdirektoren: das Gefühl, unerkannt zu bleiben, oder eben die Möglichkeit, sich diskret, ohne das Gerede aus der Nachbarschaft, mit jemandem treffen zu können. Ich vermittle an Mieter auf Zeit. Eine echte Marktlücke.«

»Und vermutlich ein lukratives Geschäft.« Leo wirft einen unauffälligen Blick auf die Klamotten seines Besuchers. Markenware. Designer-Jeans und -Hemd.

»Ich kann nicht klagen.«

»Vermutlich haben Sie Joanna bei Ihrem Job kennengelernt?«

»Ich habe für ihren Vater gearbeitet.«

»August Hochmuth brauchte eine diskrete Location?«

»Nein, in dem Punkt ist Hochmuth hoch korrekt. Die Villa, die ich ihm vermittelt habe, war als Location für ein Brainstorming-Wochenendseminar gedacht.«

Wenn es anders wäre, würde er das vermutlich auch unter den Tisch kehren, vermutet Leo. Man ist geschäftlich miteinander verbandelt. Und das Geschäft will sich Devon sicher nicht kaputt machen.

»Joanna kam mit den Unterlagen ihres Vaters zu dem Termin. Ich sollte mich mit ihr besprechen. Hochmuth war an diesem Tag verhindert. Also habe ich die geschäftlichen Details mit ihr durchgesprochen. Anschließend lud ich sie auf einen Kaffee ein. Als Gentlemen macht man das so. Das war der Fehler.«

»Inwiefern?«

»Na ja, sie hat da etwas missverstanden. Als wir später vor der Tür des Cafés standen, fragte sie mich, ob ich gelegentlich in Frankfurt wäre. Man könnte sich ja mal treffen.«

»Und? Da ist doch nichts dabei. Und unattraktiv war Joanna Hochmuth nicht …«

»Nein. Deshalb stimmte ich auch zu, gab ihr sogar meine private Telefonnummer. Wir haben uns dann ein-, zweimal getroffen. Beim zweiten Mal nahm ich sie mit in eine Villa. Wir haben es uns einen Nachmittag lang gutgehen lassen. Ich dachte, das wäre in ihrem Sinne. Sie kam so tough und unnahbar rüber, dass ich nichts befürchtet habe.«

»Sie sind davon ausgegangen, es bliebe bei einem One-Night-Stand?«

»Ja«, bekennt er sich ohne Scham. »Danach aber rief sie mich ein paarmal unter einem bestimmten Vorwand an. Sie wollte mich sehen. Einmal bin ich darauf eingegangen. Bei der Gelegenheit habe ich ihr klargemacht, dass es eine einmalige Sache zwischen uns gewesen sei.«

»Das hat sie offenbar anders gesehen.«

»Kann man wohl sagen. Sie ließ nicht locker. Eine Joanna Hochmuth hat noch immer alles bekommen, was sie will. Das liegt in der Familie.«

»Sie hat Sie nicht bekommen?«

»Man kann sich nicht alles mit Geld kaufen und ich liebe meine Freiheit.«

»Dann waren Sie einen Moment lang schon versucht? …«

Er legt seinen Arm auf die Rücklehne des Sofas.

»Zugegeben, Joanna Hochmuth hatte etwas an sich, dem man sich schwer entziehen konnte. Sei es in geschäftlichen oder in privaten Dingen. Aber nein, eine Beziehung mit der

Tochter eines so wichtigen Kunden wie August Hochmuth kam für mich nicht in Frage. Ich habe meine Prinzipien.«

»So wie es aussieht, hatte sie die auch. Aber in Ihrem Fall wollte sie eine Ausnahme machen.«

»Das kann wohl sein. Doch dazu gehören zwei.«

»Also?«

»Also lief die Sache so: Joanna wollte es nicht akzeptieren. Einmal ist sie mir während eines Termins mit einem Kunden gefolgt. Ein anderes Mal stand sie nachts vor meiner Tür. Angeblich war ihr Wagen liegengeblieben. Ich habe ihr angeboten, einen Abschleppdienst zu rufen. Ein anderes Mal wollte sie einen geschäftlichen Rat von mir. Immer hatte sie irgendwelche Vorwände …«

»Sie war verliebt.«

Devon nimmt seinen Arm wieder vom Sofa, lehnt sich etwas vor und stützt dabei die Ellenbogen auf die Knie.

»Vielleicht.«

»Hat sie Ihnen ihre Gefühle einmal offenbart?«

Er zögert. »Hmn … ja.«

Jetzt wird es interessant, denkt Leo. Eine Joanna Hochmuth redet über Gefühle. Wie würde das in sein bisheriges Bild passen?

»Einen Nachmittag kam sie in mein Büro in Gelnhausen, mit ein paar Unterlagen ihres Vaters. Es hatte in Strömen gegossen und sie war ziemlich durchnässt. Mein Büro liegt in der Altstadt und sie hatte keinen Parkplatz in der Nähe gefunden. Ich habe ihr ein Handtuch und einen trockenen Pullover besorgt. In diesem Moment brach es aus ihr heraus … *Es*. Sie wissen, was ich meine.«

Leo beobachtet mit zunehmender Verwunderung, wie es Devon offensichtlich unangenehm ist, dieses *Es* in Worte zu packen. Vielleicht verhält er sich in Gefühlsdingen ähnlich … wie Joanna. Das ist es, was sie angezogen hat.

»Sie meinen, sie hat Ihnen eine Liebeserklärung gemacht?«

»Mehr als das. Sie brach plötzlich in Tränen aus. Sie sagte, sie ertrage das alles nicht länger. Ihr Leben. Sie wolle ausbrechen. Mit mir. Sie war sehr unglücklich und wollte ein anderes Leben. Neu anfangen … Irgendwo.«

»Das mit Ihnen hat etwas in ihr ausgelöst. Sie aber … Sie hat das erschreckt, beängstigt?«, spricht Leo seine Überlegungen aus.

»Hmn …«

Devon sieht zu Boden. Zu seinen Füßen. Dorthin, wo Leos ausgefranster Schafwollteppich liegt. Sicher kein schöner Anblick, denkt Leo kurz – was gerade aber völlig nebensächlich ist.

»Ja, das klang doch nach etwas mehr, als ich wollte«, räumt er ein.

Vielleicht sind es Schuldgefühle, mutmaßt Leo. Devon ist schwer durchschaubar. Was steckt hinter der Fassade? Hat Joanna Hochmuth sich in ihm getäuscht – oder ist der Mann ein völlig anderer als der, der er hier vorgibt zu sein? Welche Geheimnisse haben die beiden miteinander geteilt? Leo ist sicher, dass es da etwas gibt. Vermutlich aber wird er das niemals erfahren. Nicht von Joanna. Und noch viel weniger von Devon selbst. Das ist nicht das, was er Leo mitteilen möchte.

»Sie glauben, sie ist deshalb gesprungen?«, fragt der Makler plötzlich zögerlich.

Leo widerstrebt es, der Eitelkeit dieses Mannes zu schmeicheln. Dabei ist er sich nicht einmal sicher, ob Devon *das* tatsächlich hören will. Der Mann ist es gewohnt, von Frauen umworben und begehrt zu werden. Es hat in ihm eine gewisse Gleichgültigkeit erzeugt.

»Nein. Sie waren vermutlich nur so was wie der Tropfen, der das Fass zum Überlaufen gebracht hat.«

Devon wirkt erleichtert. Wenn auch nicht anhaltend erleichtert. Zu Leos Verwunderung verursacht ihm das Thema offensichtlich Probleme. Joannas Tod lässt ihn nicht kalt.

»Also …« Der Makler richtet sich plötzlich ruckartig auf, »das sind die Fakten.« Die Unruhe ist schlagartig weg. Wie weggeblasen. »Wie gesagt, wäre ich Ihnen dankbar, wenn Sie unser Gespräch auf Samstag datieren. Es wäre mir ziemlich wichtig.«

»Wegen Ihre Freundin. Verstehe.«

Einen Moment lang wirkt Devon erneut zögerlich, fängt sich aber schnell wieder. »Ehrlich gesagt ... ist die Sache etwas heikler. In einer meiner Villen gab es einen Vorfall. Es könnte sein, dass die Polizei nachfragt, denn ich war zu besagtem Termin vor Ort.«

Jetzt ist Leo tatsächlich überrascht. Damit hat er nicht gerechnet – dass Devon sich ihm anvertrauen würde ...

»Sie haben kein Alibi«, ergänzt er daher zwischen den Zeilen.

»Keins, das ich belegen könnte. Aber ich habe nichts damit zu tun. Das schwöre ich. Ich möchte nur vermeiden, dass polizeiliche Ermittlungen mein Unternehmen in Verruf bringen. Ich habe Ihnen alles gesagt, was ich über Joanna weiß. Ihr Tod tut mir aufrichtig leid. Ich ...«

Leo mustert den Mann aufmerksam.

Es zuckt kurz um die Augen seines Gegenübers, der krampfhaft versucht, Haltung zu bewahren. Devon aber ist kein August Hochmuth.

»Also dann ...«, Leo reicht ihm die Hand, »... dann machen wir das so. Ich werde ja nicht gleich unter Eid gestellt«, versucht er es mit einem Scherz. Devon reagiert darauf nicht.

Einen Moment lang muss Leo an Lucys Bemerkung mit dem Schlägertrupp denken ... Absurd, fügt er sein Urteil hinzu. Ein Lächeln huscht dabei um seine Mundwinkel.

»Ich hoffe für Sie, dass diese Sache sich schnell klärt und dass bei diesem *Vorfall* niemand zu Schaden gekommen ist«, kann sich Leo ein erneutes, neugieriges Nachhaken nicht verkneifen: »Was ist denn passiert?«

»Eine Frau ist verschwunden.«

»Verschwunden? Und sie hatte eine Verabredung mit einem Ihrer Mieter?«

Er druckst herum, weicht Leos Blick aus. »Ja. In der Art. Ich weiß leider nicht genau, was passiert ist. In der Villa wurde gefeiert ... wenn man so will. Ich bin vorzeitig gegangen, weil ich noch arbeiten musste. Ich hatte eine Präsentation vorzubereiten.«

»Und jetzt ermittelt die Polizei in der Sache?«

»Es sieht so aus. Ich habe den Termin mit Ihnen in meinem Kalender notiert ...«

Leo kommen kurz Zweifel. Er möchte sich ungern in etwas reinreiten. Möglich ist auch, dass Devon nicht die Wahrheit sagt.

»Ich bin Ihr Alibi?« Er überlegt. »Also gut«, entscheidet er dann spontan, »wenn Ihnen damit geholfen ist.«

Devon wirkt erneut erleichtert. Der Ansatz eines Lächelns erscheint auf seinen Lippen. Das war es, was er hören wollte. Er reicht Leo die Hand. »Ich danke Ihnen aufrichtig, Herr Berger.«

Leo liegt auf dem Sofa. Aus dem Radio dudeln die aktuellen Hits. Er braucht etwas im Ohr, das ihn von seinen Gedanken ablenkt. Sie rattern in seinem Kopf wie der stotternde Motor eines greisen Oldtimers. Röchelnd, kurz vor dem Absaufen. Leo möchte gern den Schlüssel aus der Zündung ziehen. Aber er steckt tief drin.

Worauf hat er sich da nur eingelassen. Wäre Lucy doch dabeigewesen. Sie hätte ihn rechtzeitig gebremst. Jetzt ist es zu spät und Leo weiß nicht, welcher Schlamassel auf ihn zurollt.

Apropos Schlamassel; als wäre das Maß nicht schon voll, erinnert er sich wieder an Rosas Sprachnachricht.

Er greift zu seinem Mobiltelefon, das sich nur einen knappen Meter entfernt vor ihm auf dem Couchtisch befindet, klickt auf die Nachricht und spielt die ausgewiesene Sprachaufzeichnung ab:

Hallo, Leo! Hier ist Rosa. Du erinnerst dich doch an mich, oder? ... Haha. – Du hast mir gestern gar nicht geantwortet, mein Lieber. Schade ... Leo-chen. Ich habe da etwas Schönes gefunden, etwas, was dir gehören könnte. Deine Geldbörse. Ich habe sie im Bett gefunden, im Bettchen ... hihi. Sie lag in der Ritze. Nicht die, die du jetzt denkst – hihi. Muss dir wohl aus der Tasche gerutscht sein, als ... na, du weißt schon (schon wieder Kichern). Ich kann sie dir vorbeibringen. Bin morgen in der Gegend. Ich bringe sie dir. Was meinst du ... Leo-chen? Gegen sieben? Schreib mir, ja?
Also, bis dann.

Leo überlegt. Was soll das?! Es ärgert ihn, dass sie so tut, als wäre sie unschuldig und wüsste von nichts. Es ist nur ein Vorwand. Sie will ihn treffen. Zu welchem Zweck auch immer. Definitiv aber ist er an keinem Wiedersehen interessiert. Rosa ist nicht seine Altersklasse; sie muss um die fünfzig sein. Die Nacht mit ihr und Thea hängt ihm nach. Ein grauer, stickiger Dunstschleier schwebt um die Erinnerung. Andererseits will er natürlich seine Geldbörse zurück.

Spontan entscheidet er sich daher für ein Treffen. »Gut«, tippt er seine kurze Antwort ins Mobiltelefon. »Gegen sieben.«

Zügig legt er das Mobiltelefon zurück auf den Tisch, wirft es beinahe fort, als wäre es eine Bazille. Er will gar nicht wissen, was sie darauf antwortet. Das Grauen kommt ganz von allein.

Er rappelt sich auf, tappt benommen Richtung Küche. Im Vorbeigehen wirft er einen flüchtigen Blick auf den flimmernden Bildschirm des Computers. *Leos bunter Nachrichtensalat* liest er aus der Entfernung. Die Nachrichten und Kommentare werden endlos sein. Eine vage Spur aus Buchstaben, Zeichen deutet das bereits an. Das Thema gewinnt wieder an Relevanz. Dank der Pressekonferenz. Mittlerweile muss die Erklärung längst raus sein. Leo hat den Termin schlichtweg verschlafen. Als Blogger wäre er verpflichtet gewesen …

Gerade aber hinkt sein Tatendrang und er hat den dringenden Wunsch, lieber ins Bett zu schlüpfen, die Decke bis ans Kinn hochzuziehen.

Wofür das alles. In gewisser Hinsicht hat Lucy ja recht. Sein Einkommen ist nicht bombastisch. Er könnte deutlich öfter neue Werbequellen für seinen Blog und die Website akquirieren. Der Optimierungsbedarf drückt an allen Ecken.

Abgesehen davon … Ein flüchtiger Blick schleicht über seinen ausgestreckten Körper. Auch wenn er schon einige Kilos abgespeckt hat, es könnten definitiv mehr sein. An den sportlichen Vorsätzen sollte er dringend arbeiten. Doch was treibt Leo stattdessen? Er reitet sich von einem Schlamassel in den nächsten. Von einer nebulösen Nacht zwischen Rosas und Theas Brüsten zu einem falschen Alibi. – Na, Mahlzeit!

An Lucy will er lieber gar nicht erst denken. Sicher wird sie ihn wieder abblitzen lassen. Ein Mann mit derart geringer Selbstachtung fordert auch nicht den nötigen Respekt von anderen. Und ein Mann ohne Geld ist ohnehin indiskutabel. Somit scheidet er als potenzieller Lebenspartner per se aus.

Dabei wäre Leo dem durchaus nicht abgeneigt. Eine kleine Portion Glück ...

Doch all das Jammern und den Kopf in den Sand Stecken bringt ihn nicht weiter.

In der Küche durchforstet er den Kühlschrank, fischt aus einem Glas die letzten sauren Gurken heraus. Dazu zwei Wiener Würstchen mit Senf, eine Scheibe Toast und eine Coke.

Ausgerüstet mit Teller und Essen, verkrümelt er sich wieder ins Wohnzimmer.

Skeptisch beäugt er den Computer aus der Distanz, während er sich abwechselnd Würstchen mit sauren Gurken in den Mund stopft – und alles mit Coke herunterspült. Nachdem der Magen halbwegs befriedigt ist, geht es zur nächsten Tat. Nicht in Riesenschritten, aber kleine sind wohl drin. Leo stellt den Teller beiseite und kramt seine Notizen zum Interview mit Graham Devon hervor.

Was für ein Name, ist der erste Gedanke, der ihn befällt. Ein Name wie aus einem Groschenroman. Man kann es nur vermuten: Devon ist Brite. Schotte, Ire? Wie dem auch sei, er ist ein Mann, der in den kaum ausreichend geschätzten Genuss einer Affäre mit Joanna Hochmuth gekommen ist. Vielleicht steht ihre heimliche *amour sauvage* sogar zu einem geringfügigen Anteil in Verbindung mit ihrem Selbstmord.

Selbstmord. Es ist ein neues Wort, das Leo gerade durch den Kopf geht. Ein Wort, das er bisher kaum in Zusammenhang mit Joanna H. verwendet hat. Warum? Weil er ihren Sprung mystifiziert. Weil er sie in seinen Texten zu etwas erhebt, was sie gar nicht ist ...

Devons und auch die anderen Zeugenaussagen sind nicht minder undurchsichtig als Joanna selbst es ist. Jeder Einzelne von ihnen könnte genauso gut ein Interesse vertreten. Das egoistische Interesse, sich selbst zu vermarkten – oder den eigenen Kopf zu retten wie im Fall Devons.

Für einen Moment vergräbt Leo das Gesicht in seinen Händen, grübelt ... und grübelt.

Dann richtet er sich ruckartig auf, legt die Notizen beiseite und setzt sich aufrecht an den Bildschirm. Er öffnet ein Textfeld für den neuen Blogbeitrag. Sein Kopf ist voll bis zum Rand und er hat das dringende Bedürfnis, ihn zu leeren, den ganzen Müll in einem Schwall herauszulassen.

Das ist der Moment.

Leo krempelt seine Hemdärmel hoch. Dann nehmen seine Finger Anlauf, landen auf der Tastatur und es beginnt eine Art Tastenrennen.

Um Punkt sieben ist sie da.
Als es an der Tür klingelt, ist Leo noch völlig eins mit der Schnelligkeit seiner Fingerbewegungen. Es widerstrebt ihm, sich aus diesem Rhythmus zu lösen.
Ungeduldig klingelt jemand ein zweites Mal.
Genervt beendet er den Satz, den er noch im Kopf hat. Dann erhebt er sich von seinem Stuhl, trottet wie in Trance zur Tür.
Bevor er überhaupt denken kann, hat er sie schon geöffnet.
»Ja?«, fragt er bereits gereizt, ohne zu realisieren, wen er vor sich stehen hat:
Rosa.
»Leochen«, sprudelt es bereits aus ihr hervor.
Sie trägt, passend zu ihrem Namen, einen dünnen rosa Wollpulli unter einem türkisfarbenen Lackregenmantel. Draußen regnet es. Sie ist nicht ganz so grell geschminkt wie in besagter Nacht. Fast wirkt sie echt. Wären da nicht die nuttig-lila lackierten Fingernägel mit Strasssteinchen. Leo hat noch nie begriffen, wie sich Frauen so etwas freiwillig auf die Nägel kleben können. Dazu riecht sie, als hätte sie in ihrem billigen süßen Parfüm gebadet.
»Hi«, grüßt sie gespielt schüchtern und sieht ihn mit Schulmädchenblick an. Eine Attitüde, die gar nicht zu der Frau, die hier steht, passt. Noch viel weniger passt ihr Auftritt zu der Frau aus jener ominösen Nacht.
»Hier wohnst du also.« Sie linst über seine Schulter hinweg in die Wohnung. Leo hat sich noch keinen Meter von der Tür weg bewegt.
»Ja, hier wohne ich«, bestätigt er monoton und tritt widerstrebend zur Seite. Ein Mindestmaß an Höflichkeit wird von ihm verlangt.
»Ich hab nicht viel Zeit«, verkündet er, noch während er die Tür hinter ihr schließt. Rosa ist bereits ein gutes Stück vorgegangen und betritt gerade Leos Wohnzimmer.
»Gemütlich hast du's hier.« Im Vorbeigehen lässt sie ihren Lackmantel auf das Sofa fallen, stolziert durch den Raum, als

wäre sie in einer Ausstellung. Sie betrachtet Leos Bücherregal und die leicht angestaubten Modellautos darauf.

»Schick«, bemerkt sie und nimmt eines der Modelle heraus, einen roten Porsche Baujahr '79. »Das is'n Hobby, was?«

Leo verschränkt die Arme und beobachtet sie argwöhnisch von der Seite. Was wird das hier, denkt er, Wohnungsbesichtigung?

»Ich dachte, du wärst wegen der Geldbörse hier.«

»Klar, aber erstmal können wir uns doch begrüßen, oder?«

»Das haben wir schon.«

»So, das nennst du eine Begrüßung, dein *Ich hab nicht viel Zeit?*«

»Wir haben uns nicht zum Kaffeekränzchen verabredet. Ich muss arbeiten.« Stumm deutet er auf seinen Computer.

Neugierig nähert Rosa sich dem Laptop, schielt auf den Bildschirm. »So, äh … was arbeitest du denn? Aber kein Schweinkram oder so.« Sie lacht.

»Geht dich nichts an.« Leo klappt den Bildschirm des Laptops herunter.

»Oh, Herr Berger, heute so seriös? Und was machen die neuen Sportschuhe? Hast du sie schon eingelaufen – oder soll ich das für dich machen? Du weißt schon, so ganz pur.« Wieder lacht sie.

»Danke«, erwidert er einsilbig.

»Schade, es wäre mir ein echtes Vergnügen.«

»Kann ich mir vorstellen. Also, was ist mit der Börse?«

Mit leicht beleidigtem Gesichtsausdruck geht Rosa zum Sofa, lässt sich darauf nieder und wartet eine Weile ab. Als Leo nicht reagiert, fängt sie an, die Taschen ihres Lackmantels zu durchwühlen. Mit einiger Verzögerung zieht sie schließlich etwas heraus, was tatsächlich nach Leos Geldbörse aussieht.

»Bitteschön der Herr.« Mit zwei Fingern reicht sie sie ihm, zusammen mit einem übertriebenen Augenaufschlag. »Schau lieber nach, ob noch alles da ist. Du weißt ja … ich bin ein Langfinger«, bemerkt sie ironisch.

»Ich gehe mal davon aus, dass noch alles da ist.«

Er wirft einen flüchtigen Blick in die Börse. Dann steckt er sie in die Hosentasche.

»Und nu, Herr Berger. Was machen wir mit dem angefangenen Abend? Willst du mir nicht zumindest etwas anbieten?«

»Ich hab nicht viel da, was ich dir anbieten könnte. Es sei denn, du willst ein paar saure Gurken?«

Sie verzieht das Gesicht. »Ach nee, lass mal. Ein Bierchen wär jetzt was.«

»Bedaure, Bier ist aus. Außerdem muss ich auf die Linie achten.«

»Ach ...«, sie winkt ab, »das hast du nicht nötig.«

Leo macht weiterhin keinerlei Anstalten, sich auf irgendetwas einzulassen. Er möchte ihr kein grünes Licht für erneute Annäherungsversuche geben.

Rosa aber ist wie eine klebrige Kakerlake, resistent gegen so ziemlich alles. Auch wenn sie bisher nur auf Granit gebissen hat – die Hoffnung, doch noch zum Ziel und somit an den Mann zu kommen, ist ungebrochen.

»Also, Leo, irgendwie habe ich mir das ja anders vorgestellt ...«, eröffnet sie daher unverblümt.

»Kann ich mir denken.«

»Ich meine, das mit *uns*.«

»Ja, das habe ich verstanden.«

Sie stemmt eine Hand in die Hüfte. »Sag mal, willst du mich eigentlich verscheißern?!«

»Sehe ich so aus?«

Sie beäugt ihn von der Seite. Dabei lehnt sie sich zurück und legt ein Bein über das andere. »Ich biete dir hier gerade einen Freifahrtschein an. Andere müssen dafür tief in die Tasche greifen.«

»Na, das hätte ich beinahe auch gemusst.«

»Sag das nicht. Ich könnte glatt denken, du willst mir etwas unterstellen.«

»Nicht doch.«

Sie mustert ihn mit einem Ansatz von Sprachlosigkeit.

»Na gut, Leo Berger. Du musst arbeiten, sagst du. Wie wärs denn, wenn ...«

»Nein!«, entfährt es ihm bestimmt.

Rosa zuckt zusammen. »Ist ja gut ... Das war nur eine Frage.«

Leos Körperhaltung drückt mittlerweile seine ganze Ablehnung aus.

»Also dann ... verschieben wir *das*. Dann eben ein anderes Mal.«

»Es gibt kein anderes Mal.«

Wortlos erhebt sie sich vom Sofa.

»Ihr habt mich in dieser Nacht nicht gefragt, ob ich mit euch ins Hotel gehen will.«

Sie streift sich ihren türkisfarbenen Lackregenmantel über. »Ja ... ja doch«, schimpft sie. »Ich habs kapiert. Kein Grund zur Aufregung. Du bist ein Unschuldslamm.« Sie nestelt an ihren Ärmeln herum. »Is ja auch egal. Passiert.« Mit einer hektischen Geste fährt sie sich durchs Haar. »Haste vielleicht nen Zehner für mich? Fürs Taxi.«

»Sehe ich so aus, als wäre ich ein Kreditinstitut? Warum nimmst du nicht die Bahn.«

»Na, 'n kleiner Finderlohn wird doch wohl drin sein. Immerhin hab ich dir deine Kohle gebracht. Und höflich warst du nicht gerade zu mir.«

Genervt zieht er seine Geldbörse aus der Hosentasche. Es ist tatsächlich noch etwas Geld darin. Leo fischt den letzten Zehner heraus und reicht ihn Rosa. Mit einem süßen Lächeln steckt sie das Geld weg.

»Also, Leo. Wenn du mal Sehnsucht nach mir haben solltest, du weißt ja, wo du mich findest.«

Er verkneift sich jeden weiteren Kommentar, marschiert stattdessen an Rosa vorbei. Es drängt ihn Richtung Tür.

Rosa hat begriffen.

Aber sie lässt sich Zeit. Er hält in Gedanken die Luft an, zählt ihre Schritte, bis sie endlich die gewünschte Stelle erreicht und die Türschwelle passiert hat. Endlich steht sie im Hausflur.

Ein erleichterter Seufzer entgleitet ihm.

»Machs gut, Leo«, unternimmt sie einen allerletzten Versuch.

»Mach ich. Bis dann.« Hastig schließt er die Tür hinter ihr, stemmt sich von innen dagegen, als ginge es um Leben und Tod.

Eine Weile verharrt er an Ort und Stelle.

Als die Klingel kurz darauf erneut geht, bleibt ihm fast vor Schreck die Luft weg. Bitte nicht!

»Leo«, hört er eine Stimme hinter der Tür. Es ist nicht Rosas Stimme. Gott sei Dank! Ein Stein der Erleichterung fällt ihm vom Herzen. Es ist Lucys Stimme.

Als er die Tür öffnet und in Lucys graublaue Augen sieht, möchte er ihr am liebsten um den Hals fallen.

»Lucy!« Sein Strahlen klingt in seiner Stimme mit.

»Alles okay?«, fragt diese, irritiert durch die überschwängliche Begrüßung. »Wer war denn *die*?«

Zweifellos meint sie Rosa, die ihr auf der Treppe entgegengekommen sein muss.

»Ach *die*... die hat sich in der Tür geirrt«, tut Leo die Sache schnell ab.

»**Er ist *wer?*«** Der fragende Blick des Beamten geht von Ella zu mir.

Ich brauche etwas, um mich zu sammeln. Dann aber kommt es erneut hoch: Graham!, schreit es in mir, Graham Devon!

Sein Name schießt wie ein Pfeil aus meiner Erinnerung empor.

Das Bild von ihm liegt noch immer dort auf der Kommode.

Natürlich kann der Beamte mit meiner Aussage *das ist er* nicht viel anfangen. Er steht auf dem Schlauch, fragt sich, was ich hier rede. Denn meine Aussage passt zu keiner Frage. Auch hat er die Frage, die zu meiner Antwort passen würde, gar nicht gestellt.

Langsam dämmert es mir, dass ich im falschen Film bin. Und was noch schlimmer ist, dass ich die falsche Antwort gegeben habe. Dieser Mann auf dem Foto – Graham – ist ein Verdächtiger, kein Täter. Eine Tat gibt es noch nicht. Nur eine Verschwundene. Die Dinge sind harmlos. Vollkommen harmlos.

Ich stütze mich mit einer Hand an der Kommode ab.

»Ich wollte sagen, ich kenne ihn … nicht wirklich. Flüchtig«, korrigiere ich mich mit einiger Verspätung, denn ich bemerke Ellas Blick. Sie sieht mich auf eine fast panische Art an, als wolle sie schreien: *Nein, Anna, tu das nicht!* Aber *was* soll ich nicht tun? Da ist also noch etwas, was sie mir nicht erzählt hat.

»Ich glaube, ich habe ihn einmal in der Kanzlei meines Mannes gesehen. Bei Bas…, ich meine Sebastian Schnabel. Ja genau, er war das. Ich habe ihn dort gesehen«, versuche ich meinen Worten den Klang von Selbstsicherheit zu geben.

»Und Sie kennen ihn vielleicht doch?« Der Kommissar hält jetzt auch Ella das Bild noch einmal unter die Nase. Er muss ihre Reaktion bemerkt haben.

Ella nimmt das Bild in die Hand, studiert es widerwillig. »Möglich«, räumt sie beherrscht ein. »Sebastian ist gelegentlich mit Leuten unterwegs, die nicht von hier sind. Hier in der Ecke habe ich ihn jedenfalls noch nicht gesehen.«

»Er heißt Graham Devon«, spricht er den Namen jetzt aus. Skeptisch wartet er noch eine Weile ab. »Gut ...«

Dann nimmt er das Bild wieder an sich, steckt es zurück in seinen Taschenkalender. »Immobilienmakler ist er. Hat ein Büro in Gelnhausen. Er vermittelt überwiegend an die Frankfurter Oberschicht. Luxus-Immobilien.«

»Was will so jemand hier?«, fragt Ella.

»Neue Märkte erschließen. Untertauchen ... Suchen Sie sich was aus.«

»Und er soll etwas mit dem Verschwinden dieser Frau zu tun haben?«

»Na ja, es wäre nicht das erste Mal, dass er einem Kunden ein *Mädchen* quasi als Beigabe zum Haus vermittelt.«

»Als Beigabe ...«, wiederhole ich. Meine Stimme klingt gebrochen, fast verstümmelt.

»Wir konnten ihm bislang nichts nachweisen, leider. Wenn Ihnen also etwas auffallen sollte – ich notiere Ihnen meine Rufnummer.«

Ella hält ihm einen Stift hin. Er beugt sich etwas über die Kommode, notiert seine Nummer auf einem Zettel, den er aus seinem Taschenkalender herausreißt. Den Zettel reicht er Ella.

»Also, wie gesagt, wenn Ihnen noch etwas einfällt, auch wegen der Frau, rufen Sie mich an.«

Er wendet sich zum Gehen, tippt dabei an seine Polizeimütze. »Einen schönen Tag noch«, verabschiedet er sich.

»Was war denn *das*?!«, höre ich Ellas Stimme hinter mir, als der Beamte durch die Tür verschwunden ist. Ich habe mich bereits von ihr weggedreht. Vielleicht will ich ihr nicht Rede und Antwort stehen.

»Anna?!«

Natürlich kann sie mein Verhalten nicht einordnen. Eine Erklärung wäre fällig. Leider habe ich keine griffbereit. Mein altes und mein neues Ich sind wie zwei Wellen im Meer, die ineinander verlaufen.

»Anna«, fragt sie noch einmal hinter mir, als ich nicht reagiere, »kannst du mir das erklären?«

Ich rühre mich nicht von der Stelle. Würde sie irgendeine meiner Erklärungen wirklich nachvollziehen können? Wohl kaum.

»Was soll ich dir erklären?«, frage ich und drehe mich zu ihr um. ... *dass ich nicht Anna bin, sondern eine andere? Würdest du mir das glauben?*

»Anna, jetzt rede!«

»Schon gut. Ja. Ich kenne diesen Graham«, platzt es aus mir heraus.

»Du hattest eine Affäre mit ihm!«

»Wie kommst du denn darauf?« Meine Empörung ist nur zur Hälfte gespielt. Natürlich verweigere ich mich dieser gerade ausgesprochenen Tatsache, auch wenn ich sie bereits als solche erkannt habe. Ella meint nicht Joanna, sie spricht von Anna – was so viel bedeutet wie: Anna und ich (Joanna) hatten etwas mit ein und derselben Person. Besser noch, wir hatten *es* sogar gleichzeitig.

Ich schiebe jedes Gefühl, das mich vielleicht ansatzweise in mein Unglück gestürzt hat, von mir. Graham spielt keine Rolle mehr. »Wenn ich dir *diese* Geschichte erzähle, wirst du mir nicht glauben.«

»Welche Geschichte?«

»Meine Geschichte. Annas ... Joannas.«

Sie sieht mich mit großen, erstaunten Augen an. »Ich verstehe kein Wort.«

»Nein, das kann man auch nicht verstehen ... glaub mir. Diejenige, die die größten Probleme hat, es zu verstehen, bin ich selbst. Stell dir vor, du beschließt, dein Leben zu beenden, und nachdem du es gerade in die Tat umgesetzt hast, erwachst du plötzlich im Körper einer anderen. Bekommst sozusagen ein neues Leben geschenkt. Nur dass es eben nicht ganz neu ist. Es ist bereits zu einem Drittel gelebt, steckt vielleicht gerade in der Krise ... Dieses Leben gehört schon jemandem. Doch jetzt bist du plötzlich darin. Und du fragst dich natürlich, warum, weshalb, und was ist mit der anderen passiert, die vorher in diesem Leben war. Hast du es ihr vielleicht gestohlen.«

»Was redest du, Anna!«

Vielleicht war sie einen kurzen Augenblick versucht zu lachen. Bei der Erwähnung des Namens Joanna aber hat sie gezögert. Und bei allem, was danach folgte, hat sie stumm zugehört.

»Willst du mir sagen, du hast zwei Persönlichkeiten in dir, du bist eine gespaltene Persönlichkeit?«

»Nein. Das will ich *nicht* sagen. Ich wusste, dass du mir nicht glaubst.«

Auch wenn Ella abweisend reagiert, entspricht ihre Reaktion nicht ganz dem, was ich erwartet habe. Ihr Blick drückt Neugier aus.

»Mal ganz ehrlich, Anna. So was gibt es doch nicht. Du bist Anna. Anna ... oder wer sonst noch?«

»Joanna Hochmuth. Die Tochter von August Hochmuth. Dem Architekten August Hochmuth aus Frankfurt.«

Ellas Gesichtsausdruck verändert sich, als ich diesen Namen erwähne. Ein Schatten fällt über ihr Gesicht.

»Ich habe zehn Semester Architektur studiert, war anschließend im Ausland. Paris, New York, Barcelona, Singapur, Kapstadt, Shanghai«, bricht es aus mir heraus. Es erfasst mich wie ein Sog. »Das sind meine Stationen. Danach war ich Dozentin an der TU. Neben den Projekten für meinen Vater. August ist ein Egozentriker, ein Genie des professionellen Auftritts, ein Perfektionist. Er ...« Ich überlege, sortiere meine Worte. »Vielleicht war ich auf dem besten Weg, in seine Fußstapfen zu treten, um so zu werden wie er. Dann aber ...

Du wirst es nicht glauben, aber ich habe davor nie an Selbstmord gedacht. Nicht bewusst. Am letzten Abend haben wir über das Leben philosophiert. Graham und ich. Er hat etwas gesagt. Dass der Weg, den wir gehen, oft vorgezeichnet ist. Er hatte das auf sich bezogen, aber ... Ich sah diesen Satz plötzlich in meinem Leben. Und dann bin ich auf das Gebäude gestiegen, wie betäubt von dem einen Gedanken: Ich will keine vorgezeichnete Linie. Alles, aber nicht das. Ich wollte ausbrechen, raus aus dem Trott meines Daseins, raus aus allem. Weit weg. Dieses *Weit weg* war keine räumliche Entfernung, denn sie hätte nie gereicht. Es war ein anderes Dasein. Ich dachte an den Tod ...«

Ich krame alles aus meiner Erinnerung, was mir noch von Joanna Hochmuth geblieben ist.

»Er hat an diesem Tag mit mir Schluss gemacht. Er sagte mir, ich hätte da etwas falsch verstanden. Er wolle keine Beziehung. Und eine Beziehung mit der Tochter von August Hochmuth, das ginge schon gar nicht. Hochmuth sei einer seiner besten Kunden. Ob sich mein Vater mit Frauen getroffen hat, wollte er mir nicht sagen. Angeblich wusste er nichts davon. Diese Welt ist verlogen. Mein Vater ... Graham ... Und dann habe ich auf mein eigenes Leben geschaut. Das, was vor mir lag. In jedem der noch nicht fertiggestellten Räume von Augusts neuem Luxus-Loft-Wohnkomplex habe ich mich selbst gesehen. Eine perfekte Joanna Hochmuth in einem perfekten Leben. Doch die Wände hinter all dem Luxus und Überfluss waren in Wirklichkeit kahl, nackt und eiskalt. Da war nichts. Gar nichts. Das ist es, habe ich gedacht, was wir als perfekt bewundern. Es ist das große Nichts.«

Ich starre aus dem Fenster, werfe einen flüchtigen Blick rüber zum Gewächshaus. »Mit diesen Gedanken und den letzten imaginären Bildern vor Augen bin ich gesprungen ...«

Ella starrt mich an, als hätte ich soeben vor ihren Augen erneut Selbstmord begangen.

»Das ...« Es ist alles, was sie über die Lippen bringt.

»Ich bin dir nicht böse, wenn du mir nicht glaubst«, unterbreche ich ihren Versuch, sich zu äußern. »Ich verstehe es wie gesagt selbst nicht. Vielleicht ist der Moment nur ein kleiner gewesen. Nichts Großartiges ... Deshalb hocke ich jetzt hier in Annas Leben. Vielleicht, weil wir beide im Rausch das Leben verloren haben. Oder aus einem so banalen Grund wie: weil wir beide demselben Mann verfallen waren. Anna und ich. Wir waren beide mit ihm in dieser Villa. Ich wusste, wo der Schlüssel liegt ... Es gibt Dinge, die sind verschwommen, und ich erinnere mich nur noch bruchstückhaft. Vielleicht wäre es noch die einfachste Erklärung, wenn ich sagen könnte: Ich bin schizophren.« Ich hole tief Luft. »Das wäre logisch, wissenschaftlich fundiert. Jemand, der stirbt, kann unmöglich plötzlich ein anderer sein. Das widerspricht jedem Gesetz. Aber ...« Ich suche Ellas Blick. »... ich mag mein neues Leben. Ich mag Chris, Ani. Und ich mag dich. Ich möchte mein altes Leben gar nicht zurück. Ich habe oft Angst, dass ich aufwache und wieder Joanna Hochmuth bin. Es ist ein Albtraum – einerseits. Andererseits gibt es natürlich Dinge, die ich jetzt doch gerne noch einmal klären würde.«

Ella zieht sich einen der Stühle heran und lässt sich darauf sinken. Sie versucht ihre Souveränität zurückzugewinnen.

»Anna, das ...«, sucht sie erneut nach Worten. Sie wirkt kurzatmig, als würde sie keine Luft bekommen. »Jetzt noch mal langsam und – wie war das mit Joanna Hochmuth? Du willst sagen, *du* ...« Sie starrt mich an, als hätte sie soeben erst meine Worte erfasst. »Nein, das willst du mir nicht wirklich weismachen.« Sie schüttelt bestimmt den Kopf. »Joanna Hochmuth ist tot. Und sie war eine egozentrische, auf sich selbst fixierte Person. Das bist du nicht.«

»Du kennst sie?«, frage ich erstaunt.

»Ich kenne sie nicht persönlich. Ihren Vater ...«, schlägt Ella völlig unerwartet eine gänzlich andere Richtung ein.

»Meinen Vater?«

Ella starrt mich an, als wäre ich ein Geist. Sie antwortet nicht. Dann starrt sie auf ihre Hände. Ich bin völlig ahnungslos, was hinter ihrem plötzlichen Schweigen steckt.

»Meinen Vater?«, wiederhole ich meine Frage etwas leiser.

Ein Ruck geht durch ihren Körper. »Und du glaubst tatsächlich, dass du Joanna Hochmuth bist?«, sagt sie schließlich, meine Frage ignorierend. »Man hört so was ja manchmal. Unerklärliche Phänomene. Ich meine ... das wäre ein Phänomen, dass du glaubst, zwei Seelen in dir zu haben. Die von zwei unterschiedlichen Menschen. Ich weiß nicht, Anna ... es ist verrückt. Aber vielleicht gibt es so was ja. Ich hatte schon öfter das Gefühl, dass du auf keinen Fall Anna bist. Aber begründen konnte ich das natürlich nicht.«

Ella studiert mein Gesicht. Dann gleitet ihr Blick weiter, an mir herunter. Ich sehe nicht aus wie Joanna Hochmuth, das weiß ich jetzt. Ich sehe aus wie Anna Gerlach. Auch rein äußerlich sind sich Anna und Joanna nicht sonderlich ähnlich. Vielleicht gab es, rein optisch, eher eine Ähnlichkeit zwischen Ella und mir als Joanna.

»Du hast von meinem Vater gesprochen. August«, nehme ich den Faden wieder auf, den sie fallen gelassen hat. Bewusst fallen gelassen?

»Richtig. August ... der stolze August. Er hat zwei Töchter, und du wusstest das!« Ihre Stimme klingt auf einmal ganz anders.

»August Hochmuth hat zwei Töchter von zwei unterschiedlichen Frauen. Er hat zwei Frauen beinahe zur gleichen Zeit geschwängert. Ich bin nur ein paar Tage älter als du. Normalerweise hätte er eine Frau immer zur Abtreibung gedrängt. Aber er brauchte einen Erben für sein Geschäft. Sein Lebenswerk, die Architektur. Und dann haben sich unsere Mütter darum gestritten ... Deine Mutter hat es schließlich für sich entschieden – oder besser gesagt: für dich. Welches die Kriterien waren, wissen nur unsere Mütter. Es ist knapp drei Jahre her, dass meine Mutter mir das alles gebeichtet hat. Sie hat sich geschämt. Dafür, dass sie mich quasi an meinen Vater vermarkten wollte. Es war unser Bruch. Ich habe seitdem keinen Kontakt mehr zu ihr. Zweimal habe ich versucht, Kontakt zu *ihm* aufzunehmen, zu August. Aber er hat mich jedes Mal abgewiesen. Joanna – du? – und ich, wir sind uns auf einer Ausstellung begegnet. Ich wollte meine Halbschwester kennenlernen, deshalb bin ich dort hingegangen. Wir haben uns unterhalten. Ich sagte Joanna, wer ich bin ... Ich sagte *dir*, wer ich bin.«

Ich muss nicht lange nach dieser Szene forschen, sie ist bereits da.

»Die Bauhaus-Ausstellung. Du trugst dieses Kleid, das ich auf Helmuts Party anhatte. Wir unterhielten uns über Rokoko und unmögliche Frisuren in den Siebzigern. Du sagtest, dass du beinahe Kunst studiert hättest, dich dann aber für Biologie entschieden hast, weil du Pflanzen liebst. Kunstgeschichte war dein Nebenfach, eine absurde Kombination. So sagtest du.«

Ella ist wie elektrisiert von dem, was ich sage. Ich entdecke eine Träne in ihrem Auge. »Das stimmt«, sagt sie. »Ich habe erst überlegt, ob ich *es* dir sagen soll. Ich befürchtete, dass du so reagieren würdest, wie du dann auch reagiert hast.«

»Du sagtest, du wärest meine Halbschwester. Das hat mich … komplett bestürzt. Verwirrt. *Das stimmt nicht*, habe ich gesagt, *ich habe keine Schwester*.«

»Daraufhin hast du mich einfach stehenlassen und für den Rest der Veranstaltung ignoriert. Das also ist seine Tochter, habe ich gedacht, meine Halbschwester. So ist sie. Sie ist in ihre Rolle hineingeboren. Niemand macht sie ihr streitig.«

»Nein, das war es gar nicht«, wehre ich mich und ziehe mir auch einen Stuhl heran, hocke mich neben Ella. Sie kauert plötzlich neben mir, als wäre sie geschrumpft. Da hockt eine ganz andere Ella an meiner Seite, als die, die ich kenne.

»Dann hattest du ein völlig falsches Bild von mir.« Ich zögere. Ob ich mich tatsächlich noch in Joannas Perspektive hineinversetzen kann, ob ich nicht schon zu sehr Anna geworden bin? Aber da ist etwas, was mich förmlich drängt, alles auszusprechen: »Vielleicht hat mich niemand richtig gekannt. Auch nicht mein Vater. Der war wie von einer anderen Welt. Wir lebten beide auf unterschiedlichen Planeten. Dazwischen lag das große, weite Universum. Vermutlich hättest du vieles anders gemacht als ich, wenn du an meiner Stelle gewesen wärst. Du hättest deinen Kopf durchgesetzt.«

»Das hast du doch auch.«

»Das war nicht mein Kopf.«

»Es war nicht dein Kopf? Wessen Kopf war es dann? … Annas?«

»Nein, rede nicht von Anna. Bitte sag nur einmal Joanna zu mir«, höre ich mich auf einmal sagen.

Ella mustert mich, als würde sie mich gerade zum ersten Mal sehen. »Du wirst es nicht glauben, aber ich war schon ein paarmal ganz nah dran, dich so zu nennen. Vor diesem Gespräch. Ohne diese Dinge, die du da behauptest, gewusst zu haben, hatte ich bereits *ihren* Namen – deinen Namen – in meinem Kopf.«

Ella lehnt sich zurück. Meine Reaktion entgeht ihr dabei nicht.

Es ist, als wäre eine geheime Tür in meinem Gehirn entriegelt worden. Dahinter kommt eine geballte Ladung Lügen zum Vorschein. Sie stürzen auf mich ein. Ich würde gerne ausweichen, damit die Lawine mich nicht überrollt, aber sie sind bereits in voller Fahrt.

»Wie war das genau mit meinem Vater? Erzähl mir davon. Du hast Kontakt zu ihm aufgenommen und er hat dich auflaufen lassen?«, frage ich sie nach ihrer Geschichte.

»Ja. Ich habe ihn angerufen.«

»Dann hast du ihn also nie persönlich getroffen?«

»Doch.«

»Doch …?« Ich rücke etwas näher an Ella heran. »Du hast ihn tatsächlich getroffen. Und?«, frage ich vorsichtig.

»Er rief mich an. Es war ein paar Wochen nach meinem letzten Kontaktversuch. Und es war vor *unserer* Begegnung. Kurz davor. Wir verabredeten uns im Kurpark Bad Orb. Das Erste, was er mich fragte, war, ob ich Geld bräuchte. Wie viel ich bräuchte, er würde es mir geben, das sei kein Problem. Ich sagte ihm, ich bräuchte kein Geld, ich könne für mich selbst sorgen. Darum ginge es auch nicht, sagte ich ihm. Er …« Sie sucht nach Worten. »Er erzählte irgendwas von meiner Mutter und dass sie eine tolle Frau sei, aber es hätte eben nicht gereicht und er hätte nur eine Tochter akzeptieren können. Er könne nicht mit Kindern. Darum. Aber wenn ich Geld bräuchte … Immer wieder kam er damit. Ich habe erneut verneint. Dann fragte ich nach dir, ob ich mit dir Kontakt haben könnte … Klar, sagte er. Dieses *Klar* aber klang wie ein *Nein*. Dabei war es nicht er, der es ablehnte.«

»Du meinst, *ich* hätte es abgelehnt?«

Ella antwortet nicht, was auch nicht nötig ist, denn ich kenne ihre Antwort. Ich kenne *meine* Antwort.

»Kannst du mir sagen, warum?«, fragt sie dann auch.

»Warum …«

Joanna steckt wieder in mir. Ich spüre ihren Herzschlag. Sie ist es, in diesem Augenblick. Ich stehe wieder in der 36. Etage, möchte springen. Aber ich zögere, als ich in die Tiefe blicke.

»Ja, ich hätte es abgelehnt«, bekenne ich. »Ich hätte mich geweigert. In jeder Hinsicht. Du hättest nicht in mein Leben gepasst. Ich hatte keine wirklichen Freunde damals. Die Menschen, mit denen ich zu tun hatte, waren Kollegen, Kunden, Geschäftspartner, Affären. Aber keine Freunde. Keine Familie in dem Sinne. Das war alles sehr oberflächlich.«

»Hat dir da nicht etwas gefehlt? Ich meine, so kann kein Mensch glücklich sein«, stellt sie nüchtern fest.

»Ich dachte, ich wäre glücklich. Ich hatte einen guten Job, die Anerkennung der Kollegen, meine Begabung, eine gesicherte Existenz. Ich war auf dem Weg, eine sehr erfolgreiche Architektin zu werden.«

»Wenn es wirklich *das* gewesen wäre, was du wolltest, und es dich glücklich gemacht hätte, wärst du kaum auf die Idee gekommen, dir das Leben zu nehmen.«

»Du bist wütend«, erinnere ich mich an Ellas Worte unter Leos Blog. »Hältst du mich für feige?«

Ella hat ihre Hände auf die Knie gelegt und die Arme angewinkelt.

»Du hast den allereinfachsten Weg gewählt, Joanna. Schau dich um, was du dabei hinterlassen hast. Du hast Anna das Leben genommen, als du deins auslöschen wolltest. Du hast mich ohne Schwester zurückgelassen. Du hast deinen Vater für etwas bestraft, was er vielleicht *so* gar nicht gewollt hat.«

Bitte sei still!, schreit es in mir. Ich weiß, dass ich kein Anrecht auf Annas Leben habe …

»Du meinst, ich hätte Annas Leben nicht verdient?« Meine Stimme krächzt, als würde sie ihren Klang verlieren.

»Das darfst du so nicht formulieren.«

»Aber du hast ja recht«, räume ich ein. »Ich möchte herausfinden, was mit Anna passiert ist. Sie soll ihr Leben zurückhaben – das Leben, das ich ihr gestohlen habe. Und vielleicht kann ich auch etwas für dich tun«, kommt mir plötzlich ein Gedanke.

»Was willst du für mich tun?«

Ich denke an Leo Berger. »Einen Kontakt zu meinem ... deinem Vater herstellen, jetzt, wo er mich verloren hat. Vielleicht kann er dich brauchen. Ich meine nur, wenn du das möchtest. Vielleicht möchtest du ein kleiner Teil seines Lebens sein, wenn du es nicht schon bist.«

»Wie meinst du das?«

Ihre Frage klingt, als hätte sie sie sich selbst gestellt. Ich lasse ihre Worte im Raum stehen und frage stattdessen: »Kannst du mir etwas über meine Mutter sagen? Weißt du, wer sie ist, wie sie ist? Hat deine Mutter etwas über sie erzählt? Sie muss sie doch gekannt haben.«

»Sie hat nicht viel erzählt. Deine Mutter ist in Südafrika geboren. Sie hat sie als sehr stolz beschrieben. Attraktiv, unnahbar, selbstbewusst. August kannte sie noch nicht lange. Er und meine Mutter waren damals schon seit einiger Zeit ein Paar. Ein paar Jahre. Es waren die ersten Jahre seines Aufstiegs als Architekt. Sie wollten sogar heiraten. Bis deine Mutter kam. Angeblich war sie nur eine Affäre. Er fand sie sehr anziehend, so hat es meine Mutter erzählt. Als dann beide Frauen von ihm schwanger wurden, gab er deiner Mutter den Vorzug. Er wollte eine Zukunft mit ihr. Kurz darauf aber hat sie ihn verlassen und ist zurück nach Südafrika. Das muss ihn ziemlich getroffen haben.«

»Und ... sie wollte mich nicht?«, frage ich in der Hoffnung, Ella wüsste eine Antwort darauf. Aber natürlich weiß sie keine.

»Warum hast du nie selbst versucht, das herauszufinden?«

»Das habe ich. Mein Vater wollte nie über sie sprechen. Das Thema war tabu.«

»Du hättest aber ein Anrecht darauf gehabt, das zu wissen.«

»Irgendwann gab er mir eine Adresse in Kapstadt. *Das ist alles*, sagte er, und: *Jetzt frag mich nicht mehr.* Das Thema war damit beendet. Ich habe ein paarmal an die Adresse geschrieben, aber es kam nie eine Antwort.«

»Du warst aber doch in Südafrika, hast dort gearbeitet. Hast du sie nicht gesucht?«, bohrt Ella.

»Doch. Aber ich hätte mehr Zeit gebraucht. Der Job fraß alles auf. Wie immer bei diesen Projekten. Ich habe mich in Kapstadt umgehört und bekam einen Hinweis, eine vage Spur, die nach Saldanha führte. Es kann sein, dass sie geheiratet hat und dort lebt. Aber das ist schon wieder ein paar Jahre her.«

Ella zögert und es kostet sie Überwindung, mir den folgenden Vorschlag zu machen. Ich deute es als einen weiteren Beweis dafür, dass sie mir (fast) glaubt.

»Soll ich ihr eine Nachricht von dir übermitteln, wenn ich sie finde?«, fragt sie. »Wenn es dir hilft, nehme ich auch den Kontakt zu meiner Mutter wieder auf. Vielleicht weiß sie etwas. Soweit ich mich erinnere, hatte sie Kontakt zu deiner Mutter.«

»Du solltest aber nicht nur meinetwegen wieder mit ihr sprechen. Sie ist deine Mutter. Versöhn dich mit ihr.«

Ella antwortet nicht. Ich weiß nicht, welche Geschichten sich noch hinter ihrem Schweigen verbergen.

Ich lasse meinen Blick durch die Küche schweifen. Instinktiv bleibt er am Fenster hängen, von wo aus man in das Gewächshaus sieht. An der Eingangstür stehen Annas grüne Gummistiefel.

»Erzähl mir etwas über Anna!«, fordere ich sie plötzlich auf. »Ich weiß viel zu wenig über sie. Wie ist sie?«

Ella richtet sich wieder etwas auf.

»Anna? Anna ist ... Ja, wie ist Anna. Unruhig ist sie, experimentierfreudig. Sie probiert sich gerne aus. Mutig ist sie, würde ich sagen. Ja, das ist eine gute Eigenschaft an ihr. Sie sagt, was sie denkt. Manchmal diskutiert sie etwas zu viel. Sie ist launisch und dann auch wieder ansteckend fröhlich ... übermütig. Sie reißt einen mit. Aber sie streitet auch viel.

Chris und sie haben häufig gestritten. Sie schaut ihm oft auf die Finger, mischt sich ein. Das stört ihn. Ani dagegen liebt das an ihr. Helmut war schon immer der Meinung, sie wäre nicht gut für seinen Sohn, sie sei zu herrisch. Er ist oft von Anna genervt. Im Gewächshaus aber kommt sie runter. Dort war sie eine ganz andere. Fürsorglich, geduldig. Manchmal sogar fast nachdenklich. So wie du … Das ist Anna. Sie ist eine gute Freundin. Auch wenn sie manchmal etwas zu viel redet und mit ihrer direkten Art aneckt, hat sie das Herz am rechten Fleck. Sie kann zuhören, hat Humor. Und man kann mit ihr Pferde stehlen. Wenn sie lacht, musst du mitlachen. Der Alltag hat die beiden eingeholt. Chris und sie. Oft kommt er spät nach Hause. Anna ist eine Frau, die Aufmerksamkeit braucht. Ich denke, sie hat sie sich woanders geholt. Diese Affäre. Aber darüber hat sie nicht mit mir gesprochen. Chris und ich waren schon immer gute Freunde. Schon vor ihr. Das wusste sie.«

Die ganze Zeit über, während Ella redet, habe ich Annas Gummistiefel im Blick. Ich sehe die Frau, die Ella beschreibt, und überlege gleichzeitig, worin sie mir gleicht.

Dann wieder verblassen die Bilder. Genau in dem Moment, als Ella aufhört zu reden. Dabei wünsche ich mir, dass es weitergeht, dass Anna weiter agiert und wieder zum Leben erwacht.

Als ich wortlos aufstehe, sitzt Ella wieder aufrecht da. Als wäre das Gespräch davor fast schon vergessen.

Aber das ist es nicht.

»Ella, komm …«, sage ich. Es dauert etwas, bis sie reagiert.

Als ich sie ansehe, entdecke ich, dass ihr Gesicht tränenüberströmt ist.

Ich überlege nicht lange und ziehe sie an mich.

»Wir finden Anna, mach dir keine Sorgen«, tröste ich sie, ohne zu wissen, ob das tatsächlich der Grund ist, weshalb sie weint.

»Es wird alles gut, glaub mir.«

Leo kaut auf einer Scheibe Baguette. Zäh und ledrig fühlt sie sich an. Langsam löst sich die labbrige Masse von seinem Gaumen, aalt sich auf seiner Zunge.

Leos Magen knurrt wie ein Löwe. Was die Waage ihm am Morgen bereits offenbarte – weitere drei Kilo haben sich in Luft aufgelöst – lässt ihn jetzt ungeduldig das bevorstehende Essen erwarten.

Eine gute halbe Stunde ist er zu früh. Das Restaurant ist noch leer. Und er konnte es sich nicht verkneifen, schon ein Entrée zu bestellen, einen Vorspeiseteller. Doch auch der lässt auf sich warten, weshalb Leo gezwungen ist, sich vorerst mit Baguette zu begnügen.

Sanfte lateinamerikanische Musik dringt von irgendwo aus dem Hintergrund an sein Ohr. Bei den Klängen von Gitarrenakkorden muss er an die vergangene Nacht denken. An den Moment, als Lucy sich über ihn wälzte und seinen nackten Körper mit Küssen übersäte …

Als wäre es eine Art sinnlicher Gedankenübertragung, schwebt plötzlich ein Vorspeiseteller von der Seite herbei und senkt sich unmittelbar auf den Platz vor ihn. Alles, was er von dem Kellner noch zu sehen bekommt, ist seine Hand, die flink wie eine Mücke schon wieder davonhuscht.

»Danke«, wirft er dem kaum gesichteten Schatten hinterher, ohne sich nach ihm umgedreht zu haben.

Leo sticht bereits gierig in die gefüllte Paprika, lässt sie sich augenblicklich auf der Zunge zergehen …

Lucy war nicht zu halten gewesen. Erst zog sie sich komplett aus. Dann schleppte sie ihn zum Bett und band ihn mit ihrem T-Shirt am Bettende fest. Ein Fesselspiel. Während sie ihn langsam aus seiner Kleidung schälte, spürte er die Knospen ihrer Brüste auf seiner Haut. Das war besser als jedes Champagnerprickeln …

Leo stopft sich gleich drei Oliven hintereinander in den Mund, spült sie mit spritzigem Weißwein hinunter.

Nach der heißen Entkleidungsnummer kramte sie ein Erdnussbutterglas hervor, schraubte den Deckel ab und schabte einen ganzen Esslöffel voll heraus. Anschließend rieb sie die hellbraune Paste von seiner Brustmitte aus in einem geraden Streifen langsam abwärts. Was darauf folgte, wurde von einem wahrhaft eruptiven Beben begleitet, das durch Leos Körper ging …

Das erste Weinglas ist leer. Lucys nackter Leib verschwindet hinter einer Gestalt, die seinen Tisch bereits erreicht hat.

»Herr Berger?«

»Oh …!« Leo springt auf, als hätte er gerade den Startschuss für ein Rennen verpasst. Er hält ihr seine Hand hin, die sie auch gleich ergreift.

Überrascht mustert er dabei sein Gegenüber. Die Frau vom Friedhof hat sich verändert. Oder, um es präziser auszudrücken, sie hat sich gemausert. Sie wirkt jetzt beinahe so groß wie er, ein schwarzes, eng anliegendes Kleid betont ihre schlanke Figur, dazu trägt sie hohe dunkelrote Stiefel. Ihr aschblondes hochgestecktes Haar wirkt heller als beim letzten Mal. Auch die grauen, fahlen Attribute in ihrem Gesicht sind vollkommen verschwunden. Vermutlich hat sie gekonnt mit Farbe nachgeholfen, wofür Leo aber nicht unbedingt einen Expertenblick besitzt.

»Frau Luers, bitte …« Er deutet auf den Stuhl neben sich, zieht ihn für sie etwas vor.

»Danke, Herr Berger. Das ist sehr aufmerksam.«

»Haben Sie gut hergefunden?«, startet er mit einer belanglosen Frage. Nicht zuletzt, um davon abzulenken, dass er bereits ohne sie ein paar Gaumenfreuden genossen hat. »Pardon … hmn, ich war so ausgehungert«, gesteht er verlegen, als er bemerkt, dass ihr wachsamer Blick die nackten Tatsachen bereits entdeckt hat.

»Kein Problem«, entgegnet sie schmunzelnd. »Zu Ihrer Frage: Ja, ich habe gut hergefunden. Mit dem Taxi. Frankfurt ist wirklich ungeheuer multikulturell. Beeindruckend. Ich hatte nicht so viel Offenheit erwartet.«

Leo könnte jetzt ein halbes Dutzend Leute aufzählen, die das gerade anders sehen. Das Flüchtlingsthema spaltet die

Gesellschaft. Seit ein paar Wochen hat er sich bewusst der Dauerdiskussion in sozialen Netzwerken entzogen …

»Das dürfen Sie nicht zu laut sagen. Sie könnten böse Blicke ernten. Aber wie dem auch sei, grundsätzlich bin ich Ihrer Meinung. Schade, wenn Menschen plötzlich etwas verteufeln, wovon sie jahrelang profitiert haben, weil sie fürchten, man konnte ihnen den Kaviar vom Löffel klauen … und durch Miesmuscheln ersetzen. Wobei das Zweite durchaus schmackhafter ist.«

»Schön gesagt. Sie sind also auch dafür, dass die Grenzen offen bleiben, keine Abschottungspolitik. Unsere Welt definiert sich global. Allein die Kommunikation … Menschen wollen nicht ausgeschlossen werden. Jemanden daran zu hindern, sich eine bessere Zukunft zu schaffen, ist so, als würde man ihm die Menschenrechte verweigern. Die gelten für uns alle. In gleichem Maße. Wir sind eine Gesellschaft, auf *einem* Planeten. Wir müssen zusammenhalten, denn die Menschheit könnte irgendwann mit ganz anderen Katastrophen zu kämpfen haben. Wie wollen wir damit umgehen, wenn wir uns gegenseitig ein- und ausgrenzen?«

Das Thema regt Leo an. Liebend gern würde er sich auf eine politische Diskussion einlassen. Aber Hanna Luers steuert bereits in eine andere Richtung.

»Sagen Sie … Haben Sie meine Tochter jemals persönlich kennengelernt?«, fällt sie unmittelbar mit der Tür ins Haus.

»Nein, leider nicht. *Ihn* habe ich kennengelernt. August Hochmuth.«

»Den Künstler hochpersönlich«, bemerkt sie nicht ganz ohne einen Hauch von Spott in der Stimme. »Und wie war Ihr Eindruck?«

»Nachhaltig.« Leo denkt natürlich an seine Zehn-Euro-Geschichte.

»Ja, verkaufen kann er sich. August ist ein Meister der Inszenierung.«

Sie zündet sich eine Zigarette an, führt sie zum Mund und bläst den Rauch mit zur Seite geneigtem Kopf aus.

Leo überlegt einen Augenblick, ob er sie auf das Rauchverbot hinweisen soll. Aber er will sich nicht die Blöße geben und überlässt das besser einem anderen. Der Kellner hat bereits Blickkontakt aufgenommen.

»August ist ein selbstherrlicher Mensch. Ich war gespannt, wie er mit einem Kind an seiner Seite fertigwerden würde. Er brauchte einen Erben für seinen Namen. Aber die Frauen liefen ihm alle weg.«

»Hatten Sie denn nicht den Wunsch, Joanna bei sich aufzunehmen? Sie war doch auch Ihre Tochter.«

»Ich wollte kein Kind. Das habe ich von Anfang an gesagt.«

»Er hat sie überredet?«

In diesem Moment tritt der Kellner an den Tisch. »Entschuldigen Sie ...«, wendet er sich an Hanna Luers, »hier ist Rauchen verboten.«

Mit einer Spur Überheblichkeit im Blick sieht sie den Kellner an. Ein junger Lateinamerikaner im Karomuster-Hemd.

»Sie meinen, Lebensmittelgifte und Koffein darf ich hier ungestört genießen. Nikotin aber bitte nicht.« Provokation liegt in ihrer Stimme. Der Kellner reagiert verschüchtert.

Dann aber neigt sie sich geschlagen vor, drückt die Zigarette in den Ascher, den er auf den Tisch gestellt hat und mit einem kurzen Kopfnicken, nachdem sie fertig ist, zügig entfernt.

Sie legt ihre Arme locker auf den Schoß, lehnt sich wieder zurück.

»Also gut. Wo waren wir stehengeblieben?«, nimmt sie den Faden souverän wieder auf.

Leo ist verwundert über das Verhalten dieser Frau. Nach der Friedhofsbegegnung war ihm ein ganz anderer Eindruck von ihr in Erinnerung geblieben. Es scheint, als verstünde Hanna Luers sich darauf, in verschiedene Rollen zu schlüpfen.

»Bei Joanna.«

»Richtig«, bestätigt sie. »Sie fragen sich, wie das sein kann, dass eine Mutter ihr Kind einfach dem Mann überlässt und sich aus dem Staub macht. Dass sie keine Muttergefühle entwickelt und es sie nicht dazu drängt, ihr Kind in den Armen zu halten und selbst großzuziehen. Das ist etwas, was unsere Gesellschaft verurteilt, wenn man sich bewusst gegen ein Mutterdasein entscheidet. Dabei ist das doch genau *das*, was unsere Gesellschaft kreiert. Der egozentrische, auf sich selbst fixierte, unabhängige und keine Kompromisse liebende Single. Jemand, der immer weiter strebt und sich zum Wohle der Menschheit einem Höheren berufen fühlt als dem Familiendasein.«

»Was genau verstehen Sie denn unter diesem *Höheren?*«

»Bildung. Das Streben nach neuen Erkenntnissen, welche die Effektivität unseres Daseins erhöhen.«

»Die da wären?«

»Ich komme aus der Werbebranche.«

Leo lässt ein unkontrolliertes Lachen los. Er hat nicht gleich begriffen, wie viel Ironie in ihren Worten steckt.

»Die Werbebranche hat den Menschen seit Generationen weitergebracht«, fährt sie unbeirrt fort. »Sie bestimmt unsere Gewohnheiten und Geschmäcker. Sie sagt uns, wie wir uns kleiden, reden und was wir essen sollen. Und das in Dauerberieselung und -beschallung zur besten TV-Sendezeit. Schriftlich fixiert in html, in Live-Streams, Bannern, Pop-ups, im Lifestyle, wissenschaftlichen Aufsätzen, auf dem Weg zur Arbeit und sogar am Himmel. Das ist die wirkliche Weltmacht, Herr Berger. Haben Sie sich darüber schon einmal Gedanken gemacht?«

»So gesehen – nicht wirklich«, bekennt er amüsiert.

»Sehen Sie. Das ist eine der sinnvollen Aufgaben, die ich übernommen und deretwegen ich auf mein Mutterdasein verzichtet habe.«

Hanna Luers verzieht keine Miene. Leo studiert ihr Gesicht mit forschendem Blick. Was versteckt sie hinter ihrer Fassade, ist die Frage, die er sich unweigerlich stellt. Und was bezweckt sie mit dieser Einleitung?

»Die Botschaft ist: *Kaufen Sie!* Und kaufen Sie nicht morgen, sondern kaufen Sie jetzt gleich. Kaufen Sie nicht eins, sichern Sie sich gleich zwei, drei ... am besten ein halbes Dutzend.

Das gibt Ihnen ein gutes Gefühl. Damit sind Sie glücklich, ein Mensch, zu dem alle aufschauen, der sich Respekt verdient, denn Sie haben den alles entscheidenden Vorteil in der Tasche. Ist es nicht so?«

Wieder kann sich Leo ein Schmunzeln nicht verkneifen. Die Unterhaltung mit Hanna Luers fängt an, ihm Spaß zu machen.

»Glauben Sie nicht auch, dass jemand in diesen Prozess eingreifen muss? Jemand, der die Menschen darüber aufklärt, was wirklich zählt im Leben?« Ihr Gesichtsausdruck wirkt jetzt ernst. »Ich habe Werbepsychologie studiert. Ich habe den Machern der Branche die Informationen geliefert, die sie brauchten, um ihre Weltherrschaft effektiv voranzutreiben. Damals war ich jung, konnte mich vor Angeboten nicht retten. Ich wollte die Welt erobern. Ein bisschen so wie August.«

Leo versteht mittlerweile, worauf sie hinauswill.

»Ich nehme an, das hat Sie nicht glücklich gemacht.« Ihre Erscheinung auf der Beerdigung drängt sich vor sein inneres Auge. Das Bild stimmt wieder.

»Was ist schiefgelaufen?«, fragt er.

»Das Gefühl, wirklich etwas erreicht zu haben, blieb aus. Der Eindruck, den falschen Werten hinterhergelaufen zu sein. Leere. Joanna muss damals bereits im Teenageralter gewesen sein. August hatte den Kontakt abgebrochen, nachdem das mit uns zu Ende gegangen war. Wir haben uns in Südafrika kennengelernt. Er war damals noch mit einer anderen Frau liiert, was ich aber nicht wusste. Ich habe mich auf diesen Deal mit dem Kind eingelassen, weil ich jung und unerfahren war, wie gesagt. Aber ich erzähle nicht in der Reihenfolge.«

Der Kellner erscheint erneut im Hintergrund.

»Haben Sie gewählt?«, fragt er scheu.

»Wollen wir das Tagesmenü nehmen?«, kommt Leo der in ihrem Redefluss unterbrochenen Hanna Luers zu Hilfe und verhindert dadurch einen weiteren bissigen Kommentar.

»Das ist nicht zu üppig und wir haben von allem etwas.«

Sie wirft einen kurzen Blick auf den Zettel mit der Überschrift *Plato del día*. »Gute Idee. Einverstanden.«

»Zweimal«, notiert der Kellner.

»Haben Sie etwas Südafrikanisches im Angebot? Rotwein. Sie trinken doch Rotwein?«, fragt er an Hanna Luers gerichtet.

»Gern.«

»Ein Cabernet.«

»Perfekt.« Leo reicht dem Kellner die Karten. Dieser verschwindet eilig.

»Wir waren bei Joanna im Teenageralter«, nimmt Leo den Faden wieder auf.

»Richtig. Joanna war ein Teenager, als ich komplett aus der Branche ausstieg. Ich war damals mit jemandem zusammen, den ich dann auch geheiratet habe. Mein Mann ist Heilpraktiker. Wir zogen von Kapstadt nach Saldanha, an der Westküste. Ich habe dort einen Eine-Welt-Laden eröffnet mit Öko-Kaffee. Bohnen aus Entwicklungsländern, ökologischer Anbau. Der Erlös aus den Produkten in meinem Laden war an Projekte in der Dritten Welt gekoppelt. Projekte zur Unterstützung der Landbevölkerung, medizinische Projekte, Projekte zur Selbsthilfe, für Straßenkinder. Ich wollte mich als Samariterin betätigen und den Profit, den ich vorher in der Werbebranche herausgeschlagen habe, denen zurückgeben, die es wirklich nötig haben.«

»Das klingt sinnvoll, ist aber sicher auch nicht ganz einfach.«

»Nein, das war es nicht. Wir waren natürlich auf Spenden und Sponsoren angewiesen. Wenn man sich für etwas einsetzt und hofft, die Menschheit würde freiwillig den Überschuss abtreten, wird man schnell eines Besseren belehrt. Man ist vor allem schnell allein. Mein Mann hat mich als Heilpraktiker etwas unterstützt, aber gereicht hat es letztlich nicht. Nach ein paar Jahren erfolglosen Samaritertums haben wir uns für ein Leben in Deutschland entschieden. Mein Mann ist Deutscher. Herrmann Luers. Ich habe hier in Deutschland seinen Namen angenommen. Mein Mädchenname ist Leenhoevt. Mein Mann hat in Fulda eine Anstellung als Pädagoge gefunden, sein eigentlicher Beruf. Vor vier Monaten sind wir hierher übergesiedelt. Wir leben etwas außerhalb von Fulda.«

Der Kellner kommt mit einer Flasche Wein, präsentiert Leo das Etikett, der mit einem kurzen Kopfnicken bestätigt. Dann öffnet er die Weinflasche am Tisch, schenkt zuerst Hanna Luers ein und dann Leo. Wie ein unauffälliger Schatten entfernt er sich wieder.

»Vier Monate«, denkt Leo laut, »dann waren Sie bereits einen Monat hier, als …«

»… als Joanna sich das Leben nahm«, führt sie seinen Satz zu Ende.

Eine Weile herrscht bedrückende Stille.

»Wollten Sie sie treffen?«, wagt sich Leo schließlich vorsichtig tastend vor. »Ich meine, haben Sie nicht an sie gedacht, als Sie entschieden, nach Deutschland zu gehen? Fulda ist nicht weit von Frankfurt entfernt.«

Sie dreht die Weinflasche so, dass das Etikett zu ihr zeigt und sie es lesen kann.

»Das klingt in Ihren Ohren sicher herzlos«, spricht sie, ohne ihr Gegenüber dabei anzusehen. »Eine Mutter, die die Zeit verstreichen lässt, weil sie Angst davor hat, ihrer erwachsenen Tochter gegenüberzutreten. Einer Tochter, die sich ihr ganzes Leben lang ohne sie durchgeschlagen hat. Sie schläft nachts nicht, weil sie die Szene permanent durchspielt, weil sie sich fragt, wie sie ihr erklären kann, warum sie nicht da war.«

»Sie haben sich vor Joannas Reaktion gefürchtet? Dass sie Ihnen Vorwürfe machen könnte?«

»Ich wusste, dass sie bereits Anstrengungen unternommen hatte, mich zu finden. Joanna hatte in Kapstadt meine Spur aufgenommen.«

Sie nimmt einen Schluck von ihrem Wein, lässt ihn eine Weile auf der Zunge sacken.

»Wie gesagt, wollte ich nie ein Kind. Aber ich konnte ihre Existenz nicht ganz ausblenden. Je älter ich wurde, desto stärker wurde ihre Präsenz. Die Gewissheit, es gibt *diesen einen* Menschen. Sie ist über ein unsichtbares Band mit mir verbunden. Die ganzen Jahre war sie es. Und sie entwickelt vielleicht Charakterzüge, in denen sie mir ähnelt. Vielleicht macht sie vergleichbare Fehler, stolpert über dieselben Fallstricke. Und ich habe sie nicht gewarnt, ihr nicht gesagt, worauf sie achten soll.«

Sie hält das Weinglas fest in der Hand.

Leos Blick schweift über Hanna Luers' Gesicht. Der Stolz hat Falten darin gezogen. Aber sie ist ganz offensichtlich kein Mensch, der Schwäche zeigt, der den Kopf in den Sand steckt. Hanna Luers ist eine Kämpfernatur. Leo muss an seine Story mit der Shanghai-Ameise denken, an eine Joanna Hochmuth, die sich ebenso wenig hat unterkriegen lassen.

»Ohne sie persönlich kennengelernt zu haben, glaube ich, Joanna hat sehr viel von Ihnen gehabt«, spricht Leo seinen Gedanken aus.

»Auf der Beerdigung habe ich so manches über sie erfahren«, folgt Hanna Luers ihrer eingeschlagenen Richtung. »Es war meine Chance, Joanna noch einmal nahe zu sein. Ein einziges Mal. Ich habe die Menschen dort gesehen und gehört, was sie über sie gesagt haben. Auch wenn die Trauerrede nur kurz war, sie war aussagekräftig. Joanna war ein Teil von mir. Ein Teil, der sich von mir abgespalten und ein eigenes Leben geführt hat. Als die Rede auf ihren Sprung kam, habe ich sie leibhaftig vor mir gesehen. Ich konnte mir ihre Gefühle vorstellen, als sie dort oben in 132 Meter Höhe stand. Ich konnte mir vorstellen, wie sie das Gebäude zuvor bestieg und was dabei in ihr vorging. Es klingt verrückt, aber ... ich bin ihre Mutter.«

»Haben Sie mit ihrem Vater gesprochen?«

»Mit August? Ja. Wir haben uns kurz die Hand gegeben und anschließend ein paar Worte auf dem Friedhof gewechselt. Ganz oberflächlich. Ich war wegen Joanna dort. Darum habe ich mich auch im Hintergrund gehalten. Sich einen Eindruck vom Leben des anderen zu verschaffen, geht besser aus der Distanz.«

»Und wie war, darüber hinaus, Ihr Eindruck vom Verhältnis zwischen Vater und Tochter? Darf ich diese Frage stellen?«

»Sie dürfen. August hat sich verändert. Was mit Joanna passiert ist, ist nicht spurlos an ihm vorbeigegangen. Natürlich lässt er sich rein äußerlich nichts anmerken. Auch wenn die junge Frau an seinem Arm und die dunkle Sonnenbrille darüber hinwegtäuschen sollten, tief drinnen ist er schwer getroffen. Ich sehe das ... Ich sehe das, weil August und ich uns in machen Dingen durchaus ähnlich sind. August ist einsam. Ein hochbegabter, einsamer Künstler. Er ist es immer gewesen. Es schmerzt zu erkennen, dass Joanna diese Einsamkeit teilen musste, dass sie ihr zum Verhängnis wurde.«

Aus dem Hintergrund taucht erneut der Schatten des Kellners auf, der sich mit zwei Tellern dem Tisch nähert.

Hanna Luers nutzt den Moment, um mit einer Bemerkung über südafrikanischen Rotwein einen Themenwechsel einzuleiten. Dabei klingt Erleichterung aus ihrer Stimme, wie Leo überrascht feststellen muss.

Auf dem Heimweg geht ihm das Treffen mit Hanna Luers noch eine Weile durch den Kopf. Die Frau im schwarzen Kleid mit dem stolzen Blick hat einen bleibenden Eindruck hinterlassen.

Zum ersten Mal glaubt Leo ein deutliches Bild von Joanna zu haben. Ohne sie jemals kennengelernt zu haben, ist es Hanna Luers doch gelungen, ihre Tochter eindringlich zu beschreiben – und das, ohne wirklich viel über Joanna gesagt zu haben. Sie hatte sich selbst beschrieben und August Hochmuth. Die stolze Südafrikanerin ist eine Frau mit vielen Gesichtern, so Leos Eindruck. Auf dem Friedhof hatte sie eher unscheinbar und tatsächlich wie eine Gebrochene gewirkt. Im Restaurant gerade ist sie zum Vamp mutiert. Eine Frau, die er sich auch als knallharte Geschäftspartnerin im Business vorstellen kann. Oder eben als eine Frau aus der südafrikanischen Provinz. Jemand, der sich einsetzt und für Schwächere kämpft.

An der Bockenheimer Warte steigt Leo in die U-Bahn Richtung Hauptwache. Unterwegs schaltet er sein Mobiltelefon ein, ruft seine E-Mails ab. Vielleicht kann er sich etwas Zeit sparen und die neuesten Kommentare zu seinem Blog bereits unterwegs einsehen. Nur für den Fall, dass Lucy wieder in der Tür stehen sollte.

Die erste E-Mail, die ihm ins Auge sticht, verursacht gleich einen kurzen Schock. Ungläubig liest er den Namen ... liest ihn noch mal – vor und zurück.

August Hochmuth. Gerade noch hatte Hanna Luers sich über ihn geäußert.

Natürlich brennt die Neugier und Leo öffnet die Nachricht gleich an Ort und Stelle.

Sehr geehrter Herr Berger,

(findet er sich sehr förmlich angesprochen)

einer meiner Mitarbeiter machte mich kürzlich auf Ihren Blog aufmerksam. Man kann dort verfolgen, dass Sie über meine verstorbene Tochter recherchieren.
Ich verstehe, dass das Thema das Interesse der Medien auf sich zieht. Bitte bedenken Sie jedoch, dass genau das für die Hinterbliebenen mit sehr viel Schmerzen verbunden ist und die Verstorbene selbst, meine Tochter, sich zu Ihren Ausführungen nicht mehr äußern kann. Ich möchte Sie daher höflichst bitten, Ihre sehr freizügigen Formulierungen und Mutmaßungen zu unterlassen.

Vielen Dank für Ihr Verständnis.
Mit freundlichen Grüßen,
August Hochmuth

Die Alkoholüberreste im Blut, führen dazu, dass Hochmuths Worte ihm kurzzeitig zu Kopf steigen und sein Gesicht rot anlaufen lassen. – Vor Wut? ... Nicht ganz. Eher ist es eine Art Verlegenheit. Peinlichkeit.

Dann aber gesellt sich der Trotz dazu. Verflucht, was bildet der Mann sich ein, poltert es in ihm. Meinung ist erlaubt. Und Leos Beiträge verfolgen keineswegs die Absicht, Joanna in irgendeiner Form zu entwürdigen. Ganz im Gegenteil!

»Nächster Halt, Frankfurt Hauptwache«, dröhnt die Ansage aus dem Lautsprecher über ihm. Mechanisch und noch immer mit diesem Gefühl im Bauch, etwas könnte sich entladen, bewegt sich Leo zur Tür.

Die Bahn hält und die Türen öffnen sich. Menschen drängen an ihm vorbei nach draußen. Er lässt sich mit der Masse treiben.

Was auch immer August Hochmuth bezweckt, er hat keine Handhabe, bohrt der angefangene Gedanke weiter in ihm. Es steckt nichts moralisch Verwerfliches dahinter, wenn man sich Gedanken über einen tragisch zu Tode gekommenen Menschen macht. Joannas Tod betrifft auch andere. Menschen, die in eine ähnliche Situation geraten. Menschen, die durchdrehen, um sich schießen oder Dinge tun, mit denen niemand gerechnet hat. Soll man dabei stumm bleiben? Reicht es, dass wir die Nachricht in den Medien ausstrahlen, die Fakten aus allen Richtungen beleuchten und skandalös breittreten ... um uns dann (wenn es ausgereizt ist) wieder dem nächsten Thema zuzuwenden? Was ist mit unserem Mitgefühl? Joanna ist ein Mensch. Sie ist eine von uns.

Auf der Rolltreppe kommt Leo erneut ins Gedränge. Unmittelbar vor ihm stehen zwei junge Männer mit großen Rucksäcken und afrikanischem Aussehen. Flüchtlinge?

Gedankenverloren bleibt sein Blick an ihnen hängen. Es ist nur ein Katzensprung bis zur nächsten Geschichte, zum Schicksal eines Menschen. Die Großstadt ist voll davon. Was wohl diese beiden mit sich schleppen, fragt er sich. Wie lange sie schon unterwegs sind und wen sie auf ihrer Reise alles zurückgelassen haben. Eltern, Geschwister, Freunde ... unzählige Menschen, die ihnen nahestehen. Einen Alltag mit dem Gewohnten, mit Ritualen. Dazu kommen traumatische Erlebnisse. Krieg, Verfolgung oder soziales Elend. Ihre ganzen Ersparnisse haben sie Schleppern und anderen unterwegs in den Rachen geschoben, die ihnen alles Mögliche versprachen. Manche Nächte mussten sie im Freien verbringen. Immer der Gefahr ausgesetzt, ausgeraubt zu werden oder im Gefängnis zu landen ...

Leo sieht den beiden nach, wie sie in eine andere Richtung verschwinden. Vielleicht sollte er darüber schreiben. Die Nachrichten sind voll davon. Und doch können die Menschen nicht wirklich nachvollziehen, was es bedeutet, auf der Flucht zu sein. Sie haben keine Vorstellung davon, denn sie sind sicher. Leo und Lucy leben in Sicherheit.

Als er seine Wohnung erreicht, empfindet er diese als kühl und abweisend. Die Nacht fegt durch das gekippte Fenster, lässt Leos schokobraune Lamellen-Jalousien flattern. Der Geruch nach *ihr* ist verflogen.

Das Geschirr findet er unbenutzt, die Kissen liegen ordentlich gestapelt auf der Couch. Die Decke daneben ist zusammengefaltet. Keine Spur von Lucy.

Leo schaltet den PC an. Dann geht er in die Küche, öffnet den Kühlschrank und zieht eine Bierflasche aus dem Eisfach. Anschließend schlendert er zurück zu seinem PC.

Er überfliegt zunächst die bereits angefertigte Rohfassung des Interviews mit Graham Devon, überdenkt sie kurz, nimmt noch ein paar kleine Änderungen vor. Dann stellt er den Beitrag online. Anschließend macht er sich an den zweiten Beitrag. Warum auch Zeit verlieren. Gerade hat er keine andere Ablenkung und die Eindrücke aus dem Gespräch mit Hanna Luers sind noch frisch. Leo tippt in rasantem Tempo. Die Worte fließen nur so in die Tasten. August Hochmuths E-Mail hat ihn beflügelt.

Als er den letzten Satz getippt hat, zögert er noch einen Moment, bevor er den Beitrag online stellt. Leo überlegt. Welche Einwände könnte jemand gegen diesen Beitrag haben? Hanna Luers selbst hat ihn darum gebeten, ihn zu verfassen. Sie wollte die Wahrheit ans Licht bringen. Die Wahrheit über Joannas Ende.

Am Schluss ihres Gesprächs war sie noch einmal auf August Hochmuth zu sprechen gekommen. Leo hatte ihr von seinen bisherigen Interviews berichtet: dem ersten Gespräch mit Richard Kessler vom Frankfurter Fachverlag; dem Treffen mit Bernard Lecleur, einer angeblich heimlichen Affäre;

von Norbert Bachinger, dem gescheiterten Kollegen; und Graham Devon, dem Joanna angeblich hinterhergelaufen ist.

Hanna Luers hatte Leo aufmerksam zugehört. Manchmal nickte sie mit dem Kopf, was Leo so interpretierte, dass sie das Gesagte nachvollziehen konnte, dass es ihr vertraut war. Vielleicht hatte sie auch ein paar Tränen heruntergeschluckt. Ihre Trauer bekämpft, die sie tief in sich begraben hatte, die sich gelegentlich aber doch ihren Weg ins Freie suchte.

Ein letztes Mal überfliegt er die getippten Zeilen, ohne eine weitere Korrektur vorzunehmen. Es ist eine runde Sache, entscheidet er. Dann drückt er auf die Entertaste. Sekunden später ist der Beitrag online. *Leos bunter Nachrichtensalat ... – Hiermit ist das Thema Joanna Hochmuth abgeschlossen*, ist sein letzter Satz.

Er setzt noch einen Dreizeiler an August Hochmuth auf. Einen Kommentar, den er sich einfach nicht verkneifen kann:

Sehr geehrter Herr Hochmuth,
der letzte Beitrag ist sicher im Sinne Ihrer Tochter –
und der Blog hiermit beendet. Ich hoffe, dies ist in Ihrem Sinne.
Seien Sie herzlich gegrüßt,
Ihr Leo Berger

PS. Denken Sie bei Ihrem nächsten Interview-Termin bitte an zehn Euro fürs Taxi. Wir Medienleute schwimmen leider nicht im Geld.

Leo empfindet eine gewisse Genugtuung, als er die E-Mail abschickt. Vermutlich wird sich August Hochmuth nicht einmal an seinen Namen erinnern. Aber egal.

Leos Mauszeiger bewegt sich bereits Richtung Logout, als ihm ein neuer E-Mail-Eingang angezeigt wird. Die Absenderin ist keine geringere als *Anna.Irgendwer*!

Schon wieder, denkt er, was will sie?! Sicher, er ist ihr noch eine Antwort schuldig. Das letzte Mal hatte sie sich als Anna Gerlach zu erkennen gegeben. Anna Gerlach arbeitet in einem Bioladen zwischen dem Kinzigtal und Spessart bei Bad Orb, ist verheiratet, hat keine Kinder. So viel konnte er online recherchieren. Nicht aber, was sie von ihm will.

Ungeduldig öffnet er ihre Nachricht:

> *Leo, bitte antworte mir nur dieses eine Mal, es ist wichtig! Ich habe etwas Interessantes für deinen Blog: Ich, Joanna Hochmuth, habe eine Halbschwester. Sie heißt Ella Gerber und ist nur wenige Monate älter als ich. Ihre Mutter war gleichzeitig mit Hanna Leenhoevt schwanger. Leenhoevt ist der Geburtsname meiner Mutter, ihren jetzigen Namen kenne ich leider nicht. August hat sich damals nur für eine Tochter als Erbin seines Namens entschieden. Das war ich. Wenn du die ganze Geschichte hören willst, solltest du mit Ella sprechen. Sie wird es dir bestätigen. Und falls du ihr nicht glaubst, frage meinen Vater höchstpersönlich. Vielleicht gelingt es dir, zwischen ihnen zu vermitteln, denn Ella ist ihrem Vater seit ihrer Geburt nur einmal begegnet.*
> *Es grüßt dich aus dem Spessart,*
> *Anna.*

Leo ist komplett verwirrt, als er die E-Mail zu Ende gelesen hat.

Leenhoevt ist der Name, den Hanna Luers ihm gegenüber erwähnte. Woher sollte *diese* Anna das wissen?

Er kramt sein Mobiltelefon hervor und wählt die eingespeicherte Mobilnummer von Hanna Luers. Sie hatte ihm gesagt, er könne sie jederzeit anrufen, falls er noch eine Frage hätte.

Es klingelt. »Luers«, meldet sie sich.

»Hallo, Frau Luers. Hier ist noch mal Berger. Entschuldigen Sie, dass ich Sie störe. Ich habe gerade eine Nachricht bekommen, die mich etwas stutzig macht. Sagt Ihnen der Name Ella Gerber etwas?«, fragt er ganz direkt und ohne Umschweife.

Am anderen Ende der Leitung vernimmt Leo ein Knacken. Er ist nicht sicher, ob Hanna Luers ihn überhaupt verstanden hat.

Nach einer Weile aber hört er ihre Stimme. »Ella, ja. Das wollte ich Ihnen erzählen, aber …« Sie zögert.

Leo erinnert sich daran, dass Hanna Luers ihm bei ihrer ersten Begegnung gesagt hatte, sie hätte eine unglaubliche Story für ihn.

»Tilda Gerber, ihre Mutter, war mit August liiert. Das war vor mir. Sie war bereits von ihm schwanger, als ich gerade erst erfuhr, dass ich … Wie gesagt, ich hatte diesen Kind-Deal mit August. Tilda aber hat darauf bestanden, dass er ihr Kind – sein Kind – anerkennt. August hatte die Sache mit ihr beendet. Er wollte nichts von Ella wissen. Ich habe diese Geschichte nicht erwähnt, weil …«, wieder ist es eine Weile still in der Leitung und Leo kann nichts anderes tun als abwarten, hoffen, dass sie noch da ist. Ungeduldig verfolgt er die Hintergrundgeräusche.

»Tilda rief mich kurz nach der Beerdigung an«, ist ihre Stimme dann wieder klar zu verstehen. »Sie bat mich, Ella aus allem rauszuhalten. Ella hat den Kontakt zu ihrer Mutter abgebrochen. Tilda wollte daher nicht, dass diese Geschichte noch einmal hochkocht. Deshalb habe ich mich anders entschieden und Ihnen nichts davon erzählt. Ich weiß nicht, woher Sie diese Information jetzt haben, aber ich rate Ihnen, gut zu überlegen, ob Sie daraus etwas machen wollen. Vielleicht können Sie mit Ella sprechen. Soweit ich von ihrer Mutter weiß, lebt sie östlich von Frankfurt …«

Nachdem Leo das Telefonat beendet hat, tappt er etwas orientierungslos durch seine Wohnung. Er hat das Gefühl, ein Schatten schleiche hinter ihm her, folge ihm auf Schritt und Tritt. Vielleicht ist es sein eigener Schatten. Ein zweiter, unsichtbarer Leo Berger. Schlank, sportlich und ohne berufliche Engpässe und Beziehungsprobleme. Dabei mit Kritik im Blick und dem erhobenen Zeigefinger.

Leo steht vor der Spüle in der Küche, starrt auf die hellgrauen Fliesen.

Anna Irgendwer. Für ihn ist sie weiterhin *irgendwer*. Auch wenn sie ihm jetzt diesen Namen aufdrängen will: Gerlach. Ein Allerweltsname. Dabei ist sie auch noch ausgerechnet die Teilhaberin dieser Ella Gerber. Sie vermarktet ihre Teilhaberin an ihn, an die Presse ...? Das ist es! Sie will den Umsatz für den Laden steigern – mit *dieser* Story.

Er surft auf die Seite des Bioladens.

Die Website ist recht übersichtlich gestaltet. Ein Foto der beiden Inhaberinnen kann man unter »Über uns« einsehen. Die Frau links im Bild ist brünett mit Grübchen und einem offenen Lachen. Sie hält einen Blumentopf im Arm. Die Blonde daneben wirkt nordisch kühl, fast etwas geheimnisvoll. Ella Gerber?

Leo lehnt sich zurück, verschränkt die Arme hinter dem Kopf, verharrt einen Moment in dieser Pose und starrt weiter auf das Bild.

Ihr Blick hat etwas, was andere Männer vermutlich anziehend finden. *Andere Männer* ... Leo steht eher auf den herzlichen, offenen Typ. Wenn man länger darüber nachdenkt, könnte man sogar auf eine Ähnlichkeit mit Joanna Hochmuth kommen. Das aber nur sehr entfernt.

Abrupt richtet er sich auf, notiert halb im Stehen die Telefonnummer des Ladens. Dann trottet er, ausgerüstet mit Mobiltelefon und Notiz, in die Küche. Dort angekommen, steuert er zunächst den Kühlschrank an. Es ist eine Art Gewohnheitsritual, sich immer erst etwas zwischen die Zähne zu schieben. Die Gesichtsmuskulatur braucht Training. Ein Stück Weißbrot, Chips oder ein Wiener Würstchen. Nicht unbedingt nahrhaft, überlegt Leo mit einem Ansatz von Selbstkritik – und dreht sich vom Kühlschrank weg. Stattdessen schaltet er die Kaffeemaschine ein.

Was soll ich sie denn fragen?, geht es ihm durch den Kopf, als er sich eine Tasse aus dem Regal fischt. Seine Lieblings-Jumbotasse mit dem grell-orangen Rüssel eines Elefanten.

Sind Sie August Hochmuths Tochter? Was sagen Sie denn zum Tod Ihrer Halbschwester?

Wie plump wäre das.

Er lehnt sich gegen das Vorratsregal, konzentriert sich auf das Geräusch des gluckernden Wassers und starrt dabei Löcher in die Fliesen.

Also gut, dann eben spontan, entscheidet er aus einem Impuls heraus. Er tippt die notierte Nummer ins Telefon und wartet auf den Wählton.

»**Leo Berger**«, höre ich, nachdem eine Stimme – *meine* Stimme – ein kaum hörbares »Ja bitte?« ins Telefon gehaucht hat.

Im selben Augenblick durchzuckt es mich wie Hochspannung. Habe ich mich verhört?! Leo Berger?!

Er muss sich fragen, ob er richtig verbunden ist, denn beidseitig setzt kurzfristig Funkstille ein. Normalerweise melde ich mich auch nie mit »Ja bitte?« – es ist ein Moment im Ausnahmezustand. Ich spreche mit Leo Berger, *dem* Leo Berger. Dem Sprachrohr zu meinem früheren Leben.

»Hier ist An-n-na«, stottere ich, »Anna Gerlach. Ich bin die, die … du weißt schon.«

Weiß er wirklich?, frage ich mich. Oder hält er mich für einen Geist, ein Phantom, eine Betrügerin. – Nein, denn sonst würde er nicht anrufen.

»Anna Irgendwer«, bestätigt er.

»Genau. Dann hast du meine Nachricht gelesen …«

»Sieht so aus.« Leo hat tatsächlich realisiert, *wen* er in der Leitung hat. Eigentlich aber möchte er mit Ella sprechen und steckt somit in Erklärungsnot. Eine heikle Situation, in der sich offenbaren könnte, was er über mich denkt.

»Darf ich dich etwas fragen?«, kommt mir ein spontaner Gedanke. Ein geschicktes Ablenkungsmanöver und zugleich der Versuch, das Eis zu brechen, Leo aus der Reserve zu locken, bevor ich ihn an Ella weiterreiche. Ella ist ohnehin gerade draußen auf dem Hof. Sie redet mit jemandem. Der Mann, sieht aus wie Basti. Ich recke mich etwas vor, um einen besseren Blick aus dem Fenster zu erhaschen. Es ist Basti.

»Was willst du wissen?«, fragt er. Er ist neugierig. Aber das sind Journalisten immer. Eine Berufskrankheit.

»Warum machst du das? Ich meine, diesen Beitrag über Joanna Hochmuth; was interessiert dich an ihr? Es gibt doch gerade genug andere Themen. Warum ausgerechnet sie?«

»Eine gute Frage«, antwortet Leo. »Wenn du es ganz genau wissen willst, war es eine Spontanentscheidung. Ich habe von ihrem Todessprung gelesen und mich an eine Szene mit ihrem Vater erinnert.«

»August. Du hast ihn interviewt. Ich erinnere mich. Damals hast du beim Rundblick gearbeitet. Es war wegen der Einweihung des Shoppingcenters. Ich habe das Interview gelesen. Er hatte es mir gezeigt. Es war das erste zu dem Thema. Willst du wissen, was er zu deinem Beitrag gesagt hat? Es ist mir in Erinnerung geblieben, weil er sich ziemlich aufgeregt hat. Meiner Meinung nach ungerechtfertigt aufgeregt hat. Er hatte einfach schlechte Laune.«

»Ha!«, entfährt es Leo. »Das glaube ich jetzt nicht …« Er gerät ins Stammeln. »Aber … äääh … genau.«

»Du willst es also wissen. Er sagte, diese Schmierfinken hätten keine Zeit mehr, um anständige Artikel zu schreiben. Sie würden oberflächliche Recherche leisten. Und zum Interview werde schnell der billigste Kaffee bestellt. Für das Taxi werde man dann sogar noch angepumpt. Das hat er dazu gesagt. Und das war alles. Aber so ist er.«

»Das … das …«, höre ich ihn atemlos am anderen Ende der Leitung japsen, »… stimmt nicht! Eine dreiste Lüge ist das. Er hat sich Geld von *mir* geliehen. *Zehn Euro* fürs Taxi!«

Ich weiß nicht, was plötzlich in mich gefahren ist, welcher Geist. Ich hole Luft, um dann – lauthals zu lachen. Das heisere, überhebliche Joanna Hochmuth-Lachen. »Das sieht ihm tatsächlich ähnlich«, höre ich mich verbittert feststellen. »Tatsachen verdrehen ist seine Spezialität. Das macht er auch in der Architektur so. Er verändert nur ein kleines Detail an einem Entwurf, und dann verkauft er es als etwas Großartiges, etwas Neues. Als *den* Geniestreich schlechthin.«

»Es ist wegen dieser Zehn-Euro-Geschichte«, unterbricht Leo meine Ausführungen. »Genau deshalb habe ich mich für diesen Blog entschieden. Ich habe mich betrogen gefühlt.«

»Und dann hast du dir gedacht, vielleicht ging es Joanna ähnlich? Glaubst du, ich bin deshalb gesprungen, weil ich mich um mein Leben betrogen gefühlt habe? Um ein wirkliches Leben? So wie ich jetzt eins habe.«

Leo reagiert nicht.

»Genauso war es«, antworte ich an seiner Stelle.

»Und was weißt du sonst noch über Joanna?«, übergeht er meine Aussage, als hätte ich gerade gar nichts gesagt. Natürlich ... er glaubt mir nicht. Er denkt, er rede mit einer Verrückten.

»Was willst du wissen?«, frage ich.

»Hat sie unter Depressionen gelitten ... Joanna, meine ich.«

»Wer hat das behauptet?«

»Lecleur.«

»Bernard hatte überhaupt keine Ahnung von mir. Seine Ehe war im Eimer, die Luft raus. Seine Frau war untreu. Er brauchte deshalb Ablenkung. Ein einziges Mal hatten wir etwas miteinander. Danach war es gleich vorbei. Wenn er etwas anderes behauptet hat – keine Chance. Er ist abgeblitzt. Das hätte er vielleicht gerne gehabt, um sein Ego aufzumöbeln. Seine Frau hat Tabletten genommen, Antidepressiva. Das hat er mir erzählt. Er hat überhaupt ständig von ihr geredet. Das war wohl der einzige Grund, weshalb es ihn zu mir gezogen hat. Er meinte, ich solle aufpassen, nicht auch von Medikamenten abhängig zu werden. Frauen neigten dazu. Ich würde mich unglücklich machen, wenn ich nicht aus dem Schatten meines Vaters träte ... Wie gesagt, ich habe den Kontakt zu ihm abgebrochen.«

»Und Norbert Bachinger, was war mit dem?«

»Der war besessen, ein Workaholic. Da hatten wir was gemeinsam. Aber leider lief es bei ihm nicht so rund. Er war labil, stand unter dem Druck, seine Familie durchbringen zu müssen. Das Haus in Stadtrandlage wollte abbezahlt werden. Darum musste es dieses Projekt sein. Um jeden Preis. Aber er konnte nicht überzeugen. Schon in der Präsentation machte er Fehler, war überfordert. Das war leider deutlich zu sehen. Professor Ebner zog mich daraufhin zur Seite. Er wollte mir das Projekt geben, wusste aber nicht, wie er es Bachinger gegenüber erklären sollte. Er wollte ihn nicht kompromittieren. Bachinger war ein guter Architekt, kein Zweifel. Aber in der Situation ... Der Mann stand kurz vor dem Burn-out.«

»Bachinger hat sich das Leben genommen.«

»Das konnte niemand ahnen«, rechtfertige ich mich. »Ich habe versucht, es ihm sachlich zu erklären ...«

»Sachlich«, wiederholt Leo, als hätte das Wort einen Widerhaken.

»Na, ich musste ihm vermitteln, dass es besser für ihn wäre, erst einmal kürzerzutreten.«

»Das *Kürzertreten* bedeutete aber vermutlich einen finanziellen Nachteil für ihn. Einbußen, Geld, mit dem er gerechnet hat.«

Ich starre auf meine Schuhe, dann wieder aus dem Fenster. Was soll ich dazu sagen? Vielleicht hat mich dieser Punkt tatsächlich nicht interessiert, was ich aber nicht wage, zur Sprache zu bringen. Ich war wohl egoistisch in dieser Situation.

»Wenn man sich in so vielen Punkten abhängig macht ...«, erkläre ich daher.

»... ist man selbst schuld?«, führt er meinen angefangenen Satz zu Ende.

Leider fällt mir nichts anderes dazu ein als zu schweigen. Den Luxus, sich in finanzieller Sicherheit zu wiegen, genießt längst nicht jeder. Chris' geschäftliche Zukunft hängt derzeit am seidenen Faden.

Ich sehe wieder in den Hof, starre zu den beiden, die dort diskutieren, Ella und Basti, ohne sie wirklich zu sehen. Worüber sie sich uneinig sind, kann ich natürlich nicht hören.

»Was Bachinger betrifft, habe ich mich vielleicht verschätzt«, gebe ich kleinlaut zu. »Ich habe Fehler gemacht. Als Joanna Hochmuth. Und vermutlich mache ich auch jetzt Fehler. Als Anna Gerlach. Kein Mensch ist vollkommen.«

Wenn bei meinem Sprung nicht irgendetwas schiefgelaufen wäre, müsste ich mich hier und jetzt nicht rechtfertigen.

»Das ist natürlich die einfachste Lösung. Loslassen, fliegen, verschwinden. Hast du gedacht, du könntest dich so einfach aus dem Staub machen?«

Es ist das erste Mal, dass Leo mich ganz offiziell so anspricht, als wäre ich Joanna Hochmuth, als würde er mich als diese sogar annehmen. Journalisten besitzen diese Fähigkeit, sich in Dinge hineinzuversetzen, die sie eigentlich nicht glauben. Gerade deshalb, weil sie immer mit dem Gedanken spielen, die Fiktion später in irgendeiner Form glaubhaft darzustellen. Eine ideale Voraussetzung für ein absurdes Gespräch wie dieses hier.

Und natürlich bewegt Leo Berger, zwischen all den Absurditäten, die er schon gehört hat, insbesondere diese Frage, die er nun unverblümt stellt: »Wenn du Joanna bist, wie du behauptest, oder warum auch immer du diese persönlichen Dinge weißt, *wer* ist dann diese Anna? Hast du deinen Tod nur vorgetäuscht, um dich in ein anderes Leben zu flüchten?«

Zugegeben, unabhängig von dem bereits Festgestellten, diese Frage ergibt Sinn. Es steckt das besagte Quäntchen Wahrheit darin, das ich mir auch schon vor Augen geführt habe …

Ich erinnere mich an den Tag, als ich in Annas Bett erwachte, als ich mein neues Spiegelbild nicht erkannte. Ich hielt mich für Joanna. Dabei war ich Anna. Anna mit den Gedanken einer Selbstmörderin. Joannas Gedanken. Joanna, die sich fragte, warum sie nicht tot ist. Eine Frage, auf die sich noch immer keine Antwort findet.

»Anna ist verschwunden. Ich hab keine Ahnung, wo sie ist. Sie hat Pilze genommen. Halluzinogene Pilze, Drogen. Danach war sie im Krankenhaus … Das heißt, *ich* war im Krankenhaus. Auf der Intensivstation. Ich erinnere mich schwammig. Ich habe während des Sprungs mein Bewusstsein verloren. Das Krankenhaus war die erste Station *danach*. Aber da war ich schon Anna. So muss es gewesen sein. Kurz war da dieser dunkle Tunnel … Und dann bin ich in Annas Bett aufgewacht. Ohne die Erinnerungen dieser Anna, sondern mit Joannas Erinnerungen. Den Erinnerungen an das Leben, das ich loswerden wollte. Ich habe nicht damit gerechnet, plötzlich verheiratet zu sein, umgeben von einer fürsorglichen Familie, einer Freundin wie Ella, einem Ehemann wie Chris … All das habe ich als Joanna nicht gehabt. Und doch hat vermutlich jeder gedacht, ich hätte es gehabt. – Alles.«

»Nehmen wir mal an, ich würde deine Geschichte irgendwie glauben«, höre ich pure Verwirrung aus Leos Stimme, »fändest du das in Ordnung? Glaubst du, ein Mensch, der sein Leben loswerden will, weil es ihm nicht gefällt, hätte das Anrecht auf ein neues? Das Leben ist doch kein Wunschkonzert. Frei nach dem Motto: Wenn mir meins nicht passt, nehme ich mir ein anderes«, spinnt er meine Geschichte weiter.

»Nein, das ist nicht in Ordnung«, gebe ich ihm recht. »Aber vielleicht bin ich auch gar nicht deshalb in Annas Leben gelandet.«

»Sondern?«

»Vielleicht sollte ich meine Halbschwester Ella kennenlernen. Vielleicht sollte ich Annas Ehe retten. Vielleicht sollte ich dieses Gespräch mit dir führen und du diese Dinge über mich herausfinden. Meine Mutter treffen, August sich selbst überlassen ... Man könnte das endlos weiterspinnen.«

»Und doch ist alles nur Spekulation.«

Ich nicke zustimmend mit dem Kopf, was Leo logischerweise nicht sehen kann.

»Dann müsstest du Anna ihr Leben zurückgeben, erneut diese Pilze nehmen oder noch mal springen ...? Damit sie zurückkommt.«

Leo spottet. Oder er führt sich mit seinen Ideen die Absurdität unserer Unterhaltung vor Augen.

Ich erinnere mich, dass ich wusste, wo Graham den Schlüssel für die Tür zur Villa deponiert hatte. Ich wusste intuitiv, dass dieser unter dem mittleren der drei Betonkübel lag.

»Ich vermute, Anna wird ganz von selbst wiederkommen«, denke ich laut. »Sie ist schon dabei. Sie muss sich gegen Joanna durchsetzen. Aber sie schafft es ...«

Meine Worte sind wie flüchtige Tränen.

Dann aber richte ich mich auf, sehe das vor mir, was ich Ella versprochen habe.

»Du kannst mit meiner Geschichte machen, was du willst. Schreib sie auf oder behalte sie für dich. Es ist nicht wichtig. Heute lesen die Leute deinen Blog. Morgen haben sie ihn schon wieder vergessen. Wir alle sind nur für eine begrenzte

Zeit auf diesem Planeten. Wer wir sind und was wir denken, hat keine langfristige Bedeutung. Das Schöne an der Kommunikation ist aber, dass wir unsere Gedanken für einen Moment teilen konnten.«

»Eine schöne, philosophische Erklärung«, bekennt Leo. »Dein Vater bevorzugt das Schweigen. Deine Mutter trauert, ohne es auszusprechen, aber doch noch immer mit der Hoffnung, mehr über dich zu erfahren. Für sie schreibe ich. Und für diejenigen, die eine ähnliche Geschichte in sich tragen. Deine Mutter heißt übrigens Hanna Luers. Ich habe das Interview gerade erst aufgezeichnet und online gestellt. Du kannst es ...«

Ich höre ein Geräusch in der Leitung. Die Türklingel.

»Warte«, entschuldigt Leo Berger sich. Dumpfe Schritte sind zu hören. Mit dem Hörer in der Hand geht er zur Tür, öffnet sie. Ich höre es knacken und rauschen. Dann ... »Oh Lucy«, begrüßt er jemanden.

»Mit wem telefonierst du?«, fragt sie. Ihre Stimme kommt nur bruchstückhaft bei mir an. Ich verstehe auch nicht, was Leo antwortet.

Plötzlich ist er wieder in der Leitung. »Sag Ella, ich werde mich ein anderes Mal bei ihr melden. Wenn sie das möchte, stelle ich einen Kontakt zu ihrem Vater her. Er steht in meiner Schuld. Also ... Bis dann.«

Es klickt in der Leitung. Leo hat aufgelegt.

Ein etwas abruptes Ende.

Ich sehe wieder aus dem Fenster.

Ella und Basti haben ihre Unterredung offenbar beendet. Der Hof ist leer.

Ich liege auf der Couch und starre an die Decke. Es ist nach acht. Chris ist noch auf der Arbeit.

In meinem Kopf durchlebe ich noch einmal das Gespräch mit Leo Berger. Meine Konzentration tut sich schwer. Die Müdigkeit drängt sich immer wieder dazwischen und mir fallen die Augen zu. Ich höre auf den Summton des Kühlschranks, der keine zehn Meter von mir entfernt steht. Unmittelbar hinter der Küchentür, die an das Wohnzimmer grenzt. Der Ton wird gelegentlich von den Geräuschen der Straße unterbrochen. Sie liegt hinter unserem Garten. Normalerweise hört man sie nicht, es sei denn, die Windrichtung ist gerade ungünstig. Auch herrscht dort in der Regel kaum Verkehr. Wir leben in Feldrandlage, umgeben von wenigen Nachbarn.

Das Küchenfenster steht offen und der Wind weht leise herein, streift die Möbel und verteilt sich angenehm kühl bis ins Wohnzimmer. In meinen Gedanken habe ich den Blick hinaus vor Augen, ganz ohne in unmittelbarer Nähe des Fensters zu sitzen. Ich mag es, wenn der Wind über die Felder fegt und das Korn bewegt, als würde es tanzen. Ich liebe den Geruch des Sommers, wenn aus den Kirschblüten langsam Knospen sprießen; wenn es nach frischem Gras und Erdbeeren riecht. Es ist genau diese Zeit.

Als die Tür geht und Chris den Raum betritt, bin ich in einer Art Halbschlaf. Mein Atem geht gleichmäßig. Ich spüre seine Gegenwart wie eine übersinnliche Wahrnehmung, höre seine Schritte. Sein Atem streift mein Gesicht. Seine vom Wind kühlen Lippen berühren meine Wange. Zärtlich gleitet seine Hand über meinen Arm. Dabei zieht er die Decke über mich, die neben mir auf der Couch liegt.

Ich höre ihn sich wieder entfernen. Bleib doch, denke ich noch, bin aber kurz darauf schon wieder eingeschlafen. Die Welt taucht in eine schneeweiße Wolke. Alles ist leicht, schwebend. Ich gleite durch den weißen Nebel in meine Träume.

Aber der Traum dauert nur wenige Sekunden.

Wie eine Feuersirene schmettert der Klang der Türglocke plötzlich durch das Haus, in meinen Traum. Er zuckt durch jede Pore. Mit einem Schlag bin ich hellwach.

Es ist nur die Klingel, realisiere ich schnell. Jemand klingelt Sturm. Benommen richte ich mich auf, tappe zur Tür.

Schwammig nehme ich Umrisse im Türrahmen wahr. Es ist Ani. Sie keucht, als wäre sie gerade um ihr Leben gerannt.

»Anna«, röchelt sie, »Anna, du glaubst es nicht.«

»Was denn?« Ich schiele auf die Uhr. Es ist zehn nach zehn. »Komm doch erst mal rein.« Ich öffne die Haustür vollständig, dabei kommt der Wind mir zu Hilfe. Eine kräftige Böe fegt durch den offenen Türspalt herein und weiter über den Flur. Ein Gewitter zieht auf.

Ani folgt mir in die Küche. Ihre halbhohen Absätze klackern über die Steinfliesen hinter mir her.

Das Küchenfenster ist noch immer weit geöffnet. Die frische Abendluft strömt jetzt ungebändigt herein, verteilt sich in alle Richtungen. Ich gehe zum Fenster und schließe es. Dann ziehe ich ein Feuerzeug aus der Schublade, zünde damit eine Kerze an und stelle sie in die hellblaue Glasschale auf dem Küchentisch.

»Möchtest du ein Glas Wein?«

Ich höre ihren hastigen Atem, der es ihr untersagt, mir umgehend zu antworten.

»Anna! Jetzt hör mir zu«, ist alles, was sie atemlos herauspresst.

»Zuerst setzt du dich«, fordere ich sie erneut auf und mache es ihr vor. Ich ziehe mir einen Stuhl heran.

»Sie haben eine Leiche gefunden. Eine Leiche bei dieser Villa!«, kreischt sie fast, als sie endlich sitzt.

»Eine Leiche«, wiederhole ich. »Das ist nicht dein Ernst. Wo soll die so plötzlich herkommen?«

»Ein Nachbar hat sie entdeckt. Sie war in einer Kiste verscharrt. Sein Hund hat sie aufgespürt. Er hatte einen Schlüssel, um nach dem Rechten zu sehen.«

»Dann ist das vermutlich diese verschwundene Frau«, erinnere ich mich an die Fragen des Polizeibeamten. »Es wurde doch nach ihr gesucht?«

»Kennst du sie?«

»Nein. Der Beamte hat uns ein Foto gezeigt. Ella und mir.«

»Die Polizei stand vor Bastis Haus, als ich eben dort vorbeifuhr. Sie werden euch auch befragen. Wegen dieser Partys, die Basti in der Villa veranstaltet. Angeblich werden dort Drogen konsumiert. Crack, Marihuana, Pilze. Ob sie daran gestorben ist, wissen sie noch nicht. Ich habe ihnen versichert, wir wüssten davon nichts. Mein Gott ... Drogen!«

Ich ziehe eine Flasche Rotwein aus dem Weinkorb neben mir am Boden. Aus dem Regal über der Spüle fische ich zwei frische Weingläser.

»Du hast damit doch nichts zu tun, oder?«, will sie auf einmal wissen.

»Nein. Wie kommst du denn darauf.«

»Ich meine nur. Es ist wegen *dieser* Nacht. Du warst im Krankenhaus ... sagt Chris. Hat Basti dir etwas gegeben? Er wollte mir das nicht sagen. Aber ich bin ja nicht blöd. Sag es mir, warst du auch auf der Party, als diese Frau ...?«

»Nein. Ich war ein einziges Mal dort.«

Fahrig-verlegen fährt sie sich an den Hals, richtet mit einer Hand ihr Schaltuch. Dann legt sie ihre Hand wieder unruhig auf den Tisch.

»Anna, sag ... Hast du Chris betrogen?«, fragt sie plötzlich.

Sie kennt dieses Gefühl. Sie hat Helmut betrogen, was sich jetzt für sie rächt.

Ich erinnere mich nicht an viele Nächte mit Männern. Ich erinnere mich an Graham. Ein paarmal, wenn es bei Chris spät wurde, habe ich mich heimlich mit ihm getroffen. Es ist eine Erinnerung von Anna, die plötzlich aus meinem Unterbewusstsein tritt. Graham war ein extrem guter Liebhaber. Wir haben uns geliebt. Zweimal. Dreimal. Öfter als dreimal? Das war *ich*, Anna. Ein einziges Mal war es auch Joanna.

Ich schenke Wein in eins der beiden Gläser, die ich auf den Tisch gestellt habe, und schiebe es Ani hin.

Sie beobachtet mich aus dem Augenwinkel.
»Es ist passiert, ja. Aber es ist vorbei.«
Ich erwarte Vorwürfe, Wut. Aber sie reagiert nicht. Nachdenklich sieht sie durch mich hindurch. »Weißt du, ich habe immer behauptet, Helmut würde mich betrügen. Aber so war es nicht. Er hat gern geflirtet, ja. Aber er hat mich nicht betrogen. Zumindest vor Ella nicht. Er hat mich auf Händen getragen.«
»Und das wolltest du nicht? Auf Händen getragen werden?«
»Ich habe es wohl nicht genug wertgeschätzt.«
Mein Weinglas ist noch immer leer. Ich sehe aus dem Fenster. Draußen perlen erste Regentropfen über die Fensterscheibe. Ein ferner Donner ist zu hören.
»Chris und ich werden vielleicht ein Kind haben«, höre ich mich plötzlich sagen. Meine Stimme verselbstständigt sich.
Ani starrt erst auf mein leeres Weinglas. Dann starrt sie mich an.
»Ein Baby?«, wiederholt sie ungläubig.
»Ich bin seit zweieinhalb Wochen überfällig.«
»Und Chris? Weiß er es?«
»Noch nicht. Ich werde einen Test machen. Wenn es ganz sicher ist, wird er es natürlich gleich erfahren.«
Wortlos nimmt sie meine Hände, zieht mich zu sich und schlingt ihre Arme um mich. »Oh, Anna! Das ist eine wunderschöne Neuigkeit!«, strahlt sie.
»Noch ist es ja nicht sicher.«
»Das macht nichts. Wir vergessen schnell alles andere.«
»Du meinst, auch die Frauenleiche?«
Sie gibt mich wieder frei, stützt ihre Ellenbogen auf den Tisch.
»Na, das ist Sache der Polizei. Du solltest jetzt jede Aufregung meiden.«
Sie greift zu dem Weinglas, das ich ihr hingestellt habe, ein Spätburgunder.
»Und was machen wir mit Chris und seiner Kanzlei?«, greift sie abrupt ein anderes Thema auf, als sie das Weinglas wieder abgestellt hat.

»Du meinst, wegen Basti? Ich denke, Chris ist auch in der Lage, die Kanzlei allein weiterzuführen.«

»Die ganzen Man…« Plötzliche Geräusche aus dem Flur unterbrechen sie. Ich habe ganz vergessen, dass Chris schon zuhause ist.

Schritte nähern sich der Küche.

Ani und mir hat es auf einmal die Sprache verschlagen. Gespannt lauschen wir auf das Rascheln. Dann öffnet sich die Tür … Chris.

Er steht mit einem Ausdruck auf dem Gesicht in der Tür, als hätte er gerade über Akten gebrütet.

»Ach, ihr seid das«, stellt er fest. »Mir war so, als wären hier Stimmen. Alles okay bei euch?«, fragt er. Die Müdigkeit steht ihm ins Gesicht geschrieben.

»Hallo, Chris. Ja, ja, uns gehts blendend«, übertreibt Ani.

»Was gibt es denn? Irgendeine grandiose Neuigkeit … um diese Uhrzeit?«

Ani starrt auf ihre Fingernägel, als gäbe es dort noch etwas anderes zu entdecken als den leicht blätternden, transparenten Lack.

»Wie man's nimmt«, kommentiere ich. »Eine Frauenleiche auf dem Grundstück von Bastis angemieteter Villa.«

Ani wirft mir einen vorwurfsvollen Blick zu. Das war (noch) nicht für Chris' Ohren bestimmt, entnehme ich ihm. Sie will ihren Sohn schonen.

»Na, das wird ja immer besser. Soll ich lachen? Das war doch ein Witz, oder?«

Ani und ich bevorzugen es, die Frage unbeantwortet zu lassen.

Chris geht zum Regal, nimmt sich ein Weinglas heraus und greift nach der Weinflasche auf dem Küchentisch. Dann lässt er sich neben mir auf den Stuhl sinken.

»Also kein Witz«, deutet er unser Schweigen.

»Glaubst du allen Ernstes, wir würden über so was Witze machen?!«, erregt sich Ani.

»Eher nicht. Aber woher kommt denn diese Leiche?«

Natürlich frage ich mich das auch. Wenn es an *diesem* Abend passiert wäre, hätte man sie längst entdeckt.

»Der Nachbar hat sie gefunden.«

»Der Nachbar? Das ist ja wie im Film. Entweder ist es der Gärtner, das Kindermädchen ... oder der Nachbar.«

»Das ist nicht lustig, Chris«, bemerke ich trocken.

»Hab ich auch nicht behauptet.« Er reibt sich mit einer Hand über den Arm.

»Basti hat mir heute gekündigt. Er will umsatteln. Finanzberatung. Somit wäre das also geklärt, falls ihr darüber spekuliert habt.« Er wirft einen kritischen Blick zu seiner Mutter. »Du kannst deinen Privatdetektiv wieder nach Hause schicken. Hab eh nicht verstanden, was das soll. Hast du Langeweile?«

»Ich?!«, empört sich Ani. Es klingt nicht ganz echt. »Ich hatte nur dein Bestes im Sinn.«

»Ja, ja, das hast du immer«, bemerkt Chris zynisch.

Die Atmosphäre ist auf einmal geladen, explosiv.

»Sie hat es gut gemeint«, bestätige ich, um Ani zu Hilfe zu kommen, und berühre dabei Chris' Arm.

»Gut gemeint?! Gedankenlos war das. Hast du einmal daran gedacht, dass der Ruf der Kanzlei dabei leiden könnte? Mein Job hängt immerhin daran, unsere Existenz. Vielleicht hättest du mich vorher fragen sollen, ob ich mit deinem Privatschnüffler einverstanden bin.«

»Damit wärst du nicht einverstanden gewesen.«

»Eben!«

»Ich wollte ja nur, dass ...«

»Es ist *meine* Angelegenheit!«, fährt er sie an. »Warum kümmerst du dich nicht um deinen Kram? Da gibt es doch genug Baustellen.«

Chris hat ins Schwarze getroffen. Ani ist sauer. Bockig erhebt sie sich von ihrem Stuhl.

»Gut, es reicht. Ich habs verstanden«, motzt sie.

»Da bin ich nicht sicher.«

»Anna, vielleicht solltest *du* mit Chris reden«, wälzt sie das Thema auf mich ab. »Ich wollte mich nicht in eure Angelegenheiten einmischen. Klärt das unter euch. Ich denke, du schaffst das mit der Kanzlei auch ohne Basti. Aber vielleicht solltest du dich mit deiner Frau besprechen.«

Sie stakst bereits zur Tür, wackelt wie ein beleidigter Teenager an uns vorbei. »Gute Nacht«, pfeffert sie noch einmal in den Raum. Dann ist sie weg. Die Haustür geht. Ein kurzer Knall.

Chris hat die Arme auf den Tisch gelegt und blickt in sein Weinglas. Schweigen macht sich breit.

»Hast du gearbeitet?«, frage ich, um die eingekehrte Stille zu unterbrechen.

»Nur Akten sortiert. Ich habe morgen einen Gerichtstermin.«

»Und Basti? Ist er ab sofort raus?«

»Nein. Ende nächsten Monats. Er ist gerade im polizeilichen Verhör, hat mir eben von dort eine SMS geschickt. Aber ohne weitere Details.«

Er schützt seinen Kompagnon, stelle ich nicht unbeeindruckt fest. Und das, obwohl dieser ihm nicht unbedingt fair mitgespielt hat.

»Ich denke, es dauert nicht lange. Es kommt darauf an, was sie ihm nachweisen können. Bisher fast nichts. Er hat sich beim Spekulieren verkalkuliert. Und diese Frauengeschichten … gut. Das reicht nicht. Damit ist er noch kein Verbrecher. Mit einer Leiche hat er schon gar nichts zu tun.«

»Und was ist generell mit dieser Villa?«

»Der Makler hat sie angemietet und über seine Firma abgesetzt. Basti ist so blauäugig nun auch wieder nicht.«

»Hat Anis Privatdetektiv denn noch irgendwas herausgefunden?«

»Ach«, ist alles, was er dazu sagt. Er starrt auf mein leeres Weinglas. »Warten wir's mal ab. Nur nicht voreilig den Teufel an die Wand malen.«

Ich bin nicht sicher, ob Chris die Sache nicht zu entspannt sieht und die Dinge herunterspielt.

»Und, weißt du etwas von dieser Frauenleiche? Kennst du sie?«, bringe ich das Thema in eine andere Richtung.

Der Ärger über Anis Privatdetektiv ist verraucht. Chris vergisst und verzeiht in der Regel schnell. Dennoch wirkt er angegriffen, übermüdet.

»Ich habe die Frau in der Villa gesehen«, fahre ich fort, als er nicht auf meine Frage antwortet, »mit Basti und den anderen Jungs. Auch der Makler war dabei.«

»Anna, warum? Du warst also doch noch einmal dort. Ich habe dir doch gesagt, dass du nicht mehr dort hinfahren sollst.«

»Ich muss die Zusammenhänge begreifen. Meinen Filmriss und *diese* Nacht. Ich wollte wissen, was dort lief. Und dann habe ich sie gesehen. Drei Männer, darunter Basti. Mit ihr. Sie haben wieder irgendwas eingeworfen.«

»Natürlich …« Er vergräbt das Gesicht kurz in seinen Händen, während ich weiterrede: »Sie gingen gerade zum Pool. Die waren total zugedröhnt. Den Rest habe ich nicht mehr mitbekommen. Heute taucht dann dieser Polizeibeamte im Laden auf, erzählt, die Frau wäre verschwunden. Es vergehen ein paar Stunden … und … plötzlich gibt es eine Leiche! Wenn du mich fragst, ist das schon sehr schräg. Da ist doch etwas *danach* passiert.«

Chris sagt noch immer nichts dazu.

»Weißt du, was die in ihrem Garten anbauen?«

»Nein.«

»Hanf! Die züchten Drogen!«

»Is nicht wahr …« Er sieht mich halb skeptisch, halb amüsiert an. »Weißt du, wie du dich gerade anhörst, wenn du so redest? Wie meine Mutter.«

»Wenn du mir nicht glaubst, fahr doch hin. Schau es dir an!«

Er schüttelt zweifelnd den Kopf. »Dieser Polizeibeamte war auch in der Kanzlei«, nimmt er den Faden wieder auf. »Basti hat ein Alibi für besagten Termin. Und dieser Graham auch.«

»Das kann nicht sein. Dann sind die Alibis falsch. Sie waren *beide* da! Ich habe sie gesehen. Mit der Frau.«

»Aber beweisen kannst du es nicht.«

Ich presse die Lippen aufeinander. »Nein.« In meinem Kopf brodelt es.

Er legt seine Hand auf meinen Rücken. »Anna, lass die Polizei das klären. Das ist nicht unsere Sache.«

Ich möchte gerne noch mehr loswerden. Hier aber ist die Grenze. Es geht nicht weiter. Ich kann Chris nichts von meiner Affäre erzählen, denn ich müsste von beiden Affären sprechen. Annas und Joannas – und dabei würde ich mich nur verzetteln. Noch viel weniger kann ich ihm von meinem Telefonat mit Leo Berger erzählen. Also kommen wir an dieser Stelle tatsächlich nicht weiter.

Aber vielleicht ist das alles auch gar nicht wichtig.

»Lass es für heute gut sein.« Chris drückt mir einen Kuss auf die Schläfe, richtet sich auf und trottet langsam zur Tür. Ich höre seine Schritte hinter mir, wie sie sich entfernen, verhallen. Bald klingen sie nur noch dumpf. Die Schlafzimmertür wird leise geöffnet. Er lässt sie offen, um mir das Gefühl zu geben, in meiner Nähe zu sein.

Ich wende mich dem Fenster zu. Draußen ist es mittlerweile komplett dunkel. Nur eine schmale helle Linie erinnert noch an den vergangenen Tag. Sie könnte aber auch von der Straßenlaterne hinter den Bäumen stammen. Ich drehe den Hebel des Fensters herum und öffne es noch einmal komplett.

Kühle, saubere Luft strömt mir entgegen, befeuchtet mein Gesicht. Das Gewitter ist vorbeigezogen. In der Ferne erkenne ich zwei leuchtende Knöpfe. Die Augen einer streunenden Katze. Sie sieht in meine Richtung.

Ich lehne mich aus dem Fenster, lasse den Wind durch mein Haar streichen. Dieser Tag hatte es bis kurz vor unserer Unterhaltung bereits in sich. Und er wäre beinahe noch turbulenter geworden …

Wäre da nicht Chris. Er glättet die Wogen und fängt den Wind ein. Chris ist der Fels in der Brandung. Ob es um Basti geht, Ani oder Helmut. Von mir ganz zu schweigen. Nie zeigt er sich resigniert oder dauerhaft zornig. Wenn er seine Meinung äußert, sagt er sie klar und deutlich. Immer geradeheraus. Ungeschönte Worte. Man muss einige Anstrengung aufbringen, um Chris aus der Reserve zu locken. Und doch versuchen alle genau das. Ani ist es heute Abend kurz gelungen.

Als ich das Fenster wieder schließe, habe ich einen Moment lang das Gefühl, nicht allein im Raum zu sein. Jemand steht hinter mir. Ich rieche Annas Parfüm. *Fleur Blanche Savage.* Ist es an ihr ... oder an mir? *Anna, wir müssen uns unterhalten* ... Es ist eine Art lautlose Übertragung. Sie will mit mir reden. Sie will etwas über Chris sagen, über *das hier.* Aber sie hat nur meine Stimme. Ich müsste für sie sprechen. Dabei weiß ich nicht, was sie sagen will – noch weiß ich es nicht.

Mit einer schnellen Bewegung drehe ich mich herum. Die Küche ist leer. Wie hätte es anders sein können. Die Tür steht offen. Chris hatte sie offen gelassen.

Benommen mache ich mich auf den Weg Richtung Schlafzimmer. Unterwegs kommt mir der Gedanke, mich noch einmal an Leo Berger zu wenden. Ein letztes Mal, bevor ich mich ganz auf Annas Leben einlassen würde. Ich würde ihm die Filmaufnahme schicken.

Leos bunter Nachrichtensalat verabschiedet sich!
»Es war schön mit euch. Danke, dass ihr mir so lange die Treue gehalten habt.«

Leo liegt auf der Couch und starrt an die Decke. Es ist nach acht. Lucy steht gerade unter der Dusche. Er hört das Wasser rauschen. Es klingt wie ein Wasserfall, dessen Wassermassen in den Ozean fließen, die Weltmeere schwellen lassen und nach und nach den ganzen Planeten überschwemmen.

Er hat keine Lust, den Computer einzuschalten, um sich mit der Welt dort draußen zu vernetzen. Dieser Parallelwelt, definiert durch *digital values*: Likes, Friends, Rankings, Votings ... Fleischliches zählt hier nicht. Das Netz ist verpixelt. Du kannst jeder sein, Unmögliches vollbringen. Reden, ohne dabei rot zu werden, ohne Stottern, Schweißausbrüche; kein Übergewicht oder Mundgeruch, Pickel ... Es ist egal, wie du aussiehst und was für ein Typ du bist. Wenn du eine Geschichte hast, kannst du sie ins Netz stellen. Oder dich neu erfinden und dabei unendlich viele Freunde gewinnen. Ob Wahrheit oder Fiktion – es spielt keine Rolle.

Ist das normal?, fragt sich Leo.

Vielleicht war Joannas Todessprung nur ein Fake und in Wirklichkeit ist sie untergetaucht, hat sich eine neue Identität geschaffen; sie heißt jetzt Anna Gerlach ... Aber wer ist Anna Gerlach?

Egal.

Leo denkt an die Schicksale von Menschen. Die wirklichen Schicksale. Geschichten, die er mit eigenen Ohren gehört, Dinge, die er mit eigenen Augen gesehen hat. Manchmal stecken tatsächlich Menschen hinter den Pixeln, deren Geschichten unmittelbar aus der Wirklichkeit kommen. Er selbst hat auch eine Geschichte. Aber die ist völlig banal. Viel zu banal fürs Netz. Keiner würde das Leben des Bloggers Leo Berger liken. Nicht einmal er selbst.

Das Wasserrauschen ist verebbt. Lucy hat das Wasser abgestellt. Er hört sie barfuß durchs Bad tapsen. Vermutlich hinterlässt sie überall kleine Pfützen, was Leo aber nicht weiter stört. Jede Wasserstelle versiegt irgendwann, denn Wärme zieht Wasser an.

Er verschränkt die Arme hinter dem Kopf, um seinen verspannten Nacken zu entlasten. Dabei rückt der Bildschirm wieder in sein Blickfeld.

Ein Urlaubsfoto von ihm ist dort zu sehen. Damals war Leo um einige Kilos schlanker. Es war sein letzter Urlaub mit Lucy, kurz bevor sie sich trennten. Am Morgen erst hat er das Bild ausgetauscht, um sich selbst an sein ehrgeiziges Vorhaben zu erinnern. Das Ziel rückt langsam näher.

Gerade erst ist er mit Lucy drei große Runden im Huthpark gelaufen. Schweiß und Kurzatmigkeit hielten sich dabei in Grenzen. Könnte man das als kleinen Erfolg verbuchen? Leo aber ist noch nicht wirklich mit sich zufrieden.

»Es wird eine größere Entlassungswelle geben.« Lucy steht plötzlich in der Tür. Er hat sie gar nicht bemerkt. Sie hat Leos bunt gestreiftes Badetuch um den Körper gewickelt. Das krause rote Haar fällt üppig und dabei noch feucht auf ihre nackten Schultern.

»Was meinst du?« Er dreht den Kopf in ihre Richtung. »Glaubst du, es könnte dich auch treffen?«

»Denkbar wäre es. Ich bin alleinstehend. Frau ohne Kinder.«

»Aber du bist eine gute Journalistin«, hält Leo dagegen.

»Wen interessiert das. Die Zahlen sind das Entscheidende. Darunter leidet zwar die Qualität der Artikel – aber was solls. Die Leute lesen schnell. Es ist keine Zeit mehr da für ausgiebige Recherche. Noch weniger, wenn wir unterbesetzt sind.«

»Da macht Stellenstreichen wirklich Sinn«, bemerkt Leo ironisch-bissig.

»Das Anzeigengeschäft ist stark rückläufig. Die großen Kunden brechen uns weg.«

»Dann muss man nach Alternativen suchen. Die neuen Medien. Man darf sich nicht scheuen, Geld in die Hand zu nehmen.«

»Das sagst du, Leo Berger, und liegst dabei matt auf dem Sofa.«

Sie lässt sich neben ihn in die Polster fallen. Ein Hauch von Pfirsich weht dabei zu ihm herüber. »Weißt du, Leo, ich habe mir das schon so vorgestellt, irgendwann meine kleine Familie zu haben. Ein Haus, Kinder. Im Moment aber kann ich kaum die monatliche Miete aufbringen. Die Preise steigen.«

»Ja, Frankfurt ist teuer. Aber man muss ja auch nicht in der Stadt leben. Ich glaube, wir jammern auf hohem Niveau.«

Er dreht sich zu ihr. »Wir haben jetzt Menschen unter uns, die dankbar sind, hier in Sicherheit zu sein, die in ihrer Heimat um ihr Leben fürchten müssen. So was ist uns fremd.«

Lucy betrachtet ihre nackten Arme. »Ja, du hast ja recht.«

»Eigentlich entwickelt sich der Arbeitsmarkt gerade ganz gut. Ich könnte noch mal umsatteln«, denkt er laut weiter.

»Was schwebt dir vor? Willst du es wieder bei der Zeitung versuchen?«

»Nein, auf keinen Fall! Ich dachte eher an den sozialen Bereich. In der Flüchtlingshilfe wird zurzeit jede zupackende Hand gebraucht.«

»Das traust du dir zu? Von einem Job hinter dem Schreibtisch mitten ins Geschehen?«

»Gerade deshalb. Manchmal überlege ich, wie viel Realität eigentlich in dem steckt, was ich schreibe. Was davon wahr ist und was nur auf der Wunschvorstellung der Menschen basiert. Ich möchte mir wieder ein eigenes Bild machen können. Ich möchte es *echt*. Das funktioniert aber nicht, wenn ich nur vor dem PC hocke. Das Leben ist dort draußen. Es läuft gerade an mir vorbei.«

»Das klingt nach starken Worten, Leo Berger«, bemerkt Lucy anerkennend. »Dann bleib am Ball und verschieb es nicht.« Sie lehnt ihren Kopf an seine Schulter. Leo legt den Arm um sie, zieht sie an sich.

»Meine Unterstützung hast du.«

»Sagen wir, es sind meine letzten Stunden als freier Blogger. Ganz offiziell. Ab morgen wird ein neues Programm gestartet.«

Leo zieht sie noch etwas näher an sich.

»Das klingt gut. Sehr gut! Es klingt nach großer Freiheit.«

Nachdem sie noch etwas gegessen und geredet haben, ist Lucy gegangen.

Leo sitzt wieder vor dem PC. Beruflich gesehen ein vorerst letztes Mal (so sein Vorsatz). Es ist mittlerweile weit nach Mitternacht. Er klickt sich durch seinen Blog, als wäre er ein Besucher. Unzählige neue Kommentare und Likes sind hinzugekommen. Sowohl positive als auch kritische Stimmen. Leo überfliegt die Meinungen nur oberflächlich. Sie interessieren ihn nicht mehr wirklich. Seit dem Telefonat mit Anna hat sich seine Welt gedreht. Er steht jetzt auf der anderen Seite und versucht sich die Personen hinter jeder einzelnen der hier abgegebenen Stimmen im realen Leben vorzustellen. Männer – wie er. Frauen, die im Alltag nicht auffallen, weil sie sich schüchtern immer hinten einreihen. Mütter, die sich zuhause langweilen, weil sie ein monotones Hausfrauendasein pflegen. Betrogene Ehemänner, die ihren Frust im Netz rauslassen …

Leo loggt sich ein, um den Blog zu beenden. Es ist nur ein kurzer Klick, einmal bestätigen.

Adiós, Leo Bergers Bunter Nachrichtensalat, das wars. Er formuliert einen Abschiedssatz für seine Abonnenten. Dann …

Klick!

Erleichtert atmet er auf, fühlt sich beflügelt für den nächsten Schritt.

Er geht seine E-Mails durch. August Hochmuth hat nicht geantwortet. Das war auch nicht zu erwarten gewesen. Ein gestandener Architekt lässt sich nicht provozieren. Diesen Job übernimmt er lieber selbst.

Bei den aktuelleren Eingängen stößt er auf eine E-Mail von Anna. Sie wurde gerade erst abgeschickt. Leo überlegt …

Schließlich öffnet er sie und liest:

> *Hallo Leo,*
> *es hat gut getan, mit dir zu reden. Das hier ist für dich. Damit du die Zusammenhänge begreifst. Es ist die Nacht, als Joanna sich das Leben nahm. Auf dem*

Video siehst du mich, Anna Gerlach. Jetzt kannst du dir selbst ein Bild machen …

Viel Spaß dabei.
LG, deine Anna

Leo startet das Video …

Eine Weile verfolgt er das, was dort geschieht. Dann schaltet er es aus. Es ist eine dieser üblichen Szenen, wie er sie bestimmt schon hundertmal gesehen hat.

Einige Monate später …

Hätte man mir vor einigen Monaten gesagt, ich würde irgendwann eine glückliche Ehe führen mit einer netten, ganz gewöhnlichen Familie – schwerlich hätte ich es geglaubt.

Ich bin im fünften Monat schwanger. Chris und ich erwarten unser erstes Kind. Wir sind voller Vorfreude und genießen jeden Tag unseres Glücks. Es wird ein Junge. So viel kann ich schon verraten.

Helmut ist zu Ella gezogen. Die beiden sind wie verliebte Teenager. Nächsten Monat brechen sie zu einer Himalaya-Trekkingtour auf. Ich werde so lange das Geschäft hüten und mich in neuen Pflanzenzüchtungen versuchen.

Ella hat mittlerweile Kontakt zu ihrem leiblichen Vater. Ab und zu kommt er sie besuchen. Dann fahren sie in den Vogelsberg oder in den Spessart, gehen wandern. Auch mit ihrer Mutter hat sie sich versöhnt, was mich einige Überzeugungsarbeit gekostet hat.

Basti hat sein Mandat verloren, ist aber mit einer Geldstrafe davongekommen. Jetzt versucht er sich auf dem Finanzsektor. Wie ich von Chris höre, ist er damit recht erfolgreich.

Natürlich war sein Alibi für besagte Nacht falsch – ebenso wie das von Graham. Basti hatte angegeben, bei einer Frau gewesen zu sein. Diese aber ging schließlich zur Polizei.

Die Tote war tatsächlich die Frau, die ich an jenem Nachmittag dort sah. Graham hatte sie bei einer Agentur gebucht. Was die Drogen betrifft, konnte man niemandem etwas vorwerfen. Sie wusste, was sie tat, und um ihren Herzfehler.

In ihrem reichlich zugedröhnten Zustand steckten Basti und Graham die Leiche in eine massive, in die Erde eingelassene Kiste hinter dem Gewächshaus. Dekoriert mit Ziegeln, fiel sie kaum auf.

An besagtem Nachmittag interessierte sich der Nachbarshund für das Versteck und stieß mit seiner Spürnase auf den überraschenden Fund.

Der Obduktionsbericht bestätigte letztlich, dass es ein Unfall war. Graham und Basti kamen jeweils mit milden Strafen und einem blauen Auge davon.

Mittlerweile hat Graham sein Geschäft ins Ausland verlegt. Mallorca. Vermutlich zieht er dort etwas Ähnliches auf wie hier. Luxusimmobilien.

Und Ani?

Ani ist wieder liiert. Paul. Er ist bereits bei ihr eingezogen. Zum Einzug habe ich ihr unsere Blümchenbettwäsche geschenkt. Für ihr frisch tapeziertes Schlafzimmer. Ich konnte sie noch nie leiden.

Das wars.

Jetzt sitze ich hier, inmitten meiner Pflanzungen, in gelben Gummistiefeln, verankert in meinem neuen Leben, und stelle fest, dass ich glücklich bin.

Seit der Schwangerschaft fühle ich mich verändert. Die Hormone haben das Sagen übernommen und ich füge mich dem Willen meines Körpers. Vielleicht ist das ein Grund, weshalb ich mich kaum noch an das erinnere, was vorher war. Vor diesen Monaten. Vor …

Ella erzählte mir kürzlich von ihrer Halbschwester Joanna Hochmuth und dass sie um ein Haar eine sehr erfolgreiche Architektin geworden wäre. Noch erfolgreicher als ihr Vater.

Eine eigenartige Geschichte. Joanna hat sich in den Tod gestürzt, sagt Ella. Tragisch einerseits. Was soll man davon halten, war ein anderer Gedanke – und ich sprach ihn auch gleich aus: »Was glaubst du, warum sich jemand das Leben nimmt, der eigentlich alles hat?«

Ella hat mich etwas merkwürdig angesehen. Dann hat sie gelacht. Das heißt … ich weiß nicht, ob sie wirklich gelacht hat. Vielleicht sollte es auch nur so klingen.